MNÉMOS
NAOS

Ouvrage publié sous la direction de Bleuenn Guillou
Carte de Stéphane Arson

2, rue Nicolas Chervin | 69620 Saint-Laurent d'Oingt
ISBN : 978-2-38267-084-2

Loi n°49 956 du 16 juillet 1949 sur les publications destinées à la jeunesse : mai 2010

WWW.MNEMOS.COM

Ina Siel

Emblèmes

Tome 1 : Le Cercle des Géographes

À papa, maman et Hugo

À toutes les personnes qui,
dans une pièce pleine de monde,
choisissent le siège au fond de la salle
près de la porte

LUX
ARCHRONDE
CAVARE
SOUALE
LA TOUR
LA SCIENTIFICA
L'ILE DES CENDRES
L'ILE DU LYS
L'ILE DU LIERRE
L'ILE DES PIERRES
L'ILE DE LA ROSE
NATURALIA
N
O
E
S

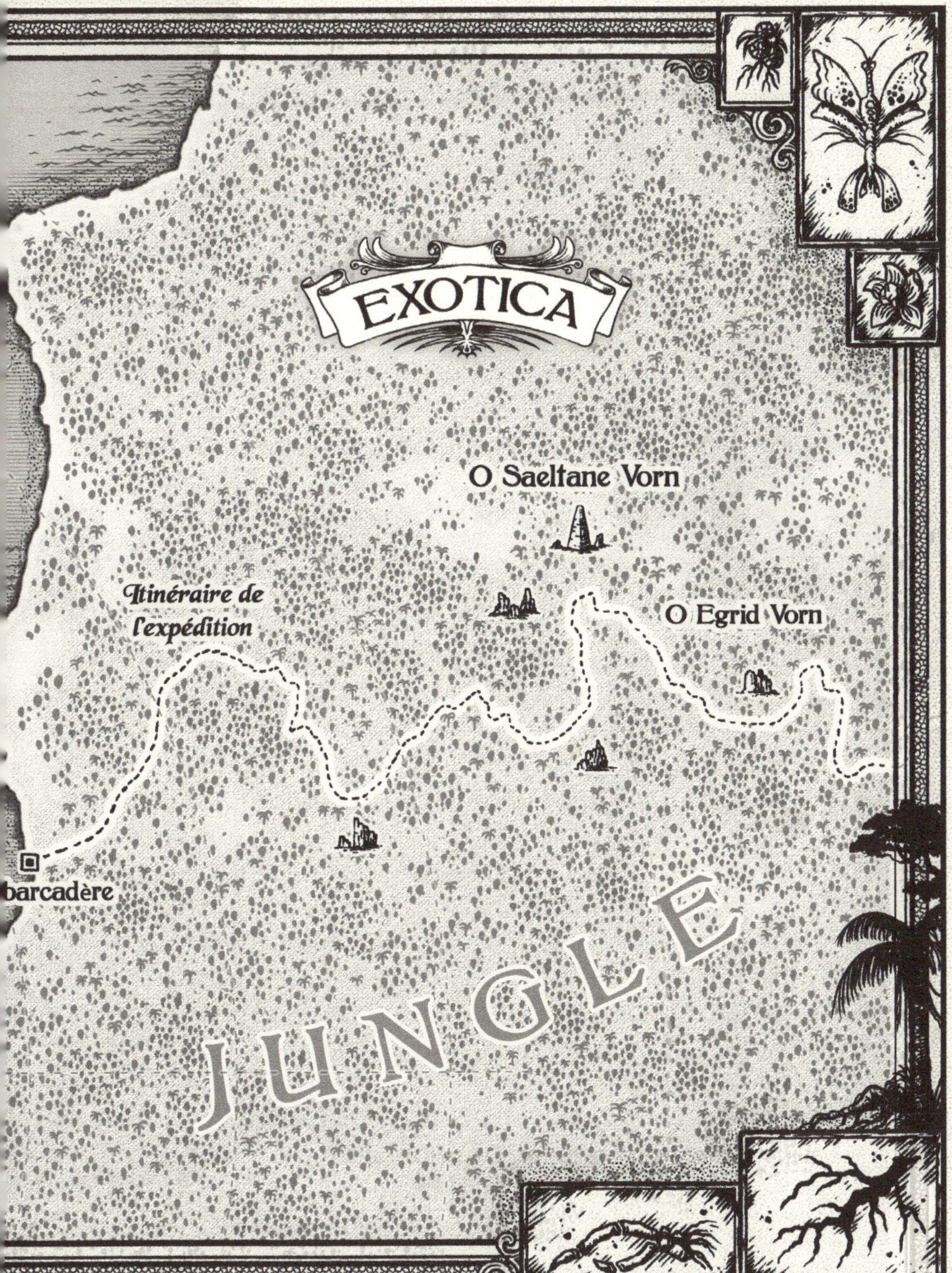
EXOTICA
O Saeltane Vorn
Itinéraire de
l'expédition
O Egrid Vorn
barcadère
JUNGLE

PARTIE I
NATURALIA

CABINETS DE CURIOSITÉS.

Pièces, ou parfois meubles, où sont entreposées et exposées des « choses rares, nouvelles, singulières ». On y trouve un mélange hétéroclite comprenant :

NATURALIA. Objets d'histoire naturelle (minéraux, animaux et végétaux).

ARTIFICIALIA. Objets créés ou modifiés par l'espèce humaine.

SCIENTIFICA. Instruments scientifiques.

EXOTICA. Plantes et animaux exotiques, objets ethnographiques.

Adapté de Wikipédia et du Littré.

ACCORDS COMMERCIAUX

Conclus entre La Scientifica, Naturalia et ses cinq cités nations

Article 1

En échange de l'exploitation raisonnée des ressources naturelles du nord de Naturalia, l'archipel de La Scientifica consent à mettre à disposition ses vaisseaux et son personnel pour mener à bien les expéditions du peuple naturalien vers Exotica.

Article 2

L'institution indépendante connue sous le nom de Cercle des Géographes sera seule habilitée à organiser ces expéditions, et à disposer des vaisseaux et des équipages susmentionnés.

Article 3

Le Cercle des Géographes sera tour à tour accueilli par les cinq cités nations de Naturalia. Il restera cinquante années dans chaque cité avant de poursuivre sa route en suivant toujours le trajet suivant :

Archronde
La Tour
Souale
Cavare
Lux

Chapitre 1

Trophée

Un magnifique cerf au pelage d'un blanc fantomatique sauta du talus et passa en trombe à quelques mètres d'Érèbe. Ses yeux vermeils brillaient de panique et ses naseaux crachaient des nuages de vapeur par vagues saccadées. Dans cette journée glacée par le givre, le spectacle avait quelque chose d'irréel. Glissant le long de la tête altière, le regard d'Érèbe se posa sur ses bois. Ils se déployaient en deux arcs séparés par plus d'un mètre. Chacun d'eux se ramifiait en cinq branches immaculées.

Les voilà, songea Érèbe avec un mélange d'émerveillement et d'angoisse.

Il lui suffirait de les tailler légèrement, d'y ajouter des cernes et des scarifications, puis de les peindre de cette couleur inimitable qui hantait ses cauchemars chaque nuit depuis son premier souvenir.

Le jeune homme frissonna et ses mains se couvrirent de sueur. La silhouette sombre du Cauchemar rôdait à la lisière de son subconscient, en une masse difforme dont il peinait à figer les traits.

L'estomac d'Érèbe se noua et un sanglot grimpa des tréfonds de sa poitrine. Il se força à le ravaler, comme on resserre un nœud coulant autour de son propre cou, puis entama la poursuite.

Il entendait le cerf plus qu'il ne le voyait, désormais. Un dérapage maladroit dans la terre meuble ; un tapis de feuilles glissant les unes sur les autres ; le claquement d'une branche reprenant sa place ; une brindille qui se brise, comme une minuscule détonation.

Les sons s'éloignaient peu à peu, mais le chasseur avait confiance.

Il n'était pas seul.

Il inspira profondément, tentant de percevoir, par-dessus le fond glacé de l'air, l'odeur musquée de son compagnon, sa présence solide et rassurante. Le loup avançait d'un pas vif, régulier. Même quand il disparaissait dans les branchages ou les fourrés, l'animal ne distançait jamais complètement l'homme qui le suivait.

Le couple homme-loup chassait ensemble ou pas du tout.

Et lorsque la nuit tomberait et qu'il serait l'heure pour Érèbe de rejoindre son Cauchemar, le loup serait une fois encore à ses côtés. Pas pour le défendre contre la bête monstrueuse qui rôdait dans ses rêves, mais pour l'aider à reprendre pied quand elle le tuerait.

Sans Noctis, il aurait sombré depuis longtemps.

— Ne m'attends pas, mon ami, murmura Érèbe.

Le loup ne se fit pas prier. À peine la bénédiction de son partenaire avait-elle franchi ses lèvres qu'il avait déjà disparu, avalé par les fourrés. Il allait prendre le cerf à revers, tapi dans un humus aussi noir que son poil. Il mordrait la bête au jarret, ou directement à la carotide, et Érèbe n'aurait plus qu'à venir l'achever.

Au bout d'une longue minute, le bruit d'une lourde chute, suivi d'un vagissement, fit accélérer les battements de son cœur. Érèbe essuya ses paumes en sueur sur son pantalon et dégaina le poignard qu'il portait à la ceinture. Le contact du manche patiné l'ancra dans le réel. Il trottina en direction de Noctis, sautant agilement au-dessus des troncs abattus et des buissons épineux.

Le loup l'attendait, assis sur sa proie, le regard fier et le museau ensanglanté. Le liquide vermeil s'écoulait de la blessure, en jets irréguliers. Le cerf tremblait, à deux doigts de rejoindre les dieux dans leur jardin paradisiaque, où nul loup ni chasseur ne lui voudrait plus de mal. Érèbe posa une main sur le flanc du cerf, goûtant les ultimes traces de vie qui le parcouraient. Il adressa une prière silencieuse à Déus, puis, d'un coup de couteau précis, acheva la bête.

Noctis le contemplait toujours sans broncher, de son regard jaune énigmatique.

— Parfois j'ai honte, mon ami, souffla Érèbe en découpant la première corne.

En vieille compagne, la nausée revint habiter son estomac.

Le loup ne cilla pas.

— Mais j'en avais besoin. J'ai *besoin* de ces bois.

Érèbe cisailla la chair et en arracha son second trophée. Il récupérerait les os également, mais cela attendrait.

Noctis se lécha les babines ; il sauta à bas de l'animal et promena son museau entre les deux cratères qui trouaient désormais son front.

— Toi aussi, tu auras ta part, quand Bertram l'aura dépecé, murmura Érèbe en enroulant les bois dans une couverture d'un blanc sale.

Il les rangea du mieux qu'il put dans son sac, puis entreprit de couvrir la carcasse. Il aurait dû prévenir Bertram avant d'extraire les bois, se montrer plus patient. L'animal sanguinolent allait attirer une flopée de prédateurs, et si l'intendant ne le trouvait pas à temps, cela gâcherait un repas de fête pour toute la maisonnée.

Coincée sous sa manche, la montre d'Érèbe émit une série de *bips* suraigus. Noctis dressa une oreille, mal à l'aise. Le jeune homme dégagea le bijou du bout des doigts et jeta un œil à son cadran. 17 h 30. Dans trente minutes, sa sœur Pia, accompagnée du dimarque d'Edressac, franchirait les portes d'Aigremort pour le souper. Peut-être Joleene se joindrait-elle à eux, si elle parvenait à s'arracher à la solitude de son récent veuvage.

La perspective d'un repas partagé avec ses sœurs alluma une douce chaleur dans la poitrine d'Érèbe. Elles lui manquaient terriblement. Lors de ses visites, Pia lui contait toujours de délicieuses histoires en provenance de l'extérieur. Son cadet s'en délectait, comme on sirote un bon vin, malgré l'envie mêlée d'amertume qu'elles provoquaient en lui. Il avait grandi caché, loin de tout et de tout le monde, emprisonné par le cocon épais que sa famille tissait autour de lui.

Pour le protéger.

Pour le dissimuler.

L'enfant malade.

Le *monstre*.

Personne au manoir n'était assez dépourvu de cœur pour lui répéter ce qu'on disait de lui à l'extérieur du domaine. Néanmoins, Érèbe savait faire fonctionner son imagination. Il devait être atteint d'une tare suffisamment honteuse pour contraindre toute une famille à se retirer de la bonne société d'Archronde. On le croyait peut-être défiguré ou atteint d'un mal *exotique* contre lequel même les médecins de La Tour ne pouvaient rien.

Ou alors ils savaient. Pour les terreurs nocturnes. Pour son repaire d'animaux morts. Nul besoin de rumeurs quand il y avait la vérité.

Sensible à ses pensées, Noctis effleura la paume d'Érèbe du bout de sa truffe humide. Une écume rosée macula sa peau à l'endroit où le loup l'avait touché. Érèbe prit soudain conscience qu'il était couvert de sang. Trente minutes ne seraient pas de trop pour sortir du bois et se nettoyer entièrement ; il n'avait pas une seconde à perdre.

Il rajusta la bandoulière de son sac sur son épaule et quitta le lieu de la mise à mort, le loup sur les talons.

Le domaine d'Aigremort disposait d'une dépendance secondaire en bordure de forêt. La mère d'Érèbe l'avait réaménagée à son intention cinq ans plus tôt, malgré le délabrement qui menaçait le manoir. À l'époque, Érèbe avait à peine protesté, tant le besoin d'un endroit à lui se faisait sentir. Un lieu où il pouvait faire naître ses créations, sans que les mots « morbide », « nauséabond » ou « contre nature », prononcés par le personnel, parviennent à ses oreilles. Magdeleine en particulier le regardait avec beaucoup plus de sympathie depuis qu'il ne faisait plus macérer ses « crânes immondes » dans sa cuisine.

Érèbe pénétra dans la bâtisse et déposa les précieux bois dans son atelier. Un baquet d'eau chaude l'attendait dans la pièce adjacente, ainsi que des vêtements propres, soigneusement pliés sur un tabouret. Une bouffée de tendresse l'envahit. Il fallait voir là une attention de sa mère, Anacendre, car le personnel ne mettait jamais les pieds dans son antre.

Le jeune homme se déshabilla, frissonnant au contact de l'air glacé sur sa peau. Il entassa ses vêtements tachés dans un coin et rentra précautionneusement dans l'eau. La chaleur du bain alluma d'abord des langues de feu dans ses extrémités transies, puis, peu à peu, elle s'insinua dans ses muscles et les dénoua. Pendant un instant, Érèbe fut tenté de fermer les yeux pour savourer ce moment de bien-être ; hélas, il n'en avait pas le temps. Il se récura de fond en comble, avec une attention toute particulière pour ses ongles encroûtés de crasse et de sang séché. Quand il eut terminé, sa peau d'albâtre avait pris une teinte rosée. De même que l'eau du bain.

Il enfila le pantalon de daim noir que sa mère avait choisi pour lui, ainsi qu'une tunique d'un rouge sombre, dont les manches bouffaient autour des poignets. Aux dires d'Anacendre, toutes les couleurs lui seyaient et Érèbe ne pouvait lui donner tort. Sa peau blanche, ses yeux noirs et ses cheveux aile de corbeau ne laissaient que peu de place au mauvais goût.

Noctis l'attendait dehors, la truffe toujours aussi rouge. Érèbe claqua de la langue pour exprimer sa désapprobation.

— Si le couronné de Pia te voit comme ça, Noctis, il va faire un malaise.

Les prunelles jaunes de l'animal brillèrent de défi. Au moment où Érèbe s'élançait vers lui, le loup noir fit volte-face et s'enfuit ventre à terre vers le manoir.

Lorsque Érèbe grimpa sur le perron, épuisé et à bout de souffle, Noctis s'était volatilisé. Le jeune homme s'appuya sur la rambarde, luttant pour apaiser les épines glacées qui lui transperçaient la gorge. Un léger déséquilibre dans le coin inférieur droit de sa vision attira son attention. Il promena son regard sur l'escalier de marbre blanc. La large fissure qui en zébrait la première marche depuis des années s'était ouverte, et son tiers droit s'affaissait dans un buisson aux branches givrées.

Dans le hall, Anacendre se répandait en excuses au nom de toute la maison d'Aigremort, tandis que son gendre tentait vainement de la rassurer.

— Ce n'est rien, vous dis-je! répétait-il avec un brin d'impatience. Je me suis à peine froissé un muscle.

Pour un dimarque, il prenait étonnamment bien la situation. La plupart des nobles de son rang auraient saisi l'occasion pour déverser piques et venin à leurs hôtes, pointant les problèmes financiers qui les empêchaient d'entretenir leur domaine. La culpabilité creva le cœur d'Érèbe : malgré lui, il était responsable de cette situation. Ses parents s'étaient retirés de la vie publique suite à son… accident, Marius était décédé quelques années plus tard, et après quatorze ans à vivre de leurs économies, l'argent se raréfiait.

— Pia, apporte-lui de la glace!

Une chaise glissa contre le carrelage, suivie d'un bruissement d'étoffe.

— Tenez, appuyez-vous sur moi, haleta Anacendre, nous serons plus à l'aise au salon.

Désireux d'épargner sa mère, Érèbe se précipita vers le blessé et passa un bras sous son épaule. Timor d'Edressac tressaillit lorsqu'il reconnut Érèbe : un frisson le parcourut et les poils de ses avant-bras se dressèrent. Érèbe fit comme s'il n'avait rien remarqué. Timor s'adressa à son beau-frère d'un ton badin, qui aurait pu donner le change si son corps ne l'avait pas déjà trahi.

— Oh, Érèbe, je ne t'avais pas vu. J'ose espérer que tu as manqué mon entrée théâtrale.

— De peu. J'espère que mon loup n'a rien à voir avec cette mésaventure.

— Tu parles de ton gros chien noir? Celui qui a manqué me taillader lors de ma première visite? Il n'y est pour rien, je me suis débrouillé tout seul.

Érèbe grimaça. Timor y allait un peu fort : cette fois-là, Noctis s'était contenté de le regarder de loin en retroussant les babines.

Le retour de Pia mit fin à cette mascarade. Elle aida Érèbe à installer son couronné dans un fauteuil et lui fourra une poche de glace dans la main. Elle se désintéressa ensuite de lui pour prendre son petit frère dans ses bras.

Érèbe lui retourna son étreinte molle et chaleureuse, avec le sentiment qu'on lui avait rendu une partie de lui-même. Les cheveux de Pia lui chatouillèrent la joue.

— Tu es ravissante, murmura Érèbe à son oreille.

Sa sœur rit et le repoussa d'une tape sèche sur le torse. Ses lèvres ainsi retroussées faisaient saillir ses pommettes, ainsi que les deux croissants dorés qui y marquaient son rang.

— Oh, arrête, petit charmeur ! Tu n'as plus besoin de me complimenter pour que je chaparde des friandises à ta place. Garde cela pour ta demoiselle.

Ses prunelles marron brillaient d'excitation. Érèbe fronça les sourcils : pourquoi le taquinait-elle ainsi ? Pia connaissait sa situation, ses traumatismes. Son frère ne sortait pas du domaine, comment pourrait-il dépenser son charme sur des femmes ? Et puis... du charme, il n'en avait pas. Pas vraiment. Ni même quoi que ce soit de désirable, à part le titre de noblesse qui végétait sur sa joue. Admettons qu'il rencontre une femme... Et après ? Jamais il ne comblerait ses attentes : il ne ressemblait en rien aux héros des romances qu'il lisait plus jeune, avant d'arrêter parce que ça faisait trop mal.

Sa belle humeur disparut, soufflée par une bise glacée qui le laissa maussade. Même le manoir, avec ses boiseries et les feux qui ronflaient dans ses cheminées, ne lui semblait pas plus accueillant que la forêt en pleine nuit.

Le souvenir du cerf se rappela brusquement à lui.

— Mère, as-tu vu Bertram ? s'enquit-il en croisant le regard doux et inquiet d'Anacendre.

Elle fit un geste distrait vers l'extérieur. La maîtresse de maison paraissait troublée : les rides de souci s'accentuèrent légèrement sur son front. Soudain, elle changea d'expression, reprenant un ton d'hôtesse enjouée.

— Que diriez-vous d'un apéritif, pour nous remettre de nos émotions ? proposa-t-elle à la ronde. N'ennuie pas Bertram trop longtemps, d'accord ? Nous allons bientôt passer à table, ajouta-t-elle plus bas, à l'intention d'Érèbe.

Celui-ci hocha la tête et s'éclipsa.

Il trouva Bertram penché sur la marche traîtresse, un coffre à outils ouvert devant lui. Il contemplait ce dernier avec une concentration intense, comme si l'objet dont il avait besoin allait surgir du fatras et filer droit entre ses mains.

— Ça ne sert à rien, Bertram, dit Érèbe d'une voix douce. À moins que tu ne sois devenu tailleur de pierre sans nous prévenir, cette réparation dépasse tes compétences.

L'intendant du domaine lui renvoya un regard bougon. Ses yeux bleus, légèrement voilés par l'âge, errèrent sur le visage d'Érèbe sans le voir réellement, puis bifurquèrent en direction du toit. La troisième tourelle du manoir lâchait des tuiles à chaque tempête, si bien que le dernier étage n'était plus habité que par les courants d'air.

— Il y a beaucoup de choses ici qui dépassent mes compétences, monsieur.

Lorsque Érèbe lui parla du cerf, Bertram s'empressa de ranger ses outils en grommelant quelque chose à propos de ses vieux os, du froid de caille et de penchants contre nature. Le cadet d'Aigremort tressaillit, mais, comme souvent, garda le silence.

Chapitre 2

La lettre

Le repas se déroula dans une atmosphère chaleureuse, qui conjura efficacement les insinuations de Pia. Malgré tout, Érèbe ne pouvait empêcher la jalousie de le taquiner lorsqu'il interceptait les regards doux et aimants qu'échangeait le jeune couple. Il ferait mieux de leur léguer Aigremort dès maintenant. Eux, au moins, étaient en bonne voie pour pondre un petit héritier gavé d'amour et de normalité. Quant à Timor, il serait mieux placé qu'Érèbe pour redresser les finances du domaine. Lui avait le sens des affaires. Lui avait des contacts. Lui se rendait tous les jours au Cercle pour en superviser la rénovation.

Mais tout le monde serait déçu si Érèbe abandonnait, n'est-ce pas ? Et ça, il ne pourrait jamais le supporter. Alors Aigremort tomberait en ruines entre ses mains incapables, et il ne léguerait que de la poussière et des cendres à l'aîné de ses futurs neveux.

Fin de l'histoire.

Il avala une longue gorgée de vin.

Et ajouta mentalement « autoapitoiement » à la liste de ses tares.

— Érèbe ? Tu m'entends ?

Le concerné releva brusquement la tête. Assise en face de lui, Pia le dévisageait.

— Excuse-moi, Pia, tu disais ? balbutia Érèbe, tandis que tous les visages convergeaient vers lui.

Sa course effrénée dans le froid avait fait pousser un chat au fond de sa gorge ; il toussa pour le chasser.

— Mère m'informait à l'instant que tu créais une nouvelle pièce pour le cabinet de curiosités.

Érèbe ouvrit la bouche, sans pouvoir émettre un son. Cette brusque intrusion dans son intimité le mettait mal à l'aise. Il jeta un regard courroucé à Anacendre, qui ne réagit pas.

— J'ai adoré ta dernière pièce ! poursuivit sa sœur, peu soucieuse de mettre une seconde fois les pieds dans le plat. Cet oiseau semblait tout droit sorti d'Exotica.

Elle se tourna vers son couronné.

— Je te l'avais montré, n'est-ce pas ? Érèbe a fait un travail fantastique avec les plumes ! Tu sais, presque toutes les pièces de notre collection viennent de mon frère. Certaines d'entre elles seraient du plus bel effet dans les nouveaux bâtiments du Cercle des Géographes.

Timor sursauta et plongea dans sa serviette pour étouffer une quinte de toux. Lorsqu'il en émergea, son visage s'était violemment empourpré.

— Ces pièces agrémentent joliment une collection privée, approuva-t-il prudemment. Mais le Cercle n'apprécie pas les faussaires. Les squelettes qu'il expose sont tous authentiques, et certains ont coûté la vie à des membres d'expédition. Exposer des faux serait… inapproprié.

Une vague de chaleur enveloppa le visage d'Érèbe. Il ne créait pas ses chimères pour épater la galerie, et encore moins le gratin du Cercle des Géographes. Il tuait, dépeçait, désossait et assemblait sans éprouver plaisir ni fierté. Il s'agissait d'une quête cathartique indispensable à son fragile équilibre. Comment cet idiot osait-il le traiter de faussaire ?

— Mes chimères sont authentiques à leur façon, rétorqua Érèbe d'un ton glacial. J'ai besoin d'air, veuillez m'excuser.

Il écarta sa chaise, jeta sa serviette sur la table et quitta la pièce.

Érèbe repoussa la tentation de rejoindre Noctis à l'extérieur. L'air froid lui aurait fait le plus grand bien, mais il craignait que Pia lui en veuille s'il ne tentait pas de se rabibocher avec le dimarque plus tard dans la soirée.

Au-dehors, le vent s'était levé. Il sifflait sous les portes et dans l'embrasure des fenêtres, propageant ses rubans glacés dans le manoir. Les pas d'Érèbe le conduisirent dans une pièce douillette, plongée dans la pénombre. Seules quelques braises rougeâtres abandonnées dans la cheminée dessinaient sur le mobilier des reflets inquiétants. Des vitrines poussiéreuses longeaient les murs et des silhouettes fantasmagoriques se découpaient dans l'ombre.

L'oiseau qui avait tant impressionné Pia pendait du ciel, le bec grand ouvert et les ailes déployées. Érèbe avait mis des semaines à y superposer des milliers de plumes noires aux reflets moirés.

Des animaux plus petits surgissaient de tous les coins, incroyables mélanges entre plusieurs espèces naturaliennes : un gros chat à tête de serpent ; un hérisson couvert d'écailles ; un lapin affublé de la queue d'un chat et des ailes d'une chauve-souris… Ces animaux semblaient déplacés, impossibles à concevoir, et pourtant, Érèbe était persuadé que son inconscient les tirait de son enfance oubliée à Exotica, tout comme la bête cruelle et sanguinaire qui hantait ses nuits.

Un pas léger fit grincer les lames de parquet à l'entrée de la pièce.

— Ce n'est pas le moment, gronda Érèbe.

Les pas s'interrompirent, puis s'approchèrent de nouveau. Érèbe se tourna vers l'intrus.

— Je suis désolé, je ne peux pas repartir. Pia m'en veut terriblement, balbutia Timor d'Edressac.

Les deux marques qui ornaient sa pommette droite scintillaient sous la lumière tamisée. Érèbe, comme le reste de sa famille, en possédait trois, signe de son statut inférieur au sein de la noblesse. Pia avait perdu l'une des siennes lorsqu'elle s'était unie à Timor.

Le dimarque semblait ennuyé, voire franchement intimidé par l'attitude hostile d'Érèbe. Celui-ci se redressa, tentant d'assouplir la tension qui se lisait dans sa posture.

— Comment avancent les préparatifs ? s'enquit-il, avec la volonté d'apaiser Timor.

Ce dernier saisit la main tendue avec soulagement. Il s'assit dans un fauteuil proche de la cheminée et se pencha vers l'âtre pour attiser les flammes. Il se cala ensuite au fond du siège et passa les doigts dans ses courtes boucles brunes.

— Tout sera prêt à temps. Cela fait deux cents ans qu'Archronde attend ce moment, et le dynaste le prépare depuis sa prise de fonction. Les bâtiments qui abritaient le Cercle lors de son premier passage ont été entièrement rénovés par les architectes les plus prestigieux de la ville. Je crois qu'à l'heure qu'il est, le dynaste de Lux se tord de jalousie.

— J'imagine qu'il doit être difficile pour un dynaste de voir le Cercle et ses bienfaits quitter sa cité, sachant qu'il ne reviendra pas de son vivant.

Érèbe s'éloigna de quelques pas et sortit deux verres, ainsi qu'une bouteille de whisky d'un meuble dédié. Il prit place dans le siège voisin de Timor.

Celui-ci accepta le breuvage avec reconnaissance.

— Tu devrais venir à l'inauguration. Tu en as tous les droits ! Même si ta famille s'est retirée de la vie du Cercle pour quelque obscure raison, tu es noble par le sang. Ce privilège est inaliénable.

— Je n'ai aucune compétence qui intéresse le Cercle. Je suis un faussaire, tu te souviens ?

Timor noya sa gêne dans une gorgée de whisky.

— C'est une occupation… inhabituelle, tu en conviendras. Cela dit, tu dois avoir de formidables dons en anatomie. Tu pourrais rejoindre la loge des biologues ou quelque chose comme ça.

Érèbe ne répondit pas.

— Je crois que personne ici n'ose te le demander. Ils semblent tous te croire fragile et incapable d'endosser tes responsabilités. Mais tu rendrais au domaine un fier service en t'impliquant dans des activités qui siéent à ton rang et à tes devoirs d'héritier.

— Comme rejoindre le Cercle et trouver une femme à couronner, par exemple ? C'est toi qui as mis cette idée grotesque dans la tête de Pia ?

— Je ne vois pas en quoi ce serait grotesque ! Tu…

— Timor, je crois que, Pia et toi, vous devriez rentrer, l'interrompit une voix douce, mais inflexible.

Anacendre se tenait dans l'embrasure de la porte, droite, le regard abrasif.

— Un jour, quelqu'un devra réveiller ce garçon, soutint Timor, laissant échapper sa frustration.

Il se leva avec raideur, contourna Anacendre, puis s'éloigna. Les claquements secs de ses pas résonnèrent encore pendant de longues secondes, devenant de plus en plus lointains à mesure qu'il se rapprochait de l'entrée. Érèbe aurait voulu étreindre sa sœur pour lui dire au revoir, mais le noyau de peine et de colère qui couvait en lui l'en empêcha. L'oxygène paraissait s'être raréfié dans la pièce, et il dut inspirer plus profondément.

Cette sensation ne le quitta pas de la soirée et le poursuivit entre ses draps, jusqu'à ce que le sommeil l'abandonne au Cauchemar.

Érèbe recula, ses petits bras potelés brandis devant lui pour se protéger le visage. Un vent brûlant, suffocant, charriait l'haleine fétide du Cauchemar. Érèbe y percevait l'odeur cuivrée du sang.

Un œil noir le contemplait, perdu dans une brume enténébrée. Des reflets verts et bleus irisaient la prunelle, mouillée de larmes. Érèbe se mit à pleurer.

— *Pae*, gémit-il de sa voix fluette et terrifiée. *Cah luan na dau !*

L'œil cilla, révélant une paupière sombre à la texture de velours.

— *Pae !* répéta le petit garçon, le mot se fondant dans un murmure. *Na dau…*

L'œil disparut dans la brume et laissa place à une gueule béante, bordée de plusieurs rangées de crocs. Le Cauchemar s'abattit sur l'enfant, qui s'effondra.

Érèbe se réveilla en sursaut. Ses draps humides de transpiration lui collaient à la peau et il peinait à reprendre son souffle. Une douleur vive lui déchirait le ventre, comme si le Cauchemar y avait creusé l'empreinte de ses crocs.

— Noctis, appela Érèbe, la gorge rauque.

Le lit s'affaissa, et une masse chaude et rêche se coula dans ses bras. Il enfouit son visage dans la fourrure et inspira profondément. Quelque chose se dénoua en lui et les larmes coulèrent.

Une silhouette fantomatique apparut soudain dans l'encadrement de la porte, une bougie tremblotante à la main. La longue chevelure d'Anacendre, qui s'accordait de plus en plus à son prénom, encadrait son visage.

— J'ai encore crié, murmura Érèbe, désolé, mais pas surpris.

Quand il était plus jeune, le Cauchemar lui arrachait des hurlements glaçants qu'il ne pouvait faire taire, même après son réveil. La plupart du temps, Anacendre le retrouvait dans un lit imbibé d'urine. Mais cela ne l'empêchait pas d'y grimper pour le serrer dans ses bras.

Elle en avait vu d'autres.

— Non, tu gémissais seulement, le rassura-t-elle. Et tu… suppliais. Je ne parvenais pas à dormir, sinon je n'aurais rien entendu.

Anacendre s'approcha de son fils et s'assit au bord du matelas. Noctis en profita pour filer dans le couloir.

— Fidèle loup, commenta Anacendre en le suivant des yeux.

Érèbe acquiesça.

— Je ne t'ai pas remerciée d'avoir congédié Timor tout à l'heure.

— En effet. J'aurais préféré que cette soirée se termine autrement, mais je sais à quel point il est difficile de faire entrer des étrangers dans cette famille.

— Le dimarque ne sait rien de moi. Et pourtant, il semble avoir convaincu Pia – qui me connaît mieux que personne ! – que je pourrais me marier.

Il jeta un regard oblique en direction de sa mère. Elle se mordillait la lèvre inférieure d'un air ennuyé. Les rides de souci avaient refait surface sur son front.

Érèbe se raidit.

— Qu'y a-t-il ?

Anacendre déposa la bougie sur la table de chevet et serra les mains d'Érèbe entre les siennes. Elles étaient chaudes et sèches, et ce contact familier lui fit du bien.

— Timor n'y est pour rien, finit-elle par avouer. La responsable de ce fiasco, c'est moi.

Elle se massa les tempes du bout des doigts, sans oser le regarder, puis, lentement, tira une enveloppe de sa robe de chambre. Le papier, déjà froissé, avait été manipulé des dizaines de fois ; quant à la cire qui avait scellé le pli, elle tombait en miettes et répandait des fragments émeraude sur les genoux d'Anacendre. Érèbe en fit rouler un entre ses doigts à la lueur de la bougie. Il frémit. Un des reflets de l'œil du Cauchemar portait la même teinte.

Anacendre déplia la lettre d'un geste ample et la tint devant elle. Le papier tremblait, comme une feuille morte sur le point de choir.

— Une jeune fille de la maison Vonburg voudrait te rencontrer. Pour t'épouser.

Érèbe haussa un sourcil et éclata de rire.

— Et d'où viennent cette fabuleuse maison Vonburg et son étrange occupante ?

— Elles sont originaires de Souale. C'est une riche maison, bien que non marquée. Ses membres ont fait fortune dans la vente de tissus précieux.

— Comme presque tous les nouveaux bourgeois soualiens.

Anacendre reprit, comme si elle n'avait pas été interrompue :

— La jeune fille dont il s'agit est ici, à Archronde. Elle habite chez son oncle.

— Je ne comprends pas. C'est elle qui a pris cette initiative ? Elle ne peut pas négocier une noce pour elle-même. Cela doit être une plaisanterie cruelle, encore une fois ! Un pari pour voir le monstre d'Aigremort de ses propres yeux !

La posture d'Anacendre se relâcha imperceptiblement. Avec un pincement au cœur, Érèbe comprit que sa réaction l'avait rassurée.

— C'est ce que je crois aussi. C'est pourquoi je lui ai répondu de nous laisser tranquilles.

— Tu lui as répondu ? Sans m'en parler ?

Faire des cachotteries ne ressemblait pas à sa mère, et Érèbe se sentait trahi, d'autant plus que Pia était dans la confidence. Anacendre ne se démonta pas sous le reproche, au contraire. Elle contempla son fils avec un regard assuré, semblable à celui qu'elle avait eu pour Timor lorsqu'elle l'avait chassé du domaine.

— Oui. Négocier ta noce fait partie de mes attributions de mère.

— Et qu'a-t-elle répondu ?

Anacendre soupira.

— Qu'elle n'avait pas fait tout ce chemin pour rentrer bredouille à Souale, et que quoi que j'en dise, elle viendrait te voir demain.

Érèbe tenta vainement de bâillonner son cœur. Ce drôle de petit organe qui ne cesserait jamais d'espérer, avec déraison. *Alors c'est comme ça ?* martelait-il contre ses côtes. *Comme ça que notre vie commencera ? Par la volonté d'une femme suffisamment tenace pour braver les voiles sombres de ta réputation et la noirceur qui se cache derrière ? Tu m'offriras à elle si elle est assez courageuse, hein, Érèbe ?*

Il se détourna pour chasser une larme.

Oui, si elle est sincère.

Mais elle ne le sera pas.

Correspondance

Cécilie,
Ma chère amie,

Quelle ne fut pas ma surprise de te voir faire appel à mes talents de négociante nuptiale. Je serai malheureuse de te voir quitter définitivement Souale, mais qui suis-je pour mettre en balance le plaisir de ta compagnie avec ton bonheur. J'ai beaucoup ri en découvrant tes critères : tu es incorrigible. Ne crois pas que je me plaigne, au contraire, tu me changes agréablement de mes missions habituelles et me rappelles les devoirs imaginés par nos professeurs de l'académie.

Un noble désargenté d'Archronde, donc.
Qui appartient à une famille moderne et ouverte d'esprit.
Un homme jeune et impressionnable.
Dont tu ne risques pas de tomber amoureuse.

Je vois bien que tu ne me dis pas tout. Surtout concernant le dernier point. Toi, plus que tout autre, sais que je ne peux faire correctement mon travail si tu me dissimules les desseins de ton cœur. Mais soit, je te connais assez pour savoir que tu ne me diras rien de plus. Voici donc ma liste. Elle ne comporte qu'un nom. Comme toutes mes listes.

Le trimarque Érèbe d'Aigremort.

Tu trouveras plus d'informations sur lui dans les pages suivantes.

Avec affection,
Ton amie dévouée,

Jeanne.

Chapitre 3
Rumeurs

Cécilie se dressa sur la pointe des pieds et tendit la main vers le livre qui la narguait. Il lui manquait un centimètre, peut-être deux, pour pouvoir en saisir l'épaisse couverture. L'échelle sur laquelle Cécilie jouait à l'équilibriste tangua, arrachant un cri d'avertissement à Mirtyle.

— Chut ! siffla Cécilie en faisant de gros yeux à sa jeune cousine.

Cette dernière lui renvoya un regard contrit, tandis que sa peau prenait peu à peu la couleur de sa chevelure : un acajou flamboyant.

Cécilie se concentra de nouveau sur le *Traité de géologie, volume I* et étira son corps au maximum. Ses muscles protestèrent, comme autant de cordes prêtes à se rompre. Selon les bonnes manières, jamais une femme n'aurait dû se mettre dans une telle situation. Heureusement, Cécilie se fichait complètement des bonnes manières.

Sinon je n'aurais jamais eu l'audace de demander ce trimarque en mariage.

— Dépêche-toi ! chuchota Mirtyle en regardant autour d'elle. Si quelqu'un nous voit nous servir dans les rayons, nous serons bannies de la bibliothèque.

— Techniquement, je suis la seule à me servir dans les rayons ! Et le jeu en vaut la chandelle, tu ne crois pas ?

Les deux filles avaient dû ruser pour échapper à la surveillance de l'employé d'accueil. Ce vieux hibou avait enregistré la demande d'emprunt de Cécilie d'un air pincé et avait retiré deux livres « qui seyaient mieux à sa condition » des rayonnages. L'un traitait de la gestion d'une maisonnée et l'autre de l'art de la broderie. Sans le sceau de son père ou d'un époux, elle ne pouvait emprunter aucun livre de sciences par la voie officielle.

Au prix d'un muscle froissé, Cécilie agrippa le dos du livre du bout de l'ongle et le dégagea de quelques centimètres. Rajustant sa prise sur l'échelle, elle saisit l'ouvrage et le glissa sous son bras, puis rejoignit la moquette de la Grande Bibliothèque d'Archronde.

Cécilie rêvait de la visiter depuis toujours. Archronde avait été la première cité nation à bénéficier des accords commerciaux conclus avec La Scientifica, un archipel abritant une civilisation si avancée que leur technologie se donnait des airs de magie. Le premier Cercle des Géographes était sorti de terre dans cette ville, deux cent cinquante ans plus tôt, en même temps que cette bibliothèque. Depuis, il poursuivait sa ronde, semant richesses et connaissances dans son sillage.

Cécilie rassembla ses jupes autour d'elle et s'adossa contre une étagère. Elle tira une lime à ongles de sa poche et passa la lame sous la reliure, qu'elle décolla délicatement. Elle fit de même avec *Gérer sa maisonnée, volume I*, puis procéda à l'échange.

À côté d'elle, Mirtyle tenait une autre des trouvailles de sa cousine ouverte sur ses genoux. Sur la page centrale s'étalait une carte qui, une fois complètement dépliée, faisait quatre à cinq fois la superficie des autres pages. Mirtyle pointa un doigt sur le continent immense qui s'étalait à l'extrême droite de la carte.

— C'est là que tu veux aller ? souffla-t-elle.

Elle lui montrait Exotica : une terre sauvage abritant une faune et une flore qui défiaient l'imagination. Seuls quelques autochtones parvenaient à y survivre toute l'année, en adoptant un mode de vie brutal dicté par la loi du plus fort. Les autres n'y restaient que le temps d'une expédition et dépendaient des armes et des moyens de transport que fournissait La Scientifica.

— Non. Enfin, j'embarquerai vers Exotica, mais je m'arrêterai ici.

Elle pointa l'archipel de La Scientifica, perdu dans le vaste océan qui séparait Naturalia d'Exotica. La vision de ce morceau de terre, où les femmes pouvaient vivre libres, loin des carcans que leur imposait leur genre, fit naître des papillons dans l'estomac de Cécilie. Là-bas, le mariage n'était pas une obligation sociale et l'on pouvait le dissoudre comme du sucre dans un thé ; les femmes pouvaient enfanter seules, accompagnées ou pas du tout. Elles pouvaient même travailler sans le consentement de leur couronné. Enfin, c'est ce que racontaient certaines femmes à leur retour d'expédition. Cécilie espérait simplement que les rumeurs ne soient pas enjolivées.

— Et si ça ne marchait pas ? Et si tu te retrouvais prisonnière ? Tu veux épouser ce noble pour les mauvaises raisons.

Mirtyle posa un regard incertain sur sa cousine. Cécilie tenta d'afficher un sourire rassurant, mais les battements de son cœur contaient une tout autre histoire.

— On raconte que c'est un… tu sais… un homme qui aime…

Mirtyle paraissait sur le point de s'étouffer. Le dernier mot tomba de sa bouche à contrecœur, comme un juron.

— Les animaux.

Cécilie lui reprit l'ouvrage pour cacher son malaise, puis elle dégaina sa lime et se mit au travail. Bientôt, les deux livres d'arts féminins remplacèrent les livres de sciences dans les rayonnages. Elle cala ceux-ci sous son bras avec appréhension. Elle aurait voulu ne rien répondre, ignorer Mirtyle et ses avertissements, mais elle aussi avait des doutes, depuis qu'elle avait lu les informations compilées par Jeanne.

— Je ne vois pas de mal à cela.

— Non ! Tu ne comprends pas !

— Moins fort !

Mirtyle poursuivit, d'une voix presque inaudible :

— Il est… il fait ce que font les couples couronnés, mais avec… Et aussi… il aime les cadavres.

— Un nécrophile, corrigea doucement Cécilie. Tu devrais appeler les choses par leur nom. Et surtout, tu ne devrais pas prêter foi aux rumeurs. C'est un excentrique, certes, mais je suis sûre que ceux qui le calomnient cherchent juste à se rendre intéressants. Érèbe d'Aigremort n'est pas un monstre, Mirtyle.

Oh, Déa, fais en sorte que ce soit vrai !

— Mais s'il cherchait quand même à te tuer pendant votre nuit de noces ? insista sa cousine, d'une voix où perçaient des accents de désespoir.

— Eh bien, je te fais confiance pour m'écrire une magnifique notice nécrologique. Mais ça n'arrivera pas.

— Pourquoi ?

— Tu as un instinct formidable, n'est-ce pas ? Je le rencontre cet après-midi, tu n'auras qu'à m'accompagner.

La route qui rejoignait le domaine d'Aigremort semblait s'étirer à l'infini, longue et sinueuse. Pendant un moment, Cécilie crut que le chauffeur allait quitter Archronde et s'engager dans la rase campagne avec son véhicule pétaradant, mais il se contenta de longer les routes extérieures sur des kilomètres, sans jamais s'éloigner de la cité. La voiture finit par s'engager sur une route jonchée de feuilles givrées, en bordure de bois. Un nœud de nervosité serra les entrailles de Cécilie, et elle posa une main sur son ventre corseté. Elle déglutit et se pencha vers la fenêtre pour chasser le sentiment d'oppression qui la gagnait.

Une lumière oblique jouait dans les branches nues, allumant de petites étincelles lorsqu'elle traversait un cristal de glace. À intervalles réguliers, des flaques de lumière caressaient sa peau, avant de disparaître pour mieux revenir la titiller.

Sur la banquette en face, Mirtyle la considérait d'un air sombre. Elle s'agrippait au velours écarlate à deux mains.

— On peut encore dire au chauffeur de nous ramener à la maison.

Cécilie secoua la tête avec vigueur. Ses cheveux, artistiquement coiffés en un chignon farci d'épingles, ne bougèrent même pas.

— Ça ne sera pas long. Et avec un peu de malchance, sa mère ne me laissera même pas le voir.

Mirtyle ouvrit la bouche, tandis qu'un éclair de compréhension traversait ses traits.

— Attends ! Tu veux dire qu'elle t'a refusé l'entretien ? Et on est là quand même ?

Elle paraissait scandalisée.

Cécilie haussa les épaules et s'absorba de nouveau dans le paysage. La dame d'Aigremort ne lui facilitait pas les choses, mais la jeune femme se sentait capable de la charmer, ainsi que son fils. Elle avait besoin de cette noce, car elle ne pourrait jamais approcher le Cercle des Géographes sans une marque de noblesse sur sa pommette droite !

De l'autre côté de la vitre, une vaste grille en fer forgé épousait les limites du domaine. Au-delà, le vert devenait omniprésent : les d'Aigremort avaient planté des essences pérennes un peu partout, et l'odeur des pins embaumait agréablement l'atmosphère.

Quelques mètres plus loin, la grille s'élevait pour former un magnifique portail ouvragé, derrière lequel les attendait un chemin de terre menant à l'entrée du manoir. La bâtisse sommeillait au milieu d'un bosquet, gigantesque masse grise trouant la végétation. Trois tourelles pointues aux tuiles anthracite taquinaient la cime des arbres. Des plumets de fumée émanaient des cheminées, promesse d'une atmosphère chaleureuse dans l'habitation.

Mirtyle poussa un sifflement impressionné.

La voiture ralentit, puis s'arrêta devant le portail. Le silence s'engouffra dans l'habitacle, ponctué de chants d'oiseaux. Le cœur de Cécilie s'emballa et ses mains moites humectèrent ses gants.

Elle se racla la gorge et posa les doigts sur la poignée. À cet instant, l'envie d'invoquer les dieux jumeaux la traversa, même si elle ne savait pas quoi leur demander, à part de rester auprès d'elle et de l'empêcher de faire une bêtise.

— Bon, on y va ? dit-elle d'une voix mal assurée en se glissant dehors.

Cécilie ordonna au chauffeur de revenir les chercher dans deux heures. Il hocha la tête et enclencha le moteur. Les deux filles restèrent immobiles en bordure de route, jusqu'à ce que les pétarades de la voiture se réduisent à un bourdonnement ténu.

Mirtyle s'approcha du portail et en effleura les barreaux du bout des doigts. Une partie de la peinture s'effrita à son contact et tomba à ses pieds. Cécilie, quant à elle, examinait une cloche de bronze, qui devait servir à s'annoncer auprès des maîtres du domaine. Elle prit une profonde inspiration et, avec une pensée pour la déesse, l'actionna de toutes ses forces.

La cloche répercuta l'impact avec la violence d'un gong. Une nuée d'oiseaux s'envola d'un arbre voisin et Mirtyle se couvrit les oreilles. Le son mit presque une minute avant de s'éteindre. Au-delà de la barrière, le monde semblait s'être arrêté. Seules les cheminées continuaient à cracher des nuages par-delà les frondaisons.

— Il y a quelqu'un ? héla Cécilie d'une voix ferme qui la surprit.

Personne ne lui répondit. N'avaient-ils pas un majordome ou un autre employé payé pour ouvrir aux visiteurs ? Peut-être la dame d'Aigremort leur avait-elle interdit de la faire pénétrer dans le domaine. Si c'était le cas, Cécilie reviendrait le lendemain, le jour suivant et le suivant encore. Les d'Aigremort ne pourraient pas l'ignorer pour toujours. S'ils ne voulaient pas d'elle, ils finiraient bien par avoir besoin de sa dot. Selon les rumeurs, le domaine tombait en ruines.

Sauf qu'il ne faut pas prêter foi aux rumeurs, lui murmura une voix déplaisante au fond de son esprit.

Elle s'apprêtait à crier derechef lorsque Mirtyle murmura :

— C'est ouvert, regarde.

L'adolescente poussa le portail ; celui-ci protesta un instant, puis pivota, leur libérant l'accès. Cécilie s'avança au-delà de la grille, tentant de juguler son malaise. Après tout, elle avait annoncé sa visite.

Le manoir était plus éloigné de l'entrée que Cécilie l'avait d'abord cru. Les deux filles marchaient en silence, veillant à ne pas se tordre les chevilles dans les creux du chemin. Elles progressaient sur de la terre à nu, sans pavés ni graviers. Par temps pluvieux – et plus chaud –, elles auraient pataugé dans la boue.

Cécilie se penchait pour ôter un caillou de sa chaussure lorsqu'elle entendit Mirtyle glapir. Son cœur s'emballa, frappant contre sa poitrine avec la violence d'un marteau sur une enclume. Un loup noir gigantesque la toisait, debout entre le manoir et les intruses. L'animal devait arriver à la taille de Cécilie et exhibait une rangée de crocs blancs dans sa direction. Un grognement caverneux montait de sa gorge et la jeune femme le sentait résonner à travers ses os.

Il sait que je ne suis pas la bienvenue.

Soudain, l'animal redressa une oreille, sans cesser de grogner. Cécilie n'osa pas le quitter des yeux pour regarder alentour, de peur que cela ne le pousse à attaquer. Elle ne connaissait rien de la faune de Naturalia, obnubilée qu'elle était par La Scientifica, et se promit de rectifier le tir, si elle parvenait à quitter le domaine en un seul morceau.

— Noctis ! jaillit une voix claire.

Le loup se tut, mais conserva une posture menaçante.

On dit qu'il aime les animaux, lui rappela son subconscient. *On dit qu'il fait ce que les couples couronnés font, mais avec des animaux.*

Cécilie dévisagea, mi-curieuse, mi-horrifiée, l'homme qui venait d'apparaître aux côtés du loup. Un charme magnétique émanait de lui. Sa peau d'albâtre faisait ressortir le noir profond de ses yeux creusés de fatigue. Ses cheveux, noirs eux aussi, lâchaient des mèches désordonnées en travers de son front. Il se tenait droit, une main tendue au-dessus du loup, sans pour autant le toucher. Un lien invisible semblait le lier à l'animal, de sorte qu'ils formaient un tout indissociable, le charisme et la force de l'un renforcés par la présence de l'autre.

Un léger sourire finit par étirer les lèvres du garçon et il leur fit signe d'approcher.

— Érèbe d'Aigremort, se présenta-t-il. Il paraît que vous voulez m'épouser.

Chapitre 4

Le monstre d'Aigremort

Érèbe les guida vers le manoir sans prononcer un mot. Noctis trottinait derrière eux et sa truffe humide se prenait dans les jupes de Cécilie à intervalles réguliers. Ce contact n'avait rien de menaçant, pourtant, elle frissonnait chaque fois que le loup la frôlait. Comme si… comme si c'était le trimarque qui la touchait.

Elle ne détachait pas son regard de lui. Il portait des habits de travail : une tunique blanche bouffante constellée de taches et un pantalon noir usé au niveau des genoux. Un pépin blanc enrobé de fils orange traînait dans ses cheveux. Mirtyle l'avait remarqué, elle aussi.

— Tu prépares la fête de Willow? demanda-t-elle, sans se donner la peine de le vouvoyer.

Érèbe d'Aigremort ne s'en formalisa pas. Il adressa un regard complice à la jeune fille.

— Tout juste. Ma sœur Joleene est en… (il hésita sur le choix du mot) visite. Elle ne jure que par la tourte aux citrouilles. Comme c'est moi qui me charge de la décoration d'habitude, j'ai décidé de prendre un peu d'avance sur Willow.

Toute peur envolée, Mirtyle ouvrit des yeux où pétillaient des éclats de malice.

— Moi aussi, j'adore les tourtes à la citrouille! Mais mon père ne me laisse jamais fêter Willow.

Le loup effleura une nouvelle fois Cécilie, lui arrachant un grognement.

— Parce que c'est une fête païenne! dit-elle d'un ton revêche. Pourriez-vous ordonner à votre loup de s'éloigner?

— Si vous le lui demandez, il vous comprendra très bien. Et Willow n'est pas une fête païenne; c'est plutôt une manière de célébrer l'automne et de supplier l'hiver de se montrer clément.

— Non. C'est pour effrayer les esprits des morts. C'est pour ça qu'on découpe des têtes horribles dans les citrouilles, au lieu de prier les dieux jumeaux de nous protéger!

Érèbe haussa les épaules.

— À Aigremort, on fête Willow.

Il se désintéressa ensuite de Cécilie pour se tourner vers Mirtyle.

— Je crois qu'il vaut mieux laisser ma mère et ma sœur discuter entre elles à l'intérieur. Je me suis installé dehors pour sculpter les citrouilles, tu veux m'aider?

Mirtyle lui offrit un sourire charmé, malgré ses incisives tordues qui la complexaient tellement d'ordinaire.

— D'accord, mais je ne dois pas quitter Cécilie des yeux. Je suis sa chaperonne!

Érèbe rit doucement. L'expression éclaira son visage, chassant la fatigue et la lassitude qui l'habitaient. Cécilie comprenait ce que Mirtyle lui trouvait : avec son nez droit et ses lèvres pleines, il était plutôt beau garçon. Sans ces affreuses rumeurs, Érèbe d'Aigremort aurait fait fureur dans la société noble. Alors pourquoi restait-il terré ici, au lieu de tout faire pour les démentir?

Toi aussi, tu pourrais fondre pour lui, si tu parvenais à te détendre un peu, susurra une petite voix au fond d'elle.

Érèbe les guida vers une table à tréteaux dressée à quelques mètres du perron. Cinq citrouilles à divers stades de décoration les y attendaient. Cécilie croisa les bras. Le loup noir la dépassa, plongea sous la table et se jeta sur un pigeon qui picorait les pépins éparpillés au sol. Sa mâchoire claqua sur le cou menu et Noctis emporta sa victime derrière un buisson.

Cécilie retint une grimace, puis considéra de nouveau la table. En vérité, elle n'avait rien contre les fêtes païennes, et même si elle n'avait jamais célébré Willow, elle avait toujours eu un faible pour les lanternes et les bougies. Alors pourquoi avait-elle réagi de cette façon? Et pourquoi se sentait-elle si irritée, tout à coup, incapable d'appliquer les préceptes de négoce qu'on lui avait enseignés à l'académie? Peut-être parce qu'en quelques secondes, Érèbe l'avait jugée indigne de son attention. Il avait clos la discussion d'un ton neutre, mais sans appel, comme si l'avis de Cécilie ne comptait pas. Et ne compterait jamais.

Mirtyle se précipita vers la citrouille la plus aboutie de la table. Érèbe y avait taillé la gueule d'un animal : une tête de loup, peinte en nuances de bleu, de noir, d'argent et de doré. La sculpture rappelait Noctis, mais pas seulement. Le choix de couleurs lui donnait un aspect fantastique, qui évoquait plutôt la faune d'Exotica. Cécilie se rappela soudain la raison de sa présence.

— C'est magnifique, chuchota-t-elle.

Érèbe darda sur elle son regard noir et énigmatique. Il la contempla durant un long moment, une étincelle de surprise perdue au fond de ses iris, derrière cent couches de méfiance. Radouci, il la remercia du bout des lèvres.

Il se remit à l'ouvrage avec l'aide de Mirtyle, posant de temps à autre des questions sur la vie de Cécilie à Souale, sur ses passions et ses passe-temps. Il l'interrogea sur les plats qu'elle appréciait et sur les livres qu'elle lisait et fut particulièrement intéressé par l'enseignement qu'elle avait reçu à l'académie. Elle lui raconta ce qu'elle y avait préféré, son indignation devant le cloisonnement qu'on imposait aux femmes – elles ne pouvaient étudier que le négoce nuptial –, mais ne révéla pas qu'elle avait abandonné l'école avant d'obtenir son diplôme. Érèbe lui dressa un portrait du domaine et de ses habitants. Joleene, l'aînée de la fratrie, avait perdu son couronné dans un tragique accident. Pia, qui occupait la position du milieu, s'était mariée quelques mois plus tôt et venait d'entamer des études de sage-femme. Érèbe mentionna également ses parents, le regard débordant de tendresse, et s'excusa pour le comportement protecteur d'Anacendre. La mort précoce de son couronné n'avait rien arrangé.

Au fil de la conversation, les citrouilles prirent forme. Dans l'une d'elles, Érèbe avait sculpté le visage de Mirtyle, ce qui la fit rougir violemment. Il avait dit vrai : pour sa famille, Willow n'était pas vouée à effrayer les esprits, les citrouilles étaient bien trop belles pour cela.

Lorsque la dernière lanterne fut achevée, Érèbe se tut. Pendant l'heure qui venait de s'écouler, il n'avait pas parlé une seule fois de lui et avait éludé toutes les questions de Cécilie à son sujet.

— Puis-je voir votre bibliothèque ? s'enquit celle-ci avec espoir.

Le contenu d'une bibliothèque révélait l'âme de ses possesseurs plus efficacement que le badinage. Mirtyle secoua la tête.

— Notre chauffeur va bientôt revenir et nous aimerions plutôt rencontrer ta famille. N'est-ce pas, cousine ?

Érèbe les mena dans une cuisine surchauffée, où une domestique s'affairait devant trois fours. Chacun d'eux abritait une tourte assez grande pour nourrir quatre convives, et le parfum de bois fumé mêlé à celui de la pâte chaude fit saliver Cécilie.

Il était assez inhabituel pour des nobles de vagabonder dans la cuisine, pourtant, une jeune femme à la toilette noire y avait établi ses quartiers, accoudée à un plan de travail.

Elle était engagée dans une discussion animée avec la cuisinière, et, en dépit de ses traits tirés, de son air malade et de ses yeux rougis, un discret sourire flottait sur ses lèvres.

Cette femme était trop jeune pour avoir trois enfants adultes, il devait donc s'agir de Joleene. Elle ne ressemblait pas du tout à Érèbe, avec ses cheveux châtains tirant vers le blond et son nez légèrement retroussé. Elle était très grande ; malgré tout, elle dégageait un mélange de fragilité et de force intérieure qui séduisit aussitôt la nouvelle venue.

— Tu dois être Cécilie. Je suis Joleene, la sœur aînée d'Érèbe.

— Oui, je m'en doutais.

Le regard de cette femme la clouait sur place. Il en émanait une telle force, un tel éclat farouche…

Un éclair roux se fraya un chemin devant Cécilie et tendit une main à Joleene.

— Nous sommes enchantées de faire votre connaissance. Veuillez pardonner ma cousine, elle est un peu intimidée. Je suis Mirtyle, sa chaperonne.

Comme Érèbe avant elle, Joleene gloussa.

— Où est Anacendre ? s'enquit Érèbe.

Cécilie sursauta. Elle avait presque oublié la présence du jeune homme. Il se tenait derrière elle, en retrait.

— Elle attend Cécilie dans le cabinet de curiosités. Je crois qu'elle souhaite lui parler seule à seule.

Le cabinet de curiosités se trouvait à l'autre bout de la bâtisse, et plus Cécilie s'enfonçait dans ses profondeurs, plus le délabrement du manoir lui sautait aux yeux. Les lames du parquet grinçaient sous ses pas et des insectes avaient creusé leurs minuscules galeries dans certaines d'entre elles. La température chutait de plusieurs degrés dans les couloirs et on entendait les portes claquer à cause des courants d'air.

Dans cette atmosphère glaciale, les rumeurs sur Érèbe d'Aigremort se ravivaient et sa présence discrète dans le dos de Cécilie exacerbait son malaise.

Érèbe la conduisit à l'entrée d'une pièce douillette où ronflait un feu de cheminée. Une collection impressionnante de squelettes et d'animaux empaillés emplissait tous les coins. Ils avaient été entreposés là sans aucun souci esthétique. Les vitrines poussiéreuses reflétaient la lueur des flammes, empêchant l'œil de percer leurs mystères ; de lourds rideaux vermeils couvraient les fenêtres et dissimulaient certaines pièces, qui n'exhibaient que des morceaux de tête, de pattes ou de postérieur. Marius et Anacendre d'Aigremort jouissaient d'une excellente renommée parmi les explorateurs, mais là où leurs collègues chérissaient chaque pièce chèrement acquise, les d'Aigremort les entassaient, comme des dessins d'enfants dont on ne saurait que faire.

Surplombée par un gigantesque oiseau de proie aux plumes noires, Anacendre d'Aigremort l'attendait. Elle se tenait confortablement installée dans un fauteuil de velours vert sapin, une tasse de thé fumante à la main. Une théière ventrue, ainsi qu'une seconde tasse, patientait sur une petite table nichée devant l'âtre. Quand Cécilie se retourna vers Érèbe, elle ne trouva qu'un couloir sombre et vide.

La dame d'Aigremort observa Cécilie approcher sans un mot ; elle jaugeait la nouvelle venue avec plus d'insistance que ne le permettait la politesse. Anacendre d'Aigremort ressemblait comme deux gouttes d'eau à Joleene, la jeunesse en moins. Pourtant, elle produisait un effet bien différent sur Cécilie. Elle habitait son corps comme une louve dressée entre un prédateur et sa précieuse portée.

Cécilie releva le menton, une lueur de défi brûlant dans son regard. Son cœur battait férocement dans sa poitrine et elle dut puiser au plus profond d'elle-même pour ne pas courber l'échine devant la mère d'Érèbe.

Anacendre d'Aigremort cilla la première. Elle se pencha vers la théière et versa un filet de liquide ambré dans la tasse de Cécilie. Les vapeurs épicées du breuvage lui titillèrent les narines, et elle inspira les notes de cannelle, de cardamome et de poivre rose avec délice. Ses muscles se détendirent et elle s'autorisa à baisser sa garde de quelques millimètres.

— J'espérais que tu changerais d'avis et que tu ne viendrais pas, lâcha Anacendre en l'invitant à s'asseoir.

Cécilie ne se fit pas prier. Elle se percha au bord du fauteuil moelleux et enroula ses doigts gelés autour de la tasse. La porcelaine en était si fine qu'un infime impact suffirait à la briser.

Cécilie souffla sur le breuvage pour se donner une contenance et dirigea son regard vers l'âtre. Une bûche explosa à cet instant précis, crachant des étincelles sur le sol.

— Je suis bien décidée à épouser votre fils, s'il veut de moi.

Anacendre but une gorgée. Un léger tremblement agitait ses doigts et faisait osciller la tasse ; aussi la déposa-t-elle sur la table.

— Oh, il voudra de vous, cela ne fait aucun doute ! Le pauvre garçon vous désirait déjà avant même de vous rencontrer.

Cécilie nota avec satisfaction qu'Anacendre était repassée au vouvoiement ; elle ne cherchait plus à prendre ouvertement l'ascendant sur elle, mais n'avait pas abandonné l'idée de l'intimider. En témoignait sa dernière phrase, au sous-entendu glaçant. Avait-elle besoin d'être si cruelle ? De comparer son propre enfant à une bête sans retenue, prêt à se ruer sur n'importe quelle femme ?

— Dans ce cas, je ne vois pas le problème. Une union entre les d'Aigremort et les Vonburg nous serait mutuellement bénéfique. Ma famille possède un commerce florissant à Souale. Nos soiraignées et les étoffes qu'elles produisent ont déjà séduit le dynaste de notre cité nation, ainsi que celui de La Tour. Mon père m'a mandatée pour étendre notre influence jusqu'au nouveau Cercle des Géographes. Mais je ne suis pas marquée, voyez-vous. Une union avec votre fils m'ouvrirait les portes de la noblesse d'Archronde.

Cécilie s'interrompit pour reprendre son souffle ; sa voix s'emplissait de ferveur ; elle ne faisait plus la différence entre son demi-mensonge et la réalité. Si elle parvenait à se berner elle-même, la dame d'Aigremort ne percerait pas l'écran de fumée.

— Et gagner Archronde, poursuivit-elle d'une voix plus posée, signifie s'assurer la prospérité durant les cinquante prochaines années. En échange, ma dot sera si généreuse qu'Aigremort pourra renaître de ses cendres et retrouver son prestige d'antan.

Son discours ne produisit pas l'effet escompté ; au lieu de paraître impressionnée ou pensive, Anacendre la contemplait avec un sourire amusé. Elle souffla doucement sur sa tasse et observa les rubans de vapeur s'entremêler à la surface du liquide. Elle y trempa ensuite les lèvres et déglutit une minuscule gorgée.

— Belle argumentation, même si je doute que votre père approuve vos épousailles avec le monstre d'Aigremort. Votre charme et votre intelligence vous prédisposent à de plus gros poissons.

Cécilie grimaça intérieurement. Elle n'avait quitté l'académie que depuis quelques mois et, déjà, elle perdait la main. Jeanne lui avait toujours reproché de sous-estimer l'art du négoce nuptial et de n'avoir d'yeux que pour le commerce, une matière réservée aux hommes. Elle commençait à comprendre son point de vue, alors que sa vie et son succès futurs dépendaient de cette conversation.

Anacendre avait vu juste. Son père avait accepté de l'envoyer chez son oncle pour la rapprocher des nobles qui orbitaient autour du Cercle. Il lui avait également promis une dot si elle parvenait à trouver un parti à son goût. Mais il n'avait jamais été question d'Érèbe d'Aigremort ni de s'évader sur La Scientifica et de rompre son mariage à la première occasion.

— Vous le savez sûrement, répondit Cécilie en toute sincérité, mais la plupart des gros poissons dont vous parlez exècrent les femmes capables de penser par elles-mêmes. Si j'en crois ce que j'ai vu jusqu'à présent, vous avez élevé vos enfants différemment.

Mais l'avait-elle vraiment vu ? À peine entraperçu dans l'assurance de Joleene, dans la poigne d'Anacendre, dans le portrait de Pia, esquissé par Érèbe, et dans sa sensibilité à lui, sa façon de louer son amour des siens, avec ses citrouilles, sans s'en cacher. Le reste, elle le tirait du dossier de Jeanne. *Bénie sois-tu, mon amie.*

Une lueur d'intérêt mêlée de regrets s'alluma dans le regard gris d'Anacendre d'Aigremort. Elle prit une grande inspiration, comme avant de plonger dans un lac d'eau glacée.

— Êtes-vous au courant des rumeurs qui circulent à propos de mon fils ?

La respiration de Cécilie s'emballa, tandis que les avertissements de Mirtyle résonnaient dans ses souvenirs.

— Oui. C'est un tissu de mensonges, j'en suis convaincue.

Cécilie adressa une prière muette à la déesse avant de poursuivre :

— Mais quelque chose me dit que vous ne faites rien pour les écraser. Pourquoi ?

Anacendre ne répondit pas tout de suite. Son regard se perdit par-delà Cécilie, dans le couloir, puis du côté des rideaux : la dame d'Aigremort ne souhaitait pas être entendue.

— Parce que ces rumeurs, c'est moi qui les ai lancées, en m'inspirant d'un fond de vérité toutefois. Elles sont les seuls remparts qui protégeront encore mon fils lorsque je ne serai plus là.

Le choc de cette révélation laissa Cécilie muette, à bout de souffle. Ses pensées tourbillonnaient dans son crâne, avec la violence d'une tornade. *Non, ce n'est pas possible. Une mère ne ferait pas ça. Une mère ne ferait jamais ça à son enfant ! Pourquoi ?* Un frisson de dégoût la parcourut et elle étudia Anacendre avec un regard nouveau. Elle avait perdu son couronné six ou sept ans plus tôt ; faisait-elle partie de ces femmes qui gardaient jalousement leur fils en tribut de l'amour qu'elles avaient perdu ? Érèbe avait-il conscience du double jeu de sa mère ?

Cécilie se pencha vers Anacendre en maudissant ses mains qui tremblaient.

— On dit qu'Érèbe entretient des relations contre nature avec des animaux. On dit également qu'il est nécrophile. Vous rendez-vous compte à quel point ces rumeurs sont sordides ? Si vous êtes désespérée au point de vouloir le retenir auprès de vous pour toujours, pourquoi ne pas lui avoir inventé une simple maladie ? Il aurait pu feindre la guérison une fois sa mère morte et enterrée et reprendre sa vie !

Au regard glacial que lui lança Anacendre, Cécilie comprit qu'elle était allée trop loin, mais elle s'en fichait. Les pensées qu'elle nourrissait envers Anacendre étaient plus cruelles encore.

— Soyons bien claires, j'ai toujours agi pour le bien de mon fils. Quant à la raison de telles rumeurs… Plus elles sont terribles, plus elles sont tenaces. Et je ne tenais pas à payer un médecin pour lui rendre de fausses visites en échange de véritables honoraires, avec un supplément pour son silence. Les animaux, c'était facile : il ne quitte jamais son loup depuis tout petit et il passe le plus clair de son temps dans la forêt, à traquer d'autres bêtes. Il les tue et il en extrait les os, les poils, les plumes, les cornes ou les sabots. C'est un travail sanglant, ignoble, dont il s'acquitte sans faiblir. Il les façonne et les recrée pour former les pièces de ce cabinet. Voilà pour la nécrophilie.

Cécilie tenta vainement d'étouffer sa surprise : Érèbe avait *fabriqué* tout cela ? En tuant et en écorchant des créatures vivantes ?

— Érèbe est un bon garçon et il ne mérite pas tout ce qui lui arrive, poursuivit Anacendre. Il ne mérite pas non plus la réputation que je lui ai construite, mais il en a *besoin*. Mon fils n'est pas pour vous ni pour aucune autre femme. Il devra rester sans descendance jusqu'à sa mort. En épousant Érèbe, vous ne récolterez pas seulement trois marques sur la joue droite, vous hériterez aussi d'une ancienne malédiction qui pèse sur lui et qui le condamne à la solitude. Pour son propre bien et le vôtre, je vous prie de l'oublier et de chercher un autre noble pour vous ouvrir la porte du Cercle des Géographes.

Cette tirade passée, Anacendre s'enferma dans un silence obstiné. Cécilie finit par l'abandonner à son mutisme et quitta la pièce dans un froissement de jupes. Sa frustration grondait en elle, volcanique, et ses pensées se bousculaient dans son crâne en une cacophonie insoutenable. Cécilie traversa le manoir comme une tornade, ses talons claquant furieusement contre le sol. Elle se raccrocha à la seule pensée cohérente qu'elle put arracher à son capharnaüm intérieur : elle devait récupérer Mirtyle et fuir loin de cette maison toxique.

CHAPITRE 5

DANS LES RUES D'ARCHRONDE

Érèbe ouvrit la cuve de macération avec une grimace. Il s'y était préparé, pourtant l'odeur de la chair en décomposition le frappa, charriée par les vapeurs qui s'élevaient du liquide. La pestilence s'engouffrait partout : dans son nez, dans sa bouche et dans le fond de sa gorge. Elle tapissait sa langue et y esquissait les prémices d'un goût, malgré ses efforts pour respirer le moins possible.

Érèbe savait par expérience que les relents de mort s'accrocheraient à ses vêtements pendant des jours et qu'il devrait se laver plusieurs fois les cheveux avant de rentrer pour le dîner.

Il tendit la main à contrecœur et la plongea jusqu'au coude dans le bouillon âcre. Il en sortit le crâne d'un gros chien qu'il avait trouvé dans le bois, à un stade déjà avancé de décomposition. Il récupéra également le squelette frêle d'une chauve-souris. Contrairement au chien, dont il avait immédiatement su quoi faire, le rôle de la chauve-souris dans sa collection se réduisait à une intuition ténue. Ses ailes le fascinaient, avec leur allure de mains aux doigts effilés. Il posa le chiroptère sur une serviette, à côté du crâne canin, et referma la cuve avec soulagement.

Une bourrasque fit pénétrer un courant d'air glacé par une fenêtre. Érèbe l'accueillit avec gratitude. Il louvoya entre les tables surchargées de son atelier, le crâne à la main, caressant l'os frontal du bout du pouce.

Parvenu à son plan de travail, Érèbe écarta un plateau où prenait forme une musaraigne aux pattes arrière interminables et y déposa le futur crâne de son Cauchemar. Le reste du corps patientait derrière lui, soutenu par une structure métallique. Amputé de sa tête, de sa texture et de ses couleurs, le Cauchemar paraissait bien moins intimidant, mais lorsque Érèbe aurait percé deux trous de la taille d'un frann d'or sur l'os frontal du chien et y aurait enchâssé les bois volés à la dépouille du cerf…

Il frissonna.

Avait-il réellement envie de donner corps à son Cauchemar dans le monde réel ? Cet acte devait lui permettre de démystifier la bête pour faire disparaître la peur. Mais en invitant le Cauchemar ici, dans son lieu sûr, et en évoquant délibérément son souvenir, ne renforçait-il pas l'emprise de la créature sur lui ?

D'un geste distrait, Érèbe épongea à l'alcool la mince pellicule de graisse qui exsudait du crâne. Selon les livres d'ostéologie qu'il avait en sa possession, le dégraissage devait s'étirer sur plusieurs semaines et nécessiter l'usage de bains chimiques adaptés. Érèbe avait scrupuleusement suivi ces protocoles pour ses premières créations, avant de se rendre compte que la plupart des os rendaient leurs acides gras quelques minutes après la fin de la macération. Quelques heures encore, et ils devenaient blancs comme s'ils avaient passé l'été en plein soleil. Érèbe ne pouvait formuler l'ombre d'une explication à ce phénomène, sinon il se serait empressé d'adresser une lettre anonyme aux biologues du Cercle des Géographes pour partager sa méthode avec eux.

Songer au Cercle ramena ses pensées vers Cécilie. Tandis qu'il fouillait parmi ses outils pour trouver une foreuse à os du bon diamètre, le visage de la jeune femme se superposa à sa vision. Elle était tellement belle, faute d'être *gentille*. Son mordant et son caractère buté l'avaient d'abord agacé, avant qu'il s'attendrisse. Elle était venue, *pour lui*, têtue, inflexible ; du genre qui n'avait peur ni du noir ni des rumeurs. En cela, il l'avait crue parfaite. Et pour la première fois depuis si longtemps, sa petite machine à histoires fantasmées s'était remise en route. Il s'était imaginé des années plus tard, amoureux d'une femme qui aurait levé jusqu'aux derniers voiles de sa noirceur, l'aurait contemplé tel qu'il était au plus profond de lui et lui aurait dit « je t'aime » en toute connaissance de cause.

Mais Cécilie s'était enfuie après son entretien avec Anacendre, aussi vive qu'un courant d'air. Il avait poursuivi les deux jeunes filles jusqu'à l'entrée du domaine, mais l'expression de Cécilie l'avait gardé de tenter quoi que ce soit pour les retenir. Jamais il n'oublierait le regard de pitié mêlée de dégoût qu'elle lui avait adressé avant de claquer la portière entre eux.

Anacendre lui avait parlé de ses créations, c'était évident. Elle lui avait décrit de long en large le processus répugnant dont il s'acquittait en cet instant même et lui avait montré le résultat final : les chimères du cabinet de curiosités. Il aurait pu ressentir de la colère envers sa mère. Après tout, elle ne lui avait pas laissé la chance de se dévoiler progressivement à Cécilie, de l'inviter dans son univers à petites touches, comme on pénètre dans une rivière glacée. Pourtant, seule une profonde lassitude habitait l'esprit d'Érèbe. Il oscillait, suspendu au-dessus d'un vide immense qu'il contemplait avec mélancolie.

À quoi bon se battre ?

Je crois que personne ici n'ose te le demander. Ils semblent tous te croire fragile et incapable d'endosser tes responsabilités, avait dit Timor.

Au moins, il ne pourrait plus affirmer qu'Érèbe n'avait rien essayé. Sauf qu'il avait abandonné à la première difficulté, il n'y avait vraiment pas de quoi couper le sifflet de son beau-frère.

Une étincelle de combativité s'alluma dans le néant, l'empêchant de sombrer. Et si tout n'était pas perdu ? Cécilie ne s'était pas imposée à Aigremort pour assouvir une curiosité morbide ; elle souhaitait réellement l'épouser, Érèbe l'avait vu dans ses yeux. Il pouvait encore la ramener sur cette voie, malgré la semaine écoulée, malgré cette première rencontre qui avait été trop pour elle. Anacendre l'avait choquée en la jetant ainsi dans son univers, pas étonnant qu'elle ait bondi hors du domaine. Chez elle, le contact serait plus doux, plus familier. Si Érèbe ne faisait pas cet effort pour Cécilie, alors il ne la méritait pas, quelle que soit l'ampleur de sa propre terreur. Le jeune homme déposa la foreuse à côté du crâne et, après une toilette rigoureuse, quitta enfin son refuge.

Érèbe jeta un regard désespéré au présent qui sommeillait sur la banquette arrière et tenta de démarrer le vieux tacot du domaine pour la énième fois. Le froid avait sûrement grippé le moteur, car il se contentait de tousser et de crachoter chaque fois qu'Érèbe tournait la clé dans le contact. À ce rythme-là, le bruit finirait par alerter Bertram, ou pire : Anacendre.

Érèbe laissa tomber son front contre le volant. Il ne savait même pas conduire ! Il poussait sur les pédales au petit bonheur la chance en actionnant la clé, comme si l'antique voiture pouvait traduire correctement ses manipulations erronées. Même s'il parvenait à démarrer, il finirait dans un fossé avant d'arriver chez les Vonburg.

La poignée s'abaissa soudain du côté conducteur, et la portière s'ouvrit sur une Joleene ensommeillée et vêtue à la hâte. Sa sœur aînée avait abandonné sa grande maison vide à la famille de son couronné et avait repris son ancienne chambre à Aigremort. La plupart du temps, elle dormait, comme si rester éveillée ne représentait plus aucun intérêt. Sa chambre étant proche du garage, les vibrations du moteur avaient dû la réveiller.

Tant mieux, songea Érèbe.

— Qu'est-ce que tu fabriques ? chuchota Joleene en étouffant un bâillement.

— Je me rends au 3, avenue Montfleury, répondit-il sur le même ton.

Il adressa une prière silencieuse à Déus, à l'univers et à la bonne marche des choses pour que Joleene ne le dénonce pas. Érèbe n'avait plus quitté Aigremort depuis des années, car Anacendre y était farouchement opposée. Jusque-là, il s'était résigné à son sort, mais Timor avait raison : à dix-neuf ans, Érèbe était un jeune adulte et il devait prendre sa vie en main.

Joleene se mordilla la lèvre, probablement engluée dans un conflit de loyauté entre sa mère et son cadet.

— Cette adresse, c'est celle de Cécilie ?

Érèbe hocha la tête, tentant d'accrocher les prunelles bleues de Joleene avec son regard d'obsidienne.

— Je l'ai trouvée sur sa lettre.

— Pousse-toi, lui ordonna sa sœur.

Elle empoigna ses jupes et grimpa du côté conducteur, refoulant Érèbe vers le siège passager. Elle claqua la portière derrière elle et prit une profonde inspiration.

— Bon, l'engrenage… non, l'embrayage ! Le voilà ! se félicita-t-elle en tâtant les pédales tour à tour.

Elle tourna le contact et passa la première. La voiture ronronna et quitta le garage en douceur. Joleene poussa une exclamation ravie et un sourire lumineux éclaira ses traits fatigués. Elle se dirigea vers la sortie du domaine à vive allure, avec l'expression d'une enfant qui vient de dérober un bonbon.

— Comment ? finit par balbutier Érèbe, lorsqu'ils s'engagèrent sur une portion de macadam. Comment as-tu appris ça ?

— C'est Fredric, expliqua Joleene d'un ton voilé. Il m'apprenait à conduire dans l'allée de notre maison. Je n'ai jamais pris la route, mais selon lui, j'ai de fabuleux réflexes.

Elle toussa pour cacher la tristesse qui fêlait sa voix, puis déclara :

— Je ne sais pas comment nous amener en ville. Regarde si tu trouves une carte dans la boîte à gants.

Érèbe obtempéra, toujours aussi ahuri par la tournure des événements. Si on lui avait annoncé qu'il s'évaderait du domaine à bord d'une voiture pilotée par sa sœur, il n'en aurait pas cru un mot.

Il extirpa une carte ainsi qu'un bocal de berlingots de la boîte à gants. Il en piocha un et savoura les notes sucrées de la friandise ; Joleene réclama sa part, puis laissa Érèbe se concentrer sur la route à suivre.

L'oncle de Cécilie vivait en plein centre-ville, à quelques kilomètres de la grande butte qui surplombait le Cercle des Géographes. À cette heure-ci, les rues grouilleraient de monde, et le couple étrange que formaient le frère et la sœur d'Aigremort ne risquait pas de passer inaperçu : aucune loi n'interdisait aux femmes de conduire, mais les hommes se réservaient traditionnellement cette activité.

Une bouffée d'angoisse serra le ventre d'Érèbe. Il déglutit, tentant de regagner le contrôle de ses émotions. Il n'était pas trop tard pour faire demi-tour et retourner se réfugier dans le domaine.

— À droite, souffla-t-il pourtant à la première intersection.

Joleene prit le virage un peu trop large et empiéta généreusement sur la voie adjacente. Heureusement, ils n'y rencontrèrent personne.

Vingt-cinq minutes plus tard, la voiture s'engagea dans le centre-ville d'Archronde. Elle tressautait sur les rues pavées et Érèbe s'enfonça dans son siège, les doigts crochetés à la poignée. Comme il l'avait prédit, les rues étroites drainaient tant de monde que la circulation s'embouteillait. Une file de voitures harnachées à des chariots bâchés les précédait. L'une transportait du marbre, d'autres du matériel de jardin, des sièges par centaines et du matériel de bureau ; Érèbe pouvait remonter la file du regard sans trouver cargaison qui n'aurait eu sa place au Cercle des Géographes.

Dans deux mois, au solstice d'hiver, aurait lieu l'inauguration du Cercle d'Archronde. Les postes de pouvoir au sein de la nouvelle organisation seraient redistribués à la noblesse locale. Quant aux évincés, ils se contenteraient de postes moins prestigieux dans ce nouveau Cercle ou tenteraient de prospérer dans son ancienne ville hôte, grâce à l'argent des expéditions ou aux dons technologiques qu'offrait La Scientifica au terme d'un partenariat avec une cité nation.

Ainsi, Lux – l'hôte actuelle du Cercle – jouissait à présent de l'électricité ; Cavare, de la technologie de forage qui permettait d'excaver des ressources profondément enfouies dans le sol ; Souale prospérait dans l'industrie textile grâce aux soiraignées et La Tour avait reçu don de médecine. Quant à Archronde, elle avait été la première ville à abriter le Cercle, deux cent cinquante ans plus tôt, mais la pratique du don n'avait pas cours à l'époque.

Avec un claquement de langue réprobateur, Joleene se pencha devant son frère pour refermer sa fenêtre. Il lui jeta un coup d'œil surpris, avant de remarquer que le véhicule qui les précédait crachait d'épaisses volutes de fumée noire à intervalles réguliers. Joleene lança une œillade assassine à la nuque du conducteur.

— Ce n'est pas parce que tu joues avec l'accélérateur que ça va nous faire avancer, grommela-t-elle entre ses dents.

Pour tromper l'attente, Érèbe se replongea dans la contemplation des lieux. Une série de maisons plus hautes que larges s'alignaient de part et d'autre de la route, telles des rangées de soldats au garde-à-vous. Leurs briques uniformément ocre et leur architecture calibrée renforçaient cette impression.

Un groupe de jeunes gens se déversa soudain de l'une d'entre elles et remonta la rue en bavardant joyeusement. Ils suivaient la file de voitures avec des yeux emplis d'excitation et, bientôt, ils arrêteraient leur regard sur Joleene et lui.

Érèbe détourna la tête et s'enfonça davantage dans son siège. Une mèche de cheveux lui couvrit les yeux et il se sentit un peu moins menacé.

— Tu sais, mon cœur, lui fit remarquer Joleene, tu ne te promènes pas avec un tatouage « Je suis Érèbe d'Aigremort, jetez-moi des pommes pourries ! » sur le front. Tu es une légende urbaine, d'accord. Et pas des plus flatteuses. Mais là, en pleine rue, personne ne pourra te reconnaître à moins que tu ne te présentes.

— Je m'en garderais bien, souffla Érèbe en esquissant un pauvre sourire.

— Voilà ! J'aime mieux ça ! l'encouragea Joleene en lui ébouriffant les cheveux. Ici, tu es un trimarque au charme mystérieux, c'est compris ? Tiens-toi droit et relève le menton, on est presque arrivés chez ta demoiselle.

Comme pour confirmer ses dires, la file s'ébranla en pétaradant. Érèbe regarda le groupe de jeunes rapetisser, puis disparaître dans le rétroviseur. La voiture traversa quelques rues, puis Joleene se gara devant une bâtisse à colombages. Ses briques d'un rouge un peu délavé, ainsi que sa taille – elle doublait ses voisines en largeur –, la rendaient impossible à manquer. En évidence sur la porte, un « 3 » cuivré reflétait les rayons du soleil.

La gorge d'Érèbe se noua. Il leva les yeux vers les fenêtres de la bâtisse pour s'assurer que personne ne l'observait. Mais le verre réverbérait la rue, l'empêchant d'apercevoir quoi que ce soit.

— Je t'attends ici, souffla Joleene.

Érèbe inspira profondément et, pour la première fois depuis une éternité, foula les pavés de la cité. Son cœur battait à tout rompre dans sa poitrine et il sentait le sang se retirer de son visage. L'avenue Montfleury, plus calme que les autres, étouffait le brouhaha des grosses artères, mais pas suffisamment. Pas autant que l'aurait fait un bosquet, ou mieux, une forêt entière.

Érèbe se dirigea vers l'arrière de la voiture avec le sentiment de se déraciner à chaque pas. Le chaos ambiant déstructurait son énergie et brouillait ses repères. Il n'avait qu'une hâte : déposer le présent de Cécilie sur le perron et rentrer dare-dare à Aigremort.

Il empoigna la lourde caisse, couvé par le regard inquiet de sa sœur.

— Érèbe… dans la boîte, ce n'est pas…

Il la rassura d'une œillade entendue. Non, il ne s'agissait pas d'un cadeau tordu, comme un foie au milieu d'une mare de sang, ou d'un spécimen naturalisé avec soin. Il n'était pas complètement stupide !

Le jeune homme déposa la caisse sur le perron et enfonça la sonnerie. Un vaste système de cloches s'actionna et les petits instruments tintinnabulèrent dans toute la maison.

Et maintenant? songea Érèbe, pris d'une furieuse envie de disparaître. Il jeta un coup d'œil à sa montre : 11 h 44. Dans deux minutes, si personne ne lui avait ouvert, il regagnerait la voiture. Tant pis si un passant dérobait son cadeau sur le perron. Ce serait sûrement mieux comme ça, d'ailleurs. Il leva de nouveau les yeux vers les fenêtres, mais aucune d'elles ne fit mine de s'ouvrir. Érèbe rabattit son attention vers la montre : 11 h 44. Il poussa un juron.

Un discret chuintement se fit entendre derrière lui et la voix de Joleene lui parvint à travers la vitre baissée :

— Essaye encore !

— Pas question ! Je n'aurais même pas dû sonner la première fois, c'était stupide !

Érèbe patienta jusque 46, puis se précipita vers la voiture. Il allait se glisser sur la banquette avec soulagement lorsque la voix joyeuse de Mirtyle cria son prénom.

— Érèbe ! Érèbe, c'est toi ? Par ici !

Elle sautillait sur le perron, une main sur sa poitrine, d'où s'épanouissait une somptueuse robe à la matière évanescente. Érèbe chercha Cécilie derrière elle.

Mirtyle devait avoir suivi son regard, car une mine boudeuse assombrit fugitivement ses traits. Elle se reprit aussitôt, affichant un sourire désolé.

— Cécilie est sortie. C'est quoi cette caisse ?

Elle poursuivit, sans laisser à Érèbe le temps de réagir :

— Comment tu trouves ma robe ? C'est pour l'inauguration. On restera dans la rue évidemment, mais ce sera tout de même une soirée formidable !

Une voix autoritaire ponctuée de cliquetis de talons furieux résonna dans le hall, empêchant Érèbe de répondre.

— Mirtyle Vonburg ! Comment osez-vous sortir dans la rue vêtue de cette façon ? Monsieur votre père…

Elle s'interrompit en apercevant Érèbe. Ses sourcils se froncèrent, formant une ligne épaisse et continue. Son expression sévère lui donnait l'air d'un hibou grincheux et, malgré sa colère évidente, il était impossible de la prendre au sérieux.

— Madame Tulio… commença Mirtyle, sans paraître le moins du monde désolée.

La dame hibou claqua son mètre ruban en direction d'Érèbe.

— Vous êtes là pour une livraison ?

— Non. Je suis là pour voir Cécilie et lui déposer un cadeau, ainsi qu'une invitation.

Madame Tulio pencha la tête, le jaugeant de haut en bas. Elle décortiquait sa tenue, comme si d'un regard, elle pouvait en arracher toutes les coutures et les déposer à plat sur sa table de travail. Lorsque ses yeux se détachèrent enfin de ses vêtements, ils s'arrêtèrent sur les trois marques qui ornaient la pommette droite d'Érèbe.

— Qui êtes-vous ?

— Je… ça n'a aucune importance, balbutia-t-il.

Une portière claqua derrière lui et, une seconde plus tard, Joleene se plantait à ses côtés, un sourire avenant plaqué sur les lèvres.

— Joleene d'Artançon et voici mon frère, Édouard. Édouard d'Artançon. Pouvons-nous attendre miss Cécilie à l'intérieur ?

Chapitre 6

3, avenue Montfleury

Au contraire d'Aigremort, toujours plongé dans la pénombre, le 3, avenue Montfleury baignait dans un océan de lumière. D'imposantes fenêtres trouaient les murs à intervalles réguliers, et d'astucieux jeux de miroirs, de lustres de cristal et de puits ouverts dans les plafonds réverbéraient les rayons du soleil dans chaque recoin.

Cet éclairage aveuglant, presque cruel, faisait ressortir chaque défaut de l'épiderme et achevait de faner les tissus fatigués. Avec ses cernes noirs et sa peau blanche, Érèbe devait afficher un air particulièrement maladif.

Debout en face de lui, une longue étoffe entre les mains, madame Tulio ne se privait pas de le dévisager. Elle parcourait son corps en psalmodiant des mensurations, comme si un mètre ruban lui barrait les pupilles. Lorsqu'elle en eut fini avec lui, elle jaugea la haute silhouette de Joleene. Celle-ci soutint l'examen sans broncher, même si une petite ride au coin de ses lèvres montrait son agacement face à l'impolitesse de la domestique.

Le frère et la sœur accueillirent l'arrivée de Mirtyle avec soulagement, quelques minutes plus tard. Elle portait un pantalon ample et un corsage bleu aux manches bouffantes. La tenue de soie qu'elle arborait à leur arrivée pendait sur son bras. De minuscules perles de lumière scintillaient le long de l'ourlet et de la poitrine ; Érèbe comprit avec un instant de retard qu'il s'agissait de dizaines d'épingles minuscules. C'était à se demander comment Mirtyle avait pu enfiler et ôter cette robe sans se zébrer la peau.

Elle remit l'ouvrage à madame Tulio, qui l'emporta aussitôt dans une pièce voisine, puis tira une chaise de sous la table du séjour et s'y laissa tomber avec un soupir. D'un geste, elle invita ses hôtes à l'imiter. Érèbe obéit, mais Joleene préféra rester en retrait, s'abîmant dans la contemplation de la fenêtre, les mains jointes derrière le dos. Son attitude était claire : elle était là pour soutenir son frère en cas de besoin, pas pour s'immiscer dans ses relations avec les filles Vonburg. Mirtyle ne sembla pas en prendre ombrage.

— Fais attention à ne jamais tomber entre les griffes de madame Tulio, glissa-t-elle à Érèbe. Son souci esthétique frise la quête de perfection. Cette robe était déjà fabuleuse il y a une semaine. Pourtant, elle n'est toujours pas satisfaite.

Mirtyle soupira.

— Oh, j'aimerais tant que tu puisses être là pour l'inauguration du Cercle. Tu sais, même si Cécilie et toi ne vous mariez pas, tu as le droit d'emmener un invité non marqué, c'est la tradition. Cécilie a toujours voulu voir le Cercle. Elle se passionne pour La Scientifica avec un zèle que je ne comprendrai jamais. Tu savais qu'elle en apprend la carte par cœur ?

L'estomac d'Érèbe chavira.

— Alors, c'est certain ? Cécilie ne veut plus m'épouser ?

Les épaules de Joleene se tendirent et elle tourna la tête dans leur direction. Mirtyle, soudain mal à l'aise, pesa ses mots avec soin :

— Si, je crois. Enfin, je ne sais pas. Elle était vraiment décidée lorsque nous sommes venues te voir, et j'ai remarqué que tu lui plaisais au moins un peu lorsqu'on décorait les citrouilles dehors. Et puis, je ne sais pas, quelque chose a eu l'air de la déranger ou de l'effrayer. Je suis sûre que ce n'est rien.

— Sûrement, approuva Joleene, avec douceur.

Son ton se voulait rassurant, mais une légère crispation dans sa voix trahissait son inquiétude. Elle aussi soupçonnait Anacendre.

Le silence s'étira entre eux, ponctué des tic-tac d'une pendule au fond de la pièce et de la plainte d'un tissu qu'on déchire, là où avait disparu madame Tulio.

— Vous voulez rester pour dîner ?

— Non, s'empressa de répondre Érèbe. On va s'en aller. Je… je suis simplement venu déposer ceci pour Cécilie (il fit un geste vague vers la caisse) ou pour toi, si elle n'en a que faire.

Il eut un pauvre sourire, tandis qu'une étincelle de curiosité naissait dans les prunelles ambre de Mirtyle. Cécilie les avait plus claires, aussi fauves que le pelage d'une lionne.

Mirtyle se leva et se dirigea vers la caisse qu'Érèbe avait abandonnée au pied de la pendule. Joleene quitta son poste à la fenêtre et s'approcha de son frère pour lui passer une main délicate dans le dos.

— Qu'y a-t-il dedans ? s'enquit Mirtyle.

— Une citrouille pour Willow. Je ne sais pas pourquoi je l'ai apportée. Je voulais vous inviter, Cécilie et toi, pour célébrer la fête au domaine selon la tradition d'Aigremort. Mais je me suis dit… (Le contact de Joleene se raffermit en un encouragement muet. Érèbe prit une brusque inspiration.) Vous viendriez ?

Un large sourire éclaira le visage de Mirtyle.

— Bien sûr ! s'écria-t-elle.

— Je ne crois pas, jaillit une voix douce, mais inflexible.

Cécilie se tenait dans l'encadrement de la porte, une cape de voyage d'un bleu céruléen jetée sur ses épaules. Elle serrait une cage minuscule dans ses bras, protégée des courants d'air par un pli de la cape. Un cocon d'un blanc crémeux en occupait l'espace, ses attaches vibrant légèrement, comme s'il était habité.

— Tu as la reine ? s'enquit Mirtyle d'un ton ravi.

Elle sautait d'enthousiasme en déconvenue avec tant de facilité qu'il devenait difficile de la suivre.

— Oui, je l'ai. Elle est pleine à craquer. Que faites-vous là, Érèbe ? Et vous, Joleene ?

Le regard du jeune homme se perdit vers la caisse, avant de revenir sur Cécilie. Depuis son entrée, elle n'avait toujours pas relâché sa posture ni esquissé un geste pour déposer la cage ou ôter la cape. De toute évidence, il n'était pas le bienvenu.

À quoi s'était-il attendu ? Cécilie et sa demande en mariage lui avaient fait perdre la tête ! Il n'avait aucun droit de l'attendre dans sa demeure pour lui réclamer de son temps et de son attention. Si elle souhaitait le revoir, elle saurait où le trouver : Érèbe ne quitterait plus Aigremort, même si le manoir devait s'effondrer sous les poutres pourries.

— On s'en allait. J'ai laissé un présent pour vous.

Cécilie plissa les yeux, méfiante.

— Qu'est-ce que c'est ?

Venant d'elle, la question le blessa davantage encore. Érèbe se leva sans répondre, contourna Cécilie et regagna la voiture, Joleene sur ses talons.

Plus les jours s'égrenaient, plus le Cauchemar prenait forme dans l'atelier d'Érèbe. Lorsqu'il se tenait debout face à lui, comme dans son rêve, les orbites vides de la bête plongeaient directement dans les siennes. Les bois le surplombaient, imposants, sublimes avec leurs crénelures et leurs teintes irisées.

Avec un soupir, Érèbe referma le poing et l'apposa sur le losange de l'os frontal, tout contre la naissance des bois.

— Je n'ai pas peur de toi, dit-il à son Cauchemar.

C'était la stricte vérité.

Une boule de déception mâtinée de colère enfla dans sa gorge, et Érèbe posa la tête contre sa création, goûtant la texture froide de l'os et les derniers relents de mort qui s'attardaient à sa surface. Il ferma les yeux, tentant d'invoquer le souffle du Cauchemar sur sa peau et la chaleur qui émanait de sa version onirique. Il ne se passa rien. Le spectre de son Cauchemar semblait se gausser de sa tentative pathétique pour le conjurer. Sans couleur, sans pelage, sans chaleur, ce tas d'os ne resterait que cela : un squelette inanimé, inutile. Le véritable Cauchemar, lui, montait en puissance, rôdant autour d'Érèbe, plus insaisissable que jamais.

Malgré la fatigue insistante qui lui intimait de se coucher, Érèbe enfila une lourde cape et des gants de cuir et quitta son atelier.

L'air avait encore fraîchi. En lisière de forêt, là où les pins se mélangeaient à des essences feuillues, le vert côtoyait le rouge, le jaune et parfois même le gris.

Érèbe s'éloigna de la dépendance du manoir pour se ruer à la rencontre des arbres. Lorsqu'il ne chassait pas, comme aujourd'hui, la forêt apaisait son âme, drainait ses pensées et le laissait calme, presque reposé.

Il inspira à pleins poumons en pénétrant sous le couvert des arbres. Aussitôt, sa poitrine se délia. Il marcha ainsi une dizaine de minutes, à l'écoute de la vie sauvage. Même en gardant les yeux rivés sur le sentier, il parvenait à localiser et à identifier la plupart des animaux qui évoluaient autour de lui. Cet écureuil, perché au sommet d'un chêne à cinq mètres vers l'ouest, le suivait depuis quelques minutes, curieux. Dans la direction opposée, un groupe de corbeaux habillait les branches d'un hêtre.

Érèbe bifurquait vers eux quand une présence familière se coula derrière lui. Un léger sourire ourla ses lèvres : entre Noctis et la forêt, Érèbe se sentait enfin plein et entier.

Nul œil pour le juger.

Nul œil pour le condamner.

À son approche, la harde de corbeaux s'égaya dans un concert de cris. Noctis hâta sa foulée et trottina jusqu'au pied du hêtre, la truffe au ras des feuilles.

Un cadavre attendait Érèbe : petit présent figé par le froid. Il caressa doucement ses belles plumes noires aux reflets moirés et glissa l'animal dans sa besace, sachant pertinemment que ces plumes, si belles soient-elles dans leur obscurité, ne pouvaient approcher la texture de son Cauchemar. Cette certitude fit exploser son bien-être, comme du verre froid plongé dans les flammes. Jamais il ne se débarrasserait de sa peur ; toutes ses tentatives en ce sens resteraient vaines. Il n'avait pas voulu le reconnaître jusque-là, mais Anacendre lui avait rendu un fier service ; elle avait testé Cécilie, et celle-ci avait échoué, avant même de pénétrer au plus profond de la noirceur qui empoisonnait Érèbe. Il passa sa colère sur un tas de feuilles mortes, le bourrant de coups de pied jusqu'à dévoiler la terre en dessous, puis l'abandonna derrière lui. Il n'eut pas besoin de le chercher des yeux pour sentir que Noctis n'était plus à ses côtés.

— Érèbe ? appela une voix dans son dos.

Il fit volte-face. Très bien, voilà qu'il hallucinait maintenant. *De mieux en mieux.*

Cécilie l'observait, perdue au milieu du chemin, flanquée par Noctis. Le loup la couvait d'un regard protecteur qu'il réservait habituellement à Érèbe. Ce dernier se secoua pour faire imploser ce rêve absurde, ainsi que la part de jalousie qui cristallisait en lui.

Il tourna les talons et s'enfonça dans la forêt.

— Érèbe ! cria Cécilie.

Il se força à l'ignorer, mais Noctis l'arrêta d'un hululement sauvage. Le doute l'envahit soudain ; gêné, il se tourna vers la jeune femme – qui n'avait absolument *aucune* raison de se trouver là – et s'exclama :

— Cécilie ? Mais…

Elle le contemplait, sourcils froncés, les bras étroitement serrés autour de son sac, sous sa cape luxueuse.

— Sachez que je n'avais aucune intention de vous rejoindre seule dans les bois. Mais votre loup semblait énormément y tenir.

— Quel jour sommes-nous ?

Cécilie leva les yeux au ciel.

— Le soir de Willow. Il ne me semble pas très poli d'inviter des gens – surtout de ceux qu'on souhaite épouser – et de ne pas se montrer, le sermonna-t-elle, revêche.

— Je ne pensais pas que vous viendriez, lâcha Érèbe en se dirigeant lentement vers elle. Après toutes les choses que vous a racontées ma mère…

Cécilie esquissa un sourire. Ils rebroussèrent chemin, vers l'orée du bois.

— Je n'en étais pas sûre non plus.

— Qu'est-ce qui vous a fait changer d'avis ?

L'un des talons de Cécilie ripa contre une aspérité du chemin et elle se rattrapa au bras d'Érèbe pour ne pas trébucher. Le contact ne dura qu'une seconde, et Cécilie reprit aussitôt sa posture renfermée, mais le cœur du jeune homme s'envola dans sa poitrine, avec autant de fracas que la nuée de corbeaux un peu plus tôt.

Pathétique.

— C'est Joleene, répondit-elle à la grande surprise d'Érèbe. Je l'ai « croisée » sur le chemin de la bibliothèque, il y a quelques jours. Elle prétextait surveiller l'ouverture d'un magasin de prêt-à-porter, mais je suis sûre qu'elle m'attendait. J'aime me déplacer à pied autant que possible et je prends toujours le même chemin. Bref. On a discuté aimablement pendant quelques minutes, puis elle m'a remis les yeux en face des trous, arguant que vous partagiez votre passion pour les spécimens naturalisés avec tous les biologues du Cercle.

Elle s'interrompit un instant.

— Et que la seule différence entre eux et vous, ce sont leurs magnifiques bureaux, leurs salaires indécents, et l'aura de prestige et de pouvoir qui entoure leur fonction.

Érèbe ne put retenir un rire. Les différences entre lui et les membres du Cercle dépassaient largement ces considérations matérielles : les biologues œuvraient pour la science et naturalisaient des pièces ayant réellement existé ; Érèbe, lui, créait des chimères, des collections d'art.

Toutefois, il était reconnaissant à Joleene de ne pas avoir insisté sur ce point.

— Elle m'a aussi convaincue, poursuivit Cécilie, qu'Anacendre avait forci le trait vous concernant. Je n'ai pas eu grand mal à la croire, tant votre mère semble vouloir vous garder pour elle.

Érèbe ouvrit de grands yeux, surpris par cette dernière affirmation. Un instant, il fut tenté de défendre Anacendre – elle qui l'avait toujours protégé –, mais il garda le silence, soucieux de ne pas gaspiller la chance que Cécilie lui offrait.

L'obscurité tombait rapidement et avec elle se levait un vent humide qui ne tarderait pas à virer à l'orage. Érèbe et Cécilie pressèrent le pas. Noctis les suivait à distance, silhouette noire en lisière de vision.

— La citrouille vous a plu ?

— D'où vient le loup ?

La simultanéité de leurs questions les fit rire. Cécilie répondit en premier :

— Beaucoup. Mais je l'ai rapportée ici : l'allumer chez nous n'aurait pas été au goût de mon oncle.

Une bouffée de satisfaction envahit Érèbe. Sur la seconde face de la citrouille de Mirtyle, il avait sculpté et peint le portrait de Cécilie.

— Noctis ? lui rappela-t-elle doucement.

— Il vient d'Exotica. Je suis né là-bas pendant une expédition et j'y ai passé les quatre premières années de ma vie. Selon mes parents, j'ai trouvé Noctis aux abords d'une tanière abandonnée et nous nous sommes adoptés mutuellement. Il est revenu avec nous à Naturalia et on ne s'est pas quittés depuis.

Cécilie s'arrêta brusquement, malgré le vent qui chahutait dans ses jupes et arrachait de longues mèches châtain clair de son chignon.

— Vous venez d'Exotica ? Tous les deux ? s'écria-t-elle avec une adoration qui mit Érèbe mal à l'aise.

— Noctis vient d'Exotica, corrigea-t-il. Moi, je suis simplement né au mauvais endroit, au mauvais moment.

— Quel âge avez-vous ?

— Dix-neuf ans. Noctis doit en avoir dix-sept, mais il est toujours en pleine forme.

— Et vos sœurs ? Elles étaient là-bas aussi ?

Érèbe secoua la tête.

— Elles ont passé ces quatre années dans un internat de La Scientifica.

Une expression avide s'épanouit sur les traits de Cécilie. Elle se passionnait pour l'archipel, se souvint Érèbe.

— On allait les voir tous les six mois environ.

— Comment c'était ?

— Aucune idée, je n'ai pas de souvenirs antérieurs à Naturalia.

— Et vous n'avez jamais voulu retourner à Exotica ou à La Scientifica ?

Érèbe se tordit les mains. La plupart des enfants gardaient peu de souvenirs de leur petite enfance, mais il en subsistait des flashs, des impressions… Les quatre premières années d'Érèbe, au contraire, avaient glissé sur sa mémoire, la laissant vierge jusqu'au retour de sa famille à Aigremort. Seule exception : le Cauchemar, tache d'encre bleu-vert-noir qui obscurcissait sa vie par-delà les années.

— Érèbe ?

Il se passa une main dans les cheveux pour retrouver une contenance.

— Non.

Cécilie fronça les sourcils, un air buté se dessinant sur ses traits. Noctis se rapprocha du couple, aux aguets.

— Pourtant, ce serait l'occasion. Avec le déménagement du Cercle, les capitaines d'expédition changent et la plupart des postes sont redistribués.

— Je sais, répondit Érèbe avec brusquerie.

Il hâta le pas.

Noctis s'intercala en douceur entre les jeunes gens, comme si par sa seule présence, il pouvait garder les questions de Cécilie à distance. Ignorant le loup, elle accéléra pour rattraper Érèbe.

— D'accord, on oublie ça pour le moment. J'aimerais voir votre atelier.

Oh, Déus !

— Willow va bientôt commencer. Pia et son dimarque seront là ; je préfère que notre absence reste aussi brève que possible pour sauver les convenances.

— Officiellement, Joleene est avec nous, contra Cécilie. Je crois qu'à l'heure actuelle, elle grelotte devant la porte close de votre dépendance.

Érèbe plissa les yeux. Cécilie avait raison ! Ils avaient enfin quitté les bois et la silhouette fantomatique de Joleene se découpait contre son lieu sûr.

Érèbe réprima un juron.

Une poignée de secondes plus tard, il déverrouillait la porte et le trio pénétrait dans le bâtiment. Une légère odeur de cadavre s'attardait encore dans l'air et il vit Cécilie froncer le nez. Une minuscule part de lui-même en ressentit de la satisfaction : elle le contraignait et le poussait à bout ? Elle allait être servie !

Sans un mot, il ouvrit la porte de l'atelier. La pestilence grimpa d'un cran. Cécilie s'avança dans la salle, la bouche ouverte. Érèbe n'eut pas le cœur de la suivre, préférant se rendre dans la pièce voisine pour enfiler des vêtements propres tandis que Joleene patientait dans l'entrée.

Lorsqu'il revint, Cécilie était toujours à l'intérieur, pourtant Érèbe avait pris son temps, soucieux de s'épargner l'expression choquée de la jeune femme lorsqu'elle jaillirait hors de l'atelier. Joleene adressa à son frère un regard appuyé qui devait signifier « Va tout de suite la rejoindre, espèce de lâche ! » et il obtempéra.

Cécilie se tenait face au Cauchemar. Pensive, elle examinait les tendons de fer qui articulaient les os entre eux. Érèbe sortit le corbeau de sa besace, l'air de rien, et l'abandonna sur un plan de travail. Puis, il se racla la gorge. Cécilie sursauta.

— Alors ? grommela-t-il d'un ton revêche.

Il n'avait qu'une seule envie : en finir au plus vite.

Cécilie lui répondit par une autre question ; elle ne semblait plus incommodée par l'odeur et respirait librement.

— Saviez-vous que les biologues du Cercle utilisent de la soie de soiraignée dans leurs montages ? Elle renforce les ligatures, tout en étant plus discrète qu'un filin métallique et plus durable que n'importe quel type de colle. Alors j'ai pensé…

Elle sortit de sa cape une cage minuscule, dont Érèbe avait d'abord pris les reliefs pour ceux d'un sac à main. Son intérieur était protégé par une fine couche de verre. Une soiraignée à peine plus grosse qu'un poing d'enfant s'agitait à l'intérieur.

Érèbe s'était attendu à tout : à des insultes, du dégoût, des regards méprisants, une nouvelle fuite de sa soupirante, mais pas à ça.

Il saisit doucement la cage et la déposa sur un plan de travail.

— Je peux ? demanda Cécilie en esquissant un geste vers la soiraignée.

Érèbe acquiesça. Elle ouvrit une porte à peine plus grande que l'animal et y glissa un doigt recourbé en crochet. La soiraignée déplia ses longues pattes blanches, couvertes d'un épais duvet, et grimpa sur le perchoir improvisé. Puis elle pivota sur elle-même, révélant quatre rangées d'yeux d'un noir de nuit alignés sur le duvet blanc.

— Elles sont très sensibles aux courants d'air, expliqua Cécilie. Mais à part ça, les soiraignées sont des animaux dociles et résistants… tant qu'elles ne se retrouvent pas devant la gueule d'un loup noir, bien sûr.

Elle accorda un faible sourire à Érèbe, qui le lui rendit, subjugué par la bienveillance dont Cécilie faisait preuve à son égard. La pauvre citrouille qu'il lui avait offerte pesait bien peu comparée à son luxueux cadeau. Une soiraignée comme celle-ci valait au moins dix frann d'or : de quoi réparer l'escalier de marbre, ainsi qu'une partie du toit du manoir. Les bénéfices financiers que sa famille retirerait d'une union entre lui et Cécilie lui sautèrent soudain aux yeux.

— Nos soiraignées sont éduquées à la vibration, poursuivit Cécilie.

Elle sortit quatre diapasons de sa poche et en fit résonner un contre l'armature métallique qui soutenait le Cauchemar. Érèbe se retint de protester, tandis qu'un *la* d'une pureté inégalable retentissait dans la pièce. Aussitôt, la soiraignée bondit dans les airs et se réceptionna sur la gueule du Cauchemar. Au son du *si*, elle se dirigea vers la jonction entre l'occiput et la première vertèbre cervicale. Le *do* la fit s'arrêter et le *ré* entraîna la production d'une profusion de soie, que la soiraignée tissa autour du fil de fer. Au *mi*, elle resserra la maille.

Elle dansa ainsi autour du fil, guidée par Cécilie, jusqu'à ce qu'un nouveau *do* et un nouveau *si* lui ordonnent de sauter dans la main d'Érèbe. Celui-ci reçut l'animal dans ses paumes en coupe. Elle était si douce, si légère, qu'on avait du mal à la relier aux arachnides poussiéreux qui peuplaient habituellement les habitations. Celle-ci – il décida de la nommer Fyla – recelait un véritable trésor.

Érèbe s'approcha du Cauchemar et contempla, ébahi, le tendon que Fyla avait tissé pour remplacer l'attache métallique. Il en testa la rigidité du bout du doigt, peinant à en croire ses yeux. L'émotion lui noua la gorge et fit perler une larme au coin de son œil droit. Il l'essuya discrètement, puis sursauta lorsqu'il sentit Fyla s'y abreuver.

— Elles sont très intelligentes. Si vous n'aimez pas les diapasons, vous pouvez l'éduquer à la voix. Les soiraignées sont une espèce charognarde, vous n'aurez pas de mal à lui fournir des récompenses, observa Cécilie en englobant l'atelier d'un geste de la main.

— Combien de types de soie ? demanda Érèbe, au comble de l'excitation.

Les bénéfices des soiraignées ne s'arrêteraient pas à la confection d'attaches pour ses squelettes ; il pourrait aussi les entraîner à produire des duvets, des pelages, peut-être même des plumes…

Son regard s'attarda sur le Cauchemar.

— Entre six et douze, ça dépend de leur alimentation et de leur position hiérarchique dans la colonie. Celle-ci est une ouvrière, mais elle ne sera pas concurrencée pour se nourrir, donc vous pourriez avoir de bonnes surprises.

Érèbe acquiesça. Son esprit tournoyait, accaparé par les nouvelles perspectives qui s'offraient à lui. Il devrait étudier les modes de teinture et établir un programme d'alimentation pour Fyla ; peut-être Cécilie pourrait-elle lui prêter un ouvrage sur le traitement de la soie ? Il doutait d'en trouver dans les bibliothèques d'Archronde.

Érèbe se força à repousser son excitation à la lisière de son esprit et à revenir au moment présent.

— Comment puis-je te remercier ?

À cet instant, il aurait pu lui promettre n'importe quoi. Il la couronnerait, sortirait de sa réclusion pour l'emmener à l'inauguration… Tout. Il ferait tout. Ses propres peurs, ses doutes, il s'en occuperait ensuite. Cécilie avait tissé sa toile autour de lui et la resserrait maintenant en un cocon délicat, qui n'avait rien à envier à celui d'une reine soiraignée. Elle le dévisagea en silence, ses prunelles fauves plongées dans celles d'Érèbe.

CHAPITRE 7

LES BIENS DU CERCLE

Cécilie devait le reconnaître : le manoir était magnifique. Deux rangées des lanternes-citrouilles d'Érèbe joignaient le portail à l'entrée principale de la demeure. Même si le trio venait des bois, Érèbe avait tenu à les ramener à ce point de départ, pour que Cécilie puisse prendre la pleine mesure du spectacle. Elle accepta ce détour avec grâce, observant les potirons creusés cracher flammes et fumée. D'autres bougies, plus sobres, leur succédaient sur le perron, créant des jeux d'ombres qui renforçaient l'aspect inquiétant de l'habitation au crépuscule.

Dans l'entrée, le feu laissait place à des pommes de pin séchées, artistiquement arrangées en guirlandes rehaussées de feuilles mortes. Un délicat fumet de châtaignes braisées et de gibier rôti embaumait l'air.

Dans la pièce voisine, Cécilie entendait la voix d'Anacendre, qui tentait de convaincre les domestiques de partager leur table pour Willow. Magdeleine, la cuisinière, bredouillait des protestations de moins en moins convaincantes, répétant en boucle le nom de Timor d'Edressac.

Anacendre plaçait d'autorité deux couverts supplémentaires en bout de table lorsque Cécilie pénétra dans la salle à manger, accompagnée de sa future belle-sœur et de son fiancé. L'apparente bonne humeur de la dame d'Aigremort se fractura lorsqu'elle posa son regard sur la nouvelle arrivante. Ses lèvres se pincèrent en une ligne mince, mais à la grande surprise de Cécilie, elle ne fit pas le moindre commentaire sur sa présence. Après tout, Mirtyle avait déjà bien déblayé le terrain pour elle en entrant la première dans le manoir.

L'adolescente examinait une série de portraits au fond de la pièce et adressa un clin d'œil à sa cousine lorsqu'elle l'aperçut. Cécilie soupira en reconnaissant son air malicieux : elle devrait lui raconter chaque détail de ce qui s'était passé entre Érèbe et elle.

Cécilie se tourna vers lui. Érèbe la couvait d'un regard doux, les épaules relâchées, les muscles détendus. Il paraissait moins fatigué aussi, le regard moins sombre. Cécilie avait toujours cru ses iris d'un noir d'obsidienne, mais aujourd'hui, sous la lumière tamisée, ses prunelles semblaient plutôt d'un profond vert bouteille. Il était vraiment beau, et même si Cécilie ne désirait pas l'aimer, elle ne doutait pas de trouver un certain plaisir en remplissant leurs devoirs conjugaux.

Conjugaux, médita-t-elle en y croyant à peine. *Ça a été beaucoup plus facile que prévu.*

Cécilie n'avait eu qu'à demander : le mariage et l'inauguration en échange de la prospérité du domaine. Et Érèbe avait tout accepté, comme sous l'emprise d'un sortilège. Oh, il avait tiqué quand elle avait mentionné l'inauguration ; elle avait même vu l'angoisse batailler dans ses yeux. Mais il avait promis, c'était le plus important.

Une vague d'allégresse la gagna : d'ici quelques mois, elle infiltrerait le Cercle des Géographes et ravirait un à un les privilèges auxquels elle n'avait pas eu droit à la naissance.

Oh, pas si vite, susurra une petite voix au fond d'elle, *il reste encore à faire passer la pilule auprès de ton père et de ton oncle, à leur apprendre que ton trimarque de fiancé n'est autre qu'Érèbe d'Aigremort, et que tu as trahi leur confiance.*

Cécilie retourna à Érèbe le sourire qu'il lui adressait et s'assit sur la chaise qu'il avait tirée pour elle. Ce geste, il l'avait réalisé avec un soin presque révérencieux, comme une caresse dont il aurait savouré chaque seconde. Son promis s'installa à sa droite et Mirtyle à sa gauche, Joleene à côté d'elle. Anacendre, quant à elle, présidait la maigre assemblée.

— Bien, dit-elle d'un ton hésitant. Nous allons commencer.

Son regard papillonna vers l'horloge murale. Celle-ci indiquait le quart précédant vingt et une heures.

— Pia et le dimarque auraient dû arriver il y a plus d'une heure, souffla Érèbe en se penchant vers sa fiancée. J'espère qu'ils vont bien.

Comme en réponse à ses inquiétudes, une bourrasque fit grincer le manoir et jeta un froid sur la tablée. Entre l'obscurité naissante et l'orage qui se préparait, Cécilie n'aurait voulu pour rien au monde se trouver sur les routes désertes menant au domaine, où chaque cahot ou ornière recelait un véritable piège.

— Peut-être que d'ici cinquante ans, nous hériterons des systèmes de communication à distance de La Scientifica. En attendant, nous devrions aller les chercher, répondit-elle à voix tout aussi basse.

— Bertram s'est éclipsé. Il va prendre la voiture et sillonner les alentours au cas où ils seraient tombés en panne. Je propose que nous retardions notre annonce en fin de soirée.

Cécilie jeta un coup d'œil vers Anacendre, qui la dévisageait d'un air suspicieux.

— Bien entendu.

Les plats arrivèrent, juxtaposés sur les mains, poignets et avant-bras de Magdeleine, et Cécilie oublia tout : le Cercle, l'annonce de son mariage et l'absence du couple de dimarques, pour savourer pleinement son repas.

Ils en étaient au dessert – un pudding infusé à la poire et à la cannelle, accompagné d'une crème de châtaignes – lorsque Bertram fit irruption dans la salle à manger, essoufflé, le teint rougeaud. Tous les convives se tournèrent vers lui, anxieux.

— Ils seront bientôt là, madame. Votre fille, le dimarque d'Edressac et…

Il hésita : les mots s'étranglaient dans sa gorge.

— Et ? l'encouragea sèchement Anacendre. Allons, reprends-toi, Bertram !

— Et le primarque Olivar de la Chênaie.

Un vent d'immobilité souffla sur la salle à manger, puis, aussi brusquement que la foudre fend le ciel, le temps sembla reprendre son cours. Anacendre se leva d'un bond, lissa les plis de sa robe et se précipita dans l'entrée. Magdeleine, aidée par Joleene et Érèbe, récupéra la vaisselle et la fit disparaître en cuisine. Mirtyle et Cécilie les suivirent, pour revenir avec une pile d'assiettes et de couverts propres, qu'elles dressèrent rapidement. Magdeleine réarrangea les restes du repas, déplorant leur froidure, puis préféra les remporter pour les réchauffer en cuisine.

Des échanges polis leur parvenaient depuis l'entrée. Érèbe saisit Cécilie par la main et la plaça à côté de Joleene et de Mirtyle, non loin du vestibule, mais légèrement en retrait. Ainsi, elles pourraient présenter leurs respects au primarque sans envahir son espace.

— Officiellement, c'est toi le maître de maison depuis la mort de père, chuchota Joleene à son cadet. Tu n'aurais pas dû laisser mère l'accueillir dans l'entrée.

Érèbe ne répondit pas. Des vagues de tension et de mal-être émanaient de lui, si puissantes qu'elles menaçaient de ternir l'excitation de Cécilie.

— Tout va bien, lui souffla-t-elle à l'oreille. Vois cette visite comme un avant-goût de ton retour à la société. Une répétition.

Loin de rassurer Érèbe, les mots de Cécilie le firent blêmir davantage. En ce qui la concernait, cette soirée dépassait de loin ses espérances. Elle s'était fiancée au-dessus de son rang et elle s'apprêtait à rencontrer l'un des membres les plus éminents de la noblesse d'Archronde.

Dans sa quête d'informations sur le Cercle, elle avait lu plusieurs ouvrages qui faisaient mention de la famille de la Chênaie. Pendant les cinquante premières années de la vie du Cercle, les hommes de cette lignée s'étaient succédé au poste de capitaine en une file longue et ininterrompue pavée de nombreux succès. Pendant les deux cents ans qui avaient suivi, ils avaient accompagné le Cercle dans chacune de ses villes hôtes, ne laissant jamais partir une expédition sans un membre de leur famille à son bord. Et aujourd'hui, même si le dynaste n'avait pas nommé officiellement les capitaines, il ne faisait aucun doute que l'homme aux yeux gris acier et à la chevelure poivre et sel qui venait de pénétrer dans la salle à manger compterait parmi eux.

Cécilie observa Érèbe s'approcher du nouveau venu, s'incliner et lui serrer la main. Malgré son teint pâle, son fiancé affichait une prestance qu'il était loin de montrer avant l'entrée du primarque. Il produisait des efforts surhumains pour endosser son rôle de maître du domaine, et elle lui en était profondément reconnaissante.

— Je suis navré d'avoir tenu votre sœur et votre beau-frère éloignés de si charmantes activités, commença le primarque en englobant la décoration du regard. Timor est mon meilleur logisticien, voyez-vous, et il m'apporte son aide dans une affaire des plus délicates.

— Cher Olivar, Pia, Timor, asseyez-vous je vous prie, nous allons passer à table, intervint Anacendre, un sourire forcé plaqué sur les lèvres.

Cécilie tiqua en entendant le prénom du primarque dans la bouche d'Anacendre. Puis elle se rappela que la mère d'Érèbe avait également fréquenté le Cercle et participé à de nombreuses expéditions. Le primarque et elle avaient probablement fait partie du même équipage. Cécilie se promit d'adoucir les angles avec sa future belle-mère, dans l'espoir de bénéficier de ses conseils.

Le primarque balaya la suggestion d'Anacendre d'un mouvement du menton et, sans un regard pour son ancienne coéquipière ni pour les autres femmes de la maison, il poursuivit :

— Malheureusement, je me trouve ici mandaté par le dynaste, pour inventorier les biens du Cercle que vous avez en votre possession.

Il sortit une enveloppe cachetée de sa cape et la tendit à Érèbe, qui en brisa le sceau d'un geste sec.

Au fur et à mesure de sa lecture, son visage s'assombrissait. Toute trace de vert avait déserté ses prunelles, qui avaient tourné à l'orage. Un muscle se contracta sur sa mâchoire et lorsqu'il releva le menton pour toiser le primarque, l'indignation déformait ses traits.

— Les « biens du Cercle » auxquels vous faites allusion appartiennent à ma famille et… et à mon héritage ! Ils font partie de la juste rétribution des membres d'expédition, et le dynaste n'a aucun droit sur eux !

— Le dynaste a tous les droits, rétorqua le primarque d'un ton dur.

Il adoucit aussitôt son expression, l'enrobant de miel, et leva une main paternelle vers l'épaule d'Érèbe. On aurait dit un serpent, agitant ses grelots pour charmer sa proie.

— Allons, mon garçon. Pour le moment, il ne s'agit que d'un inventaire. Le dynaste décidera ensuite ce qu'il souhaite rappeler au Cercle ou laisser en votre possession en guise de prêt.

— De prêt ? s'étrangla Anacendre. Enfin, Olivar, ces pièces sont les seules richesses de ma maison. Le seul héritage de valeur que Marius a pu léguer à son fils !

Elle aussi paraissait horrifiée. Elle parcourait le pli que lui avait tendu Érèbe avec une colère à peine contenue.

Le primarque l'ignora superbement. À son tour, Cécilie sentit la révolte enfler en elle. Était-ce comme cela qu'il traitait les femmes de son équipage ? Comme des êtres inférieurs indignes de sa grandeur masculine ? Quel rôle leur réservait-il ? Pas celui de scientifiques, c'était évident. Comme à Naturalia, elles devaient servir à prendre soin des hommes et à soulager leurs pulsions pour qu'ils puissent se consacrer sereinement à leur travail. C'était le cas il y a deux cents ans lors du premier passage du Cercle à Archronde. Ça l'était toujours cent ans plus tôt, lorsque le Cercle habitait Souale, Cécilie l'avait lu dans tous les ouvrages qu'elle avait consultés. Mais après toutes ces années de collaboration avec La Scientifica, la condition des femmes au sein du Cercle avait dû s'assouplir, non ?

Au-dehors, l'orage approchait. Des éclairs illuminaient périodiquement la pièce, suivis par des grondements lointains et caverneux. On aurait dit que les dieux jumeaux eux-mêmes désapprouvaient cette injustice et le faisaient savoir à coups de foudre divine.

J'espère qu'un trait brûlant le frappera lorsqu'il sortira d'ici.

À l'intérieur, l'atmosphère était si électrique qu'elle semblait prête à s'embraser. Pourtant, Érèbe se reprit. D'un geste, il invita le primarque et le traître qui l'accompagnait à le précéder.

— Tu connais le chemin, Timor, n'est-ce pas? le provoqua-t-il, caustique.

Ce dernier pâlit et adressa un regard d'excuses à sa couronnée, dont le teint avait viré au cramoisi. Il s'inclina ensuite en direction d'Anacendre en bafouillant des paroles incompréhensibles, puis disparut dans le couloir, Érèbe et le primarque sur ses talons.

Cécilie se consola en songeant que l'hostilité de sa belle-mère risquait de se détourner d'elle pour affliger le couronné de Pia. Du moins, pendant quelque temps.

Lorsque le son des bottes claquant sur le parquet se fut réduit à de lointains murmures, Pia laissa échapper un hoquet. Elle se répandit en excuses, arguant que son couronné n'avait pas le choix, que collaborer à la ruine d'Aigremort le répugnait, mais que s'il voulait se garantir une place dans le nouveau Cercle, il devait obéir aux ordres, aussi révoltants soient-ils.

— Je sais, la coupa Anacendre d'un ton radouci.

— Quel mufle, souffla Cécilie en pensant à Olivar de la Chênaie.

Elle croyait avoir été discrète. Le regard appuyé que lui lança Anacendre lui prouva le contraire. Une étincelle d'intérêt s'était allumée dans son regard, et Cécilie songea que les plus fortes alliances se forgeaient en présence d'un ennemi commun.

— Vous avez fait partie du même équipage, le primarque et vous.

Ce n'était pas une question, néanmoins elle sut qu'elle avait vu juste quand les lèvres d'Anacendre se retroussèrent en un rictus.

— Il a été mon capitaine en second à deux reprises. C'est un serpent dont il faut se méfier comme la peste. Ses valeurs sont des plus discutables et il vaut mieux ne pas se trouver sur la route de ses objectifs. Cela étant, si l'on parvient à s'en accommoder, ancrer ses propres buts dans les siens nous assure le succès.

Elle hésita, puis invita Mirtyle et ses filles à rejoindre Magdeleine en cuisine afin de profiter du dessert.

— Vous, venez avec moi, souffla-t-elle à Cécilie en l'attrapant par le coude.

— Remarquable, siffla le primarque en admirant l'oiseau de proie qui veillait sur le cabinet.

Cécilie plissa les yeux et se dressa sur la pointe des pieds pour épier le primarque à travers les lames du parquet. Pas étonnant que le manoir grouille de courants d'air : Anacendre et elle se trouvaient dans les caves – soit pratiquement dehors –, et le plancher était monté comme un gruyère, si bien qu'elles pouvaient observer la scène sans se faire remarquer.

Le primarque balaya la pièce du regard et y dénicha une escabelle, qu'il plaça sous l'animal. Une fois perché à sa hauteur, il dégaina un instrument optique de son veston et le brandit devant son œil.

Cécilie se dévissa le cou, jusqu'à faire entrer Érèbe dans son champ de vision. Il restait de marbre, encadré par le chambranle, mais Cécilie aurait juré qu'une étrange excitation émanait de lui. Rien d'étonnant : de toute évidence, le primarque estimait son travail.

— Je dois vous avertir, monsieur, commença Timor, qu'une grande proportion des pièces de ce cabinet sont…

Il hésita sur le mot à prononcer. Érèbe lui renvoya un regard carnassier, qui évoqua vaguement à Cécilie sa première rencontre avec Noctis. Elle tendit à nouveau l'oreille pour intercepter la réponse du primarque.

— Des chimères, je sais. Mais voyez-vous, mon garçon, la seule chose qui me permette de le dire, c'est la connaissance du bestiaire exotique qu'ont compilé mes ancêtres. Beaucoup d'entre eux avaient un talent pour la peinture, et leur travail fourmille de détails en plus d'être merveilleusement documenté.

— Et cette source de connaissances a été rappelée au Cercle, à qui elle revient de droit, j'imagine, persifla Érèbe.

Timor lui jeta un regard consterné. Le primarque, quant à lui, redescendit l'échelle avec grâce, sans se formaliser de la pique.

— Disons que, comme la collection de votre famille, mon bestiaire possède sa ligne dans l'inventaire officiel, concéda-t-il.

— Sottises ! chuchota Anacendre. Jamais le dynaste n'oserait dépouiller son propre neveu ! Par contre, son peuple dévoué qui sue sang et eau pour son prestige, c'est une autre histoire…

Cécilie allait lui demander de se taire, lorsqu'elle sentit un impact sourd contre sa bottine. Elle baissa les yeux et se retrouva face à un gros rat. Elle étouffa le juron qui remontait de sa gorge et chassa la bête d'un mouvement du pied. Le rongeur s'enfuit dans un éclair de fourrure grise, ses petites pattes martelant le sol de la cave, puis finit par disparaître sous une bâche.

— De mieux en mieux, marmonna-t-elle.

Avec un temps de retard, les paroles d'Anacendre la percutèrent.

— Son neveu ?

Anacendre exhiba une moue agacée.

— Oui, le fils de la plus jeune sœur du dynaste. Elle a épousé Rumour de la Chênaie. Sa lignée paternelle étant suffisamment illustre, Olivar se vante peu de sa parenté avec le dynaste, qui, après tout, lui vient d'une femme. À présent, taisez-vous ! Je ne parviens pas à suivre avec tout ce vent et maintenant vos questions.

Cécilie ouvrit la bouche pour protester – c'était l'hospice qui se fichait de la charité ! –, mais elle se ravisa, soucieuse de ne pas perturber la miraculeuse entente qui s'épanouissait entre elle et sa future belle-mère.

Lorsqu'elle se replongea dans la conversation, ce fut pour constater qu'elle en avait perdu le fil. Érèbe prononça une phrase qui se fondit dans le vent et les lamentations du parquet. Le primarque éclata de rire. Sa voix à lui, basse, profonde et propulsée par une formidable caisse de résonance, lui parvint distinctement.

— Ah, cette basse besogne ne trouve pas grâce aux yeux de ces dames, j'imagine ?

Érèbe ne répliqua pas, se contentant de renvoyer un regard glacial au neveu du dynaste.

Cécilie fronça les sourcils. De quoi parlaient-ils ? Des créations d'Érèbe ? Se dissimuler dans une cave humide, envahie de rats et de courants d'air, lui sembla soudain ridicule, voire indigne. Anacendre était chez elle, après tout ! De quel droit ce dandy au sang bleu venait-il dicter sa loi dans toute la maisonnée ?

— Je voudrais le voir, insista le primarque.

À nouveau, une bourrasque ravit la réponse d'Érèbe ; et Timor, qui faisait gémir le plancher au-dessus de leurs têtes, n'arrangeait rien.

Une brusque agitation s'empara du cabinet. Érèbe et le primarque quittèrent la pièce, emportant leur conversation au-dehors. Seul Timor demeura sur place, parcourant les vitrines armé de sa loupe et de son bloc-notes.

Anacendre poussa un sifflement agacé et traversa la cave pour coller son œil à un soupirail. Celui-ci s'ouvrait sur l'arrière du domaine, en direction des bois.

— Ils vont vers l'atelier, confirma Anacendre. Le dynaste n'a aucun droit sur Érèbe ni sur ses chimères, j'espère que mon fils sait à quoi s'en tenir.

— Comment le pourrait-il ? On ne peut pas dire que vous l'ayez préparé aux manigances des nobles, aux conventions sociales, au double langage ou aux motifs cachés. Même s'il donne le change.

Pour la première fois, Cécilie crut percevoir une lueur d'angoisse dans les prunelles grises d'Anacendre.

— Vous ne savez pas de quoi vous parlez ! Vous auriez fait pareil à ma place, repartit-elle d'un ton ferme, qui contrastait avec l'incertitude qu'on lisait dans ses yeux.

Au-dessus d'elles, les bruits de pas de Timor s'étaient arrêtés, mais Cécilie n'en avait cure ; qu'il aille rapporter leur comportement au primarque et il se ferait hacher menu par sa couronnée ainsi que par Anacendre. Même Noctis ne trouverait plus assez de restes pour s'en rassasier.

— Certainement pas ! Et j'ai bien l'intention de réparer vos bêtises !

Cette dernière phrase s'était échappée de ses lèvres avant qu'elle puisse la rattraper. Les yeux d'Anacendre s'agrandirent et une expression de surprise peinée altéra ses traits. Cécilie comprit avec horreur qu'elle venait d'annoncer ses fiançailles à sa belle-mère dans une cave déserte remplie d'objets contondants. Anacendre avait déjà prouvé qu'elle était prête à tout pour arriver à ses fins, et, séparé des deux femmes par le plancher, Timor n'aurait pas le temps d'intervenir si Cécilie se mettait à crier.

Déa, au secours.

Mais Anacendre se contenta de se laisser glisser dans la poussière et les excréments de rats. Elle paraissait extraordinairement fatiguée et, sous le maquillage qui embellissait ses traits, on devinait des cernes aussi sombres que ceux d'Érèbe.

Cécilie rejoignit la dame d'Aigremort et s'assit à ses côtés, les jambes repliées contre le buste.

— Tout ira bien, murmura-t-elle, sans vraiment savoir à quoi elle faisait allusion.

— Si vous supportez les terreurs nocturnes, les chasses et les butins, si vous vous tenez suffisamment à l'écart du monde pour ne pas subir les rumeurs que j'ai lâchées contre lui, peut-être pourrez-vous le croire pendant un temps. Vous vous direz que la triple marque en valait la peine, ou peut-être que non, car à quoi bon la marque si l'on vit une vie d'ermite ? Et puis un jour, vous aurez un enfant et… vous vous rendrez compte que rien de tout cela n'en valait la peine et que j'avais raison. Sauf qu'il sera trop tard.

Un frisson d'une colère impatiente traversa Cécilie. Elle en avait assez des insinuations d'Anacendre, de ses menaces à peine esquissées.

— Cessez vos prophéties ! Expliquez-moi donc !

Sa voix claqua dans l'obscurité de la cave. Anacendre secoua la tête, les lèvres pincées. Elle cilla, et une larme perla du coin d'une paupière avant de se perdre dans sa robe anthracite. Une autre lui succéda, puis une autre encore, et bientôt, la dame d'Aigremort se retrouva agitée de sanglots.

Cécilie l'observa en silence, désarmée par la souffrance mêlée d'épuisement qu'elle voyait sourdre d'Anacendre. Puis, hésitante, elle passa un bras autour des épaules de sa belle-mère et l'attira contre elle. La matriarche se laissa faire, allant jusqu'à poser sa joue contre l'épaule de Cécilie.

— Érèbe ne doit pas avoir d'héritier, murmura-t-elle à plusieurs reprises au cours des minutes qui suivirent.

N'y tenant plus, Cécilie murmura :

— Et si je vous promettais mieux que cela ?

Anacendre cessa aussitôt de pleurer.

Le cœur de Cécilie s'envola devant l'énormité de la révélation qu'elle s'apprêtait à faire. Mais son instinct lui soufflait qu'elle partageait bien plus qu'un ennemi commun avec la mère d'Érèbe. Elles pouvaient devenir alliées.

— Et si je vous disais qu'être une épouse naturalienne ne m'intéresse pas ? Que tout ce que je souhaite, c'est une chance de rejoindre le Cercle, puis La Scientifica.

Les prunelles d'Anacendre s'agitèrent. Elles finirent par se calmer, puis se fixèrent sur Cécilie.

— Et Érèbe ?

Cécilie ignora la culpabilité qui lui pinçait le ventre et se força à s'en tenir aux faits.

— Ma dot subviendra aux besoins du domaine ; Érèbe pourra le remettre à neuf. Votre fils aura une belle vie, sans épouse, sans enfants, mais avec vous.

— Ce n'est pas aussi simple.

— Depuis quand avez-vous des scrupules ?

— Je ne parlais pas d'Érèbe, mais de votre plan. Même si vous passez les sélections, rares sont les épouses à être engagées sur une expédition en l'absence de leur couronné. Vous resteriez indéfiniment dans la réserve ; membre du Cercle, mais coincée à Naturalia. Avec mon fils.

— Érèbe pourrait autoriser mon départ. Vous pourriez le convaincre que j'ai besoin de voler de mes propres ailes pendant un temps, faire mes propres expériences, me former, apprendre. Il n'a pas reçu la même éducation que les autres hommes, il acceptera.

— Sans doute. J'espère simplement qu'il ne cherchera pas à vous accompagner.

Anacendre se redressa. Elle se remit debout, épousseta sa robe et commença à faire les cent pas dans la cave. Se souvenant de Timor avec un sursaut angoissé, Cécilie fouilla le plancher du regard. Le dimarque était parti, et seul le feu dans la cheminée dotait encore le cabinet d'un semblant de vie.

— Savez-vous coudre, repriser, repasser, cuisiner ? s'enquit brusquement Anacendre. Savez-vous faire la conversation quand elle est souhaitée, mais vous taire au bon moment ? Vous fondre dans les murs, évoluer parmi d'autres, tout en vous rendant invisible ?

— Je suis formée au négoce ; je sais lire, écrire, calculer, dresser des soiraignées, réciter l'histoire du premier Cercle d'Archronde et de celui de Souale. Je connais la géographie de La Scientifica, ou presque, et j'ai bien l'intention d'étudier tous les ouvrages et les comptes-rendus d'expédition que vous possédez, avant que le dynaste ne vous en dépouille.

— Ce n'est pas ce que je vous ai demandé.

— Je n'ai que peu d'intérêt pour la couture, je laisse cette tâche à madame Tulio. Je ne cuisine pas et je ne reprise pas. Je ne change pas mes propres draps, et je ne me fonds pas dans la masse ; au contraire, j'essaye de sortir du lot.

Anacendre soupira.

— Alors vous n'avez pas la moindre chance d'être engagée comme aide sur une expédition. Avant de vous envoler, petit oiseau, il vous faudra faire corps avec votre condition de femme naturalienne. C'est le seul moyen.

Cécilie serra les dents, tandis qu'une boule de révolte naissait dans son estomac.

Personne n'a dit que ce serait facile…

— Alors je travaillerai dur. J'ai trois mois pour…

— Vous n'avez que quelques semaines. Depuis cinquante ans, les épreuves des loges et celles des aides se déroulent avant l'inauguration. Quoi que vous ayez lu, votre documentation était obsolète.

Les mots d'Anacendre frappèrent Cécilie comme un coup porté à son estomac.

Trois mois… quelques semaines. Qu'est-ce que ça change, au fond ? Tu en es capable.

Lorsque Cécilie releva les yeux, Anacendre lui tendait une main blanche.

— Je suis passée par là avant vous. Je vous aiderai si vous me jurez de tenir votre promesse.

Cécilie n'hésita pas une seconde ; elle serra la main d'Anacendre.

— Alors marché conclu.

Chapitre 8

Ultimatum

Le primarque parti, Érèbe se laissa tomber le long d'un plan de travail, de lourds sanglots lui secouant les épaules. Ses larmes ne recelaient aucune tristesse : elles servaient simplement à relâcher la pression, comme de la vapeur s'échappe d'une cocotte-minute.

D'une main tremblante, il saisit la lourde bourse qu'Olivar lui avait remise en guise de paiement, et en renversa une partie sur le sol poussiéreux. Une cascade de pièces d'or, rondes et percées en leur centre, se répandit entre ses jambes écartées. Érèbe en prit une entre le pouce et l'index et la porta à son œil : aucun doute, il s'agissait bien d'un frann d'or et, selon les dires d'Olivar, la bourse en comptait une centaine. Le reste de la somme – près de dix fois cela ! – reposait bien au chaud dans une banque d'Archronde, et Érèbe pourrait la retirer après la livraison.

Il essuya ses larmes d'un geste de la main, puis replaça les pièces dans la bourse. Dès le lendemain, il ferait quérir un tailleur de pierre pour réparer la marche du perron.

Érèbe se leva et se dirigea vers la source de tant de richesses et de convoitise : son Cauchemar. La vue du squelette encore nu avait plongé le primarque dans une fébrilité mêlée d'excitation. Il avait d'abord tenté de feindre le désintérêt, mais ne pouvant s'arracher à la contemplation de la bête, avait noyé Érèbe de questions, jusqu'à lui faire perdre pied.

Sept. Il avait eu recours à sept squelettes d'animaux différents pour composer celui-ci. Oui, tous ces animaux provenaient de Naturalia. Non, il ne s'était inspiré d'aucun document, d'aucun dessin. Oui, il avait imaginé la bête de toutes pièces. Bleu, noir, vert, telles seraient ses couleurs. Oui, il utilisait une soiraignée depuis peu, il devait encore la dompter. Non, il n'avait jamais entendu parler de teinture de basilic, mais en ajouterait une infusion à la nourriture de Fyla. Oui, il était né sur Exotica. Non ! Il n'en gardait aucun souvenir !

Questions et réponses s'étaient embrouillées dans son cerveau, l'ensemble se cristallisant en un profond sentiment d'intrusion. Le souffle du Cauchemar obscurcissait ses pensées et la panique l'avait submergé, familière, violente. Il avait souhaité que le primarque se taise et disparaisse, si avidement qu'il pensait même l'avoir crié. Il avait senti Noctis rôder autour de la dépendance, mais, loin de l'apaiser, la proximité du loup avait fait naître de nouvelles peurs en Érèbe. Et si Olivar le voyait ? Et s'il le reconnaissait pour ce qu'il était : une créature d'Exotica et, par voie de conséquence, un bien du Cercle ? Et si le dynaste le rappelait à ses côtés pour l'exhiber dans une cage dorée, à côté de son trône ?

Par miracle, Noctis avait fini par s'éloigner.

Pendant tout ce temps où son esprit spiralait dans une boucle d'angoisse infinie, le primarque avait continué à lui parler, et avant qu'il comprenne ce qui arrivait, Érèbe avait vendu le Cauchemar à Olivar pour sa collection personnelle. Comme Érèbe le lui avait fait remarquer dans le cabinet de curiosités, le dynaste n'avait aucun droit sur ses chimères. Et c'était précisément la raison pour laquelle Olivar s'y intéressait. Érèbe aurait un mois pour rendre sa gloire au Cauchemar, en le parant de peau et de fourrure, puis son acquéreur l'emporterait, en échange de tant d'or que son union avec Cécilie en deviendrait presque superflue.

Érèbe se passa une main dans les cheveux et inspira pour se forcer à se calmer, à réfléchir. La vente du Cauchemar, bien que hâtive et à peine consentie, n'était pas une mauvaise chose en soi. Érèbe aurait bien assez d'un mois pour lui faire prendre corps et, il l'espérait, pour exorciser son démon. Une fois cette action accomplie, il doutait d'avoir envie de le garder là, dans son atelier, et encore moins de l'exposer à la vue de tous dans le manoir. Il voudrait tourner la page. En le vendant à Olivar, il ne pourrait pas le détruire à coups de poignard, assassiner son démon comme il l'imaginait parfois, mais cela importait peu si le bénéfice qu'il en retirait s'étendait à tout Aigremort.

Il était adulte, maintenant. En vendant le Cauchemar et en couronnant Cécilie, il prenait ses responsabilités.

Un peu apaisé, il repartit vers le manoir.

Noctis le rejoignit au bout de quelques pas, fidèle, attentif. Il suivait Érèbe de si près que sa truffe cognait ses bottes à intervalles réguliers.

— Je t'ai délaissé, mon ami, murmura Érèbe. Je sais que tu n'aimes pas chasser seul.

En réponse, le loup releva la tête et captura le regard de l'homme de ses prunelles jaunes et énigmatiques.

Ils pénétrèrent dans le manoir, cinglés au dernier moment par une pluie oblique, qui s'abattit sur le domaine à grand fracas. Le loup secoua sa fourrure, faisant perler des myriades de gouttes dans toutes les directions. Érèbe en reçut sa juste part, les mains levées pour protéger son visage, un rire au bord des lèvres.

Un coup d'œil à sa montre lui indiqua vingt-trois heures. La maisonnée avait déjà sombré dans le silence et Érèbe songea avec un pincement au cœur que les cousines Vonburg avaient dû rentrer chez elles sans qu'il puisse leur dire au revoir.

Il laissa Noctis trottiner vers la cheminée, semant derrière lui des empreintes brunes parfaitement identifiables. Érèbe jeta un dernier regard aux lanternes que la pluie avait mouchées ; la peinture dégoulinait le long des citrouilles et se répandait sur le marbre en taches multicolores diluées par la pluie. Entre les traces de Noctis et le perron à nettoyer, Bertram trouverait la matinée du lendemain bien amère.

— Alors, que te voulait-il ? résonna une voix ensommeillée dans son dos.

Le jeune homme tressaillit en identifiant les inflexions piquantes de Cécilie. Son rythme cardiaque s'emballa et son ventre s'emplit de coton.

— Que fais-tu encore là ?

Bien que légitime, l'interrogation se parait d'un ton accusateur qu'Érèbe n'avait pas anticipé.

La chaleur lui monta aux joues et il toussa pour camoufler sa gêne.

Cécilie haussa les épaules. Elle avait détaché ses cheveux, qui cascadaient librement sur ses épaules et formaient des boucles amples dans le creux de ses reins. Ses vêtements de nuit, trop grands pour elle, traînaient sur le sol et raccourcissaient sa silhouette. Il reconnut une pièce de la garde-robe de Joleene.

— Anacendre nous a demandé de rester, Mirtyle, Pia, Timor et moi. Elle a congédié le chauffeur avec une note à l'intention de mon oncle, arguant qu'elle ne pouvait pas renvoyer ses invités en toute sécurité par une soirée d'orage.

Érèbe haussa un sourcil, surpris par l'attitude d'Anacendre. En général, elle réservait ses instincts protecteurs aux gens qu'elle aimait ou au minimum appréciait. Et pour autant qu'il sache, cette bienveillance ne s'appliquait qu'à ses enfants, à Timor par extension et aux domestiques du domaine.

— Elle n'a pas eu autant d'égards pour le primarque, sourit Cécilie, comme si elle suivait le cours de ses pensées. Lui est reparti, sans même repasser par le manoir.

Lorsqu'elle mentionna Olivar de la Chênaie, ses lèvres se plissèrent en une moue qu'Érèbe interpréta comme du dégoût. Il esquissa un sourire.

— J'aime mieux ça, dit-il en ôtant sa veste et ses bottes souillées. Il me mettait mal à l'aise, surtout avec Noctis dans les parages.

Cécilie fit la moue, puis précéda Érèbe dans la salle à manger et, enfin, dans le petit salon où s'était allongé Noctis. Les poils mouillés du loup exhalaient une odeur forte de terre humide, de feuilles moisies et de musc qui rappelaient l'atmosphère apaisante de la forêt. Érèbe sentit ses muscles se décontracter imperceptiblement.

— De quoi avez-vous parlé ? demanda à nouveau Cécilie.

— Il m'a acheté le Cauchemar, déclara Érèbe dans un soupir.

— Le quoi ?

— Le squelette avec les bois, celui sur lequel tu m'as montré les talents de Fyla.

Cécilie haussa les sourcils, l'air mi-songeur, mi-impressionné. Peut-être ne comprenait-elle pas l'intérêt du primarque pour les œuvres d'Érèbe.

Tu es injuste. Elle a eu l'air presque aussi fascinée qu'Olivar lorsqu'elle a découvert l'atelier.

La conversation mourut un instant, puis Érèbe la relança de quelques mots, comme on souffle sur des braises.

— Je suis désolé pour l'annonce de nos fiançailles. Nous y remédierons demain matin, au petit déjeuner. Ensuite, je t'accompagnerai chez ton oncle. Comme il vit à Archronde, il doit me connaître de nom et j'imagine qu'il n'a pas donné sa bénédiction pour tout cela.

Si Cécilie était surprise par sa proposition – Érèbe l'était –, elle n'en laissa rien paraître.

— En effet, confirma-t-elle avec lenteur. Il s'est mis en tête que je passais du temps avec un certain Édouard… Édouard…

— Édouard d'Artançon, compléta Érèbe.

— Voilà. Je n'ai pas cherché à le nier. En ce qui concerne mon père, ce sera plus facile : tout ce qu'il souhaite, c'est étendre sa clientèle au Cercle des Géographes. Selon lui, les rumeurs nourrissent la curiosité, et la curiosité, c'est de la publicité.

Cécilie se tut et la conversation vacilla à nouveau, jusqu'à s'éteindre. Elle étouffa un bâillement.

— Bon… Je vais y aller. Anacendre nous a attribué la chambre qui jouxte la tienne. Ce n'est pas très conventionnel dans notre situation, mais soit.

La nouvelle tomba comme une pierre dans l'estomac d'Érèbe. Un rire caustique s'échappa de sa gorge.

— Qu'y a-t-il ?

Érèbe ne prit pas la peine de répondre ; elle le découvrirait bien assez tôt. Cécilie et sa cousine ne perdraient rien de ses hurlements lorsqu'il se retrouverait face au Cauchemar. Cette invitation à passer la nuit ne recelait aucune bienveillance. Il s'agissait de porter un nouveau coup à l'intérêt que sa fiancée montrait pour lui.

— Ma mère place toujours de la cire dans le premier tiroir de chaque table de nuit, indiqua Érèbe lorsqu'ils se furent arrêtés dans le couloir qui menait à leurs chambres. Tu devrais en mettre : il arrive à Noctis de… glapir en dormant.

Le loup grimpa l'escalier pour les rejoindre.

— Ton loup dort avec toi ? souffla Cécilie, révulsée.

— Oui, et ce n'est pas près de changer.

Sans rien ajouter, Érèbe poussa la porte de sa chambre et y pénétra en compagnie du loup.

Cette nuit-là, Érèbe mit longtemps à tomber dans les bras du Cauchemar. Il se tourna et se retourna dans son lit, décidé à garder les paupières ouvertes, tout en sachant qu'il ne faisait que retarder l'échéance. Personne ne pouvait se priver de sommeil indéfiniment.

Il s'endormit entre deux pensées inquiètes. Comme chaque nuit, le Cauchemar était là, entouré de son aura cruelle et du flou bleu-noir-vert qui embrumait sa silhouette. C'était une de ces versions du rêve où il tenait une lame dans la main. Érèbe se raidit, attendant l'instant fatidique où le brouillard s'éclaircirait, révélant des bois tailladés, une gueule béante à l'haleine chaude et putride et des gencives hérissées de crocs acérés. Il n'allait pas se battre. Il ne se battait jamais. Et même s'il l'avait voulu, le poignard sans manche lui déchirerait la main en deux s'il le serrait trop fort.

Le garçon passa un doigt tremblant sur le fil de l'arme pour en évaluer le tranchant. Avec une grimace de douleur, il vit sa peau s'ouvrir, avec autant de facilité que l'eau s'écarte sur le passage d'un harpon.

Une goutte de sang perla sur l'obsidienne, puis la dévala jusqu'à être absorbée par l'herbe humide.

L'herbe *déjà* humide.

De sang.

Le Cauchemar avait disparu, mais autour du garçonnet s'amoncelaient plusieurs cadavres : celui du vieillard, celui de l'homme et celui de la jeune femme grosse d'enfant. Érèbe tomba à genoux auprès d'elle et enfouit sa tête contre son cou, humant le parfum de sa chevelure épaisse, flamboyante comme le feu. Les larmes mouillèrent ses joues et imbibèrent la peau de la femme, puis l'oreiller dans lequel il avait enfoncé son visage. Ses mains se crispèrent sur les draps humides de sueur et Érèbe étouffa un sanglot.

Lorsqu'il quitta la chambre le lendemain matin, Noctis sur ses talons, le soleil s'élevait déjà haut dans le ciel. Ses rayons pénétraient à travers les fenêtres du couloir. Érèbe s'arrêta devant l'une d'elles, l'ouvrit et ferma les yeux, goûtant la chaleur de l'astre sur sa peau. Le fond de l'air était frais et humide après l'orage de la veille. Un temps parfait pour la chasse : imbibées, les feuilles mortes ne crisseraient pas sous leurs pas.

Malheureusement, Érèbe avait fait une promesse à Cécilie. Il trouva la porte de sa chambre entrebâillée ; le grand lit double était fait et la fenêtre, ouverte : il ne restait aucune trace du passage des cousines Vonburg.

La salle à manger était déserte, elle aussi, bien que la table déborde de victuailles. Érèbe compta huit couverts. La rumeur d'une conversation lui parvint alors qu'il approchait de l'entrée ; il fit signe au loup de se faire discret et se dirigea vers l'origine du bruit.

Sa mère, ses sœurs et son beau-frère étaient plongés dans une discussion animée avec un homme d'une cinquantaine d'années, richement vêtu, le visage flanqué d'épais favoris blancs. Mirtyle se tenait en retrait derrière l'homme et Cécilie lui faisait face, l'air passablement irrité. Érèbe comprit avec un pincement au cœur qu'il s'apprêtait à faire la connaissance de Charles Vonburg, l'oncle de sa promise.

Allez, ne laisse pas les autres mener tes batailles à ta place. Surtout quand Timor est là pour te le reprocher.

Érèbe se fraya un chemin parmi les membres de sa famille et s'arrêta aux côtés de Cécilie. Aussitôt, l'homme interrompit sa diatribe et fixa ses yeux d'un bleu profond dans ceux du nouveau venu.

— Que se passe-t-il ? s'enquit Érèbe, feignant difficilement l'ignorance. Pourquoi n'avez-vous pas invité ce monsieur à entrer ?

Un court silence flotta derrière lui, puis la voix d'Anacendre retentit, chargée de venin.

— Car depuis qu'il a mis un pied dans notre domaine, cet homme n'a proféré que menaces et insultes à ton égard. Je ne permettrai pas à un tel individu de franchir le seuil de ma maison.

Mirtyle rentra la tête dans les épaules. Elle qui était si joviale d'habitude semblait vouloir disparaître.

Il ne fallait pas être devin pour déchiffrer ce qui se jouait ici : l'oncle de Cécilie avait découvert que sa nièce fréquentait le monstre d'Aigremort et il était là pour lui régler son compte.

À peine avait-il formulé cette pensée qu'Érèbe sentit Noctis se frayer un chemin jusqu'à lui. Son pelage noir et dru se hérissait sous l'effet de la colère, lui donnant un aspect encore plus imposant qu'à l'accoutumée. Il contemplait l'intrus d'une expression calme et calculatrice, presque aussi efficace que des crocs retroussés en une menace ouverte.

À sa vue, Charles Vonburg se décomposa. Il leva un doigt tremblant de colère vers sa nièce et ouvrit la bouche pour émettre un borborygme inaudible. Debout à côté d'Érèbe, Cécilie affichait un flegme inébranlable.

— Je suis désolée, mon oncle, j'ai pris ma décision. Je reste à Aigremort. Père approuverait. Ce qu'il n'apprécierait pas, en revanche, c'est que vous m'ayez mise à la porte quelques semaines avant mon mariage, moi, sa fille chérie, son unique enfant. Il pourrait reconsidérer son envie de se servir de votre maison pour lancer sa nouvelle antenne de production de soie.

L'oncle de Cécilie rougit violemment ; une veine enfla sur son front et Érèbe crut même la voir palpiter au rythme effréné de son cœur.

— Tu ne… balbutia-t-il.

Érèbe s'approcha jusqu'à s'interposer entre l'oncle et la nièce, deux mains ouvertes en guise d'apaisement.

— Allons, je suis persuadé qu'aucun de nous ne souhaite en arriver là.

Il jeta un long regard à l'oncle de Cécilie, puis un autre, incertain, à sa promise. Il remarqua du coin de l'œil que Pia et Joleene s'étaient éclipsées et que seuls Anacendre, Timor et Noctis flanquaient encore le jeune couple.

Charles Vonburg renvoya à Érèbe un regard chargé de haine et de dégoût, avant de concentrer à nouveau son attention sur sa nièce, qui s'était avancée, peu désireuse de rester cachée derrière son promis.

— Réfléchis bien, jeune fille. En l'épousant, tu gagneras la trimarque, certes, mais mieux vaut une face vierge comme la nôtre qu'une marque souillée comme la sienne. (Il pointa la joue d'Érèbe d'un index tremblant.) Ton père n'a aucune idée des histoires qui circulent à propos de ce garçon, reprit-il plus doucement. Si c'était le cas, je peux t'assurer qu'il se rangerait à mon point de vue. Tu comptes plus que son damné commerce à ses yeux !

Une main glacée s'était refermée sur la poitrine d'Érèbe à mesure que l'homme déroulait ses arguments. La scène lui semblait irréelle, comme s'il la regardait à travers un verre déformant. Il dissociait, horrifié par l'ultimatum.

— Cécilie, commença-t-il d'une voix d'outre-tombe, tu devrais peut-être…

La main de Timor lui serra le bras pour lui intimer de se taire. Mirtyle gémit, peinant à retenir ses larmes. Cécilie, quant à elle, affichait un regard dur, dépourvu d'émotions.

— Non, Érèbe, répondit-elle sans quitter Charles Vonburg des yeux. Une réputation brisée, ça se reconstruit, mon oncle. J'ai choisi de miser sur lui et j'ai déjà envoyé une lettre à Souale pour informer père de ma décision. Après votre départ, j'en écrirai une seconde pour y inclure les derniers… rebondissements.

— Cécilie, pense à ta cousine ! chuchota Érèbe. Tu ne voudrais pas lui retirer la cuillère de la bouche, elle ne mérite pas ça !

— Je sais ce que je fais.

— Monsieur Vonburg, intervint Timor. En ma qualité de dimarque et de logisticien au service d'Olivar de la Chênaie, neveu du dynaste, je me porte garant de l'intégrité morale de mon beau-frère.

L'oncle de Cécilie secoua la tête, pas le moins du monde impressionné.

— Beau-frère, cracha-t-il. Pourquoi ferais-je confiance à un homme ayant lui-même épousé cette engeance ?

— Vous allez trop loin, gronda Anacendre.

L'homme fit un pas en arrière, entraînant Mirtyle à sa suite. Elle se laissa faire, le visage noyé de larmes, adressant des supplications presque inaudibles à son père.

— Tes affaires te parviendront dans la semaine, dit-il d'un ton neutre, le regard vide. Que Déa prenne soin de toi, petite.

Tous restèrent figés, jusqu'à ce que les pétarades d'un moteur se fassent entendre à l'entrée du domaine. Érèbe se força à respirer profondément l'air glacé du matin, dans l'espoir de calmer les tremblements qui agitaient ses membres. Colère et culpabilité parasitaient ses pensées et, telles deux mains vengeresses, fouillaient ses souvenirs à la recherche d'une personne à blâmer.

Le visage de Cécilie lui apparut en premier. Pourquoi l'avoir choisi, lui ? Archronde comptait plusieurs dizaines de familles possédant la triple marque, pourquoi s'acharner sur la seule d'entre elles qui aspirait à la paix et à la tranquillité ?

J'ai choisi de miser sur lui, résonna la voix de sa promise, ferme et tranchante dans son esprit. Une étrange chaleur naquit au milieu de sa poitrine, comme une flamme minuscule que l'on nourrit avec le plus grand soin dans l'espoir qu'elle allume un brasier. Depuis son adolescence, Pia le taquinait en lui disant que certaines femmes avaient un faible pour les hommes ténébreux dans son genre. Se pouvait-il que Cécilie soit l'une d'entre elles ?

Érèbe se tourna vers elle, sa rancœur faiblissant. Elle n'avait pas bougé d'un millimètre, le regard fixé sur l'horizon. Sa silhouette frêle, mais à la force évidente, vacillait légèrement, comme la tige d'un roseau bousculé par le vent.

Le roseau ploie, mais ne se brise pas, songea Érèbe avec un élan de tendresse.

Un rayon de soleil fit briller une larme sur la joue de Cécilie ; puis elle cilla et la goutte se décrocha, abandonnant derrière elle un sillon humide. Érèbe se sentit pris d'une brusque envie de la réconforter, mais il ne savait pas comment faire. Devait-il lui parler ? La toucher ? Ou simplement rester là, comme une présence rassurante ?

D'un mouvement fluide, Noctis s'approcha de Cécilie, se flanquant à ses côtés comme si elle faisait partie de leur meute. La jeune femme hésita un instant, puis, à la grande surprise d'Érèbe, elle plongea les doigts dans l'épaisse fourrure. Le loup et l'homme échangèrent un regard et, suivant l'exemple de Noctis, Érèbe saisit sa main libre dans la sienne.

— On ne peut plus reculer, maintenant, murmura Cécilie avant de rompre le contact et de s'enfuir dans les profondeurs du manoir.

Chapitre 9

Quiproquo et confidences

— Par les couilles de Déus ! jura Cécilie en portant son pouce blessé à sa bouche.

Un croissant rouge et gonflé pulsait entre les deux phalanges, venant s'ajouter à la collection de cloques et de callosités naissantes qui enlaidissaient ses mains. Non contente d'avoir une joue vierge, la jeune femme arborait maintenant les mains d'une domestique et la tenue qui allait avec ! Elle fusilla du regard la marmite qui l'avait brûlée si cruellement.

Avec un soupir, Magdeleine actionna un robinet d'eau froide et plongea d'autorité la main de Cécilie sous la colonne d'eau. Un soulagement immédiat l'envahit.

— Vous auriez pu me prévenir, aboya-t-elle.

— De quoi donc ? railla la cuisinière. Qu'une marmite qui a mijoté durant plus de trois heures est à manipuler avec un protège-doigts ?

Magdeleine se munit de maniques et retira elle-même le repas du feu. Cécilie ne pouvait la blâmer de son humeur acerbe : présentée par Anacendre comme une aide désireuse d'apprendre, Cécilie avait fait montre d'une mauvaise volonté et d'une maladresse indécrottables.

— Je tiens à vous prévenir, avertit Magdeleine d'un ton sentencieux, que dame Anacendre ne tolère pas le blasphème dans sa maison.

Cécilie en fut surprise. L'absence de chapelle double, d'objets de culte ou de pièce réservée à la prière lui avait fait croire, à tort, que le culte des dieux jumeaux n'avait pas sa place à Aigremort. Cela n'aurait pas été étonnant, compte tenu des nombreuses années qu'Anacendre, son couronné et leurs enfants avaient passées à l'étranger, et de l'éducation qu'avaient reçue leurs filles. Au contraire des Naturaliens, les Scientificiens accordaient peu de crédit à la religion, ou à tout ce qui n'était pas mesurable, quantifiable ou démontrable. Selon *Linguistique et civilisation, étude de La Scientifica*, le mot « foi » ne rencontrait aucun équivalent dans leur vocabulaire. L'absence de spiritualité était le seul bémol qui empêchait Cécilie de pleinement envier leur culture.

Elle avait prié Déa chaque soir depuis son arrivée au domaine; pas pour la fertilité, la paix du ménage ou la prospérité du logis, mais pour le succès, la force de caractère et la juste récompense de ses efforts. Des domaines exclusivement réservés à Déus. Le simple fait de prier Déa pour des vertus masculines était suffisant pour être excommunié de l'Église jumelle, mais Cécilie n'en avait cure : elle valorisait la spiritualité, pas les dogmes. En cela, elle se rapprochait plus des Scientificiens que des Naturaliens, et ce constat la rassurait.

— Je suis désolée, Magdeleine, finit-elle par murmurer sans le penser réellement.

La cuisinière haussa les épaules.

— Gardez bien ce doigt sous l'eau froide.

Une porte grinça derrière Cécilie et elle se retourna au moment où Anacendre et madame Tulio pénétraient dans la cuisine.

Une bouffée de joie et de soulagement l'envahit à la vision de sa couturière. Chez son père, puis plus récemment chez son oncle, Cécilie côtoyait peu la vieille femme austère, au perfectionnisme frisant l'obsession, mais la vue d'un visage familier après une semaine à vivre parmi des inconnus la réconfortait bien plus qu'elle n'aurait pu l'imaginer.

— Comment se débrouille notre aspirante? demanda Anacendre en humant l'air avec suspicion.

Magdeleine indiqua le filet d'eau froide du menton, avant d'ajouter :

— Il faudra s'estimer chanceuses si on parvient à lui faire cuire une omelette présentable, madame.

Anacendre fit la grimace, et Cécilie sentit son estomac se nouer. Plus le temps s'égrenait, plus ses certitudes s'effilochaient. Pour la première fois depuis qu'elle avait décidé de s'enfuir vers La Scientifica, elle doutait d'y parvenir. Elle se força à écarter cette pensée et concentra son attention sur madame Tulio. Si la couturière de son père avait accompagné les effets personnels de Cécilie jusqu'à Aigremort, cela ne pouvait signifier qu'une chose.

— Sont-elles avec vous ?

Personne ne lui demanda de préciser le fond de sa pensée ; il était évident que Cécilie parlait des soiraignées. Comme elle l'avait prédit, les relations de commerce entre son oncle et son père avaient dû s'éteindre à l'instant où ce dernier avait pris connaissance du traitement infligé à sa fille. La création et la gestion de l'antenne de production d'Archronde lui revenaient maintenant dans leur intégralité.

Madame Tulio lui répondit d'un hochement de tête.

— Elles sont avec moi. Cinq ouvriers les installent dans la dépendance qui se trouve au fond du domaine. C'est un peu loin de mon nouvel atelier à mon goût, mais…

— Pardon ? l'interrompirent simultanément Anacendre et Cécilie.

Madame Tulio redressa sa longue silhouette, sur la défensive.

— La pièce que m'a attribuée dame Anacendre est à la limite de l'insalubrité, se justifia-t-elle. Elle fourmille de courants d'air !

— Comme toutes les pièces de cette maison, y compris ma propre chambre à coucher, s'indigna Anacendre. Insinuez-vous que ma maison n'est pas assez luxueuse pour vos petites bêtes poilues ?

— Ce n'est pas ça, intervint Cécilie avant que la conversation dégénère. Les soiraignées sont très sensibles aux courants d'air ; un simple refroidissement peut les tuer. Madame Tulio ne pensait pas à mal, laissez-moi arranger ça avec Érèbe.

Cécilie ferma le robinet, jeta son tablier sur le plan de travail et sortit, sans attendre la réaction des deux femmes.

Depuis Willow, la température avait considérablement chuté, et elle regretta de s'être précipitée dehors sans rien pour protéger son cou. Néanmoins, elle décida de ne pas faire demi-tour, de peur de perdre sa résolution. Durant la semaine qui s'était écoulée depuis l'ultimatum de son oncle, Cécilie n'avait que très peu vu Érèbe. Son promis passait un temps considérable dans la forêt avec Noctis, à chasser et à ramasser toutes sortes de créatures, qu'il traînait hors des bois avec Bertram. Lorsqu'elles étaient suffisamment fraîches, elles finissaient sous le couteau réticent de Cécilie. Magdeleine lui avait appris à les couper en lambeaux, à les saler et à les fumer pour l'hiver, un talent très apprécié en expédition. Le reste du temps, Cécilie se formait aux tâches ménagères.

Désormais, plus personne ne veillait à la propreté de sa chambre, de ses draps ou de ses vêtements. Elle les lavait et les repassait elle-même, et si elle faisait un accroc dans ses jupes – ce qui ne manquait jamais d'arriver lorsqu'elle se retrouvait à quatre pattes à récurer le sol –, elle devait le repriser de ses mains, sous peine de voir sa garde-robe s'étrécir inexorablement. Anacendre lui demandait régulièrement de transformer de vieilles pièces de tissu inutilisables en accessoires pratiques, tels que des pochons, des ceintures ou encore des cordes, des mouchoirs ou des chiffons. En la matière, Anacendre se révélait un professeur patient, mais impitoyable, et à la fin de ses leçons, il n'était pas rare que Cécilie s'enferme dans sa chambre et hurle sa frustration dans son oreiller. Tout en apprenant, elle avait le sentiment de régresser ; le soir la trouvait trop épuisée pour se plonger dans les cartes et dans les journaux que possédait Anacendre. Les frontières, les villes, les reliefs et les fleuves de La Scientifica se brouillaient dans son esprit, faute de révision. Or, quelque part, dans des domaines semblables à Aigremort, de jeunes hommes préparaient le concours des cartographes, exerçant leur esprit afin de briller devant une assemblée de primarques. Comme elle les enviait !

Ses pensées s'envolèrent vers Érèbe alors qu'elle approchait de la dépendance, et sa jalousie monta d'un cran. Lui possédait le talent, la connaissance, la passion et le privilège du sang, ainsi que du genre. Pourtant, il n'en ferait aucun usage. Cécilie se demandait s'il avait découvert les ambitions de sa fiancée. Ou du moins, leur partie officielle, celle qui n'incluait pas le divorce et l'abandon. Cécilie n'avait pas encore trouvé le moyen d'aborder le sujet avec lui, espérant sans se l'avouer qu'il mettrait de lui-même le cadavre sur le tapis. Après tout, l'ensemble de la maisonnée tentait de la préparer au concours des aides, il ne pouvait pas être passé à côté, si ? L'approuvait-il ? Que ferait-elle s'il refusait qu'elle y participe ?

Une chose à la fois.

Elle rejeta les épaules en arrière et s'apprêta à expliquer à un fiancé revêche pourquoi cinq ouvriers et une colonie de soiraignées envahissaient son espace personnel.

Un spectacle inattendu l'accueillit dans la dépendance. Loin de s'offusquer, Érèbe supervisait les opérations. Il l'accueillit d'un sourire timide, tout en achevant de donner ses instructions.

— Ne sortez pas ce baquet pour l'instant ! Nous allons l'entourer d'un paravent. Les soiraignées ne craignent pas l'humidité, que je sache.

— En effet, murmura Cécilie.

L'un des ouvriers, un jeune homme de l'âge de Mirtyle, lâcha la cuve en bois avec un regard penaud.

Au fond de la pièce, quatre hommes plus âgés montaient des étagères en métal, dont ils se serviraient pour agencer les cages de verre qui s'alignaient au sol. Les soiraignées, quant à elles, patientaient dans des cartons individuels percés de trous infimes, à peine suffisants pour laisser passer quelques bouffées d'oxygène.

— Fyla pourra bientôt rejoindre ses congénères, déclara Cécilie en examinant son fiancé.

Il semblait reposé ; sous ses yeux, les cernes noirs avaient cédé la place à des croissants bleutés, à peine perceptibles. Cécilie décela dans son regard les reflets vert bouteille qu'elle avait déjà remarqués auparavant. Sans qu'elle en saisisse la raison, ce constat la rasséréna.

— Fyla reste avec moi, protesta Érèbe. Je commence tout juste à la comprendre et à cerner ses habitudes, et puis le régime qu'Olivar lui a prescrit fonctionne à merveille. Je ne voudrais pas la perturber.

Cécilie tiqua à la mention du primarque. Son mépris évident envers les femmes lui donnait du reflux.

— Qu'y connaît-il ?

Érèbe lui adressa un regard amusé ; de toute évidence, il avait perçu sa mauvaise foi.

— Plus que tu le crois… Veux-tu voir le résultat ?

Cécilie se laissa entraîner vers l'atelier, sans la moindre appréhension cette fois. Elle n'y avait plus remis les pieds depuis Willow et se demandait à quel point Érèbe avait progressé avec son immense chien cornu.

Un sifflement admiratif jaillit de ses lèvres lorsqu'elle découvrit l'animal. La moitié antérieure de son corps était désormais recouverte d'un pelage fin et velouté, semblable aux robes parfaitement entretenues des plus grands étalons de course. Le pelage de la bête arborait une teinte rare : un noir où l'œil exercé pouvait percevoir des reflets verts et bleus, qui n'avaient rien à voir avec l'éclairage ambiant.

— Teinture de basilic ?

Érèbe acquiesça.

— Et encre de seiche.

Cécilie fronça les sourcils. Les Naturaliens n'exploitaient pas la mer ; on ne pouvait se procurer cet ingrédient rare et coûteux qu'à La Scientifica. Ce qui signifiait qu'Érèbe avait puisé dans les biens inventoriés par Timor.

— On obtient d'aussi bons résultats en faisant infuser de la myrtille et de la mauve à une viande bien saignante. C'est beaucoup plus accessible et bien moins cher. J'aurais pu te le conseiller.

Érèbe haussa les épaules, le regard effleurant le chien cornu. Il le contemplait de biais, avec précaution, comme si d'un seul coup d'œil, il pouvait tacher la fourrure impeccable.

— Tu étais occupée, je ne voulais pas te déranger.

Un silence gêné s'étira entre eux, avant qu'Érèbe se décide à poursuivre.

— Comment avancent les préparatifs ?

Cécilie s'attendait à la question, pourtant, cela n'empêcha pas son estomac de se serrer.

— Bien, mentit-elle, je progresse de jour en jour. Selon Magdeleine, je vais échouer lamentablement à l'épreuve de cuisine, mais Anacendre pense pouvoir me transformer en une couturière convenable. Elle va sans doute déléguer cette partie de mon apprentissage à madame Tulio, cela dit.

Érèbe fronça les sourcils. Ses prunelles sombres accrochèrent celles de Cécilie.

— De quoi parles-tu ? demanda-t-il brusquement.

— Je me prépare pour les épreuves des aides, tu dois le savoir ! Et toi, de quoi parlais-tu ?

Les yeux d'Érèbe s'agrandirent, tandis qu'un éclair de compréhension pénible lui traversait le visage. Cécilie aurait préféré que son promis ne la fixe pas avec autant d'intensité, tant ses émotions se lisaient sur ses traits.

— Du mariage. Je parlais du mariage.

Il tira un tabouret de sous un plan de travail et s'y assit, le buste penché, les coudes en appui sur les genoux.

— Je comprends mieux, à présent. Ce n'est pas sur moi que tu as misé, c'est sur toi ! Ton intérêt pour La Scientifica, pour les livres, pour moi… Quand tu as tenu tête à ton oncle, j'ai pensé…

Il lui jeta un regard perdu. Cécilie y perçut des étincelles de souffrance, comme autant d'étoiles parsemant la nuit de ses iris. Elle secoua la tête pour chasser le sentiment de honte qui l'envahissait. C'était injuste ! Lui l'épousait pour son argent, et les deux parties s'y retrouvaient, ce n'était pas la faute de Cécilie si… Elle ferma un instant les paupières, cherchant en elle la présence réconfortante de la déesse.

Fais quelque chose, la supplia-t-elle de toute la force de sa pensée.

— Tu n'as quand même pas cru… murmura-t-elle avec le sentiment de parler par la bouche d'un monstre.

— Non, enfin pas vraiment, la rassura Érèbe avec un pauvre sourire.

Il mentait, Cécilie pouvait l'entendre à l'altération de sa voix, le voir au léger tremblement de ses lèvres. Érèbe avait imaginé, par un détour tortueux de sa pensée, que si Cécilie avait choisi de s'opposer à son oncle, c'était parce qu'elle éprouvait quelque chose pour lui. De l'ordre de l'*amour*. Enfin… Il s'agissait d'un mariage arrangé ! Comment avait-il pu se loger une idée pareille dans le crâne ? Et surtout… comment pourrait-elle jamais rattraper ce désastre ?

Érèbe pivota sur son tabouret et entreprit de trier les os qui s'étalaient devant lui. Très vite, Cécilie se rendit compte qu'il les déplaçait au hasard, dans le seul but de s'occuper les mains.

— Quand auront lieu les épreuves ? s'enquit-il d'un air absent.

Cécilie en conçut du soulagement : pendant un instant, elle avait cru qu'il mettrait un terme à son projet, car, malheureusement, il en avait le droit.

— Dans trois semaines. Les épreuves des aides se déroulent en parallèle de celles des loges, avant l'inauguration et la nomination officielle des capitaines d'expédition.

— Donc nous devrons nous marier d'ici là, tu en as conscience ?

Cécilie hocha la tête, heureuse que la conversation se détourne des sentiments pour emprunter des chemins logistiques.

— Madame Tulio prendra les mesures pour ma robe dès demain. Je lui demanderai de passer prendre les tiennes. D'ici quelques jours, nous pourrons commencer la production de tissu et nous compléterons les stocks en important de Souale. Tu pourrais t'occuper de la décoration avec Joleene. Timor et Pia m'aideront avec les invités.

Érèbe sursauta. L'os qu'il tenait lui échappa et tomba sur le sol poussiéreux avec un son creux.

— Les quoi ?

Oh, Déa ! Que se passe-t-il encore ?

— Les *invités*, répéta Cécilie en insistant bien sur chaque syllabe. On parle tout de même de mon entrée dans la noblesse !

— À part tes parents et Mirtyle – si elle parvient à adoucir ton oncle –, je n'ai pas l'intention de convier des étrangers au domaine pour nos noces. Ta présentation officielle à la noblesse pourra attendre les épreuves d'aides d'expédition, dont tu aurais d'ailleurs dû me parler.

Une vague d'indignation enfla en Cécilie, jusqu'à faire déborder ses prunelles de larmes. Elle secoua la tête et les chassa d'un clignement de paupières.

— Ça ne va pas marcher ! gronda-t-elle.

— Quoi donc ?

— Ce… ça ! Toi qui prends toutes les décisions et qui agis comme si Déus parlait par ta bouche !

Érèbe parut troublé ; la colère fondit dans ses yeux et se mua en une expression d'incertitude hébétée.

— N'est-ce pas comme cela que les choses fonctionnent dans le monde extérieur ?

— Si, mais pas ici, pas à Aigremort. Pourquoi crois-tu que j'ai choisi ta famille ?

Érèbe tressaillit. Cécilie comprit trop tard qu'elle avait dit « ta famille » là où Érèbe aurait probablement préféré « que je *t*'ai choisi ». Elle aurait tant aimé que leur relation ne s'encombre pas de sentiments.

— Je ne t'épouserai pas si nous ne sommes pas sur un pied d'égalité, asséna-t-elle, le menton relevé en signe de défi.

— Et moi, je ne t'épouserai pas si tu ne fais pas preuve d'honnêteté !

Cécilie ne bougea pas. Les deux jeunes gens se jaugèrent en silence pendant de longues secondes.

— Ressens-tu quelque chose pour moi, au moins ?

— Non, répondit-elle du tac au tac, puis, remarquant son expression blessée : mais comment le pourrais-je ? Tu passes ton temps à m'éviter. Si tu t'intéressais un peu à moi, tu saurais que ma mère nous a abandonnés, mon père et moi, et qu'il m'a élevée seul. De ce fait, elle ne saurait être présente à la cérémonie.

Il s'apprêta à protester, mais se retint.

— Je suis désolé.

— C'était il y a longtemps. Et puis, j'aime à croire que cet acte lui a rendu la maîtrise de sa vie et qu'elle a fait de grandes choses de sa liberté.

— Comme rejoindre une expédition, par exemple ?

Un petit rire secoua Cécilie : Érèbe se révélait étonnamment perspicace, à moins que ses mots n'aient été assez limpides pour la trahir.

— Par exemple.

— Cela aurait laissé une trace. Elle n'aurait pas pu accéder au Cercle sans marque et donc sans mariage avec un noble. Et puisqu'elle était déjà mariée…

Un nœud se forma dans l'estomac de Cécilie. Bien sûr, elle savait tout ça ! Mais la petite fille qu'elle avait été et qui pleurait sa mère disparue ne se préoccupait pas de ce genre de détails. Pour elle, sa mère avait rallié La Scientifica où elle était devenue une grande dame ; pas juste une épouse, pas juste une mère, mais une exploratrice, une doctoresse ou une mécanicienne, et cette pensée l'avait réconfortée pendant tant d'années que même aujourd'hui, elle peinait à s'en défaire.

— Érèbe ?

— Oui ?

— Ma participation aux épreuves n'a pas à être un au revoir. D'abord, parce que même si je suis reçue, j'intégrerai simplement la réserve des aides. Pour que je puisse partir, il faudra encore qu'un des cinq capitaines réunisse les fonds nécessaires pour concrétiser un projet d'expédition *et* qu'il me désigne pour faire partie de son équipage. Cela prendra du temps. *Beaucoup* de temps.

À moins d'être choisie par celui qui gagnera l'Aval du Roi. Mais elle garda le silence sur ce point. Elle n'était personne, Érèbe non plus, et les places dans ce type d'équipage se négociaient au fond d'une bouteille hors de prix, contre de lourdes faveurs. Elle se tut un moment pour laisser à Érèbe le temps de digérer ses propos, puis asséna le coup de grâce.

— Ensuite, car selon Anacendre, j'ai plus de chances d'être sélectionnée dans la réserve comme dans un équipage si tu l'es aussi. Tu ferais un excellent biologue, et avec l'appui du Cercle, tu serais respecté pour cela ! Nous pourrions redorer le blason d'Aigremort, toi et moi.

Assez pour que ton abandon n'achève pas de jeter l'opprobre sur cette famille.

Érèbe s'était rembruni au cours du plaidoyer. Il semblait nourrir de la rancœur, voire de l'amertume. Mais contre qui ? Contre sa promise, qui souhaitait le déloger de la maison de son enfance ? Contre Anacendre, qui sapait continuellement sa confiance en lui – si seulement il savait quel rôle elle avait dans sa terrible réputation –, ou contre lui-même ?

Il bredouilla quelque chose qu'elle ne comprit pas.

— Timor est du même avis, répéta-t-il de mauvaise grâce lorsqu'elle lui en fit la demande. Ne prends pas cet air réjoui, je ne peux pas !

— Pourquoi ? s'écria Cécilie avec un mouvement d'humeur. Tu ne vas tout de même pas gâcher ta vie dans ce vieux manoir alors qu'enfin le monde te tend la main ! Tu es fiancé à une femme, certes non marquée, mais riche comme les mines de Cavare. Bientôt, Aigremort prospérera à nouveau, et pour Archronde, l'arrivée du Cercle ouvre une nouvelle ère. Les loges se défont et se reforment, les vieilles alliances se dénouent et les cartes sont rebattues. Tu vas vraiment te terrer ici pendant que tout se joue ?

Ces derniers mots teintés de mépris, elle les avait presque criés. Le silence retomba sur l'atelier, comme la poussière après le passage d'une bourrasque. Érèbe la contemplait d'un regard sombre où perçaient les éclats de souffrance qu'elle s'était habituée à y voir. Sans un mot, il remonta le bas de sa tunique. Il ne la quittait pas des yeux, sans doute pour jauger sa réaction. Cécilie se raidit, sentant le sang se retirer de son visage et ses mains devenir moites. Les vieilles rumeurs affleurèrent à la surface de sa mémoire, et elle dut se faire violence pour se rappeler qu'Anacendre les avait construites de toutes pièces. Elle se campa fermement sur ses jambes, mais Érèbe se contenta de révéler un ventre pâle comme la neige, barré d'une immonde cicatrice.

La plaie, grossière et fourchue, s'était refermée en formant des tissus cicatriciels épais comme un auriculaire d'enfant. Elle débutait sous le nombril d'Érèbe et disparaissait vers son bas-ventre, caché par ses vêtements. En s'approchant de plus près, un air choqué figé sur le visage, Cécilie distingua des interruptions sur le motif. La blessure datait de l'enfance et ses irrégularités marquaient la croissance d'Érèbe, à la manière des cernes d'un arbre.

Une lente compréhension infusa dans l'esprit de Cécilie. L'absence de souvenirs, l'angoisse liée au traumatisme, la malédiction et… Elle jeta un regard vers le chien cornu et sa mâchoire remplie de crocs. De toutes les chimères qu'il avait créées, celle-ci était le prédateur le plus impitoyable. Se pouvait-il que… Non, ses crocs taillés en doubles pointes n'auraient pas laissé de blessure aussi nette. Les lames, quant à elles, ne produisaient pas de marque aussi sale.

Érèbe rabaissa sa tunique, dissimulant sa cicatrice aux yeux de Cécilie, qui en devinait toujours les contours, comme s'ils s'étaient gravés sur ses rétines. Elle baissa les yeux vers les pattes de l'animal ; chacune d'entre elles était surmontée d'une griffe unique, comme un ergot.

— La blessure vient des bois, précisa-t-il en désignant les cornes. Enfin, je crois. C'est ce que ma mère m'a raconté. J'avais quatre ans. D'ordinaire, lorsqu'une aide tombe enceinte au cours d'une expédition, on la renvoie à La Scientifica avec les navettes de ravitaillement. Sauf que ma mère – tu la connais – est plus têtue qu'une mule et, va savoir pour quelle raison, elle a tenu à me garder auprès d'elle, alors qu'elle avait permis à mes sœurs de grandir en sécurité. Si mon père a tenté de la raisonner, je n'en ai jamais rien su. Enfin soit. Tout s'est passé à merveille pendant plusieurs années. J'ai grandi à l'écart dans un village d'Exotica, où mes parents avaient construit une maison de pierre ; ils y revenaient chaque soir, mais durant la journée, c'est une nourrice indigène qui s'occupait de moi. J'ai parlé la langue locale avant celle de ma propre nation, même si aujourd'hui, il ne m'en reste rien. Les ennuis ont commencé lorsque nous avons recueilli Noctis. Je suis devenu téméraire et aventureux ; je m'échappais durant le jour et, à ce qu'on m'a dit, ma nourrice ne me cherchait pas trop ardemment, considérant ces expéditions comme des épreuves précieuses et formatrices pour un enfant de mon âge. J'espionnais les créatures, je filais mes parents, j'apprenais à me rendre furtif, invisible, et, un jour, je suis tombé nez à nez avec le Cauchemar. J'ai failli mourir ce jour-là, et la vie qui m'est restée est devenue tachée, comme maudite. Un membre de l'équipe de mon père a grièvement blessé la bête, mais je la vois encore toutes les nuits, elle et l'horrible terre qu'elle foulait. Et dans ces rêves, je crie, me débats et pleure, comme l'enfant que j'étais alors.

La voix d'Érèbe mourut en même temps que son contrôle de lui-même. Il se mit à trembler et ses yeux se mouillèrent avant qu'il ne se détourne.

Oh, Déa, ce garçon est brisé, songea Cécilie en réalisant du bout des doigts un geste triangulaire destiné à prodiguer guérison et protection. Érèbe surprit son mouvement du coin de l'œil et sourit d'un air triste.

— Là-bas, il n'y a aucun dieu pour nous protéger, et je doute même que leur bienveillance s'étende de nouveau à nous lorsque nous revenons. Enfin, c'est ce qu'a toujours dit ma mère.

Pour la première fois, Cécilie comprenait le désir désespéré qu'avait la dame d'Aigremort de maintenir son fils à l'écart du Cercle. Elle avait été si près de le perdre qu'elle ne supportait plus de le quitter des yeux. Quelque part, son instinct maternel avait pris des proportions maladives. Quel était le lien entre l'accident d'Érèbe et la malédiction dont elle parlait sans cesse ? Pourquoi le croyait-elle inapte à engendrer une descendance ? Une autre pensée traversa Cécilie.

— Je dors dans la chambre qui jouxte la tienne depuis huit jours. Pourtant, je ne t'ai jamais entendu crier ou pleurer.

Érèbe se passa une main dans les cheveux.

— Je n'ai dormi dans ma chambre que la première nuit. Par chance, j'ai fait peu de bruit cette fois-là, mais les suivantes, j'ai préféré dormir ici.

Cécilie écarquilla les yeux. Une peine mêlée de compassion grandissait en elle, mais elle se força à l'écraser, impitoyable. Érèbe n'avait pas besoin d'une seconde Anacendre qui le dorloterait et le couverait jusqu'à le cuire à l'étouffée. Il avait vécu une expérience traumatisante, certes, mais il n'était pas le seul. Et tous n'avaient pas le privilège de se retirer du monde comme Érèbe l'avait fait. Il fallait que quelqu'un le secoue un peu, et qui d'autre, sinon elle ?

Cécilie ressentit une bouffée de claustrophobie en songeant que si rien ne changeait, Noctis, Aigremort et bientôt elle, sa couronnée, constitueraient son seul univers et qu'en le quittant, elle risquait fort bien de le briser encore plus qu'il ne l'était déjà. Érèbe ne méritait pas ça, c'était une belle personne, et Cécilie devrait s'assurer que le jour où elle partirait, il serait capable de l'encaisser.

— Cela prend fin à compter de ce soir, annonça-t-elle sèchement.

Puis, ne sachant plus quoi dire à son fiancé et pouvant à peine soutenir son regard, elle rejoignit le lieu d'installation des soiraignées.

Chapitre 10

Mis à l'épreuve

Noctis roulé en boule au pied du lit, Érèbe traça le trait final d'une série de croquis représentant Aigremort décoré pour le mariage. À cause des projets de Cécilie, la cérémonie aurait lieu aux prémices de l'hiver, ce qui rendait la tâche d'Érèbe particulièrement ardue. Nulle fleur ne déployait ses pétales en cette saison, aussi se rabattait-il sur des essences moins esthétiques, telles que du houx, du gui et des branches de pin.

S'il parvenait à y consacrer assez de temps, peut-être pourrait-il entraîner Fyla à produire une étoffe délicate et satinée que Joleene pourrait coudre en pétales, mais entre le Cauchemar à terminer pour Olivar, la cérémonie à organiser et ses longues marches avec Noctis, il doutait d'y arriver.

Érèbe posa son fusain et essuya ses doigts maculés sur un mouchoir. Il entendait Cécilie parcourir la pièce voisine. Elle marchait déchaussée, et une oreille normale n'aurait probablement rien perçu des sons qu'elle produisait ; mais les chasses d'Érèbe avaient affûté son ouïe, lui permettant de localiser avec précision n'importe quel animal en mouvement. Cécilie ne faisait pas exception. Si elle espérait lui faire comprendre qu'il était vain d'attendre qu'elle s'assoupisse pour aller dormir dans l'atelier, elle s'y prenait plutôt bien.

Avec un soupir, Érèbe rangea ses croquis dans le secrétaire près de la penderie. C'était un véritable fouillis là-dedans ; certains dessins dataient de plusieurs années, à une époque où, pour exorciser ses démons, il avait l'habitude d'illustrer ses cauchemars jusque dans leurs détails les plus sordides. Peut-être devrait-il les déplacer dans l'atelier : il ne voulait pas que Cécilie tombe dessus quand elle emménagerait dans cette chambre.

Érèbe en dégagea une pile, parmi les plus anciens, les feuilletant avec un écœurement croissant. Ses doigts se figèrent sur une reproduction particulièrement graphique des trois victimes dont il avait de nouveau rêvé la nuit précédente. Il dessinait assez mal à l'époque, mais les masses rouge vif qui s'échappaient du ventre des morts et leurs yeux barrés de croix noires étaient bien assez évocateurs. Quelques années plus tard, il avait cessé de représenter les blessures pour ne montrer que les parties intactes des cadavres : leurs visages. Il y avait des dizaines de portraits, mais aucun ne leur ressemblait vraiment. Avec un soupir, il fit glisser une feuille vierge devant lui et saisit un fusain entre ses doigts tremblants.

Il commença par la rouquine.

Si elle avait réellement existé, alors, en toute logique, elle appartenait au village où Érèbe avait grandi. Elle avait dû se trouver sur le chemin du Cauchemar lorsqu'il avait attaqué le petit garçon. Mais avait-elle cherché à le sauver, en sachant qu'elle risquait de perdre l'enfant dans son ventre ? Cela lui semblait insensé. Il aurait voulu traverser le temps et lui hurler de se cacher et de laisser le fils des étrangers succomber au Cauchemar ; la vie qu'il menait depuis l'accident était vide de sens et indigne qu'on meure pour elle. Son fusain se brisa net entre ses doigts. Érèbe prit un moment pour respirer, pour chasser les pensées haineuses qu'il venait de s'infliger, et reprit sa tâche, un visage après l'autre.

Quand il eut terminé, il se sentait vide, presque apaisé. Il leur avait enfin rendu justice.

Pas tout à fait. Tu ne sais toujours pas qui ils étaient et s'ils sont morts en héros ou par hasard.

Et s'il montrait ces nouvelles versions à Anacendre ? Il avait déjà tenté d'obtenir des réponses par le passé, mais sa mère avait prétexté que les dessins étaient trop mauvais pour qu'elle y reconnaisse qui que ce soit. Aujourd'hui, Érèbe comprenait qu'elle avait fait preuve de mauvaise foi : le Cauchemar n'avait pas semé tant de cadavres que ça, tout de même, et les femmes enceintes avec de longs cheveux roux bouclés n'étaient pas si nombreuses.

Indécis, Érèbe se frotta le visage, sans prendre garde à ses doigts maculés de fusain. Jusqu'à présent, il avait toujours préféré l'évitement à la confrontation, et ce, dans tous les domaines de sa vie. Sa propre mère l'y avait d'ailleurs encouragé, allant jusqu'à le persuader que la moindre ambition personnelle paverait sa route de violence et de malheur. Il avait essayé de vivre de cette manière. Ça ne fonctionnait pas. La seule et unique fois où il avait quitté sa bulle de protection et accompli quelque chose qui lui faisait vraiment peur, il avait sauvé le domaine de la ruine. Il pouvait être fier de ça.

Et, cette fierté, ce sentiment de contrôle retrouvé, il voulait les ressentir encore. Si les rêves au couteau revenaient, après plusieurs années d'absence, il y avait forcément une raison. Peut-être était-il enfin prêt à se rappeler les gens morts pour le sauver lors de son accident.

À moins que remuer cette vase-là trouble l'eau de son esprit pour de bon.

Si tu y penses trop, tu n'iras pas, c'est certain.

À son poignet, la montre bipa minuit. Érèbe s'ébroua et troqua ses habits de nuit pour des vêtements chauds. Noctis s'étira nonchalamment et se posta devant la porte, pressé de sortir. Érèbe plia soigneusement les portraits et les glissa dans sa poche de poitrine, contre son cœur. Il tendit une oreille vers la chambre voisine : les pas de Cécilie s'étaient arrêtés.

Elle le rattrapa dans l'escalier, sa robe de chambre volant derrière elle tant son tissu était fin. Bientôt, elle frissonnerait et regretterait amèrement de ne pas s'être mieux vêtue.

— Où vas-tu ? gronda-t-elle d'un ton accusateur.

Ses prunelles brillaient de mécontentement et ses sourcils dorés se fronçaient tellement qu'ils se rejoignaient presque au centre de son front. Malgré lui, cette vision arracha un sourire à Érèbe.

— Parler à ma mère.

— Elle doit dormir, à cette heure-ci.

Érèbe fit la moue et reprit sa descente, Cécilie sur ses talons. Au son délicat de ses pas, aussi furtifs que ceux d'une soiraignée, Érèbe remarqua qu'elle était toujours pieds nus.

De mieux en mieux.

— Cette maison est remplie d'insomniaques ; il y a de bonnes chances que je la trouve dans le cabinet. Dans le cas contraire, j'irai me promener avec Noctis pour me dégourdir les jambes et appeler le sommeil. Je te conseille de retourner te coucher, tu vas attraper la mort dans cette tenue.

— Il est hors de question que je te laisse m'échapper pour ensuite aller te rouler en boule dans la forêt et y dormir comme un animal !

Elle se frictionna les bras, semblant hésiter à poursuivre, mais se tut finalement.

Les paroles de Cécilie provoquèrent une envolée de papillons dans l'estomac d'Érèbe. Il se raidit, furieux contre lui-même et contre son corps qui trahissait encore ses espoirs. *Elle ne ressent rien pour toi!* se répéta-t-il avec véhémence. *Elle te l'a dit elle-même!*

Pas encore, murmura une autre voix au fond de lui : celle qu'il tentait désormais d'écraser sans pouvoir l'atteindre.

Résigné, Érèbe se défit de son manteau et le tendit à sa promise, qui l'enfila avec reconnaissance. Aussitôt, un froid mordant envahit Érèbe et, en quelques secondes, il fut glacé jusqu'aux os. Malgré tout, s'il faisait demi-tour maintenant pour prendre une couverture, il perdrait toutes ses résolutions.

Comme il s'y attendait, Anacendre veillait toujours. Un feu agréable réchauffait l'atmosphère du cabinet de curiosités, et des chandelles achevaient de repousser froid et obscurité. Anacendre avait ouvert toutes les vitrines et se tenait devant l'une d'elles. Cécilie prit place dans un des fauteuils qui faisaient face à l'âtre, et Noctis s'allongea à ses pieds, l'autorisant même à plonger ses orteils glacés dans sa fourrure chaude et épaisse.

Les voir se toucher ébranla Érèbe. Devrait-il partager Noctis à l'avenir? Il songea à l'appeler, mais la jeune femme et le loup avaient tous deux fermé les paupières, et il décida de ne pas les déranger.

À la place, il se dirigea vers Anacendre et posa une main sur son épaule; elle la recouvrit de la sienne.

— Navré de te déranger, murmura Érèbe.

— Ce n'est rien. Je regardais nos trésors, à ton père et à moi, en me rappelant de vieux souvenirs tant que je le peux encore.

Son ton était infiniment triste, et son visage si fatigué qu'Érèbe craignit qu'elle s'endorme et trébuche. Il la guida vers le fauteuil le plus éloigné de Cécilie et s'installa entre les deux femmes.

— Le Cercle peut t'arracher ces objets, mais tes souvenirs t'appartiennent.

— C'est vrai, sourit Anacendre. Tu deviens sage, mon petit garçon.

Ses paupières papillotèrent et son regard se fit vague. Érèbe déplia sa feuille de croquis sans cérémonie, soucieux d'en finir au plus vite.

— Tu les connais? demanda-t-il en lui tendant la feuille avec les trois portraits.

Anacendre les contempla durant un long moment. Le cœur d'Érèbe battait à tout rompre dans sa poitrine, tant l'envie et la peur de découvrir la vérité s'entrechoquaient en lui.

— C'est toi qui les as dessinés, n'est-ce pas ? souffla Anacendre d'un ton lointain. Je reconnais ton style un peu brouillé sur les contours et la finesse avec laquelle tu croques les traits. Marius était un excellent dessinateur, lui aussi.

— Et elle, tu la reconnais ? la pressa Érèbe sans maquiller son impatience, le doigt pointé sur le visage de la rouquine.

Anacendre la fixa d'un air absent. Seul le léger tremblement de ses doigts trahissait son trouble. Ou était-ce simplement la fatigue ?

— Mère.

Lui aussi était *fatigué*.

Un sanglot lourd faisait pression sur la gorge d'Érèbe, engloutissant son souffle. L'émotion le noyait, sans qu'il puisse y donner libre cours. Il jeta un coup d'œil à Cécilie, gêné par sa propre sensibilité. Dans le monde où elle avait grandi, on réservait ce genre de manifestations aux femmes, aux jeunes enfants et aux faibles. Sa promise gardait les paupières closes et la tête légèrement inclinée sur le dossier. Elle avait même poussé le vice jusqu'à relaxer sa mâchoire inférieure, mais sa respiration superficielle ne trompait pas Érèbe : elle grappillait chaque miette de leur conversation.

— Elle est apparue dans ton cauchemar ? demanda Anacendre sans se soucier de l'oreille importune.

Érèbe hocha la tête, puis désigna les autres figures du menton.

— Eux aussi.

Anacendre les examina un à un avec lenteur, un pli de souci gravé au milieu du front. D'abord la femme aux cheveux roux, puis le vieillard et enfin l'homme. Les doigts de sa mère se crispèrent davantage sur le papier à la vue de ce dernier. Son visage était d'une pâleur de craie.

— Tu dois les chasser de ta tête, Érèbe, dit-elle d'un ton dur.

— Ce serait plus facile si j'avais la moindre idée de qui ils étaient.

Le seul chemin qui s'éloigne de ton mal passe au travers. La phrase fleurit dans son esprit comme un bourgeon au printemps, porteuse d'espoir.

— Ils venaient de notre village, déclara-t-il avec une assurance nouvelle.

Anacendre lui renvoya un regard anxieux, où se mêlaient lassitude et épuisement. Une pointe de culpabilité traversa Érèbe : sa mère aurait dû aller se coucher depuis bien longtemps, et il était là, à la tenir éveillée, alors que ses questions pouvaient attendre jusqu'au matin.

— Comme j'aimerais que ton père soit là, murmura-t-elle. Lui saurait quoi te dire sans te faire du tort.

Elle n'avait pas nié. Les trois cadavres provenaient de leur ancien village. Il avait ramené le Cauchemar jusqu'à *son village*. Et la créature avait tué trois personnes en plus de le blesser, lui.

— Tu n'as qu'à me donner leurs noms et un fragment de leur vie, proposa Érèbe d'un ton radouci.

Anacendre hésita un instant, puis montra à Érèbe le croquis du vieillard.

— Traor ó Faëlan, guérisseur et embaumeur.

Les ressorts du fauteuil de Cécilie grincèrent. Les yeux grands ouverts, elle s'était penchée par-dessus l'accoudoir, sans plus se soucier de paraître endormie.

— C'est étrange de mêler ces deux fonctions, intervint-elle.

— Si j'étais un juge du concours des aides, je te disqualifierais sur-le-champ pour manque de discrétion, la morigéna Anacendre. Cela dit, ce n'est pas si saugrenu que ça. Si tu y réfléchis, tu trouveras logique de lier les opposés, comme deux faces du même frann : on ne peut comprendre la vie sans avoir une connaissance intime de la mort.

Cécilie sembla méditer la réponse, se réfugiant de nouveau dans le silence. Anacendre enchaîna avec le portrait de la rouquine.

— Eonilde ó Faëlan, fille par alliance de Traor ó Faëlan et seconde épouse de Rorik ó Faëlan, que voici.

Elle désigna le dernier portrait.

— Ils étaient tous de la même famille ? souffla Érèbe, le cœur battant à tout rompre. N'y avait-il qu'eux dehors ce jour-là ? Et les autres passants ? Ça n'a aucun sens !

La main d'Anacendre se perdit dans les cheveux d'Érèbe. Elle les caressa doucement, lissant une mèche après l'autre du bout du pouce, comme s'ils étaient seuls au monde et qu'Érèbe n'était encore qu'un petit garçon.

— Si, quand on sait qu'Eonilde était ta nourrice. Sur Exotica, les responsabilités ne sont pas fragmentées comme ici : si un membre du clan faillit, c'est tout le clan qui faillit. Nous t'avions confié à Eonilde, il était donc du devoir de son clan de te tirer des griffes de la bête qui menaçait ta vie.

L'estomac d'Érèbe se serra. Tout à coup, la pièce parut trop petite, trop douillette, trop chaude. Il aurait voulu fuir dans la forêt avec Noctis et s'abreuver d'air pur et glacé pour oublier sa peine.

— Reste-t-il des ó Faëlan ?

L'idée d'avoir peut-être causé la disparition d'un clan entier lui donnait la nausée.

Anacendre haussa les épaules.
— Tout ça remonte à bien des années et Exotica est un endroit très dur ; je ne sais pas ce qu'il est advenu du clan. Laisse les morts là où ils sont et concentre-toi sur l'avenir, mon tout petit.
Anacendre lança un long regard à Cécilie qui détourna les yeux, comme honteuse d'avoir été témoin de ce moment, puis se retira dans l'obscurité glacée du manoir.
— Elle te ment quand elle affirme ne pas savoir pour le clan.
— Peut-être. Mais je ne peux pas l'en blâmer. Elle cherche juste à…
— Te protéger, oui, l'interrompit sèchement Cécilie, les lèvres pincées par la désapprobation. Tu sais, c'est le genre d'information que tu pourrais obtenir en fouinant un peu. Tes parents devaient tenir des carnets d'expédition ou des journaux intimes dans lesquels tu pourrais avoir une idée précise de la composition de leur équipage. En t'intégrant au Cercle, tu pourrais te rapprocher de ces gens et obtenir des réponses.
Un mince rictus déforma les lèvres d'Érèbe et il éclata d'un rire sans joie. Cécilie n'avait jamais cessé de tisser sa toile autour de lui ; elle le manipulait avec tant de finesse qu'il aurait pu la croire désintéressée s'il ne connaissait pas ses véritables motivations. En matière d'intrigue, elle n'avait rien à envier à Olivar de la Chênaie, et le pire dans tout cela, c'était qu'elle avait raison ! Si Érèbe voulait en apprendre plus sur le Cauchemar et sur les victimes du drame qu'il avait causé, il devrait se renseigner auprès de témoins vivants. Or ces derniers n'accepteraient de partager leurs souvenirs avec lui que s'il faisait partie du Cercle.
— Admettons que je participe aux épreuves de la loge des biologues… Tu crois que j'aurais une chance ?
Un large sourire s'épanouit sur le visage de sa promise. Une fossette en forme de virgule se creusa dans sa joue droite. Ce détail, qu'Érèbe n'avait jamais remarqué auparavant, fit naître une vague de tendresse dans son ventre. Il fut pris d'une soudaine envie de piquer un baiser sur cette preuve de bonheur et de chatouiller Cécilie du bout des lèvres pour qu'elle rie aux éclats.
Tout à son admiration, il ne réagit pas lorsque Cécilie s'approcha d'une des vitrines et saisit un spécimen rare et authentique de *Colibrus longipedes*, un oiseau qui excédait à peine la taille d'un dé à coudre. Il s'agissait du spécimen le plus complexe et le plus fascinant qu'Érèbe ait jamais observé. Cécilie le leva devant ses yeux, admirant la multitude de petits os qui s'articulaient délicatement pour former le *Colibrus* en vol.
Et elle le fracassa contre le sol.

Le squelette se démantela, comme si les os qui le constituaient étaient simplement posés les uns sur les autres en un échafaudage fragile. Le *Colibrus* était là depuis tant d'années que la colle qui le maintenait en un ensemble cohérent devait avoir tourné poussière.

— Par la…

— Attention, le prévint Cécilie, un sourire malicieux au coin des lèvres. Il paraît que le blasphème n'est pas toléré dans cette maison.

— J'allais dire « par la marque du dynaste » et à raison ! Qu'est-ce qui t'a pris, bon sang ! Ce *Colibrus* fait partie des pièces les plus précieuses de notre cabinet ; le dynaste ne manquera pas l'occasion de le rappeler au Cercle ! Ne bouge pas surtout, tu risquerais d'écraser un os.

Érèbe farfouilla dans un tiroir, loin du carnage, et en ressortit une loupe fixée sur une vieille monture de lunettes, un verre de montre et une pince à bouts pointus ayant appartenu à son père. Il chaussa la loupe, puis se mit à quatre pattes devant Cécilie, à la recherche des ossements minuscules. Il jeta un œil angoissé aux jours qui laissaient passer des courants d'air entre les planches : pourvu qu'aucun os ne soit tombé par là. Entre les rats voraces et les moutons de poussière, il n'aurait que très peu de chances de le retrouver.

— Pas la peine de faire cette tête. Tu vas le reconstituer en quelques minutes, non ? Ce qui prouvera que tu as tout à fait ta place chez les biologues ! On aurait dit que tu avais besoin de le voir pour y croire…

— Alors tu t'es dit que tu allais massacrer une pièce de collection d'une valeur inestimable ? Juste pour que je me prouve à moi-même que je peux réaliser des exploits ?

— Certaines personnes travaillent mieux sous pression et contrainte. D'autres perdent systématiquement leurs moyens. Savoir à quelle catégorie tu appartiens est d'une importance capitale pour ton entraînement.

Avec un grondement dépité, Érèbe saisit une minuscule vertèbre cervicale entre les doigts métalliques de la pince et la déposa sur le verre de montre aux côtés du crâne – miraculeusement intact –, d'une clavicule et du pygostyle.

— Il faudra te chronométrer, souffla Cécilie, toujours debout devant son promis au ras du sol.

— La reconstitution d'un squelette n'est pas une course. C'est un travail de patience, comparable à celui de l'horloger qui assemble la mécanique parfaite. As-tu déjà vu un horloger se hâter ?

— Peut-être pas, rétorqua Cécilie, toujours pleine d'assurance, mais je doute que les épreuves se déroulent dans des conditions favorables.

Rapidité, précision, efficacité sous la pression. Si j'étais à leur place, c'est ce que je testerais.

Elle se tut un instant. Durant cet intervalle silencieux, Érèbe mit la main – ou plutôt la pince – sur trois tarses qu'on aurait pu confondre avec des grains de poussière tant ils étaient minuscules.

— Ton père était biologue, non ? reprit Cécilie. Tu ne lui as jamais demandé comment se déroulaient les épreuves de la loge ?

— Pas vraiment. Tout ce qui touche au Cercle a longtemps été tabou dans cette maison. Et même si ça n'avait pas été le cas, j'imagine qu'il existe un certain code du secret qui entoure les épreuves. Les refusés peuvent sans peine insinuer qu'elles étaient impitoyables et hors de portée de la plupart des hommes pour s'épargner la honte. Ceux qui ont réussi deviennent auréolés de mystère, car les non-initiés se demanderont toujours quelles prouesses ils ont dû accomplir pour en arriver là. Alors que ces épreuves consistent peut-être à remplir de simples questionnaires.

— J'en doute. Concernant le secret, tu dois avoir raison. Je n'ai rien trouvé sur les épreuves, même sur celles qui datent du dernier passage du Cercle à Archronde ; or je pensais qu'elles auraient pu filtrer, étant forcément obsolètes. Mais je ne crois pas qu'elles auraient lieu sous les yeux des primarques s'il s'agissait juste de faire gratter du papier à une foule d'aspirants.

Érèbe se déplaça pour sonder les poils d'un tapis moelleux qui s'étendait non loin de là. Il y captura un fémur ainsi que la plupart des côtes. C'était la première fois qu'il parlait si longuement seul avec Cécilie, et il aurait pu prendre plaisir à la conversation si le courroux d'Anacendre ne planait pas au-dessus de lui comme un spectre rageur.

— Pourquoi obsolètes ? demanda-t-il en rebondissant sur une des réflexions de Cécilie.

Elle hésita.

— Eh bien, cela fait tout de même deux cents ans qu'Archronde n'a plus accueilli le Cercle ! Les choses ont dû évoluer depuis tout ce temps.

— Je ne sais pas. Logistiquement peut-être. Mais Naturalia est gouvernée par les traditions plus que par les hommes eux-mêmes. En dehors des cadeaux offerts par La Scientifica, nous progressons assez peu finalement. Je pense que le noyau des épreuves doit être resté le même ; ça me paraîtrait logique.

Érèbe jeta un regard furtif à Cécilie. Elle le contemplait avec un mélange de surprise et de considération. Peut-être même de respect ?

Une vive satisfaction réchauffa le cœur d'Érèbe : il venait de prouver à sa promise qu'il n'était pas aussi inintéressant qu'elle semblait le penser.

— Tu peux me trouver la fiche du *Colibrus* ? Elle doit être sous son perchoir. Je voudrais être sûr que je n'ai oublié aucun os.

Cécilie obtempéra et Érèbe parcourut la liste rapidement, le soulagement l'envahissant à mesure qu'il s'approchait de la dernière ligne. Il avait retrouvé toutes les pièces !

— Pour quelqu'un qui a passé sa vie enfermé loin du monde, tu le comprends assez bien.

— Je lisais beaucoup, petit. À peu près tout ce qui me passait sous la main : des romans, des essais, des manuels. J'ai arrêté pendant mon adolescence, quand j'ai découvert la chasse et l'art de naturaliser les animaux. Lire me faisait souffrir, car je voyais alors combien j'étais différent et incapable de m'adapter au monde, alors que créer des chimères me libérait. J'ai terminé, tu peux te déplacer à présent.

Cécilie ne se fit pas prier ; elle s'éloigna et laissa son regard vagabonder à travers la fenêtre.

— Tu pourrais l'assembler maintenant si nous rejoignons ton atelier.

Elle peinait à cacher son enthousiasme. Érèbe, qui avait été si désireux de quitter le manoir quelques minutes plus tôt, se sentait à présent gagné par la langueur du feu. Ses paupières s'alourdissaient et il aurait voulu se réfugier sous ses draps pour méditer ce qu'il venait d'apprendre de la bouche d'Anacendre. Mais l'idée d'abandonner le *Colibrus* en pièces détachées dans la vitrine lui arrachait des sueurs froides. Il y avait autre chose également, un prétexte moins avouable : une partie de la distance qui le séparait de sa promise s'était comblée ce soir, et il entendait savourer cette proximité naissante entre lui et la femme qui partagerait bientôt sa vie.

— Alors, allons-y, capitula-t-il.

Chapitre 11

Surprise

Treize minutes, quarante-trois secondes et treize centièmes.

Voilà le temps qu'avait mis Érèbe à reconstituer le *Colibrus* avec l'aide de Fyla. Cécilie les avait observés tout du long, la montre du père d'Érèbe entre les doigts.

En temps normal, elle aurait contemplé l'objet sans se soucier du reste, tant il était rare d'avoir sous les yeux une *artificialia* de La Scientifica. Mais elle avait été subjuguée par les gestes précis de son promis, par ses lèvres qui murmuraient le nom de chaque os au moment où il le plaçait devant lui et par la douceur pleine de révérence avec laquelle il manipulait Fyla. Il n'utilisait plus les diapasons que Cécilie lui avait offerts et employait désormais un mode de communication beaucoup plus complexe basé sur la gestuelle des doigts. Fyla dansait autour du poignet d'Érèbe, crachant des jets de soie adhésive avec dextérité. Si le père de Cécilie voyait cela, il perdrait toutes ses réserves – et elles n'étaient pas nombreuses, car seule la marque comptait – au sujet de son fiancé. Peut-être envisagerait-il de lui confier une antenne d'expansion supplémentaire : la soie à l'usage des biologues ! Cette idée la fit sourire.

— Miss Vonburg ! Comment espérez-vous apparaître dans une robe de mariée digne de votre histoire familiale si vous ne prêtez attention à aucun de mes croquis ? s'agaça madame Tulio.

La couturière secoua les pages d'une farde devant le nez de Cécilie. Celle-ci aperçut un col de fourrure, ainsi qu'une longue cape blanc et or dans un coin de sa vision.

— Trop de doré. Cheveux dorés, yeux dorés, cape dorée. Il paraît que le noir fait mieux ressortir mes yeux. Enfin, c'est ce que Mirtyle m'a toujours dit…

— Oh, mille excuses, je ne pensais pas vous apprêter pour un enterrement ! grinça la couturière.

Exaspérée, elle referma son livre de croquis d'un coup sec, le jeta sur la table et quitta la pièce en marmonnant.

Érèbe, qui étudiait un traité de botanique dans un coin, rejoignit furtivement Cécilie. Elle sentit sa chaleur lui réchauffer agréablement le dos, tandis qu'il se penchait par-dessus son épaule et ouvrait délicatement la farde.

Oh.

Madame Tulio avait réalisé une cinquantaine d'esquisses, toutes plus somptueuses les unes que les autres, et Cécilie n'y avait pas prêté la moindre attention. Érèbe, quant à lui, avait sélectionné sa tenue le matin même, en ponctuant chacun des dessins d'exclamations ravies et de compliments.

— Je suis d'accord pour le doré, dit-il d'une voix douce. Non que la robe ne soit pas jolie, mais je ne voudrais pas qu'une étoffe, si précieuse soit-elle, te vole la vedette. Cela dit, madame Tulio n'a pas prévu que des robes dorées. Il y en a des tas d'autres qui te mettront superbement en valeur.

Cécilie fronça les sourcils : ce n'était pas la première fois qu'Érèbe s'essayait à un compliment. Il commençait à la courtiser et elle n'aimait pas ça. Enfin… une partie d'elle appréciait ses attentions délicates et sa gentillesse, là où une autre craignait de se laisser détourner de ses objectifs. Elle devrait le rabrouer à un moment ou à un autre, mais pour l'instant, elle n'en avait pas envie. En dehors de Joleene, Érèbe était la seule oreille bienveillante sur laquelle elle pouvait compter dans cette maison.

— C'est Mirtyle qui aurait dû dessiner ma robe. Elle adore ça, et je crois que si les choses s'étaient passées autrement, elle serait devenue l'apprentie de madame Tulio. Je me déteste de l'avoir privée de cette chance, de son avenir, de sa richesse peut-être. D'un joli mariage aussi. T'ai-je dit qu'elle adore les mariages ? C'est une éternelle romantique… Et elle t'adore, toi ! Je crois que si elle le pouvait, elle me remplacerait devant l'autel.

Érèbe éclata de rire à ces derniers mots. Cécilie ne l'avait jamais entendu rire aussi franchement ; jusqu'à présent, il s'était contenté de sourires en coin et de gloussements étouffés. Sa joie était si contagieuse que la jeune femme sentit sa peine s'alléger.

— Ne dis pas ça ! Mirtyle est encore une petite fille !

— Pas autant que tu sembles le croire, s'amusa Cécilie. Elle dévore les romances comme Noctis racle une carcasse et elle en redemande. Elle a presque quinze ans, tu sais.

Glissant à côté d'elle, Érèbe la couva d'un regard tendre et empreint de compassion.

— Je suis désolé. Tout est de ma faute. Y a-t-il quoi que ce soit que je puisse faire pour rassurer ton oncle ?

À nouveau, la culpabilité la poignarda. Pourquoi fallait-il qu'il soit si gentil ? Ne pouvait-il pas lui faciliter les choses en se montrant à la hauteur de sa réputation ?

Une réputation qui a été forgée de toutes pièces, lui susurra la voix de Déa. La déesse n'avait pas tort, même si elle n'était d'aucune impartialité quand il s'agissait d'amour, de mariage ou de maisonnée. Après tout, ces sujets faisaient partie des prérogatives que l'Église jumelle lui accordait.

— Malheureusement, je ne crois pas. Mais n'y pensons plus. Ce qui est fait est fait et tu n'y es pour rien. Dans cette histoire, c'est toi la victime, ajouta-t-elle d'une voix si basse qu'elle n'était pas sûre qu'il l'ait entendue.

D'un geste brusque, elle ouvrit le carnet de croquis et le feuilleta, s'arrêtant sur une robe d'un bleu céruléen.

— Celle-là fera l'affaire, dit-elle d'un ton sec. Tu communiqueras mon choix à madame Tulio ? Tu es dans ses bonnes grâces en ce moment, ce qui est loin d'être mon cas.

Cécilie s'éloigna, rattrapée par une bouffée de mal du pays tellement intense qu'elle craignit de se mettre à pleurer. Sans attendre la réponse d'Érèbe, elle prit la direction de sa chambre.

Elle n'en ressortit que plusieurs heures plus tard pour accueillir ce mufle d'Olivar de la Chênaie. Cette fois encore, Timor accompagnait le primarque, ses listes d'inventaire à la main et quatre hommes en tenue d'ouvrier derrière lui. Ils venaient pour le chien cornu, et sans doute aussi pour ravir les merveilles que les d'Aigremort avaient collectées sur Exotica. Le squelette, enfin recouvert de sa fourrure soyeuse, fut emballé avec soin et déposé sur une grande plaque de bois, sur laquelle on cloua cinq autres panneaux pour former une caisse. Des imprimés rouge sang en ornaient le bas et le haut et rappelaient aux porteurs qu'ils avaient affaire à un contenu fragile. Une fausse manœuvre et ces quatre bougres se retrouveraient sur la paille, criblés de tant de dettes qu'ils causeraient la ruine de leurs familles sur des générations. Heureusement, tout se déroula sans anicroche sous l'examen d'Érèbe. Anacendre, elle, avait suivi Timor dans le cabinet de curiosités, l'aura chargée d'une colère électrique.

Leur travail terminé avec le chien cornu, les ouvriers s'attaquèrent au cabinet de curiosités. Plusieurs allers et retours furent nécessaires pour le vider de ses squelettes, de ses objets et, à la grande consternation de Cécilie, de ses journaux d'expédition. Elle attrapa Érèbe par la manche alors qu'il passait devant elle, un œil dépité vissé sur le dos du primarque.

— Les journaux, chuchota-t-elle au creux de son oreille. Tu as pu les consulter ?

De loin, on aurait pu croire à deux amoureux se susurrant des mots tendres si le regard d'Érèbe n'avait pas été aussi noir et son maintien si raide. Un muscle tressautait sur l'angle de sa mâchoire, et son visage était aussi fermé que la prison d'Archronde.

— Non. J'ai été stupide de prévenir Olivar sitôt le Cauchemar achevé, mais je craignais qu'il s'impatiente et se ravise, ou me refuse une partie de la somme due. Je dois payer une avance à la guilde des couvreurs pour refaire le toit, et le tailleur de pierre qui vient de réparer le perron me réclame un supplément.

— Pour quel motif ?

Érèbe parut gêné.

— Son silence. Je ne sais pas ce qu'il imagine avoir sur moi, peut-être bluffait-il tout simplement, mais je ne voulais pas que des ragots tout frais proférés par un individu malintentionné nous accueillent à notre entrée au Cercle. Les choses sont déjà bien assez pénibles comme ça.

Et on sait qui on doit remercier… songea Cécilie avec amertume, avant de détourner son attention vers ce qui la préoccupait réellement. Elle connaissait un moyen de récupérer les noms de l'équipage auprès d'Anacendre, mais cela l'obligerait à utiliser la carte du chantage, et elle ne voulait pas d'Anacendre pour ennemie. L'une gardait le secret de l'autre en un équilibre précaire qu'il serait stupide de rompre pour si peu.

— Je vais me débrouiller, chuchota-t-il devant son absence de réponse.

Leur échange s'arrêta là, car Olivar et Timor se dirigeaient vers eux, leurs larcins accomplis. Une expression étrange traversa le visage d'Érèbe.

— Tout s'est bien déroulé ? s'enquit-il poliment.

Olivar sourit et tapota l'épaule de Timor, qui toussa, puis afficha le rictus caractéristique de qui a mordu dans un citron vert.

— À merveille, répondit le primarque. J'ai conscience que cette séparation avec vos objets de famille peut être douloureuse, mais ayez à l'esprit que le dynaste vous en est profondément reconnaissant. Chaque pièce prise à votre cabinet restera attachée à votre maison et au nom de votre père. Son héritage ne sera pas oublié, je vous en donne ma parole.

Cécilie retint à grand-peine la grimace qui lui montait au visage : encore une fois, le primarque n'avait fait aucune mention d'Anacendre, comme si elle n'avait jamais existé.

Érèbe ricana.

— Une bien maigre compensation pour un reclus, vous en conviendrez.

Les yeux de Timor s'agrandirent comme des soucoupes. Cécilie faillit s'étrangler, mais se contint de justesse. Olivar, quant à lui, n'afficha pas la moindre gêne, tout au plus une fausse compassion.

— J'ai très bien connu votre père. S'il y a la moindre chose que je puisse dire ou faire pour adoucir votre chagrin…

— Il y en a une.

Cécilie sourit intérieurement. Elle doutait qu'Érèbe ait prémédité l'issue de la conversation, mais au moins avait-il sauté sur l'occasion. Le cadet d'Aigremort promettait de devenir un partenaire intéressant, pour le peu de temps que durerait leur union.

— Vous l'ignorez peut-être, poursuivit Érèbe, mais je compte suivre les conseils de mon beau-frère et m'inscrire aux épreuves de la loge des biologues.

Olivar se raidit imperceptiblement.

— J'aimerais profiter de mon temps passé au Cercle pour faire connaissance avec les membres d'expédition qu'a côtoyés mon père, surtout durant ses dernières années de voyage. Vous me rendriez un fier service en me communiquant leurs noms.

Olivar se détendit et éclata d'un rire caverneux.

— Vous m'avez fait peur, mon garçon ! Pendant un instant, j'ai cru que vous me demandiez de vous offrir un traitement de faveur. Je vous ferai parvenir une liste, mais je vous conseille d'attendre la fin des sélections pour en approcher les membres, sinon votre démarche leur paraîtra suspecte.

Il hésita, puis ajouta d'un ton radouci :

— Les noms seront nombreux, mais j'ai bien peur que beaucoup appartiennent à des hommes morts ou trop vieux pour avoir suivi le Cercle à Archronde.

Érèbe le remercia chaleureusement, se confondant en excuses pour sa maladresse, et escorta le primarque et ses cinq compagnons jusqu'à la sortie du domaine, non sans gratifier sa promise d'un clin d'œil. Elle lui sourit en retour et le rouge lui monta aux joues. Elle s'en serait giflée ! Depuis quand se sentait-elle fondre lorsqu'un homme faisait preuve d'un peu de jugeote et d'éloquence ?

Les jours qui suivirent s'égrenèrent à toute vitesse, la rapprochant inexorablement du mariage. Elle n'eut pas d'autres occasions de rougir face à Érèbe. Anacendre ne lui laissait pas une minute de temps libre, et Cécilie courait sans cesse entre son entraînement d'aide et l'organisation de la cérémonie.

Son promis, quant à lui, était soit occupé, soit absent. Il disparaissait durant de longues heures avec Joleene, et à plusieurs reprises Cécilie surprit la pétarade du moteur et le crissement des pneus sur les graviers lorsque la vieille voiture du domaine prenait la route avec le frère et la sœur.

Au début, Cécilie en avait ressenti de la curiosité ; elle avait même mené sa petite enquête auprès d'Anacendre, qui lui avait retourné un silence de pierre tombale. Elle n'avait pas eu plus de succès avec madame Tulio : la vieille couturière semblait décidée à l'éviter coûte que coûte, et quand Cécilie avait évoqué combien il devait être difficile de créer une robe de couronnée sur mesure sans avoir son modèle sous la main, elle lui avait rétorqué que « monsieur Érèbe » lui avait fait cadeau d'un mannequin adaptable.

Exaspérée, Cécilie s'était rabattue sur la préparation de l'autel avec Magdeleine. Elle aussi était une croyante pratiquante et elle fut d'une aide précieuse. Se retrouver au contact de la déesse au travers d'un véritable lieu de culte apaisa quelque peu Cécilie ; malgré tout, la nervosité grimpait en elle à mesure que le mariage approchait. Elle pressentait qu'abandonner Érèbe une fois La Scientifica atteinte serait beaucoup plus douloureux qu'elle ne l'avait escompté. Il éprouvait quelque chose pour elle, même un aveugle aurait pu le voir, et elle-même ressentait une certaine tendresse à son égard. En un sens, Cécilie aurait souhaité qu'il ait une part de monstre en lui et qu'elle emporte sa culpabilité.

Elle ne savait plus quoi faire ni quoi penser, et cela la plongeait dans une détresse telle qu'elle en venait à houspiller le personnel. Telle branche de sapin était mal placée, un importun avait laissé un grain de poussière sur l'autel. Et que faisait madame Tulio, enfermée dans son maudit atelier, quand Cécilie avait désespérément besoin d'une alliée ?

— Buvez ceci, lui ordonna Anacendre la veille du mariage.

Elle lui fourra une tasse remplie d'un breuvage rouge vif entre les mains. Cécilie en renifla les vapeurs avec précaution et soupira d'aise lorsqu'elle en perçut les notes acidulées.

— Mon père arrive demain matin à onze heures, juste à temps pour la cérémonie. Il devra se rafraîchir et se changer avant midi. Quelle chambre lui avez-vous attribuée ?

— Celle qui jouxte la mienne et qu'occupait Pia par le passé, la rassura Anacendre avec un sourire qui cachait mal son impatience. Écoutez, je sais que ce n'est pas ce que vous vouliez, mais vous aurez droit à un mariage en petit comité, strictement réduit à la famille ; personne ne se permettra la moindre critique si une fleur fane d'ici demain ou si un fil pendouille de votre robe. Nous sommes tous de votre côté. Buvez maintenant. Cette infusion calme les nerfs et favorise l'endormissement, vous en aurez besoin.

Le liquide la réchauffa agréablement, et comme Anacendre l'avait prédit, une délicieuse langueur gagna ses muscles. Elle vida la tisane en quelques gorgées, et lorsqu'elle posa à nouveau le regard sur Anacendre, elle eut la surprise de la voir troublée. Une ride de souci plissait son front, et sa bouche formait une ligne mince pâlie par le froid et la fatigue.

Un terrible pressentiment serra les entrailles de Cécilie et elle reposa brusquement la tasse vide sur une table du petit salon.

— Je n'aime pas cet air, prévint-elle sèchement.

La mère d'Érèbe la harponna de son regard cendré. Ses iris brillaient de larmes contenues.

— Allons-nous réellement faire cela à mon petit garçon ? Vous avez appris à le connaître, ne pouvons-nous pas… trouver un autre moyen ?

— Me trouver un autre couronné dans les huit jours, vous voulez dire ? Et un noble par-dessus le marché ? Je ne crois pas, non !

Cécilie s'étouffait déjà avec sa propre culpabilité, et il fallait en plus qu'Anacendre rajoute la sienne sur ses épaules ? La future mariée glissa une main sur son ventre, noué par la colère, l'inquiétude et la honte.

— Il est trop tard pour reculer, insista-t-elle d'un ton plein de défi.

— Nombre de fiançailles se défont la veille des noces, et même devant l'autel. Ma mère disait toujours que l'œil des dieux jumeaux dissipe les mensonges, abolit les motifs impurs et remet les cœurs dans leur droit chemin. Je n'ai pas pour habitude de me fier aux dieux, mais quelques mots à mon fils et la vérité fera jour. Il aura le cœur brisé, certes, mais moins que si le mariage l'enchaîne à une épouse destinée à l'abandonner.

Une flamme déterminée s'était allumée dans les prunelles d'Anacendre et un frémissement d'angoisse parcourut Cécilie. La situation échappait à son contrôle alors qu'elle avait travaillé si dur ! Elle prit une profonde inspiration, et, malgré elle, une parcelle de son esprit vogua vers la déesse. *Est-ce la vérité ? Vas-tu remettre mon cœur dans son droit chemin ? Et quel est ce chemin, au juste ?*

— C'est dans son intérêt, déclara Cécilie, sans savoir si elle tentait de raisonner Anacendre ou de raffermir ses propres résolutions. Si Érèbe m'épouse et que j'obtiens le divorce à La Scientifica, notre union restera toujours valide ici. Il ne pourra jamais se remarier, car je serai toujours vivante, et ainsi, il ne transmettra pas votre stupide malédiction !

— Je sais, balbutia Anacendre. Mais tout de même. Participer à cela… Je me sens monstrueuse !

Le mot poignarda le bas-ventre de Cécilie et elle retint un gémissement. Elle s'était si rarement mise en colère dans sa vie que, jusque-là, elle ignorait que les émotions puissent avoir un tel effet sur le corps.

— Il fallait y penser avant, persifla-t-elle. Ce mensonge n'est rien comparé à ce que vous lui avez déjà fait subir ! Et n'oubliez pas : quelques mots de ma part sur l'origine de certaines rumeurs et votre relation mère-fils coulera aussi sûrement que mon mariage !

Anacendre se redressa, toute tristesse évaporée. L'angoisse lui déchirait les traits et la colère lui teintait les joues.

— Érèbe ne vous croirait pas ! Je suis sa mère ! Je l'ai toujours aimé, j'ai toujours pris soin de lui. Et vous, qui êtes-vous ?

— Personne, j'imagine. Mais voulez-vous réellement prendre ce risque ?

La réponse d'Anacendre se noya dans le grincement lointain de la porte d'entrée. Une bouffée d'air froid traversa le couloir, puis le petit salon où se trouvaient les deux femmes. Le bruit de bottes qu'on frappe contre le sol pour les débarrasser de restes de boue ou de neige résonna à leurs oreilles. Cécilie lança une œillade peu amène à Anacendre.

— Nous avions un accord, je ne plaisante pas, siffla Cécilie entre ses dents.

— L'entrée est si jolie ! s'extasia une voix qu'elle aurait reconnue entre mille.

— Ce sera encore plus beau demain, lui répondit Érèbe d'un ton enjoué.

Un sourire irrésistible planant sur ses lèvres, Cécilie se précipita dans le vestibule et cueillit Mirtyle dans une étreinte à couper le souffle.

— Ma puce!

Elle piqua plusieurs baisers sur la chevelure d'un roux flamboyant de sa cousine.

— Arrête, tu m'étouffes!

Mais loin de se dégager, elle enlaça Cécilie de plus belle. Érèbe et Joleene se tenaient en retrait, de larges sourires en travers du visage.

— C'était donc cela que vous mijotiez, devina Cécilie, gagnée par l'émotion.

Érèbe hocha la tête.

— Je savais combien elle te manquait. C'est mon cadeau de mariage, pour toi.

— Hé! protesta Mirtyle en se dégageant. Je ne suis pas un objet! Sinon je n'aurais pas apporté mon propre cadeau. Tu le verras demain matin, précisa-t-elle avec des étoiles d'expectative plein les yeux. J'attends de toi la reconnaissance éternelle, mais garde à l'esprit que rien n'aurait été possible sans ce grand dadais et sa jolie sœur ni sans une tierce personne dont je ne peux parler sans éventer la surprise.

Érèbe et Mirtyle échangèrent un coup d'œil complice. Ils semblaient si proches tous les deux, presque comme un frère et une sœur. Pour la première fois, Cécilie tenta d'imaginer la réaction de sa cousine lorsqu'elle briserait le cœur d'Érèbe. La haïrait-elle? Condamnerait-elle son besoin de liberté? Cécilie ne savait pas combien de temps s'écoulerait entre son entrée dans la réserve des aides et sa première expédition. Cela pouvait être quelques semaines, quelques mois… des années si elle n'avait pas de chance. Mirtyle aurait grandi à ce moment-là; elle poussait déjà comme une herbe sauvage. Se rapprocherait-elle davantage d'Érèbe? La tendresse qu'il éprouvait pour la jeune fille suffirait-elle à le consoler de sa perte?

Cela aurait pu être le cas si le père de Mirtyle ne faisait pas ombre au tableau. Cécilie s'étonnait d'ailleurs qu'il ait permis au frère et à la sœur d'Aigremort d'emmener sa fille unique au domaine. À moins qu'il n'en ait rien fait…

— Comment va mon oncle? demanda-t-elle, l'innocence incarnée.

Mirtyle rougit violemment. Érèbe, quant à lui, se mordilla la lèvre et afficha un air coupable. Joleene fit la grimace et détacha un à un les fils qui s'échappaient des coutures de son manteau.

— J'en étais sûre! Vous l'avez enlevée, c'est ça? Dois-je m'attendre à voir les forces de l'ordre frapper à la porte pendant que je prononcerai mes vœux?

Mirtyle rentra la tête dans les épaules, comme si elle voulait disparaître sous terre.

— Nous ne l'avons pas enlevée, la rassura Joleene d'une voix douce, mais ferme. Nous avons soigneusement préparé notre coup. Personne ne connaît la date du mariage, car il se déroule presque à huis clos. Inventer un prétexte à l'absence de Mirtyle n'a pas été trop difficile.

— Papa travaille tellement pour son projet de chapellerie, et maman sur ses peintures, qu'ils ne font pratiquement plus attention à moi. Officiellement, je passe la nuit qui vient et la journée de demain chez Constance Latourelle. Ses parents organisent une réception ce soir; ils savent que Constance m'y a invitée, mais ils seront tellement occupés qu'ils ne remarqueront pas mon absence. S'ils se doutent de quelque chose, Constance les persuadera qu'ils m'ont simplement manquée. Dans le doute, ils ne diront rien à mes parents de peur de commettre un impair. C'est un plan parfait.

Cécilie se détendit un peu. Un soudain vertige la fit vaciller et elle se retint à un pan de mur. Érèbe se rapprocha d'elle en la couvant d'un regard soucieux, mais ne fit aucune remarque.

— Je suis heureuse que tu aies de si bonnes amies, souffla Cécilie, son cœur battant la chamade.

Mirtyle sourit.

— Moi aussi.

N'y tenant plus, Cécilie prétexta une intense fatigue et laissa Érèbe la raccompagner à sa chambre.

— Tout va bien? s'inquiéta-t-il une fois sur le seuil. Tu es toute pâle.

— Je ne me sens pas très bien. Je dois être anxieuse.

— Moi aussi. Mais c'est une peur agréable, de celles qui vous rendent vivant.

Des crampes lui labouraient le bas-ventre, irradiant jusque dans ses orteils. L'ensemble des symptômes ne lui évoquait pas l'anxiété, comme elle l'avait prétendu, mais plutôt des menstruations particulièrement douloureuses, même si cela l'étonnait. Elle aurait dû avoir deux semaines devant elle avant de saigner à nouveau, et ce dérèglement ne lui ressemblait pas.

Une fois seule, elle se débarrassa de sa robe et frôla de ses doigts ses sous-vêtements souillés par des caillots de sang.

Chapitre 12

La cérémonie

Le matin de ses noces, Cécilie fut réveillée par une tornade rousse jetée en travers des draps.

— Réveille-toi, cousine ! Je veux t'offrir ma surprise ! ordonna Mirtyle en frappant dans ses mains, un large sourire lui barrant le visage.

Cécilie émergea péniblement. Elle avait passé une mauvaise nuit à cause des douleurs. Elle s'était tournée et retournée en gémissant et avait fini par sombrer une poignée d'heures plus tôt, recroquevillée en chien de fusil.

Cécilie tâta prudemment son bas-ventre par-dessus la chemise de nuit et constata avec soulagement qu'elle ne ressentait plus aucune douleur. Le sang et les crampes s'en étaient allés comme ils étaient venus.

Mirtyle claqua des doigts devant le nez de sa cousine pour capter son attention.

— Tout va bien ? Tu es pâle et tes yeux sont bouffis. On dirait une mort-vivante, pas une future couronnée.

— C'est gentil… ironisa Cécilie en se redressant.

Elle ne pouvait empêcher son esprit d'ausculter son corps, malgré la quasi-certitude que la douleur ne reviendrait pas. Après tout, la nature faisait parfois des choses étranges qu'elle résolvait d'elle-même sans explication.

— Il est habituel pour une couronnée d'être nerveuse avant ses noces, intervint la voix flûtée de madame Tulio.

Elle avait délaissé son nécessaire à couture pour se munir d'un plateau-repas, sur lequel trônaient un bol fumant rempli de gruau d'avoine et un œuf à la coque artistiquement brisé en dents de scie. L'œuvre de Magdeleine, de toute évidence.

L'impatience à peine contenue de Mirtyle poussa Cécilie à engloutir son petit déjeuner en quelques minutes. La dernière cuillerée de gruau avalée, Mirtyle s'empressa de déplacer le plateau et de faire lever sa cousine du lit.

— Il faut que tu fermes les yeux, lui enjoignit-elle.

Cécilie obtempéra, amusée. L'enthousiasme de l'adolescente lui réchauffait le cœur et lui évitait de ressasser les idées noires qui avaient accompagné la douleur pendant la nuit. La certitude de franchir un point de non-retour et de jouer son avenir sur un quitte ou double ; la crainte de l'intimité qu'elle serait forcée de partager avec Érèbe ; tout cela passa au second plan.

Le bruissement d'une étoffe effleura ses tympans. Cécilie avait compris, en voyant madame Tulio débarquer dans la chambre en compagnie de Mirtyle, que la surprise concernait sa robe, mais elle avait tâché de conserver un air de curiosité naïve pour ne pas voler une miette de la joie de sa cousine.

— Tu peux regarder, maintenant !

Cécilie battit des paupières, puis sourit, fière et émue. En deux enjambées, elle fondit sur les deux femmes et les serra dans ses bras.

— Elle est parfaite, murmura-t-elle à l'oreille de Mirtyle.

— Tu en es sûre ?

— Oui.

— Je n'étais pas d'accord au début, reconnut madame Tulio, mais j'ai rapidement révisé mon opinion. La coupe est tellement… vous. Et le reste est ma foi très joli.

Un sourire voilé retroussa les lèvres de la couturière.

Elle avait raison. Il y avait autant des goûts d'Érèbe que des siens dans cette tenue, surtout dans « le reste » mentionné par madame Tulio, mais cela ne changeait rien au fait que c'était du grand art.

Peu avant midi, Cécilie, Mirtyle, madame Tulio et Joleene – qui avait participé à la fin des préparatifs – quittèrent la chambre pour rejoindre la salle de bal : une pièce qui, au fil des années, s'était transformée en débarras faute d'un meilleur usage. Érèbe s'était chargé de la remettre à neuf et de l'embellir pour l'occasion.

— Relevez les jambes de votre combinaison, miss, lui souffla madame Tulio alors qu'elles traversaient une enfilade de pièces désertes. Vous risqueriez de zébrer mon beau travail d'un coup d'écharde.

Madame Tulio exagérait : Bertram avait passé des heures à poncer le plancher et à le nourrir. Cécilie obéit néanmoins, retroussant délicatement les pans de tissu du pantalon, qui passaient d'un noir irisé en bas à un vert tendre à hauteur de taille. L'étoffe tombait merveilleusement, en un équilibre parfait entre consistance et fluidité. Plus haut, le tissu se rigidifiait pour enserrer son buste.

La rumeur des conversations enfla alors que les quatre femmes approchaient de la salle de bal. Les mains de Cécilie devinrent moites et son cœur se mit à battre à vive allure, comme un oiseau prisonnier de sa cage thoracique.

La tradition exigeait qu'elle soit la dernière à entrer. Aussi s'arrêta-t-elle devant la porte de la salle de bal. Elle ferma les yeux pour mieux se concentrer sur sa respiration. Quand elle les rouvrit, elle était seule. De l'autre côté, le murmure des conversations décroissait : la représentation rituelle était prête à débuter. On n'attendait plus qu'elle.

Elle fit pivoter la porte sur ses gonds.

Pendant un instant, Cécilie resta bouche bée ; les épreuves d'aides, La Scientifica et son couronnement imminent glissèrent hors de son esprit devant la splendeur des lieux. Un plancher neuf d'un acajou profond avait remplacé les lattes pâles et vermoulues. Un long tapis blanc aux motifs or pâle traçait la route à suivre depuis la porte jusqu'à l'autel, où attendait Érèbe, assis dans un fauteuil de velours céladon.

Une multitude de flammes protégées par autant de globes de verre pendaient du plafond, entièrement dissimulé sous des branches de sapin qui exhalaient un parfum frais et piquant. Le tout donnait à la salle de bal une aura mystérieuse de clairière étoilée.

Sur un mur blanc, situé à la gauche de Cécilie, trônait une gigantesque peinture aux couleurs flamboyantes. La jeune femme l'avait déjà aperçue lorsqu'elle avait installé l'autel, mais les couleurs en étaient fanées, et certains visages, certains noms, tombaient dans l'oubli, tant la peinture s'était écaillée. Érèbe l'avait entièrement restaurée, et Cécilie aurait mis sa main à couper que l'arbre n'avait jamais montré pareille splendeur, même à son tout premier jour.

Le tapis la menait devant l'œuvre, qu'elle effleura du bout des doigts jusqu'à atteindre la branche d'Érèbe. Son père, Marius d'Aigremort, la contemplait d'un regard marron et chaleureux, comme s'il voulait l'accueillir dans sa famille par-delà la mort. Anacendre rayonnait également sur sa miniature. À l'époque de son couronnement, sa chevelure était encore d'un noir de jais et seules ses prunelles gris cendre s'accordaient à son prénom. Pia et Timor occupaient l'étage en dessous, Joleene et son défunt Fredric à leurs côtés. Enfin, en bout de rangée, un portrait d'Érèbe et d'elle, radieux, l'attendait. Une fossette rieuse creusait la joue de Cécilie et le fauve de ses yeux illuminait ses traits. Elle fut étonnée qu'il ait un jour surpris cette expression sur son visage.

À contrecœur, elle poursuivit son avancée, remarquant pour la première fois les regards de la maigre assistance braqués sur elle.

Les invités se déployaient en arc de cercle autour d'une scène douillette en forme de demi-lune, constituée de planches d'apparence solide. Deux comédiens, un garçon et une fille qui ne devaient pas avoir plus de treize ans, patientaient sur un côté de la scène, en compagnie d'un vieillard vêtu de la toge dorée de l'Église jumelle.

Lorsqu'un couple enfantait des jumeaux de sexe différent, il était de coutume de les offrir à l'Église jumelle pour qu'ils incarnent le dieu et la déesse lors de cérémonies religieuses telles que celle-ci.

Lors des mariages, ils jouaient l'arrivée des Naturaliens sur la Terre Sacrée de toutes les Espérances et le couronnement de leurs guides, alors mortels. Lors des enterrements, ils interprétaient la mort tragique de Déa et le long règne solitaire de Déus avant qu'il ne la rejoigne dans le trépas et dans leur nouvelle vie d'immortels.

Les cérémonies étaient si familières à Cécilie qu'elle aurait pu prendre la place de la petite fille sur les planches, bien avant la scène où les enfants céderaient leurs rôles aux couronnés.

Érèbe, lui, avait dû apprendre les répliques par cœur, faute d'une expérience semblable. Ses sœurs avaient été couronnées en dehors du domaine, et Érèbe était resté terré à Aigremort. Que penserait-il de la cérémonie ? Elle devait paraître étrange et détachée des réalités du mariage lorsqu'on y assistait pour la première fois.

Le père de Cécilie, un homme à la chevelure blanche dont la carrure évoquait celle d'un chêne centenaire, lui adressa un large sourire lorsqu'elle passa près de lui. Leurs mains s'effleurèrent et, durant ce bref contact, Cécilie lui transmit ses doutes, et lui, un encouragement muet. La fierté brûlait comme une torche dans ses yeux ambre.

— Il est pas bien bavard, ton bonhomme – il faut vraiment lui tirer les vers du nez –, mais il me plaît bien, chuchota-t-il. Ne le mange pas tout cru, d'accord ?

Cécilie renifla, faussement outrée.

— Papa…

Il s'esclaffa.

— Je sais parfaitement ce qui l'attend. Tu me mènes à la baguette depuis que tu es haute comme ça. Une vraie peste.

Il ramena sa main à quelques centimètres du sol et décocha un sourire humide à sa fille, qui le lui rendit.

— Tu es sublime, lui souffla Érèbe lorsqu'elle s'assit près de lui.

— Toi aussi.

C'était la vérité. Madame Tulio s'était surpassée. Érèbe portait un costume en nuances de vert qui rappelait la combinaison de Cécilie et, de manière plus subtile, les gemmes émeraude qui habitaient parfois ses yeux.

Sur la scène, le vieux prêtre et les jumeaux avaient mis à profit la distraction causée par l'arrivée de Cécilie pour installer les décors de « l'Exil ». Un véritable esquif trônait sur les planches, entouré de bougies. Derrière lui, deux grands panneaux ornaient le mur du fond. Sur celui de gauche, on voyait l'océan et ses vagues à l'écume grise. Sur celui de droite, un morceau de terre rocailleuse enveloppé de brume.

Le garçon s'approcha du bord de la scène, le torse si bombé qu'on aurait dit un œuf prêt à éclore. La fille, quant à elle, grimpa dans l'esquif.

— Veuillez remercier les dieux pour la première scène de l'Exode : l'Exil, annonça le garçon d'une voix fluette avant de rejoindre sa jumelle dans l'embarcation.

Selon la légende, Déus et Déa avaient été mortels avant de devenir dieux. Ils avaient guidé les premiers colons de Naturalia hors de leur terre d'origine, que les textes sacrés décrivaient comme « une terre âpre et cruelle peuplée de monstres si terribles qu'ils réduisaient les hommes au rang de bêtes ». Dans l'imaginaire collectif, cette terre cauchemardesque n'était autre qu'Exotica, mais aucun membre de l'Église jumelle n'avait jamais entériné cette interprétation.

Sur la scène, la fille se leva et se percha à la poupe du navire, rassemblant ses guenilles autour d'elle pour mimer la sensation de froid. Bientôt, une douce mélopée s'éleva de ses lèvres, adressée au peuple fictif qui la suivait à bord d'embarcations invisibles. Le texte, en vieille langue, dépeignait leur terre promise et le foyer accueillant qui les attendait au terme de leur périple. Déa se lamenta du scorbut, qui touchait les êtres aimés après tant de mois de privation en mer, et pleura les corps que l'on poussait par-dessus bord.

En jetant un rapide coup d'œil à Érèbe, Cécilie remarqua que ses yeux brillaient d'émotion. La voix de la fillette, pure et glaçante, lui arrachait de longs frissons.

Cécilie n'était pas en reste : la cérémonie la plongeait dans une torpeur mystique et seul le désir de confier son destin à la déesse la tenaillait encore.

Le ton de la mélopée s'altéra graduellement, se colorant d'espoir. Le chant exhortait à la patience, tandis qu'une brume artificielle recouvrait la scène. Quand elle se dissipa, le décor avait changé. Le panneau de droite avait remplacé celui de gauche, et l'on en avait installé un nouveau, peint de rocailles. La barque s'était échouée sur une île et les jumeaux la quittaient avec circonspection.

Ils entamèrent la deuxième partie du texte : la Tentation, qui racontait comment le peuple s'était scindé à la première vue d'une terre ferme. Les jumeaux leur crièrent que ce monde minuscule et volcanique ne pouvait incarner la terre de merveilles qui leur était destinée, mais certains hommes et certaines femmes, gavés de fruits, furent aveuglés par la peur de l'inconnu et refusèrent de repartir. D'autres, remettant leur volonté entre les mains de leurs guides, embarquèrent à nouveau, la mort dans l'âme.

Le chant qui s'ensuivit, lent et déchirant, draina toute gaîté de l'assistance. Les invités affichaient désormais une mine triste qui aurait mieux convenu à un enterrement qu'à une union. La Tentation s'acheva enfin avec l'Arrivée en Terre Promise. Les jumeaux célébrèrent les courageux qui les avaient suivis avec force rires et chants de joie et pleurèrent leurs compagnons aveuglés, qui avaient choisi de mourir sur la terre au milieu de la mer.

— Ils ne sont pas morts, lui chuchota Érèbe, ses lèvres frôlant le lobe de l'oreille de sa compagne. Ils sont devenus la civilisation la plus puissante de tous les temps, celle sans laquelle nous ne serions rien.

Cécilie lui adressa un clin d'œil moqueur.

— Tu tiens vraiment à blasphémer le jour de notre mariage ?

Érèbe sourit, puis se leva et lui présenta une main blanche et calleuse.

— Es-tu prête à te faire couronner à mes côtés ?

Cécilie inclina la tête en un salut courtois auquel ni Anacendre ni l'étiquette n'auraient trouvé à redire. Elle glissa la main sur celle d'Érèbe et ils firent leur entrée sur la scène tandis que les jumeaux s'éclipsaient. La salle – qui incarnait à présent le peuple en liesse – éclata en applaudissements. Ce qui aurait dû être un véritable tonnerre résonna comme une minuscule pluie de grêlons tant les invités étaient peu nombreux. Du coin de l'œil, Cécilie aperçut Mirtyle, debout sur sa chaise, deux doigts dans la bouche pour les siffler, comme si, par son enthousiasme, elle pouvait compenser les absents. Cécilie ne put réprimer un éclat de rire.

— Moi, Érèbe d'Aigremort, annonça solennellement Érèbe.
— Moi, Cécilie Vonburg, répondit-elle d'une voix ferme.
— Nous, homme et femme jumeaux, ajoutèrent-ils en chœur en suivant scrupuleusement leur texte. Nous prenons l'engagement librement consenti et guidé par l'amour que nous vouons à nos gens de marcher ensemble, main dans la main, en répandant l'abondance autour de nous et en faisant preuve de générosité et d'abnégation envers les membres de notre famille.

Les doigts entrelacés, les jeunes gens se rapprochèrent ensuite de l'autel, où brûlait désormais une myriade de bougies, symbole de foyer et de richesse. Cécilie ouvrit un large coffre et en sortit des étoffes précieuses qu'elle remit aux enfants jumeaux. Ils les distribuèrent parmi les invités.
— Nous répétons ainsi envers nos propres gens l'amour que les dieux jumeaux ont offert à leur peuple et se sont offert l'un à l'autre. Ce n'est qu'au terme d'une longue vie selon ces préceptes que nous pourrons prétendre à les rejoindre dans le royaume immortel. En paix.

Érèbe et Cécilie se jurèrent ensuite fidélité et protection mutuelle devant l'effigie des dieux jumeaux disposée sur l'autel. Ils promirent – non sans dégoût – de respecter les limites et les attributions de leur genre, conformément à la loi de l'Église jumelle. Enfin, le prêtre leur présenta un récipient rougeoyant, dans lequel tournoyait un liquide épais et doré. Des frann d'or liquéfiés. Chaque couronné devait fondre une gouttelette du métal brûlant dans la chair de l'autre, là où palpitait son cœur. Si la goutte prenait, le mariage était scellé et approuvé par les dieux ; sinon, il était dissous.

Le cœur de Cécilie se mit à battre à toute allure dans sa poitrine et son visage se colora de rouge, tant l'or exhalait sa chaleur. Il fallait agir vite, sans tergiverser, sous peine de voir le métal se solidifier pour de bon.

Érèbe chercha le regard de Cécilie et lui tendit la fine baguette chauffée au rouge avec laquelle elle devrait le marquer. Ses lèvres formèrent silencieusement les mots « tout va bien se passer ». Ils plongèrent leurs baguettes dans l'or, les tournant légèrement pour bien imprégner l'extrémité, en forme de couronne. Puis, d'une main, ils écartèrent leur col, se livrant l'un à l'autre dans leur chair pour la première fois.

La douleur fit monter les larmes aux yeux de Cécilie ; Érèbe, lui, n'avait pu empêcher un hoquet surpris de franchir ses lèvres. Autour d'eux, tous retenaient leur souffle.

Sous l'œil attentif du prêtre, Cécilie se pencha vers la blessure de son promis. La chair, rouge et enflée, s'était creusée pour laisser place à une minuscule couronne d'or aux bords irréguliers. Elle pouvait deviner la pulsation affolée du cœur d'Érèbe, qui cognait en dessous.

— Elle a pris, s'émerveilla-t-elle, fascinée par la façon dont l'or se mêlait à la peau.

— On dit « oui » dans ce cas, la réprimanda le prêtre.

— Oui.

Le prêtre se plaça de l'autre côté du duo et Érèbe s'approcha lentement de Cécilie, le regard brillant d'émotion.

— Oui ! s'exclama-t-il, au comble du bonheur.

Et la salle explosa en applaudissements.

Chapitre 13

Nuit de noces

— Ta trimarque est plus réussie que la mienne, remarqua Érèbe en se rapprochant de sa couronnée.

Cette dernière venait de quitter l'ombre protectrice du paravent qui trônait désormais dans la chambre d'Érèbe. Autre changement : son lit étroit avait disparu, remplacé par un lit double dont l'imposante présence rapetissait la pièce.

Ses noces avaient basculé du fantasme à la réalité et cela le terrifiait.

Cécilie passa une main fébrile sur les trois petits croissants rouges et gonflés qui zébraient sa pommette droite. En quinze ans, les mœurs avaient beaucoup évolué en ce qui concernait les marques. Alors qu'à l'époque du tatouage d'Érèbe, les tatoueurs ne juraient que par la sobriété la plus absolue – un ou plusieurs croissants argentés ou dorés selon la carnation, au tracé aussi austère que celui d'une virgule –, celui de Cécilie s'était fendu de motifs aux bords dentelés dont le sens échappait à Érèbe.

— Ce sont des reliefs topographiques, lui expliqua-t-elle, comme si elle avait anticipé la question à suivre. J'ai dû beaucoup insister pour me les faire encrer. Le maître tatoueur en trouvait le tracé grotesque et a ajouté qu'une carte au trésor n'avait pas sa place sur la joue d'une femme, mais qu'il serait moins réticent à l'encrer sur une autre partie de mon anatomie.

— Pardon ? s'étrangla Érèbe en rougissant violemment.

Avec un rire amer, Cécilie resserra les pans de son peignoir et s'installa au bord du lit, les bras repliés contre son cœur et les jambes croisées.

— J'apprécie ton air choqué, malheureusement, recevoir ce genre de remarques fait partie intégrante du quotidien des femmes.

— Je… je suis désolé, souffla Érèbe en s'asseyant aux côtés de Cécilie.

Malgré le contexte outrageant, l'évocation de son intimité troubla Érèbe. Une chaleur soudaine embrasa son bas-ventre, se mêlant au feu de la colère qu'il ressentait envers l'artiste.

Avec horreur, Érèbe découvrit que le regard de Cécilie était fixé sur le renflement de son entrejambe, visible sous ses vêtements de nuit. De rouge pivoine, Érèbe devint cramoisi. Honteux, il se recula un peu et releva les genoux contre son buste, dans l'espoir de dissimuler la marque de son désir. Elle allait forcément mal l'interpréter ; Déus, il ne comptait pas se jeter sur elle, surtout après ce qu'elle venait de dire !

Ils parlèrent en même temps, leurs voix voilées par la gêne :

— Tu veux bien faire comme si tu n'avais rien vu ?

— Je suis fatiguée. La journée a été longue entre la cérémonie, la réception et le mariage. Et hier soir, j'étais encore…

Érèbe l'arrêta d'un geste de la main.

— Ce n'est pas la peine, je ne veux pas coucher avec toi.

Sa couronnée lui renvoya un regard sarcastique.

— Ah bon ?

— Ce n'est pas ce que je voulais dire. Évidemment, j'éprouve de l'attirance pour toi, mais je ne supporterais pas que notre première… étreinte intime ait pour toi un caractère d'obligation. D'ailleurs, je ne suis pas sûr que Déa et Déus aient consommé leur mariage au sens où nous l'entendons. Ils étaient jumeaux, après tout…

Un sourire timide, mais sincère ourla les lèvres de Cécilie. Ses bras se délièrent et elle laissa choir le haut de son corps sur le matelas, les jambes pendant toujours dans le vide. Un rire nerveux la secoua à plusieurs reprises avant qu'elle parvienne à l'étouffer.

Érèbe se rembrunit. Qu'avait-il dit pour qu'elle se moque ainsi de lui ? Un vent de glace chassa le trouble dans lequel il s'empêtrait quelques instants plus tôt.

— Qu'y a-t-il ?

Son regard vola vers la porte, derrière laquelle sommeillait Noctis. La compagnie du loup lui manquait. L'air était trop propre, trop vide. Il ne percevait que le parfum solaire et fleuri de Cécilie, alors que son nez cherchait désespérément les notes sauvages dégagées par son ami.

Cécilie réprima un hoquet, puis lâcha dans un souffle :

— Quand je pense que Mirtyle craignait que tu me tues lors de notre nuit de noces. Elle ne pouvait pas être plus loin de la vérité.

Les mots taillèrent un coup d'estoc dans l'estomac d'Érèbe. Sa colère fondit, pour laisser place au choc, à l'hébétement.

— Mirtyle pensait que… je voulais te tuer ? Toi ? Pou… pourquoi ? Elle me connaît. Je pensais que… Tu m'avais dit que…

Il s'interrompit, incapable de verbaliser la douleur qui menaçait de l'engloutir. Le sang se retira de son visage.

Cécilie se redressa sur un coude.

— Érèbe, je… Oh, par Déa, ça m'a échappé !

Elle semblait furieuse contre elle-même.

Érèbe se leva d'un bond et se dirigea vers la porte. Tout le bonheur qu'il avait pu ressentir les derniers jours s'était évaporé. Une sueur froide et malodorante coula dans son dos. La chambre s'emplit d'un écœurant relent de mort.

— Elle est en bas, dans la chambre de Joleene. Allons la réveiller. Je veux comprendre ce qui a pu lui mettre une telle idée en tête ! Elle doit être bien lâche pour m'avoir laissé te couronner en me croyant capable de te faire du mal ! Elle a parlé de ses craintes à ton oncle, c'est cela ? (Il eut un rire mauvais.) Comme je le comprends mieux, tout à coup. Je ne serais pas juste un garçon marginal aux occupations discutables, murmura-t-il plus bas, mais un meurtrier…

— Érèbe, attends ! s'écria-t-elle en s'interposant entre la porte et lui.

Dans le couloir, Noctis émit un glapissement plaintif.

— Mirtyle n'y est pour rien ! Cette conversation a eu lieu avant votre rencontre. À l'époque, Mirtyle n'a fait que me rapporter les rumeurs qui circulent sur toi à Archronde. Elle a changé d'avis à ton sujet dès notre première visite.

— De quelles rumeurs s'agit-il ?

Cécilie ne l'épargnerait pas, elle. Il allait enfin être fixé.

Il avait conscience que les gens d'Archronde s'étaient perdus en conjectures lorsque Marius et Anacendre étaient revenus au pays avec trois enfants au lieu de deux, et qu'ils avaient rompu tout lien avec le Cercle pour se consacrer à leur fils héritier. Ce n'était pas une attitude normale, loin de là. D'anciens équipiers avaient dû révéler le traumatisme qu'il avait subi. Bertram, qui ne le portait pas vraiment dans son cœur, avait peut-être laissé échapper quelques indices sur ses sinistres occupations.

— Érèbe, tu ne veux pas vraiment…

— Quoi ? Savoir ce que l'on dit de moi dans mon dos ? Connaître la raison pour laquelle une personne aussi gentille et généreuse que Mirtyle craignait pour ta vie ?

Il avait presque crié les derniers mots. À travers la mince épaisseur de la porte, il entendit Noctis donner de petits coups de griffes dans le bois. Puis le loup se mit à ronger le jour sous la porte. D'une simple parole, Érèbe aurait pu mettre fin à tout ce grabuge, mais il n'en fit rien : Noctis extériorisait sa souffrance mieux qu'il n'aurait pu le faire lui-même.

— J'ai promis…

— Et moi ? Tu ne m'as rien promis, peut-être ? Pas plus tard que ce matin…

Cécilie soupira.

— Je sais… Mais quoi que tu imagines, ce n'est rien comparé à l'ignominie des rumeurs qui circulent sur toi. Anacendre se plaint toujours que je parle aux moments les plus inopportuns, et pour une fois, elle a raison. Cela m'a échappé, je m'en veux terriblement.

— Cécilie… je t'en prie !

Elle inspira profondément, comme pour se donner du courage. L'estomac d'Érèbe se serra en un nœud compact lesté de plomb.

— En dehors de ces murs, on dit que tu entretiens des liens contre nature avec les animaux et avec la mort. Ils ne font pas référence à tes chimères, mais à des pratiques sexuelles condamnées par la morale. Ils te croient zoophile et nécrophile. C'est pourquoi Mirtyle craignait que tu me tues et jouisses de mon cadavre.

Érèbe accusa le coup. On l'avait sali, roulé dans la fange et exposé à la vue de tous. Même innocent, il se dégoûtait lui-même si profondément qu'il ne parvenait plus à poser les yeux sur sa couronnée.

— J'espère… que tu n'as pas accordé crédit à ces horreurs.

Il tremblait de tous ses membres.

D'un geste lent et mesuré, Cécilie se défit de son peignoir pour l'en envelopper. La chaleur de la jeune femme imprégnait encore l'étoffe épaisse et moelleuse. Elle infusa dans son propre corps transi par le choc et, l'espace d'une seconde, il se sentit un peu plus humain.

— Je ne voulais pas y croire, mais bien sûr je suis restée sur mes gardes, jusqu'à ce qu'Anacendre me confie le fin mot de l'histoire.

— Quand était-ce ?

— La première fois que je suis venue.

— Ce jour-là, tu t'es enfuie, se rappela-t-il. J'ai cru que ma mère t'avait raconté mes plus noirs secrets et que tu ne pouvais les souffrir. Mais comparée aux rumeurs, la réalité est plutôt rassurante, tu ne trouves pas ? Pourquoi cette réaction ?

— Oublie tout cela. J'ai eu peur, c'est tout. Quand tu regardes Anacendre, tu ne vois en elle qu'amour, mais moi, je vois une angoisse démesurée derrière chacun de ses mots et au fond de ses yeux quand elle parle de toi. Elle t'aime à se rendre coupable du pire. Je ne voulais pas mettre ma tête sur le billot d'un amour pareil.

Un peu tremblant, Érèbe écarta Cécilie et ouvrit à Noctis. Le loup se colla à ses jambes en pleurnichant, le poussant à reculons vers le lit, jusqu'à lui faire perdre l'équilibre. Érèbe se rattrapa maladroitement au matelas, les doigts plongés dans la fourrure chaude et rassurante du loup.

— Quand tu dis que ma mère m'aime à se rendre coupable du pire… Qu'est-ce que tu insinues exactement ?

Cécilie cilla. Son regard se perdit entre les lattes du plancher, glissa le long des plinthes poussiéreuses. Comme elle ne répondait rien, il reprit :

— Ma mère a toujours été très… protectrice avec moi. Plus qu'avec Pia et Joleene. Mais ça ne l'a pas empêchée de menacer Timor et Fredric de leur arracher le cœur s'ils ne faisaient ne serait-ce qu'un accroc dans celui de mes sœurs. Fredric n'est pas mort de cela, je te rassure. Et Timor va très bien.

Le pauvre sourire qu'Érèbe adressa à sa couronnée ne trouva pas le moindre écho. Il se leva et esquissa un geste pour lui saisir les mains. Cécilie se décala de quelques centimètres.

— Cilie, allez…

— Mais tu es idiot ou quoi ? s'emporta-t-elle d'un coup, les yeux brillants. Tu ne vois vraiment rien de rien ? Les rumeurs, c'est *elle* qui les a propagées ! Soi-disant pour te protéger, mais c'est faux ! La vérité, c'est qu'elle a *peur*. Peur de te perdre, maintenant que ses filles ont leur vie à elles. Peur d'être seule, de mourir seule. Et tu veux savoir : je suis sûre qu'au fond, elle s'est réjouie de la mort de Fredric, parce que ça lui a rendu son aînée.

— Non, mais tu t'entends ! rugit Érèbe. Comment oses-tu proférer des horreurs pareilles ? Tu crois que tu as tout compris parce que ça fait un mois que tu es ici à ne te préoccuper que de ton nombril ? Tu ne sais rien de nous ! Rien de ma mère, rien de Joleene et encore moins de moi !

Il ne se sentait pas bien. Pas bien du tout. Il ne se souvenait plus de la dernière fois qu'il avait crié si fort sur quelqu'un… déversé tant de rage.

Ça lui faisait l'effet d'un gouffre s'ouvrant sous ses pieds, chaque mot le rapprochant un peu plus de la chute.

Cécilie se taisait, pourtant, elle bouillonnait, elle aussi. Dès qu'Érèbe cesserait de hurler, elle lui rendrait chacun de ses mots, en pire. Il était en train de tout casser entre eux, c'était certain, et cette idée lui nouait la gorge.

— Je n'aurais peut-être pas dû… pour Fredric, commença-t-elle néanmoins, les joues rougies. Mais je pensais tout le reste. Libre à toi de ne pas me croire. Libre à toi de quitter cette chambre et de te réfugier dans les draps de ta mère si elle est si parfaite. Elle te dira exactement ce que tu veux entendre. Ne compte pas sur moi pour ça !

Ils se mesurèrent longuement du regard. Plus cela durait, plus Érèbe avait envie de lui prendre les mains et de s'excuser pour les horreurs qui étaient sorties de sa bouche. Mais c'était juste la partie de lui qui ne supportait pas le conflit. Qui voulait désespérément une union heureuse. Sauf qu'il n'existait rien de tel pour le monstre d'Aigremort, n'est-ce pas ?

Alors il fit un pas en arrière, puis deux, franchit le seuil et claqua la porte derrière la queue touffue de Noctis.

Chapitre 14

Doutes

Érèbe erra dans le manoir le reste de la nuit, accolant les mots de Cécilie aux siens en un long chuchotement spectral. À quoi aurait ressemblé leur conversation, sans agacement ni colère ? Sans toute la tension qui s'était amassée entre eux ?

Érèbe, je pense que tu n'es pas tout à fait lucide sur ta mère. Érèbe, je pense que ta mère n'a pas en tête que le bien de ses enfants. Je sais qu'elle t'aime, mais parfois, cet amour la pousse à faire preuve d'un égoïsme démesuré.

Non. Même en y mettant les formes, ça ne passait pas. *Cécilie, j'apprécie ton inquiétude, mais je pense que tu as tort. Tu viens d'arriver dans cette famille, et entre ta querelle avec ton oncle, notre union à préparer et le concours des aides, tu étais très occupée. Je ne pense pas que tu aies pu cerner ma mère en si peu de temps. Je suis navré d'avoir évoqué ton nombril et je serais ravi d'y déposer un baiser.*

Cette dernière pensée le fit sourire. Du bout des doigts, il arrangea les mèches qui rebiquaient sur sa nuque.

A-t-elle déjà fait quoi que ce soit pour te défendre, pour laver ton nom ?

Tais-toi !

Cela ne faisait pas partie de sa saynète. Cette réplique n'avait jamais existé. Alors pourquoi ne parvenait-il pas à s'en défaire ?

Érèbe échoua dans la cuisine aux premières lueurs de l'aube. Il prépara deux plateaux-repas : un pour Cécilie, qu'il abandonna devant la porte de leur chambre, un extrait de son dialogue imaginaire soigneusement recopié sur un bout de papier plié en quatre.

L'autre pour sa mère. Érèbe hésita un instant. La logique aurait voulu qu'il passe le matin de ses noces en compagnie de sa couronnée, mais… il n'en avait aucune envie. Elle n'aurait qu'à manger avec son père avant qu'il retourne à Souale.

Il emporta le second repas et, parvenu au bon endroit, fit céder les gonds fatigués d'une simple pression de l'épaule. Érèbe se faufila dans la pénombre et déposa le plateau sur le lit d'Anacendre, avant d'y grimper à son tour. Comme quand il était enfant. C'était la dernière fois, se promit-il. Mais les mots de Cécilie l'avaient ébranlé et Érèbe avait besoin de se rassurer.

Anacendre le comprit en un regard, ouvrit les bras et laissa Érèbe se réfugier contre sa poitrine.

— Vous vous êtes disputés, souffla-t-elle en lissant les cheveux de son fils.

Ce dernier acquiesça. Il releva un peu la tête et scruta le visage de sa mère, à la recherche de la moindre trace de contentement, ou tout autre indice, qui corroborerait la théorie de Cécilie.

Il n'y trouva qu'une inquiétude sincère.

— À quel propos ?

— De rien. (Il lui jeta un regard en coin ; vit qu'elle n'était pas dupe.) De toi.

Anacendre attrapa son fils par les épaules et l'écarta. Elle glissa hors du lit, enfila une robe de chambre par-dessus sa tunique de nuit et entrouvrit les rideaux. L'air froid qui s'était accumulé contre la vitre rendit la petite pièce moins étouffante.

— Alors ta mère, c'est « rien » ? le taquina gentiment Anacendre, pour le pousser à se confier davantage.

— Prends du thé et mange un peu, insista Érèbe en lui désignant le plateau. Je nettoierai les miettes, promis. Et non, tu n'es pas rien. Ni pour moi ni pour Cécilie.

L'ancienne maîtresse d'Aigremort s'installa devant le plateau. Un timide rayon de soleil joua dans ses mèches grises, tandis qu'elle soufflait sur la minuscule tasse de porcelaine et aspirait une gorgée.

Érèbe se sentait bien, ici. En sécurité.

— Que me reproche-t-elle, exactement ?

— Je ne sais pas si…

— Érèbe…

— Elle te juge trop protectrice envers moi. Possessive, même. Et… Elle dit que… que les rumeurs sur moi t'arrangent, en quelque sorte.

Anacendre soupira sèchement par le nez. Son visage n'exprimait rien de particulier.

— C'est tout ?

— C'est un peu dur, tu n'es pas d'accord ?

Anacendre reposa lentement sa tasse, un sourire triste au bord des lèvres.

— Quand j'avais votre âge, je trouvais la mère de Marius autoritaire et intrusive. J'étais constamment en guerre avec elle, et sa présence était notre principal sujet de dispute avec ton père. En réalité, il y avait simplement trop d'adultes dans cette maison. Je n'en veux pas à Cécilie. Je vais m'effacer un peu, à partir de maintenant. Mais sache que, quoi qu'il arrive, je t'aime de tout mon cœur et que je voudrai toujours le meilleur pour toi.

Elle n'avait pas fini sa phrase que son fils se jetait déjà contre elle, les larmes aux yeux, les bras étroitement enroulés autour de sa frêle silhouette. Elle n'avait pas répondu à l'accusation voilée, mais ça ne faisait rien. Il lui faisait confiance. Il la croyait. Sincèrement. Et la suite ne fit que renforcer cette conviction.

— J'ai prévu d'aller chez Joleene quelques jours. Il est temps de dépoussiérer ce vieux château et de ranger les affaires de Fredric. Pendant ce laps de temps, Cécilie pourra prendre ses aises dans cette nouvelle vie et voir que je ne pense pas à mal.

Cela lui faisait un peu peur, d'imaginer Aigremort sans Anacendre, mais cette preuve de confiance que sa mère lui accordait valait toutes les déclarations de fierté au monde.

— Ne t'en fais pas, va, ajouta-t-elle en lui frottant le dos. Quand Cécilie sera partie pour Exotica, tout redeviendra comme avant.

— C'était une belle cérémonie, les enfants, les félicita Arnold, quand ils furent tous réunis sur le parking, quelques heures plus tard. Je vous souhaite tout le bonheur et la richesse du monde.

Son *beau-père*.

Il tapota gentiment l'épaule d'Érèbe, puis enlaça sa fille, qu'il embrassa sur la tempe. Cette dernière boudait un peu depuis qu'Arnold avait catégoriquement refusé de ramener sa nièce au 3, avenue Montfleury.

— Enfin, papa, c'est insensé ! Tu peux la déposer devant la porte ! avait-elle argué.

— Alors mon frère le saura. Ce serait comme lui donner raison ! Il t'a mise à la rue tout de même !

— Merci, souffla Érèbe. Soyez prudent sur la route.

Arnold lui adressa un signe entendu de la main avant de grimper dans son véhicule et de disparaître sur les routes boisées.

Plus loin, Anacendre chargeait ses malles dans la voiture avec l'aide de Bertram et d'une Magdeleine aux affres du désespoir. Joleene, morose, profita du trajet pour ramener Mirtyle chez elle. Une chape de malheur et d'accablement s'était abattue sur le domaine. Visiblement, tout le monde semblait croire que ces quelques jours présageaient la fin d'une époque. Personne ne voulait du monstre à la tête d'Aigremort, et Érèbe songea que l'esprit vengeur du Cauchemar, plus distant dans ses rêves, avait trouvé son chemin jusque dans la réalité.

Il en était là de ses réflexions lorsqu'une toux grasse et désapprobatrice résonna dans son dos.

— Y avait ça pour toi dans la boîte aux lettres, gamin. Vu la rigidité du sceau, elle y est depuis un petit moment, grogna Bertram d'un ton peu amène.

De toute évidence, il le tenait responsable du départ précipité d'Anacendre.

— Je ne suis pas un « gamin ». C'est moi qui commande, ici, et si ça ne te plaît pas, tu peux faire tes valises.

— C'est ce que t'as dit à la patronne pour la faire dégager ? ricana-t-il en lui décochant un rictus.

Bertram plia le genou en une courbette ridicule et lui tendit le pli avant de se retirer.

Érèbe caressa l'épais papier du bout de ses doigts gourds. Une boule se formait dans sa gorge. Était-ce à cause de Bertram ou de l'imprimé cartographique et du sceau reconnaissable entre tous qu'il avait devant les yeux ? Érèbe décacheta le pli sans attendre ; comme il s'y attendait, l'enveloppe contenait le programme des épreuves des loges et, sur un feuillet à part, celui des épreuves d'aides. Le concours des biologues, comme celui des cartographes, des diplomates, des trésoriers et des logisticiens, se déroulerait sur quatre jours et commencerait la semaine suivante. Celui des aides aurait lieu simultanément.

Érèbe prit une inspiration tremblante et croisa le regard jaune du loup. Étrangement, il lui rappela celui de Cécilie.

— Tu as confiance en moi ? murmura-t-il.

Le loup intensifia son regard, comme pour approuver. Érèbe hocha la tête en réponse et se dirigea vers le manoir.

Il était temps de sortir du bois et de laver le nom d'Aigremort.

Chapitre 15

Les Épreuves

Cécilie fouillait les nombreux tiroirs de la cuisine, en quête de la réserve à tisanes d'Anacendre. Dans une poignée d'heures, elle quitterait le confort rassurant d'Aigremort pour se rendre aux épreuves des aides. Non seulement elle se savait loin d'être prête, mais tout son être se rebellait à l'idée de sauter à pieds joints dans un tel panier de crabes. Elle devrait constamment surveiller ses arrières face à des femmes qui en voudraient autant qu'elle, et cette idée seule suffisait à reléguer le sommeil au rang de lointain fantasme.

Elle venait d'examiner une dizaine de placards quand son regard tomba sur un tiroir coincé entre le mur et une armoire à épices. Elle l'ouvrit et, avec un soupir de soulagement, y piocha plusieurs boîtes en métal et quelques sachets en papier kraft. Chaque paquet était soigneusement annoté par la main d'Anacendre ; Cécilie reconnaissait son écriture déliée et le soin qu'elle portait à styliser la première lettre des mots.

— Perte d'appétit, tonique pour le foie, mauvais rêves… marmonna-t-elle en suivant les titres du bout des doigts.

Elle inspecta le paquet censé chasser les cauchemars ; sans surprise, il était à moitié vide. Elle en inspira profondément les notes herbeuses sans y déceler la pointe acidulée de l'infusion qu'elle cherchait. Elle la découvrit plus loin, dans une boîte en fer grise étiquetée *repos de l'esprit*.

Exactement ce qu'il lui fallait.

Elle saisit la lourde bouilloire et la plaça sur le feu après l'avoir remplie d'eau. Puis elle se mit en quête de la théière, dont elle rinça le filtre avant de le charger d'une cuillerée d'infusion.

Elle versait le liquide brûlant dans le récipient lorsque Noctis pénétra dans la pièce, précédant son maître.

— Tu as du mal à dormir ? demanda Cécilie avec douceur.

Le spectre de leur dispute planait encore entre eux, même s'ils avaient tous deux fait un effort pour arranger les choses. Cécilie en revenant sur ses paroles concernant Fredric, Érèbe en réécrivant l'altercation sur un bout de papier. C'était étrange comme façon de s'y prendre, mais en quelques lignes, il avait réussi à transmettre l'essentiel.

« Je comprends que tu ne pensais pas à mal. »

« Mes mots ont dépassé ma pensée. »

Il n'en fallait pas plus à Cécilie pour lui pardonner, même si elle était un peu déçue qu'il ne l'ait pas crue. Mais était-ce si étonnant, endoctriné comme il l'était ?

Elle se retourna pour attraper une tasse supplémentaire sur l'égouttoir. Érèbe se dirigea vers l'appui de fenêtre, où il s'installa, les pieds calés sur le renfoncement du mur. Drôle de choix quand tous les tabourets de la pièce étaient inoccupés. Avec ses cheveux noirs aplatis d'un côté et ébouriffés de l'autre, il ressemblait à un corbeau ayant dérangé le nid d'un rapace.

— Toi aussi, on dirait. Nerveuse ?

Cécilie haussa les épaules. Ses doigts effleurèrent le couvercle de la théière, tout juste assez vite pour ne pas se brûler.

— Oui.

Un bref silence s'étira entre eux.

— Pia participe aux épreuves, elle me l'a annoncé pendant la réception de nos noces.

Cécilie ne sut pas quoi répondre ; elle versa donc le breuvage rouge et fumant dans les tasses et en tendit une à son couronné. Lorsqu'il s'en saisit, son col s'évasa de quelques centimètres et elle aperçut l'éclat fugitif de l'or qui le rendait sien.

— Et ses études ? Je croyais qu'elle voulait devenir sage-femme.

Cécilie trempa ses lèvres dans le breuvage et se brûla cruellement. Elle le reposa avec une grimace.

— Elle s'est décidée sur le tard à cause de ça. Mais l'école a fini par lui accorder un congé de quelques mois. Je ne comprends même pas pourquoi ils ont fait tant d'histoires : elle aura l'occasion d'apprendre de nouvelles techniques auprès des médecins de La Scientifica si elle intègre une expédition. Les permissions ne sont pas longues, mais le jeu en vaut la chan…

Il s'interrompit, toute son attention absorbée par le liquide.

— Un problème ?

— Je ne connais pas cette tisane. Que dit l'étiquette ?

— *Repos de l'esprit*. J'en ai vu une pour les cauchemars, j'imagine que c'est celle que ta mère te donne d'habitude.

Le visage d'Érèbe se froissa un peu à la mention de sa génitrice.

Intéressant… Il avait donc bien des doutes, même si sa loyauté l'empêchait de se l'avouer.

Après le faux pas de la semaine précédente, Cécilie avait craint qu'Anacendre révèle à Érèbe les véritables motivations de son épouse, dans l'espoir de détourner l'attention de son fils. Mais jusque-là, elle avait tenu sa langue. Peut-être espérait-elle qu'il revienne pleurer dans son giron, une fois son cœur brisé. Cette pensée l'écœura.

Toujours aussi troublé, Érèbe se leva et se saisit de la boîte. Il répandit quelques feuilles de *repos de l'esprit* sur sa paume et les tria de l'index pour mieux les observer.

Cécilie renonça à comprendre les lubies de son couronné et porta la tasse à ses lèvres.

— Arrête ! lui ordonna-t-il d'un ton si pressant qu'elle suspendit son geste.

— Quoi ?

— Je connais cette fleur, souffla-t-il, paniqué. On en parle dans un des ouvrages de botanique que j'ai étudiés. Elle est atypique, car les petites feuilles que tu vois sont en réalité des pétales. C'est un piège courant dans les grilles d'identification, c'est pourquoi j'y ai prêté une attention particulière. Il est trop facile de prendre un mauvais embranchement et de se perdre dans les Apétales.

— Fascinant, grommela Cécilie, de plus en plus agacée.

— C'est une plante hémorragique dont l'action cible l'appareil génital féminin. Attends une minute.

Il disparut en un coup de vent et revint quelques secondes plus tard un peu essoufflé, un épais volume de botanique naturalienne sous le bras. Il l'ouvrit à une page cornée.

Une illustration d'une plante courte sur tige avec de petites feuilles rondes d'un vert tendre et des racines filasse ornait un coin de la page. À en croire la mare qui environnait le dessin, la plante poussait au bord de l'eau.

Érèbe parcourut la légende du bout des doigts.

— Voilà, c'est ici : « Utilisée comme abortif puissant lors de la grossesse, la *Manus crudelis* peut également être bue en décoction régulière. Elle crée alors des nodules sanglants dans l'appareil génital féminin et réduit considérablement, voire détruit, la fertilité, avec d'importantes conséquences à long terme sur la qualité de vie de la patiente. »

Il avait l'air alarmé. Cécilie, elle, était effarée. Alors ce soir-là, ses saignements… *Que Déa emporte cette garce !*

— Tu en as déjà bu ? s'inquiéta Érèbe.

— Une fois. Ta mère m'en a donné pour m'aider à dormir la veille du mariage. Et effectivement, ça m'a aidée… avant de me donner des maux de ventre abominables.

Érèbe accusa le coup.

— Elle s'est peut-être trompée, marmonna-t-il sans grande conviction.

— Je ne crois pas. Elle m'a répété plusieurs fois que nous ne devions pas concevoir d'enfants, à cause d'une stupide malédiction. Ça me semblait tiré par les cheveux, mais au fond ça m'arrangeait qu'elle ne veuille pas nous voir pondre des héritiers à la chaîne. Je n'en ai pas envie non plus. Alors j'ai laissé couler.

Elle jeta un regard en biais à Érèbe, pour jauger sa réaction. Il semblait faire de gros efforts pour rester impassible, mais une pointe de déception entachait ses prunelles.

— Ce n'est pas ce qui est important, conclut-il enfin, les poings serrés. C'est qu'elle se soit sentie en droit de… prendre les choses en main.

Ses paroles s'étranglèrent au fond de sa gorge. Il paraissait réellement désemparé, honteux, et un éclair de compassion poussa Cécilie à se rapprocher de lui. Elle attrapa le pot contenant la tisane et en versa le contenu dans le seau métallique qui accueillait déjà trognons et épluchures, puis saisit les doigts d'Érèbe entre les siens. Ils étaient glacés, mais se réchauffèrent rapidement à son contact.

— C'est fini, maintenant. Elle ne peut plus te faire de mal ni à moi. N'est-ce pas ?

Érèbe soupira tristement et l'attira contre son torse. Cécilie se fondit dans son étreinte. Après ce qu'elle venait de découvrir, elle avait besoin de la chaleur d'un autre être humain contre elle.

— Non. Pour le moment, elle n'est plus la bienvenue ici, murmura Érèbe, le menton calé contre le sommet de son crâne. Je le dirai à Joleene quand elle se lèvera.

La jeune veuve était revenue la veille au soir, incapable de dormir correctement dans la demeure où était mort Fredric. Fidèle à sa promesse de leur donner de l'espace, Anacendre était restée là-bas. Pour une fois qu'elle leur facilitait la tâche…

Cécilie demeura silencieuse, se contentant de serrer son couronné encore plus fort.

La voiture, conduite par Joleene, mordit le trottoir et cala devant le Cercle des Géographes dix minutes avant le début des premières épreuves d'aides. Il tombait des trombes d'eau, et la tenue que Cécilie portait pour l'occasion, toute de fourrure et de soie, ne convenait pas à la saison. Non seulement sa propriétaire allait franchir le seuil avec la prestance d'un chaton noyé, mais si elle ne se dépêchait pas, les inscriptions se fermeraient devant elle comme une fenêtre à guillotine au moindre signe de tempête.

Pourtant, son couronné, qui devait l'accompagner pour officialiser leurs deux inscriptions, ne faisait pas mine de bouger. Il s'était tourné vers Joleene, le bout de ses doigts effleurant les jointures de sa sœur, blanchies sur le volant. Elle ne leur avait pas adressé un mot depuis l'annonce d'Érèbe au petit déjeuner. Il avait échoué à lui expliquer sa décision concernant Anacendre et la tension entre eux était à couper au couteau.

— Joleene, s'il te plaît. Ne me regarde pas de cette façon. J'ai besoin que… que tous ceux que j'aime me soutiennent aujourd'hui.

— Je ne te regarde d'aucune façon, mentit-elle. Et je te soutiens, si c'est important pour toi. Cela dit, je croyais que mère l'était aussi. Importante.

Un reniflement méprisant s'échappa de ses narines, puis elle explosa :

— Quel genre de fils met sa mère à la porte aussitôt ses noces consommées, hein ? Non, vraiment, je ne te reconnais plus !

Érèbe ouvrit la bouche, incapable de répondre.

Joleene, habituellement compréhensive et avenante, le considérait avec un mélange de colère et de déception qui mit Cécilie mal à l'aise par procuration.

— Joleene, je…

— Plus tard ! intervint Cécilie.

Érèbe soupira, mais actionna tout de même la poignée.

L'averse les trempa en quelques secondes. Des ruisselets éphémères cascadaient le long des marches de pierre qui grimpaient jusqu'au Cercle. Ils explosaient en gerbes étincelantes sous leurs pas. Lorsque le couple pénétra dans le hall, Érèbe rajusta le chapeau qui commençait à glisser du crâne de Cécilie et piqua une mèche rebelle dans son chignon volumineux. C'était la seconde fois en quelques heures qu'il se montrait si familier avec elle, mais Cécilie s'en aperçut à peine, tant la nervosité et l'adrénaline couraient dans ses veines.

— Secoue-toi un peu, lui conseilla-t-il.

Elle s'exécuta, songeant que Noctis aurait été bien plus efficace dans la manœuvre. La fourrure cracha néanmoins quelques gouttelettes et reprit un peu de volume. Cécilie tourna sur elle-même pour présenter le résultat à Érèbe.

— Comment je suis ?

— En retard ! répondit une voix mordante quelques mètres plus loin.

Elle appartenait à une secrétaire rondelette au nez recourbé. Celle-ci se penchait au-dessus d'un comptoir prisonnier d'une cabine de verre. Cécilie resta un instant bouche bée devant les rais de lumière qui tombaient de son sommet en rideaux d'une blancheur éclatante. Elle reconnut dans ce prodige l'œuvre des ampoules luxanes et de leurs courants d'électricité. *Incroyable !*

Elle se demandait combien d'autres merveilles elle pourrait découvrir rien que dans le hall d'entrée quand la secrétaire claqua une langue impatiente. Érèbe attrapa sa couronnée par la main et la tira vers la cabine de verre.

— Votre nom complet et le motif de votre visite, réclama l'employée d'un ton sec.

Elle brandit un stylo à la pointe d'or, visiblement hors de prix.

— Cécilie Vonb… (La femme au nez de perruche haussa un sourcil et souleva son stylo de plusieurs centimètres au-dessus du formulaire.) Pardon. Cécilie d'Aigremort née Vonburg. Je veux participer à la sélection des aides.

La secrétaire haussa un sourcil à la mention du patronyme, mais se garda de tout commentaire. Son regard erra prudemment sur le visage d'Érèbe, puis elle retourna à sa tâche, les doigts un peu tremblants. Enfin, elle fit pivoter le formulaire dans leur direction. Érèbe signa son accord, puis Cécilie en fit autant d'un paraphe rapide. Elle se hâta ensuite de gagner les sous-sols indiqués par l'employée. Érèbe resta dans le hall pour finaliser sa propre inscription, mais elle sentit son regard tendre l'accompagner jusqu'à ce qu'elle soit hors de vue. Au lieu de la mettre mal à l'aise, cette démonstration d'affection souffla sur son dos, comme un vent porteur.

L'escalier de marbre noir qu'elle emprunta était désert, de même que le couloir qu'elle traversa par la suite, le regard rivé sur la succession de portes et de nombres en gros caractères dorés qui en ornaient le centre. Qu'avait dit la secrétaire ? Treize ? Seize ? *Oh, Déa...* Son attention avait été avalée par l'excitation de la découverte, par ses craintes qui revenaient au galop et par le sentiment de se tenir enfin sur le seuil de la vie dont elle avait toujours rêvé.

Cécilie s'arrêta devant la salle treize, qui laissait échapper des rumeurs de conversations. La porte déformait les sons, si bien que Cécilie n'aurait pu déterminer si les voix appartenaient à des hommes, à des femmes ou, plus invraisemblable : aux deux.

Un tintamarre identique filtrait de la porte seize et Cécilie sentit la panique la gagner. Pénétrer dans une pièce dans laquelle elle n'était pas attendue serait perçu comme le summum de l'indélicatesse et pourrait la disqualifier.

Elle rebroussa chemin. Elle avait chaud et du mal à respirer. Ses talons claquaient frénétiquement sur le sol carrelé. Comment avait-elle pu se mettre dans une situation pareille ?

— Par ici ! s'exclama une voix.

Elle venait de la porte treize. Cécilie se précipita vers le battant et approcha sa bouche de la serrure.

— Les épreuves d'aides ?

— Oui ! Entrez vite !

Cécilie obtempéra. Il régnait dans la pièce une joyeuse cacophonie. Une trentaine de femmes richement vêtues évoluaient entre des rangées de bancs individuels.

À quelques exceptions près, toutes semblaient se connaître. Quelques regards jaugèrent la nouvelle arrivante avec curiosité, avant de se désintéresser d'elle. Elle n'était personne. Cécilie chercha Pia des yeux, mais ne la vit nulle part. On lui avait peut-être attribué une autre pièce. À Cécilie aussi, pour ce qu'elle en savait. Mais il était trop tard maintenant, elle avait fait confiance à la voix.

— Jolie tenue, entendit-elle dans son dos. C'est de la soie soualienne, pas vrai ?

Cécilie se retourna et avisa une femme petite, maigrichonne, dont le visage fin évoquait le museau d'une souris. Heureusement, ses yeux d'un bleu azur et son abondante chevelure blonde atténuaient cette impression. Cécilie la remercia pour le compliment, ainsi que pour son aide. Elle lui tendit la main et sa sauveuse la serra d'une poigne ferme que Cécilie n'aurait pas soupçonnée chez une femme de sa corpulence.

— Je m'appelle Rhodente d'Optimont.

Sur sa joue luisait un unique croissant doré. Rhodente excédait de loin Cécilie en statut, mais ne semblait pas s'en préoccuper outre mesure. Cécilie fronça les sourcils : il était étrange qu'une primarque évolue ainsi dans une salle bondée sans que quiconque vienne se lustrer le poil dans son champ de vision.

— Cécilie d'Aigremort, balbutia-t-elle après un silence.

Les yeux de Rhodente s'écarquillèrent et son regard brilla de questions, mais elle se contenta de sourire à Cécilie en lui désignant le banc le plus proche.

— Je vais m'asseoir ici et je crois que la place voisine est libre. Il est bientôt l'heure, il s'agit de s'installer et de faire bonne impression.

Cécilie ne doutait pas que sa marque à elle seule ferait bonne impression. À en croire Anacendre, nombre de primarques étaient apparentés au dynaste, ce qui les prédisposait à la capitainerie. Si Rhodente était la fille ou l'épouse d'un futur capitaine, la compétition serait forcément biaisée en sa faveur. La mort dans l'âme, Cécilie s'assit à côté d'elle.

— Tout va bien ? On dirait qu'un chapardeur vient de vous dérober votre déjeuner.

Cécilie ne put s'empêcher de sourire, tant la comparaison était proche de la réalité.

— Je me demande si je suis au bon endroit. Je n'ai pas entendu le numéro de la salle que m'a attribuée la secrétaire, d'où mon errance de tout à l'heure. Il doit y avoir bien plus de trente candidates, j'espère ne pas m'être trompée.

— Si c'est le cas, personne ne s'en apercevra avant que vous ayez passé l'épreuve. Ils n'oseront pas vous disqualifier pour une si petite broutille et préféreront blâmer Wanda.

Oh…

— Votre couronné ou un membre de votre famille participe aux épreuves ? s'enquit Cécilie, autant pour changer de sujet que pour savoir à quoi s'en tenir.

— Je suis célibataire. Quant à ma famille, elle est plutôt grande. Ça m'étonnerait que personne de mon sang ne participe. (Elle s'interrompit, jaugeant Cécilie avec un sourire triste.) Ça vous surprend, n'est-ce pas ? Que je participe en mon nom propre, sans personne à accompagner. Je crois que ça éloigne les autres filles.

— Je trouve ça courageux. Si j'avais pu… C'est ce que j'aurais voulu faire, moi aussi.

Rhodente rougit joliment derrière sa peau couleur crème.

— Vous au moins, vous êtes heureuse de participer. Certaines filles verraient s'abattre sur elles le courroux de leur couronné si elles échouaient.

Au moment où Cécilie allait répondre, la porte pivota pour laisser entrer une femme de haute stature au maintien irréprochable. De lourds cheveux noirs se rassemblaient en chignon sur sa nuque, et une robe d'un rouge carmin épousait sa silhouette. On aurait dit un gigantesque coquelicot. La délicatesse et la fragilité en moins.

Son apparition créa l'ordre dans la salle. Avant même qu'elle prononce un mot, toutes les filles se rangèrent derrière leur pupitre et affichèrent une mine concentrée. Certaines semblaient sur le point de fracturer leur façade de calme ; si elles cédaient à leur nervosité, elles seraient probablement éliminées.

Lorsque la femme se présenta, un nœud de malaise enserra la gorge de Cécilie : elle s'appelait Pauline de la Chênaie, épouse du primarque Olivar du même nom. Elle leur confia que si son couronné était choisi pour être capitaine – et à en croire son air suffisant, cela ne faisait aucun doute à ses yeux – elle deviendrait responsable des aides de son équipage.

Le courage de Rhodente lui sauta un peu plus au visage : si elle s'était mariée à un primarque en lice pour la capitainerie, comme l'y encourageait son rang, elle aurait pu grimper au niveau hiérarchique de Pauline sans y mettre le moindre effort.

Pauline se tourna vers Cécilie et, comme si elle pouvait lire ses pensées sur son visage, elle pinça les lèvres.

— Vous êtes cent vingt jeunes femmes en provenance du pays tout entier à vous être portées candidates pour la réserve des aides d'expédition, annonça-t-elle en promenant son regard noisette sur l'assistance. Mon travail est de séparer le bon grain de l'ivraie. Celles qui ont la noblesse de caractère, la vertu et l'habileté dans leur sang des impostrices qui se sont forcément glissées parmi vous.

Cécilie remua. Avec ses origines modestes, elle se sentait particulièrement visée.

À en croire Pauline, la première épreuve serait d'une facilité déconcertante : rares seraient les filles à prendre la porte après ce test, et si cela arrivait, cela ne pourrait être dû à l'anxiété ou au hasard, mais à un défaut si profondément ancré qu'il ne pourrait jamais être réparé. Ces mots redonnèrent des couleurs à la plupart des candidates. Certaines avaient même l'air excitées, prêtes à en découdre.

Pauline distribua un épais questionnaire et un stylo à pointe d'argent à chaque fille, puis alla se percher sur l'estrade en bout de pièce et retourna un colossal sablier de verre.

— Vous avez une heure.

Il y avait soixante questions ouvertes sur l'épais feuillet. À moins de noter la première chose qui lui passait par la tête, Cécilie ne s'en sortirait jamais. Et son intuition lui soufflait que c'était précisément le but de l'exercice.

Les premières séries de questions ne lui posèrent aucune difficulté. Elles évaluaient la compréhension générale des normes sociales qui régissaient la noblesse de Naturalia. Comment devait-on saluer un primarque par rapport à un dimarque, un trimarque ou même le dynaste ? Et leurs épouses ? Qui devait-on servir à table en premier ? Avec qui pouvait-on se permettre d'afficher son désaccord – la réponse était évidente : personne. Beaucoup de ces règles lui paraissaient injustes et sévères, mais Anacendre l'avait bien préparée. Elle n'hésita pas une seule fois et gagna même quelques précieuses minutes. La suite, en revanche, faillit lui faire perdre ses moyens. Une sueur glacée dévala le long de sa nuque et elle interrompit la danse victorieuse de son stylo sur le papier.

Les autres filles continuaient à dérouler les phrases. Rhodente en particulier répondait à toute allure, alors qu'il ne lui restait plus qu'une page à noircir et un tiers de sablier pour le faire.

Du haut de son estrade, Pauline haussa un sourcil sarcastique.

Les dernières questions plaçaient les candidates en compagnie d'hommes de statuts différents et leur demandaient d'écrire leurs réactions face à des requêtes qui prenaient souvent des allures d'avances. Parfois, les hommes en question étaient leur propre couronné. Comment Cécilie réagirait-elle si son époux lui faisait des avances en public ? et en privé ? Que faire si le capitaine ou son second réclamait un traitement particulier ?

Cécilie savait ce qu'elle aurait voulu répondre à chacune de ces questions, mais était-ce ce qu'on attendait d'elle ? Selon Anacendre, il fallait se montrer discret lorsqu'on voyageait en couple couronné, car tous les hommes d'équipage n'avaient pas cette chance et cela pouvait susciter des jalousies. Cécilie ignorait si les mœurs avaient changé depuis le dernier voyage d'Anacendre – les aides étaient-elles toujours aussi peu nombreuses ? – et cette lacune l'inquiétait.

D'autres filles, une poignée à peine, s'étaient elles aussi arrêtées d'écrire. Pauline les dévisageait l'une après l'autre, comme si elle reconnaissait en elles ses futures proies.

Un éclair de colère traversa Cécilie. Personne ne parlait ouvertement de sexe à Naturalia. Comment les autres s'étaient-elles instruites à ce sujet ? Une minute s'écoula, puis deux, durant lesquelles Cécilie resta hypnotisée par l'écoulement du sable. Pauline fit teinter ses ongles sur le réservoir supérieur pour signaler la fin imminente de l'épreuve.

Cécilie serra son stylo entre ses doigts tremblants. Le Cercle n'encouragerait tout de même pas ses aides à se prostituer ! Elle refusa toutes les sollicitations, même celles des hauts gradés – elle supposait que celles qui accepteraient leurs avances se mettraient Pauline à dos. Elle repoussa également celles de son couronné, sauf quand elles avaient lieu en privé.

Elle traça ses derniers mots lorsque le sablier écoula ses derniers grains.

Pauline frappa dans ses mains.

C'était fini.

Une heure plus tard, dix filles furent appelées et congédiées immédiatement. Certaines d'entre elles prirent la nouvelle avec philosophie, arguant à voix basse que crapahuter dans la cambrousse en dépeçant du petit gibier n'était pas pour elles de toute façon. Elles paraissaient sincèrement soulagées. D'autres réagirent plus violemment. Une rouquine à la peau dorée pleura à chaudes larmes et supplia Pauline d'un regard paniqué. Cécilie escomptait que la primarque ne lui accorde que du mépris, mais à sa grande surprise, un air de compassion peinée assombrit furtivement son visage.

— Elles ont dû céder aux avances du capitaine, murmura Cécilie à l'oreille de Rhodente. Pauline n'aura pas apprécié.

La primarque lui décocha un sourire voilé. Elle détourna la conversation sur la trimarque de Cécilie et laissa sa nouvelle amie exprimer sa passion pour les cartes durant de longues minutes.

— Les cartographes n'ont qu'à bien se tenir, rit doucement Rhodente.

— Si j'étais un homme, je remonterais d'un ou deux étages pour leur mettre la pâtée, renchérit Cécilie avec un grand sourire.

Une candidate à la chevelure d'un noir de jais et à l'expression hautaine se retourna dans sa direction. Le sarcasme brillait dans ses yeux bleus.

— Mince, on dirait que j'ai froissé quelqu'un.

— C'est Camille d'Outrelieu. Son couronné concourt pour la loge des cartographes. Tu viens de te faire une ennemie.

— C'est si facile que ça ?

Camille ne leur prêtait plus la moindre attention, du moins en apparence.

— Tu n'imagines pas à quel point.

CHAPITRE 16

LES CARTOGRAPHES

L'après-midi même, Cécilie constata que Rhodente avait raison. Camille d'Outrelieu la haïssait sans la connaître et son aversion se propageait parmi les autres filles, qui faisaient bloc autour d'elle comme si elle leur tenait lieu d'autorité morale. Le nom d'Aigremort était sur toutes les lèvres. À en croire les candidates, la survie de Cécilie relevait du miracle. Certaines suggéraient même que cette dernière partageait les noirs penchants de son couronné et qu'ils avaient trouvé l'un en l'autre une monstruosité égale.

L'appétit coupé, Cécilie délaissa les en-cas qu'on leur apporta à midi et se rendit à l'épreuve de cuisine avec un estomac lesté de plomb. Rhodente tentait de la distraire du mieux qu'elle pouvait, mais Cécilie ne parvenait pas à se concentrer sur ses paroles. Son prénom fusait parmi les candidates et, même chuchoté, il retentissait à ses oreilles avec la puissance d'un cor de chasse. Pendant un instant, elle souhaita qu'Érèbe soit auprès d'elle. Lui comprendrait ce qu'elle ressentait : il le vivait tous les jours depuis son enfance. Pas étonnant qu'il se soit reclus chez lui et qu'elle ait dû jouer de toute sa persuasion pour l'attirer dehors.

Elle le regrettait presque, à présent.

Que subissait-il là-haut ?

Rhodente lui serra brièvement la main, la tirant de ses pensées, et lui adressa un sourire qui lui réchauffa le cœur. Pauline conduisit les vingt candidates restantes dans une salle où les attendaient de larges plans de travail organisés comme des cuisines miniatures tout équipées.

Chacun d'eux possédait deux éviers, deux espaces de cuisson, ainsi qu'un assortiment de couteaux de tailles et de formes différentes. Le parfum doucereux du sang emplissait l'air.

Des murmures de dégoût traversèrent le petit groupe. Une fille réprima un haut-le-cœur.

— L'épreuve de cuisine est une épreuve double, déclara Pauline. Sur Exotica, les équipiers se nourrissent des produits de la cueillette et de la chasse ; il n'y a pas – ou très peu – d'agriculture. Placez-vous, s'il vous plaît. Deux candidates par plan de travail.

Sans se concerter, Rhodente et Cécilie se dirigèrent vers le bloc de marbre le plus proche. Camille d'Outrelieu et une de ses amies s'installèrent devant elles.

— Si vous ouvrez les bacs de glace qui se trouvent à vos pieds, vous y découvrirez des lièvres fraîchement capturés. Il vous faudra en dépecer trois chacune et en cuire une partie immédiatement. Vous préparerez le reste pour la salaison.

Camille leva une main blanche.

— En quelle proportion ?

En réponse, Pauline retourna le sablier.

— Vous avez quatre heures.

Le pelage des lièvres, aussi blanc que la neige, se fondait presque parmi les glaçons. Cécilie saisit le sien par les oreilles, grimaçant à son contact glacé et humide. À côté d'elle, Rhodente en faisait autant avec son spécimen, le visage figé dans une concentration extrême. Elle semblait à peine consciente de son environnement ; ses gestes étaient presque aussi précis et efficaces que ceux d'Érèbe. Son amie irait jusqu'au bout : c'était une battante.

Et Cécilie aussi.

Elle accrocha l'animal à une structure métallique disposée au-dessus de leur plan de travail et passa ses doigts sur la fourrure blanche. Elle était douce et, une fois sèche, elle serait suffisamment chaude pour tenir un crâne ou des mains à l'abri du froid pendant le plus rude des hivers.

Organisait-on des expéditions pendant cette saison ? Cela n'avait aucune importance : Cécilie n'avait pas de quoi travailler la peau. Elle se contenterait de la garder propre et intacte et de la saler pour éviter qu'elle se décompose.

À quelques rangées de là, une fille lâcha son couteau. Elle le ramassa en tremblant, un lambeau de chair sanguinolent entre ses doigts. Cécilie reporta son attention sur son propre lièvre et choisit un coutelas au manche confortable. Malgré les sons de déchirure qui froissaient l'air, signe que les autres filles étaient plus avancées dans leur besogne, elle prit le temps de tester le tranchant de la lame sur sa peau à elle. Elle pratiqua ensuite une entaille sur le premier lièvre et retourna sa peau centimètre par centimètre. L'opération la révulsa, mais elle tint bon, se répétant les indications de Magdeleine en boucle tout au long de sa progression.

Quelques minutes plus tard, elle rangeait soigneusement la peau dans le bac de glace. Elle n'avait pas fait couler la moindre goutte de sang.

On ne pouvait pas en dire autant de ses concurrentes, qui, pour la plupart, avaient libéré la chair en sacrifiant la peau.

Certains plans de travail, dont celui de Camille, ressemblaient à des scènes de crime. Pauline circulait entre les tables de marbre en affichant une moue consternée. Au loin, Cécilie entendit le bruit de pas précipités d'une fille qui quittait la pièce, le teint aussi pâle que la fourrure de son lièvre.

Rhodente, elle, avait déjà fini de vider son premier lièvre. L'odeur écœurante des viscères suffoquait l'air.

Un quart de sablier s'était déjà écoulé. Cécilie s'empressa de laver son couteau, où s'étaient accrochés quelques poils, puis de vider l'animal, de jeter les viscères et de passer au deuxième lièvre, puis au troisième. Elle travaillait plus vite ; ses gestes se faisaient plus fermes et assurés. À force de baigner dedans, elle ne sentait plus les odeurs et, peu à peu, elle glissa dans un état de concentration absolue. Plus rien n'existait : ni le sablier qui s'égrenait impitoyablement ni Pauline et son air arrogant. Les autres filles disparurent, elles aussi, emportant leurs méchancetés avec elles. Même Érèbe, en qui elle avait puisé du courage jusque-là, déserta ses pensées.

Cécilie remarqua à peine les quatre filles qui abandonnaient l'épreuve et n'émergea que lorsque deux lièvres sur trois furent coupés en lanières et salés. Elle nettoya son plan de travail et ses mains, puis sortit les légumes d'un panier dissimulé dans un tiroir. Elle reconnut des carottes, des panais, des oignons, des poireaux et des courgettes, accompagnés d'une petite bouteille d'huile et de plusieurs flacons d'herbes et d'épices. Elle déplia les instructions de la gazinière et, avec un frisson nerveux, ouvrit l'arrivée de gaz et craqua une allumette. Maintenant qu'elle savait comment s'y prendre, elle éteignit les flammes bleues et se concentra sur la suite de sa recette.

Il ne faisait aucun doute qu'elle raterait son plat, et que même si elle parvenait à cuisiner quelque chose de mangeable, elle serait évincée par les concurrentes encore en lice, à commencer par Rhodente. La primarque découpait les légumes comme on sculpte une œuvre d'art et les jetait dans la marmite avec assurance.

Mais les peaux de Rhodente étaient déchirées par endroits et tachées de rouge, ce qui devait avoir son importance ! Sinon pourquoi écumer les champs à la recherche de lièvres blancs quand on en attrapait des bruns à tous les collets ?

Il ne restait plus qu'une heure trente d'épreuve, et Cécilie n'avait plus le temps de tergiverser. Elle mit de l'huile dans le fond de la marmite, puis y posa le lièvre étêté, ainsi que ses légumes coupés en carrés grossiers et un grand verre d'eau. Puis elle referma le couvercle et enclencha les flammes.

Elle n'y toucherait plus avant les dernières minutes de l'épreuve, à part pour remuer de temps en temps et pour guetter une éventuelle odeur de brûlé. Cécilie nettoya une nouvelle fois son plan de travail, puis étala la peau. Elle renversa la glace qui avait servi à conserver le lièvre dans une rigole qui passait à côté d'elle et la remplaça par du sel. Elle y rangea ensuite la peau pour la faire dégorger.

À l'autre bout de la pièce, Pauline la contemplait d'un regard curieux.

— Ce ragoût est à peine mangeable, décréta Pauline avec un froncement de nez. Mais la salaison est impeccable, votre choix de proportions sensé et cette peau…

— Fera d'excellentes mitaines une fois traitée, acheva Cécilie, fière comme un paon.

Elle était la dernière fille à recevoir le verdict de Pauline. Rhodente avait encore les joues rougies par les compliments qu'elle avait reçus sur sa propre préparation et Camille se remettait à peine des remarques désobligeantes de l'examinatrice sur son « évident manque d'hygiène alimentaire ». Elle fulminait, probablement parce que Cécilie brillait là où elle avait échoué.

Sans prévenir, Pauline tourna les talons et traversa la pièce à grandes enjambées. Elle se pencha sous le sablier et ouvrit un tiroir à la poignée dorée. Quelques secondes plus tard, elle tendait à Cécilie une peau de lièvre sèche, sans la moindre odeur et douce au toucher, ainsi qu'un fil, une grosse aiguille et une paire de ciseaux argentés.

— Surprenez-moi.

Le cœur de Cécilie bondit dans sa poitrine. Autour d'elle bruissèrent des murmures.

— Qu'est-ce que ça signifie ? gronda Camille à voix basse. Pourquoi a-t-elle du temps supplémentaire pour faire ses preuves ? C'est injuste !

Cécilie ne lui accorda pas un regard. Ses piques glissaient sur sa carapace, là où quelques heures plus tôt, elles auraient fait couler le sang. Camille pouvait bien parler ; elle n'était qu'un chaton en colère qu'on aurait dégriffé.

À côté d'elle, Rhodente pouffa.

— Peut-être parce que ta peau à toi est en lambeaux et tachée comme des dessous le mauvais jour du mois, murmura-t-elle à voix si basse que seule sa voisine l'entendit.

Cécilie sourit. Rhodente lui plaisait de plus en plus.

Entre ses doigts, la peau prenait lentement l'allure d'une paire de mitaines élégantes et confortables. Au début, l'aiguille lui parut fuyante et peu pratique comparée à la dextérité sans effort du travail à la soiraignée, mais ses sensations revinrent vite.

Anacendre lui avait bien appris.

Quelques nœuds et fils coupés plus tard, elle tendit les accessoires à Pauline. L'examinatrice les enfila et sourit : elles lui allaient à la perfection.

Cécilie adressa un petit clin d'œil à sa rivale en savourant son triomphe.

— Cette épreuve était biaisée de toute façon, renâcla Camille. Avec un couronné pareil, le sang et les viscères ne doivent plus avoir aucun secret pour elle.

Sa voisine pouffa et une candidate aux cheveux si blonds qu'ils en paraissaient presque blancs renifla d'un air de dégoût.

Un frisson de colère naquit sur la nuque de Cécilie tandis qu'un goût amer lui montait à l'arrière de la gorge.

— Rangez votre mauvaise foi, jeune fille, ça ne vous sied pas du tout, la rabroua sèchement Pauline.

La voix de Camille se fit mielleuse.

— Veuillez m'excuser pour cet écart. J'ai simplement du mal à admettre qu'une femme qui ne sait pas tenir sa place et méprise ses semblables puisse ambitionner de rejoindre l'illustre institution des aides.

Le sang de Cécilie battit en retraite, quittant son visage. Ses doigts se mirent à fourmiller.

— Qu'insinuez-vous ? demanda Pauline d'un ton prudent, toute son attention absorbée par la langue de vipère.

Avec ses lèvres aussi fraîches qu'un bouton de rose, son teint parfait et ses sourcils haussés dans une expression de surprise feinte, Camille incarnait l'innocence.

— Moi ? Rien du tout. Je ne fais que rapporter des paroles issues de la bouche même de la trimarque d'Aigremort. Elle pense qu'elle aurait ses chances aux sélections des cartographes. Elle est même persuadée qu'elle pourrait « tous les écraser ».

Rhodente blêmit. Pauline, quant à elle, semblait furieuse. Ses poings se serraient convulsivement autour des mitaines, et lorsqu'elle se tourna vers Cécilie, ses prunelles sombres brillaient d'une lueur farouche.

— Croyez-vous vraiment qu'une femme ait sa place dans une sélection réservée aux enfants de Déus ? Pensez-vous qu'elle ait seulement ses chances ?

Un silence absolu s'abattit sur la pièce. À tel point que Cécilie pouvait entendre les battements de son cœur. Étonnamment, il était calme et serein, comme si malgré les enjeux, il avait déjà pris sa décision.

Elle ne pouvait pas mentir. Pas pour quelque chose d'aussi important.

— Oui, je le pense.

— Et vous pensez avoir une chance ?

— Si les règles m'autorisaient à participer, oui, je le pense. Est-ce un crime ? Un blasphème peut-être ?

Pauline ne répondit pas. Elle se contenta de la regarder, le visage dénué d'expression. Le ventre de Cécilie se noua.

Pourtant, elle ne reviendrait sur ses paroles pour rien au monde.

— Venez avec moi, réagit enfin Pauline. Les autres, vous restez ici. Vous êtes qualifiées pour la suite des épreuves.

Un froid glacial se répandit dans les veines de Cécilie et elle se mordit la lèvre inférieure pour l'empêcher de trembler. Elle releva le menton et croisa le regard débordant d'autosatisfaction de Camille, puis celui, consterné, de Rhodente.

Alors comme ça, c'était tout ? Une remarque désobligeante d'une pimbêche prétentieuse et son rêve s'écroulait ?

La mort dans l'âme, elle suivit Pauline hors de la pièce.

Cécilie sentit des larmes de révolte lui piquer les yeux. Une fois rentrée, elle réduirait l'autel en miettes. Cela apaiserait peut-être le sentiment terrible de s'être mariée pour rien, mais surtout, cela lui permettrait d'évacuer sa rancœur envers Déa.

Tu as fait ton lit et maintenant tu te couches, la railla une voix depuis les limbes de son esprit.

Cécilie serra les dents et accéléra le pas pour rejoindre Pauline ; l'examinatrice gravissait l'escalier menant au rez-de-chaussée, sa corolle rouge traînant derrière elle.

— Pourquoi m'accompagner ? lança Cécilie. Je peux retrouver la sortie seule.

Pauline éclata d'un rire moqueur. On aurait dit que les ambitions de Cécilie l'offensaient personnellement. Pourtant, les convictions qu'elle nourrissait secrètement dans son cœur ne regardaient personne !

— J'espère bien, se moqua Pauline. Le contraire serait un comble pour quelqu'un qui se prétend capable de devenir cartographe.

Dans le grand hall, Pauline bifurqua vers la cabine de verre, où patientait toujours la secrétaire. Elle s'empressa de ranger son livre et pencha la tête lorsque Pauline lui murmura quelques mots.

L'employée d'accueil griffonna une courte note qu'elle glissa dans un tube, puis dans un autre plus grand, qui se prolongeait jusqu'au plafond, et de là rayonnait dans toutes les directions. Elle actionna une manette et un chuintement étouffé se fit entendre : la missive avait disparu dans le système pneumatique.

Cécilie ouvrit des yeux émerveillés. Il n'y avait rien de scientificien là-dedans, juste de la technologie naturalienne, mais elle était tellement élégante… et hors de prix…

Le cœur de Cécilie se serra : elle allait quitter le Cercle dans quelques minutes, reviendrait pour l'inauguration, puis ses portes et ses merveilles se refermeraient sur elle à jamais.

Pas un instant elle n'avait envisagé d'échouer – surtout pour une raison si triviale. Et cela la broyait de l'intérieur. Pendant qu'elle ruminait, une missive heurta l'extrémité du conduit avec un bruit sourd. Pauline déplia le message, puis fit signe à Cécilie de la rejoindre.

— On nous attend au deuxième étage.

— Qu'y a-t-il au deuxième étage ?

Pauline ne répondit qu'après avoir atteint la moitié du premier escalier. Sa main aux doigts vernis de rouge s'agrippait à la rampe.

— Des candidats déçus ont besoin qu'on remplume leur estime d'eux-mêmes. Rien de tel que de voir quelqu'un se ridiculiser pour cela. Quant à vous, vous avez grand besoin d'une leçon d'humilité.

Petite fille, Cécilie avait eu du mal à comprendre que les loges la rejetteraient toujours à cause de son genre. C'était madame Tulio, alors beaucoup plus jeune, qui le lui avait expliqué en des termes durs, mais honnêtes. Furieuse, Cécilie l'avait insultée, puisant dans ses souvenirs les mots les plus grossiers rencontrés dans ses lectures. Puis elle avait grandi. Et elle avait compris : madame Tulio n'était pas un monstre, elle ne faisait que lui dire la vérité.

Si on lui avait annoncé, à l'époque, que quelques années plus tard elle participerait aux sélections des cartographes, elle ne l'aurait pas cru. Néanmoins, elle n'était pas dupe : même en cas de réussite, elle n'intégrerait pas leurs rangs. Ils inventeraient bien une pirouette pour garder la face.

Cécilie se trouvait au milieu d'une salle aux murs gravés de cartes. Devant elle, sur les côtés et derrière elle, des hommes en costume l'observaient : des candidats pour la plupart, mais aussi quelques primarques – les autres avaient dû s'absenter par désintérêt pour sa personne.

En dehors de Pauline et elle, il n'y avait qu'une seule autre femme, qui arborait le teint mat et les cheveux crépus des Scientificiens. Les siens étaient noués en somptueuses torsades ornées de bijoux dorés.

Les mains de Cécilie se couvrirent de sueur. Elle ne pouvait détacher le regard de cette femme, qui incarnait à elle seule tout ce pour quoi Cécilie se battait jour après jour. C'était pour devenir comme elle qu'elle avait perdu Mirtyle et son oncle, abandonné Souale et, surtout, couronné Érèbe.

Cécilie chercha à croiser son regard, mais la Scientificienne consultait un carré lumineux, qu'elle effleurait du bout de l'index – encore de l'électricité ! Elle n'émergea que pour toiser un jeune homme à la chevelure bouclée qui venait de siffler Cécilie. La Scientificienne reporta aussitôt son attention sur le carré électrique, mais son expression avait changé : le mépris ourlait sa lèvre supérieure d'un rictus et un muscle pulsait sur sa mâchoire.

Des animaux. Voilà ce qu'elle devait penser. *Ils se comportent comme des animaux.*

— Trimarque Cécilie d'Aigremort ? l'interpella une voix flûtée.

Elle appartenait à un homme au crâne dégarni, perché sur un tabouret. À côté de lui, l'expression ennuyée, se tenait Olivar de la Chênaie. Il n'avait même pas accordé un regard à sa couronnée, pourtant debout à côté de Cécilie, au milieu de la pièce.

— Hmm, toussota le petit homme.

Pauline donna un coup discret dans les côtes de Cécilie.

— Oui ?

— Je suis maître du Ruisseau. Vous allez participer à la première épreuve de la sélection des cartographes à la demande du primarque Olivar de la Chênaie. Bien sûr, votre présence ici ne signifie aucunement que la loge vous gratifie d'une inscription réglementaire. Vous participerez pour le bon plaisir de ces messieurs et de cette dame (il s'inclina légèrement vers la Scientificienne) sans aucune contrepartie ni conséquence.

— Bien entendu, renifla Cécilie, avec une courbette insolente. Mais qu'ai-je à y gagner, dans ce cas ?

Elle croisa les bras sur sa poitrine. Les yeux de la Scientificienne brillèrent en se posant sur elle. Elle appuya sur un des côtés de son carré électrique, et la lumière disparut.

Elle.

Cécilie gagnait *son* attention.

— Pardonnez-moi, je suis prête à commencer.

La première épreuve ne comportait pas l'ombre d'une carte. Sous un drap noir se dissimulaient une dizaine d'objets de tailles et de formes variées dont il fallait mémoriser la nature et l'emplacement en une demi-minute, après quoi, les objets étaient couverts à nouveau. On demandait ensuite au candidat de les décrire avec la plus grande minutie, de mémoire, puis de montrer leur emplacement sur une table identique, vide cette fois.

Cécilie s'exécuta sans hésitation.

La politesse aurait requis qu'elle s'adresse à son examinateur, maître du Ruisseau, mais le regard de Cécilie dérivait sans cesse vers le visage de la Scientificienne. À défaut d'y emmener son corps, elle voulait au moins qu'un habitant de l'archipel se souvienne d'elle. C'était presque aussi vital que de prouver à tous ces phallus encostumés qu'ils avaient tort à son sujet.

Face aux facilités de Cécilie, maître du Ruisseau augmenta le nombre et la complexité des objets, par paliers. D'abord douze, puis quinze.

Dans l'assistance, les mines se firent boudeuses. Olivar, quant à lui, affichait très nettement sa colère. Ironiquement, il semblait s'être rappelé l'existence de Pauline. Son regard brûlant crachait des étincelles de mépris dans sa direction, comme s'il la blâmait pour ce « fiasco ».

Cécilie échoua à dix-sept objets. Et seulement parce que l'examinateur avait dissimulé trois épingles dans les rouages d'une horloge. Il lui adressa un regard d'excuses, mais malgré tout, le soulagement se lisait sur son visage.

Cécilie camoufla sa contrariété derrière un sourire moqueur. Même si la tricherie du petit homme avait pipé les dés, elle savait s'en être bien sortie.

— Alors ? lança-t-elle par provocation. Où me classez-vous ?

Une voix chaleureuse à l'accent chantant lui répondit. L'estomac de Cécilie fit un saut périlleux.

— Vous occupez la cinquième place sur cinquante-sept candidats.

La Scientificienne lui décocha un sourire de connivence, que Cécilie lui rendit aussitôt. À cet instant, elle devait ressembler au portrait qu'Érèbe avait fait d'elle dans leur arbre familial. Radieuse, avec un rien de sauvagerie et de revanche en plus. Elle avait envie de crier sa victoire à la lune et aux étoiles, en plein milieu de la forêt d'Aigremort. Elle aimait cet endroit. Et tant mieux, car elle n'en connaîtrait pas d'autres. Quelle injustice. À ce moment, elle sentit le regard de Pauline rivé sur elle et, dans ses yeux… une étincelle de triomphe.

— Très bien, cet intermède a assez duré, gronda Olivar. Messieurs les sélectionnés, veuillez vous regrouper : nous nous rendons au sous-sol. Les autres, vous pouvez vous diriger vers la sortie en compagnie de ces dames.

Le brouhaha reprit aussitôt et les premiers déçus franchirent le seuil de la porte.

— Attendez ! cria la Scientificienne.

Les conversations décrurent, sans s'interrompre pour autant.

— Pourquoi ne pas la laisser participer ? Elle l'a mérité, après tout.

Olivar se tourna lentement vers la Scientificienne, un sourire mielleux qui ne trompait personne plaqué sur le visage.

— Ce serait une perte de temps et de ressources. Les femmes ne concourent pas pour les loges. Il s'agissait simplement ici… d'une expérience.

Son interlocutrice sourit, dévoilant une rangée de dents parfaitement blanches et alignées.

— L'expérience est le terreau du progrès. Mais vous n'êtes pas satisfait de la vôtre si j'en crois votre mine dépitée. Ne soyez pas mauvais joueur, Olivar. Vous ne pensez pas qu'une femme puisse réussir en situation réelle, n'est-ce pas ? (Derrière ses dehors affables, sa voix suintait le mépris.) Ne voulez-vous pas la voir échouer ? Rétablir ce que vous pensez être la vérité ?

Olivar demeura un instant sans voix, le visage rougi par la confusion. Le sourire de la Scientificienne s'élargit et il capitula avec un geste négligent de la main.

Cécilie en resta bouche bée. En quelques phrases, cette femme avait mis Olivar – le plus grand phallocrate que Cécilie ait jamais rencontré – en face de ses propres contradictions. Et il n'avait eu d'autre choix que de s'incliner.

Qu'avait-elle derrière la tête ? Parviendrait-elle à obtenir une réelle opportunité pour Cécilie ?

La Scientificienne se glissa à côté d'elle tandis qu'elles quittaient la salle d'examen en direction des sous-sols.

— Je m'appelle Mira, dit-elle en lui tendant une paume mouchetée de taches de dépigmentation.

Son visage aussi en était constellé. Mais surtout, elle dégageait une assurance tranquille et un charisme que Cécilie avait rarement croisés chez quelqu'un.

— Cécilie.

— J'ai hâte de voir ce que tu vas accomplir, Cécilie.

Cette familiarité fit courir de petits frissons sur sa peau. Elles passèrent près d'une fenêtre et l'éclat du soleil éclaircit les prunelles de Mira. Un fin réseau doré parcourait ses iris. Cécilie détourna la tête et son regard tomba sur la rue en contrebas. Son sang se glaça dans ses veines.

CHAPITRE 17

L'AGRESSION

— Je dois dire que vous m'impressionnez.

Érèbe se tourna vers l'origine de la voix. Un jeune homme de son âge le surplombait, juché sur un muret, une cigarillette entre les doigts. Une fumée bleutée à l'odeur âcre s'échappait de son extrémité rougie et Érèbe fronça le nez.

Comment cet homme pouvait-il se remplir les poumons avec *ça* ? Le simple fait de respirer l'air de la ville suffisait à contracter la gorge d'Érèbe et à lui provoquer maux de tête et essoufflements.

— Je crois que de ma vie, jamais je n'avais vu courir des doigts aussi vite pour assembler des os. Vous êtes sûr de ne pas avoir fait d'erreur ?

Érèbe haussa les épaules, agacé. Après l'effervescence de la matinée et du début d'après-midi, il avait désespérément besoin d'air frais et d'une bulle de calme. Mais voilà que ce concurrent polluait l'un et l'autre. Qu'attendait-il de lui ? Pourquoi n'était-il pas à l'intérieur avec les autres ?

— Si j'avais commis la moindre erreur, je n'aurais pas fini premier.

L'autre ricana et Érèbe l'observa plus attentivement. Il n'avait jamais vu cet homme, pourtant il lui paraissait familier. Ses prunelles claires, peut-être. Ou sa mâchoire prognathe, à peine dissimulée par une courte barbe blonde.

— Vous avez hérité vos doigts lestes de vos ancêtres, dans ce cas. Bonne pioche ! Ils n'avaient pas leur pareil pour refermer leurs sales pattes sur ce qui ne leur appartenait pas. Votre grand-père surtout.

Une flamme de haine s'était allumée dans le regard de l'homme.

— Que voulez-vous dire ?

Érèbe devait se faire violence pour ne pas le planter là et s'en aller sans demander son reste.

— Mais c'est qu'il est lent à la détente avec ça. Moi qui croyais que j'avais quelque chose à craindre de toi… cousin.

Cousin ? Quel cousin ? Le père d'Érèbe n'avait eu que des sœurs, et ces dernières, que des filles. Quant à sa mère, elle était enfant unique. À moins que… Érèbe pâlit. Il reconnaissait cette mâchoire, à présent : il l'avait restaurée sur l'arbre généalogique d'Aigremort. Elle affublait un bambin blond et joufflu qui portait le nom de Paco de Vilebruine.

Ils n'étaient pas cousins à proprement parler : Paco et ses deux frères étaient les petits-fils de la grand-tante paternelle d'Érèbe. Son couronné, un dimarque, avait toujours convoité Aigremort. Selon lui, le domaine aurait dû revenir à l'enfant au rang le plus élevé : son épouse, donc. Et, par extension, à lui, puis à ses enfants mâles.

Au niveau légal, sa couronnée n'avait aucun droit sur le domaine, et Érèbe n'arrivait pas à croire qu'une petite querelle de succession ait engendré du ressentiment sur trois générations. C'était ridicule !

— Je vois à ta tête que tu me remets.

Paco se leva souplement et dévala les marches qui le séparaient d'Érèbe. Son haleine charriait des relents lourds, suffocants, et ses yeux luisaient de menace.

— J'ai juré à mon père sur son lit de mort que plus jamais un d'Aigremort ne prendrait l'ascendant sur un de Vilebruine. Votre sang pourrit tout ce qu'il touche. Regarde-toi, rejeton du mal ! Regarde ce que vous avez fait à la maison de ma grand-mère !

Un frisson parcourut l'échine d'Érèbe. Malgré lui, il fit un pas en arrière. Paco esquissa un rictus, puis remonta les marches, non sans avoir craché une salive bleutée aux pieds de son rival. Tant de haine injustifiée laissa ce dernier tremblant, écœuré.

Érèbe jeta un œil à sa montre : trente minutes avant la suite des épreuves, et il avait grand besoin de retrouver son calme et sa concentration.

Il se dirigea vers un parc, à une centaine de mètres de là. La voiture l'avait longé le matin même, et Érèbe avait été charmé par la beauté apaisante d'un vieux saule au tronc torturé bordé de chênes centenaires. Se remémorer le trajet en voiture ramena ses pensées vers Joleene, et son estomac se serra un peu plus. « *Dis-lui de ne pas revenir à moins d'avoir mon accord. Dis-lui que j'irai la voir, quand je serai prêt.* » Tout se confondait dans sa tête : les accusations de Cécilie le soir de leur nuit de noces ratée, la tentative d'empoisonnement. Pour ce qu'il en savait, Cécilie aurait pu mentir à propos des herbes pour mettre Anacendre hors-jeu. Pourtant, Érèbe avait décidé de lui faire confiance, conscient que remettre sa parole en doute une seconde fois aurait été fatal à leur relation. Ils s'étaient couronnés et feraient toujours partie de la même équipe, qu'importaient leurs divisions internes. Dans le doute, il se devait de la soutenir, même s'il ne comprenait rien à cette histoire de malédiction, dont il entendait parler pour la première fois. Il y avait une chose dont il était sûr, néanmoins. Si enfant il finissait par y avoir, le souhait d'Anacendre ne se réaliserait jamais.

« *Quand Cécilie sera partie pour Exotica, tout redeviendra comme avant.* »

Comme avant, quand Érèbe était seul et reclus, sans perspective d'avenir. Quand son univers se résumait à Aigremort, Noctis, la chasse et… sa mère.

« *Je ne voulais pas mettre ma tête sur le billot d'un amour pareil.* »

Non. Érèbe n'avait pas su quoi dire à Joleene. Et en attendant, sa sœur le prenait pour un ingrat opportuniste.

— Hé !

Le cri perça les pensées d'Érèbe avec la violence d'un coup de poignard. Il balaya les environs du regard, désorienté, et s'aperçut qu'il n'avait marché qu'une dizaine de mètres. L'entrée du parc n'était pas encore visible. Son regard tomba sur deux individus aux habits grossiers ; le premier devait frôler la cinquantaine, affichait une dégaine de déménageur et ne portait aucune marque sur le visage, à l'exception de cernes rouges et gonflés. Le second était un enfant de douze ou treize ans, pas plus. Ils se rapprochèrent, lentement, précautionneusement.

— T'as pas quelques frann pour mon gamin ? On crève de faim.

Érèbe se raidit, mal à l'aise. Des relents de crasse et d'alcool lui fouettaient les narines.

Certes, Érèbe avait vécu dans une bulle, mais il n'était pas idiot : l'enfant ne servait que de prétexte. Il n'avait probablement aucun lien de parenté avec le vieux. Celui-là s'empresserait de boire l'argent ou de le jouer et renverrait le garçon d'une claque sur la tête. Des gens comme lui, il en avait rencontré son lot. Dans les livres. Et ces mêmes livres lui avaient appris que les drogués n'hésitaient pas à utiliser la violence s'ils n'obtenaient pas ce qu'ils voulaient.

Érèbe plongea une main dans sa poche, à la recherche de sa bourse.

Le « fils » observait la scène d'un œil blasé. Le « père », quant à lui, souriait de tous ses chicots.

— Je… je dois avoir quelques pièces pour vous.

Le sourire du vieux disparut aussitôt. Il pointa le poignet gauche d'Érèbe d'un index impérieux.

— C'est quoi ce truc-là ?

Le fils ouvrit de grands yeux et chuchota quelques mots à l'oreille du père.

— Tu peux garder tes pièces, petit, je serai content avec la montre.

Une vague de nausée secoua Érèbe. Son regard se perdit dans toutes les directions, mais il n'y avait aucune issue. Il s'était laissé acculer dans un renfoncement entre deux maisons.

— Cette babiole ? Ça n'a aucune valeur, sinon pour moi, balbutia-t-il en cachant la montre de son père du mieux qu'il put. C'est un faux, de la camelote.

— Donc tu veux pas me la donner ?

Le vieux paraissait contrarié.

— Vous feriez une meilleure affaire avec la bourse.

— Dommage. Je croyais que t'étais assez intelligent pour pas me prendre pour un crétin, d'Aigremort.

Avant qu'Érèbe ait pu esquisser un mouvement pour se défendre, le vieux avait fondu sur lui. Son poing s'abattit sur le visage d'Érèbe, et une souffrance telle qu'il en avait rarement connu explosa dans son crâne. Sa vision s'assombrit et il tomba à genoux. Un coup lui déchira le ventre et, soudain, la silhouette du Cauchemar remonta des limbes de son cerveau. Sa couleur, son odeur. La sensation de ses griffes qui lui labouraient l'abdomen. Tout revint en bloc.

Érèbe se mit à sangloter.

La montre glissa de son poignet et disparut dans la gueule du Cauchemar. La bête emplissait son passé, son présent, son futur. Érèbe avait été naïf de croire qu'un simple bricolage, un squelette de rien du tout, pourrait le réduire à néant.

Un soudain remue-ménage résonna entre les briques. Entre ses oreilles. Dans son crâne. L'homme le lâcha en grognant. Un éclair bleu perça le voile gonflé de ses paupières et Érèbe sentit un corps tomber près de lui. L'ombre s'éclaircit, et Érèbe cligna des yeux, tentant de faire le point sur la personne qui se penchait vers lui, une bottine de femme à la main. Il avait dû prendre un sacré coup sur la tête, car pendant un instant, la silhouette se dédoubla avant de retrouver son unité.

— Érèbe ?

— C… Cilie ?

Comment avait-elle fait ? Comment l'avait-elle trouvé ? Comment l'avait-elle sauvé ?

Il lui sourit. Ce simple geste lui fit mal. Sa vision bascula et il sombra dans l'inconscience.

— Tu devrais voir un médecin, ce n'est pas joli à voir.

Érèbe releva la tête pour observer Cécilie, dont le profil se découpait contre la fenêtre de la chambre. La lumière lui agressa les rétines et il referma aussitôt les paupières. À côté de lui, Noctis remua et Érèbe perdit ses doigts dans l'épaisse fourrure.

Cécilie était en colère, il le décelait à son maintien raidi et à la brusquerie de ses gestes. Dans ses yeux fauves, Érèbe avait perçu du regret et, malgré la douleur que lui causaient ses blessures physiques, celles-ci n'étaient rien devant la souffrance qui naissait de ce constat : Cécilie regrettait de l'avoir sauvé. Elle regrettait d'avoir abandonné son épreuve pour le tirer des griffes des voleurs et elle le méprisait de s'être mis dans une telle situation. C'était fini pour eux, désormais, le Cercle n'accordait pas de seconde chance.

— Non. Pas de médecin. Je ne veux pas fournir une occasion supplémentaire de parler de moi. Si mon état t'inquiète tant, envoie Bertram chercher Pia.

Un froissement de tissu perturba l'air et le lit s'affaissa un peu. Érèbe entrouvrit les yeux, non sans placer sa main en visière pour se garder d'un mal de tête.

— Pia est sage-femme, pas médecin. Une apprentie, qui plus est.

— C'est pareil.

— Ne sois pas aussi borné ! Mettre au monde des bébés et compter des côtes cassées ou diagnostiquer un trauma crânien, ça n'a rien de semblable. Quoique avec une soiraignée, je pourrais au moins recoudre ta tête. Quoi ? grommela-t-elle en interceptant son sourire.

— J'aime l'idée de t'avoir pour infirmière.

Cécilie le fixa longuement, ses sourcils broussailleux légèrement froncés, puis son expression se radoucit. La poitrine d'Érèbe se réchauffa immédiatement et il fut pris d'une irrépressible envie de sourire, malgré sa lèvre enflée et sa mâchoire douloureuse. Il se retint cependant, conscient que le spectacle serait loin d'être agréable à son épouse.

Il rajusta ses oreillers pour se donner une contenance et grimaça quand ses côtes se rappelèrent à lui. Lorsqu'il se réadossa avec un soupir,

Cécilie avait quitté la pièce. Elle revint de longues minutes plus tard, Fyla lovée dans un repli de son manteau.

Érèbe tendit la main et accueillit la soiraignée avec un élan de gratitude. Cécilie aurait pu choisir n'importe quel animal de l'élevage, mais elle avait opté pour le seul à même de réconforter Érèbe. Il avait de plus en plus de mal à se convaincre que la jeune femme ne ressentait rien pour lui. Elle méritait ce qualificatif qu'il avait autrefois refusé de lui octroyer : gentille.

— On va faire un essai sur ton épaule. Je ne tiens pas à faire n'importe quoi avec ton visage.

Érèbe gloussa; il ouvrit la bouche pour la taquiner, mais la referma aussitôt devant son air sévère. Cécilie avait abandonné son rêve pour lui et ce n'était pas le moment de plaisanter.

— Tu sais comment faire avec Fyla? demanda-t-il plutôt.

— Non, mais il faudra bien que j'apprenne. J'aimerais qu'on développe ta technique de guidage dans une division haute couture. Je la trouve plus fine que celle des diapasons, même si elle ne permet de contrôler qu'une soiraignée à la fois.

Elle avait parlé d'une voix égale et détachée, mais Érèbe n'était pas dupe : prononcer ces mots, envisager son avenir dans le commerce de son père… Cela devait lui coûter énormément. Comme si on l'avait amputée d'une part essentielle d'elle-même, peut-être. Comme si Érèbe avait perdu Noctis.

— Allume une bougie et passe-moi un miroir, je vais te montrer, murmura-t-il, toute joie envolée.

Cécilie obtempéra. Depuis qu'un taxi les avait ramenés à Aigremort, quelques heures plus tôt, c'était la première fois qu'il avait un aperçu aussi complet de son propre visage. Le tableau lui souleva l'estomac. Ses traits fins semblaient avoir été gonflés et déplacés; la moitié droite de son visage disparaissait sous les ecchymoses, les coupures et autres contusions. Son œil aux paupières enflées s'ouvrait à peine; ses lèvres s'étaient fendues sous les coups et une vilaine entaille lui barrait un sourcil. Quant à son nez, il était rouge, douloureux et croûté de sang.

Même lorsqu'il avait été clair que les deux renards ne l'abordaient pas par courtoisie, Érèbe ne s'était pas attendu à cela. À la menace d'un couteau, peut-être. Il aurait cédé et s'en serait tiré sans une égratignure. Mais le vieux l'avait passé à tabac, comme s'il lui en voulait personnellement. Érèbe n'en était pas sûr, mais il croyait l'avoir entendu prononcer son nom. Comment l'avait-il reconnu?

Noctis enfouit sa truffe dans la paume d'Érèbe, comme pour le sortir de ses pensées. Le jeune homme cala le miroir entre ses genoux et ôta sa tunique avec l'aide de Cécilie. Son flanc gauche dévoila un festival d'hématomes bleu-vert.

Érèbe expira profondément et se concentra sur la coupure de son bras. Il enleva la bande que Cécilie avait nouée autour de la blessure peu après leur retour et guida Fyla sur l'entaille.

Expliquer chaque geste à Cécilie l'empêcha de se laisser envahir par la douleur.

Fyla travaillait en finesse, et ses crochets étaient plus doux qu'une aiguille. La première entaille fut bientôt refermée d'un entrelacs de fils collants et couverte d'un tissage fin, mais résistant. De sa vie, Érèbe n'avait jamais vu plaie si jolie, et il se demanda si d'autres Soualiens connaissaient cet usage des soiraignées. Peut-être que dans quelques années, les riches viendraient à Aigremort pour soigner leurs blessures, au lieu de payer les honoraires exorbitants de La Tour.

Cécilie se fit la main sur une petite plaie, localisée sur le torse d'Érèbe, puis elle attaqua directement la tête. Elle gardait les sourcils haussés et les lèvres entrouvertes, comme quand elle avait découvert les ampoules électriques du Cercle.

Je remplirai ta vie de merveilles, promit silencieusement Érèbe. Après tout ce qu'il avait arraché à sa couronnée, il lui semblait vital de rallumer la flamme de la passion et de la curiosité dans ses yeux.

En parlant de flammes…

— Comment as-tu fait ?

— Quoi donc ?

— Pour te débarrasser de ces types.

D'un mouvement du poignet, Cécilie ordonna à Fyla de sectionner son fil. Un instant plus tard, l'animal entamait le pansement. La salive de soiraignée devait avoir un effet antalgique, car la douleur refluait, jusqu'à disparaître par moments.

— Ça t'étonne, hein ? ironisa-t-elle avec une petite moue.

— Ils étaient deux, fit remarquer Érèbe.

— Nous aussi, et nous étions armées.

— Toi peut-être. Rappelle-moi de me méfier des chaussures d'une femme en colère. Moi, par contre, je n'avais rien pour me défendre ; juste mes poings et mes pieds, qui ne m'ont pas été d'un grand secours.

— Je ne parlais pas de toi et moi, mais de Mira et moi. Les témoins qui t'ont vu par la fenêtre ont préféré détourner les yeux. Seule cette femme a accepté de m'accompagner. Elle portait une *artificialia* à sa ceinture; un bâton qui crache de l'électricité. J'ai frappé l'adulte à la tempe avec ma chaussure et elle a achevé de le neutraliser en moins de temps qu'il ne m'en a fallu pour dire « ouf ». L'enfant s'est enfui sans une égratignure.

— Alors je vous dois beaucoup, à toutes les deux, murmura Érèbe.

Il tendit la main vers Cécilie, mû par le besoin de sentir sa chaleur, la douceur de sa peau…

Magdeleine choisit ce moment pour entrer dans la chambre en compagnie de Joleene et de trois bols de soupe en équilibre sur un plateau.

Cécilie laissa sa place à la sœur d'Érèbe et se réfugia dans un coin de la pièce, avec sa part du breuvage fumant.

— J'ai rempli un signalement pour la montre de père. Si ton voleur est assez stupide pour la revendre à Archronde, la police aura de bonnes chances de la retrouver. Mais je suis convaincue que tu devrais te rendre au poste pour faire constater ton agression physique.

Érèbe plongea les lèvres dans la soupe, tout en se renfrognant. Joleene et lui avaient déjà eu cette conversation; elle savait qu'elle défendait une cause perdue d'avance et, pourtant, elle continuait à le torturer. Aussi traumatisante qu'elle ait été, sa mésaventure avait peut-être du bon : elle lui avait remis les idées en place. Au-dehors, des gens le méprisaient, le craignaient, voire le haïssaient. Il avait été blessé lors de sa première sortie en solitaire au grand jour. En persévérant, il aurait fini par se faire tuer. Il n'avait qu'un seul regret : perdre ses chances d'en apprendre plus sur son enfance à Exotica. Il avait bien reçu la liste de noms promise par Olivar, mais il devrait se contenter de leur faire parvenir des lettres, sans garantie de réponse. Qui était-il pour ces gens, sinon un raté? Un être évoluant à la périphérie de leur Cercle bien-aimé. Il déplorait de ne pas avoir posé davantage de questions à Olivar quand il en avait eu l'occasion. Il aurait dû voir plus loin, ne pas se satisfaire de ce qu'il avait obtenu de lui et en demander plus. Il se rassurait en songeant qu'il aurait une dernière occasion de s'entretenir avec lui le soir de l'inauguration. Après cela, il dirait adieu à la vie publique et se retirerait pour de bon à Aigremort.

— Mère est de mon avis. Elle est très inquiète pour toi.

Érèbe releva brusquement la tête.

— Tu en as parlé à mère?

— Oh, ne prends pas cet air choqué! À quoi t'attendais-tu? Elle t'a mis au monde, elle t'a élevé et ce n'est pas parce que tu te conduis comme un imbécile qu'elle a cessé de t'aimer du jour au lendemain. Elle ne semble même pas t'en vouloir de la mettre à l'écart, va comprendre pourquoi !

— Joleene… ce n'est pas le moment.

Les poings de Joleene se crispèrent sur ses hanches et son expression se tordit de colère.

— Elle est revenue avec moi. Avec *toutes* ses affaires. Et il est hors de question que je la ramène à Valcombe sans une bonne explication !

— Elle n'a pas *osé* revenir, tout de même ? s'insurgea Cécilie. À quoi s'attend-elle ? À monter tranquillement s'installer auprès d'Érèbe alors que tout est de sa faute ?

Elle bondit vers la porte, écartant Joleene sans ménagement quand celle-ci tenta de s'interposer. La sœur d'Érèbe trébucha sur ses propres jupes et se rattrapa brutalement à la commode. L'un des vases, rempli de pois secs et de fleurs séchées, se fracassa par terre.

Joleene tourna de grands yeux furieux vers Érèbe.

— Mais cette fille est dérangée ! *Pourquoi ?*

— Tu me demandes pourquoi tu la trouves dérangée ? souffla-t-il doucement.

La douleur le rendait nauséeux.

— Elle… On pense que mère a tenté d'empoisonner Cilie. Et Cilie pense d'autres choses presque aussi graves, mais je ne suis pas sûr que… En fait, je ne suis sûr de rien.

Joleene prit quelques inspirations rapides, les traits décomposés. Sa bouche s'entrouvrit, se referma, puis des éclats de voix jaillirent de l'extérieur. Joleene se pencha au-dessus d'Érèbe pour ouvrir la fenêtre et mieux entendre. Ce dernier grimaça, mais se força à se redresser. Même une bataille de chats en colère faisait moins de bruit.

— Reste là, lui ordonna Joleene. Je vais régler cette histoire.

Puis elle disparut à toute allure dans un froissement de jupes.

Comme s'il allait obéir, pendant que les femmes qu'il aimait le plus au monde s'écharpaient pour lui… Elles s'étaient encore éloignées quand il se traîna dehors. La lumière du jour lui brûla les rétines, pulsant violemment à l'intérieur de son crâne. Ses doigts s'accrochaient au chambranle. Et elles reculaient toujours.

Érèbe n'avait jamais vu sa couronnée aussi en colère. Elle hurlait, repoussant Anacendre vers la forêt. *Arrête. Arrête. Je sais qu'elle t'a fait du mal, mais je l'aime, alors laisse-la tranquille.* Pourquoi n'arrivait-il pas à le dire tout haut ? Sa mère semblait si pâle tout à coup, si fragile.

Elle perçut soudain sa présence, comme aiguillée par un instinct surnaturel. Ses yeux s'agrandirent et son visage se décomposa. Ses lèvres bougèrent. Érèbe lut leurs mouvements plus qu'il n'entendit les mots, noyés dans la colère de Cécilie.

« C'est moi qui lui ai fait ça ? »

— Oh, oui, c'est vous ! cria Cécilie en le montrant du doigt. Regardez-le bien ! Regardez bien son visage, parce que vous avez armé de haine chaque coup qu'il a reçu !

Anacendre ne répondit rien. Joleene non plus. Cette dernière contemplait la scène, aussi hébétée qu'Érèbe. Lui se sentait anesthésié, comme s'il avait basculé dans un autre plan d'existence, où il observait les choses, mais ne les comprenait pas.

C'est moi qui lui ai fait ça ?

Non, maman, tu n'étais pas là. Tu n'y es pour rien, ne pleure pas.

Elles revenaient toutes trois vers lui à présent, Anacendre en fer de lance. Cécilie ne cherchait plus à faire obstacle et Érèbe savait pourquoi : les masques allaient tomber.

— Je ne voulais pas ça, sanglota sa mère en levant une main rougie par le froid vers la pommette lacérée de son enfant.

— Bien sûr que non, concéda-t-il.

— Je voulais juste te protéger.

— De quoi, maman ? De quoi voulais-tu me protéger ?

Elle enfouit sa tête contre sa poitrine et il la laissa faire, sans pour autant lui rendre son étreinte. Il avait du mal à respirer. Il n'arrivait plus à respirer. Alors, il s'imagina recroquevillé dans un coin quelque part, les jambes repliées contre son torse, à la place du corps tremblant de sa mère.

— De toi-même, de tes émotions, de ta violence aussi. Tu étais un enfant compliqué, Érèbe, tu l'es toujours.

Il souffla, doucement. Ça lui faisait mal d'entendre ça, d'autant qu'il ne comprenait pas. Il n'avait jamais tué la moindre bête avec cruauté, jamais touché à un être humain, jamais porté le moindre coup, jamais même élevé la voix sur personne. Sauf ce soir-là, pour défendre sa mère face à Cécilie.

— Je ne suis plus un enfant, maman. Et le monde me fait si peur que je ne vois pas ce que je pourrais lui faire.

Anacendre desserra son étreinte et releva les yeux pour croiser les siens. De la pitié. C'était de la pitié, enfouie sous les couches de désespoir qui faisaient briller son regard.

— Tu n'avais pas peur du monde, autrefois, mon chéri. Ce sont les rumeurs qui t'ont enfermé ici, et en toi-même aussi. Elles t'ont empêché de guérir de tes traumatismes, et ça, j'en suis désolée. Je le déplore plus que tout le reste. Mais c'était la bonne chose à faire. Ça l'est toujours.

Non.

Non.

Érèbe s'éloigna d'Anacendre, comme frappé par la foudre.

— Donc quoi, j'ai fait danser des souris mortes quand j'étais gamin, et papa et toi avez décidé que j'étais un monstre, c'est ça ? Qu'ai-je fait d'autre ? Pousser une gamine dans un parc pour prendre sa place sur une balancelle ? J'ai offert un bout de foie cru à un clochard couché sous un banc et vous avez décidé de me mettre à l'écart, c'est ça ? C'est ça ? Parce que je criais la nuit, parce que j'ai ces immondes cicatrices sur le ventre, parce qu'un clan tout entier est mort à cause de moi, ça fait forcément de moi un monstre, c'est ça ?

Anacendre pleurait, à présent. Lui aussi. Ils ne se touchaient plus, comme deux bords d'une plaie séparés par une ligne rouge et purulente.

— Ça a été si dur pour moi, mon chéri, tu ne peux pas imaginer.

— MAIS QUOI ? QUOI au juste ? Perdre papa ? M'avoir pour fils ? Essayer de stériliser mon épouse ? Qu'est-ce qui a été si dur pour toi que ça méritait de me faire du mal comme ça ? C'est ça pour toi que ça veut dire, aimer ? Aimer pour toi c'est salir ? Briser ? Gâcher ? C'est empêcher les autres d'avoir une vie à eux ? D'être heureux ? Explique-toi, par les dieux !

Il ne voyait plus rien, tant ses yeux débordaient de larmes. Il ne restait que l'odeur des pins charriée par le vent. Celle de l'essence florale avec laquelle Anacendre se parfumait. Celle de la sueur d'Érèbe. Il sentait mauvais, comme un cadavre de rat putréfié, comme un bouquet oublié, dont les tiges se décomposaient les pieds dans l'eau.

— Tu ne peux pas avoir une vie à toi, mon chéri. Tu es maudit. Et tu as déjà tant souffert. Je voulais juste te protéger, répéta-t-elle (bon sang, cela n'expliquait rien et elle n'avait que ce mantra à la bouche), et j'avais changé d'avis pour Cécilie. Ce n'est pas une seule dose qui aurait pu lui faire grand mal. J'ai paniqué, je le regrette. (Elle pivota pour accrocher le regard glacé de sa belle-fille.) Ce que j'ai fait – ce que j'ai voulu faire –, je n'aurais pas dû, je suis désolée.

— Et pour moi ? Tu es désolée aussi ? Pour les insultes, la méfiance et maintenant les coups !

— Oui ! Bien sûr que oui ! Mais je n'avais pas le choix. Je l'ai fait pour toi !

— Va-t'en.

— Érèbe…

— Soit tu t'expliques vraiment, soit TU DÉGAGES D'ICI !

Lorsque, d'une simple inclinaison de la tête, Anacendre demanda à Joleene de la reconduire à Valcombe, Érèbe sentit son cœur se déchirer dans sa poitrine. Alors, après l'avoir trahi, elle l'abandonnait ? Il aurait préféré qu'elle ne lui avoue jamais rien, le laisse l'aimer et compter sur elle jusqu'à son dernier souffle et emporte son sale secret dans la tombe.

Oh, oui, il aurait préféré ça au gouffre de ténèbres qui grignotait son âme de l'intérieur et dévorait le vert de ses yeux.

Chapitre 18

L'inauguration

Chaque jour voyait s'affadir une ecchymose et se refermer une plaie sur le corps d'Érèbe. La veille de l'inauguration, seule une mince ligne rosâtre en travers de son sourcil attestait encore de l'agression dont il avait été victime. Il aurait voulu rouvrir ses blessures avec les ongles, se lacérer le corps pour l'assortir à son cœur.

C'était trop facile d'oublier la haine et la trahison quand elles ne laissaient plus de trace sur la peau.

Érèbe passait le plus clair de son temps dans l'élevage de soiraignées, avec Cécilie et madame Tulio, à concevoir les tenues que le couple et leur jeune invitée porteraient lors de l'inauguration. En comparaison, leurs habits de mariage faisaient pâle figure. Il s'agissait d'en mettre plein la vue à la noblesse d'Archronde, de préparer un ultime coup d'éclat qui marquerait les mémoires et leur assurerait une clientèle pour les années futures. Cécilie se consacrait corps et âme à son travail et n'avait plus fait mention ni de l'agression, ni des épreuves avortées, ni de ses rêves piétinés.

On aurait pu croire qu'elle avait tourné la page, mais Érèbe reconnaissait la souffrance tapie en elle, qui, jour après jour, transformait Cécilie en ombre.

— Il va falloir réajuster la robe, se plaignit madame Tulio, le matin de l'inauguration. Si encore vous montriez un petit bedon, signe que la famille s'agrandit, ce travail supplémentaire me serait agréable, mais vous n'êtes plus que tendons et os. Continuez comme ça et vous allez disparaître !

Cécilie lui tira la langue.

Offusquée, madame Tulio quitta la pièce et Érèbe prit sa place, un mètre ruban sur l'épaule, quelques épingles entre les lèvres et Fyla contre son cou.

— Il est plus simple d'enlever du tissu que d'en rajouter. Même moi je le sais.

Il piqua deux épingles au niveau de la taille avant de poursuivre, moins sèchement :

— En plus, elle exagère : avec un demi-centimètre en moins de chaque côté, la robe sera parfaite et, même comme ça, tu es déjà très bien.

Elle était magnifique en vérité, mais le moindre mot gentil lui arrachait la bouche depuis le départ de sa mère. Il devait déjà lutter contre l'impulsion de partager sa douleur d'une façon ou d'une autre. De blesser par les actes ou par les mots, de réduire chaque être qui vivait ici à feu et à sang. Il détestait cette version de lui ; ça ne lui ressemblait pas. Surtout que quelque part sous toute cette colère, il s'inquiétait sincèrement pour Cécilie.

— Un centimètre fait toute la différence entre le prêt-à-porter et le sur-mesure, rétorqua-t-elle.

Elle esquissa un sourire triste et ses joues se creusèrent.

— J'ai fini, tourne-toi.

Perdue dans ses pensées, Cécilie resta immobile et Érèbe la fit pivoter doucement. Il déboutonna entièrement le dos de la robe et la récupéra avant qu'elle ne tombe à ses pieds.

— À quoi tu penses ? lui demanda-t-il en lui tendant une tunique et un pantalon ample : une tenue confortable qu'elle affectionnait particulièrement.

— À Rhodente, une primarque que j'ai rencontrée lors des épreuves d'aides. Je l'aimais beaucoup et nous aurions pu devenir bonnes amies, mais quand je pense à elle, je ne ressens plus que… (sa voix s'effaça en un murmure) de la jalousie.

— Elle fera peut-être partie des déçues. Qui sait ce qui a pu se produire.

— Je ne crois pas, elle était vraiment brillante. Et espérer son échec ferait de moi une terrible personne.

Et se réjouir du nôtre, dans ce cas ? Se vautrer dans l'idée de l'avenir réduit à une longue retraite à Aigremort ? Être coupablement heureux de ce double abandon, même si ça te ronge de l'intérieur ? Cela fait-il de moi une terrible personne ?

Érèbe étala la robe sur le plan de travail après l'avoir retournée sur l'envers. Cécilie, elle, se jucha sur l'appui de fenêtre et le regarda travailler. Elle ressemblait à un jeune oiseau, traumatisé d'avoir raté son envol.

— Et toi ? Tu as rencontré quelqu'un ? Un… ami ?

Érèbe marqua la nouvelle couture à la craie, puis déposa Fyla sur l'ouvrage. La soiraignée se mit aussitôt au travail.

— À ton avis? Un cousin m'a abordé un peu avant mon agression. Mais il n'était pas très amical. Il reproche à notre famille d'avoir causé la ruine d'Aigremort et d'avoir empêché le domaine de s'élever dans la noblesse.

Cécilie haussa les épaules.

— Aigremort est beaucoup plus joli maintenant. Tu as fait du beau travail avec l'or d'Olivar. Et nous posons les jalons d'un commerce florissant.

— Malheureusement, les rumeurs néfastes voyagent plus vite que les bonnes nouvelles.

— Comment s'appelle ce cousin?

— Paco de Vilebruine.

— Eh bien, nous devrions inviter Paco, pour qu'il puisse enterrer ses reproches sous la vérité.

Érèbe resta silencieux.

Il observa Fyla coudre les derniers points. Son travail achevé, il ramassa la soiraignée et remit la robe d'aplomb.

— Essaie-la encore.

Elle lui allait à la perfection. La soie imitait la texture et les reflets des plumes de colvert si prisées par la noblesse, mais bien trop fragiles pour durer. Vêtue de cette façon, Cécilie attirerait tous les regards et, avec un peu de chance, des envieuses à la bourse rebondie.

— Tu as fait des progrès, dit-elle, une lueur de tristesse au fond des yeux.

Érèbe se rapprocha de sa couronnée et entrelaça leurs doigts. Ils étaient chauds contre les siens, secs et glacés. Au prix d'un effort terrible, il murmura :

— Ce n'est pas terminé, Cilie. Il y a encore une vie qui nous attend.

Vraiment? Tu as déjà tant perdu, vas-tu remettre ton cœur et tes espoirs sur la table, à portée des couteaux?

Cécilie grimaça, mais ne récupéra pas ses doigts pour autant.

— J'aimerais tant que tu aies raison, chuchota-t-elle, les yeux dans le vague.

Ce soir-là, Mirtyle apparut au premier caillou jeté contre sa fenêtre. Son visage s'éclaira et un large sourire fendit ses lèvres. Elle leur fit signe de l'attendre plus loin dans la rue.

Quelques minutes plus tard, elle les rejoignait, habillée d'une jolie robe rose pâle et de bottines blanches.

Cécilie la prit dans ses bras et la serra contre elle en piquant ses cheveux de baisers. Si Mirtyle se rendit compte de l'amaigrissement de sa cousine, elle fut assez fine pour ne pas le mentionner.

— Tu es si belle! exulta-t-elle en caressant du regard la luxueuse étoffe qui dépassait du long manteau de Cécilie. J'ai hâte de voir la robe sous les lampes du palais. En fait, j'ai hâte de voir le palais tout court !

— Comment va ton père ? s'enquit Érèbe, d'un ton plus mordant qu'il ne l'aurait voulu. Tu t'es encore servie de ton amie comme alibi ?

Mirtyle lui fit les gros yeux.

— À te croire, on dirait que je l'utilise. Elle en fait autant avec moi quand elle part en cachette retrouver le garçon qui lui plaît. Et nous nous rendons véritablement visite. Parfois.

Elle décocha un clin d'œil discret à Érèbe, et, sans réfléchir, il tendit la main pour ébouriffer ses cheveux. Mirtyle rougit jusqu'à la racine de ses mèches rousses et pointa un index sévère dans la direction d'Érèbe.

— Tu as ruiné mon œuvre ! s'insurgea-t-elle.

— Tu l'aurais détruite de toute façon, en enfilant ta robe à l'arrière de la voiture, rit Cécilie.

Le son, sincère, remplit le cœur d'Érèbe d'une joie douce-amère. Elle se relevait déjà, et ce n'était que le début. Bientôt, elle recommencerait à le bousculer, à le tirer derrière elle pour qu'il sorte, sociabilise, fasse un effort, malgré la haine, la méfiance, les coups, les quolibets, les cicatrices.

Érèbe s'était persuadé que leur éviction simultanée des sélections marquerait la fin de tout ça, en dehors de ce soir. Un vœu pieux, quand on connaissait Cécilie. Si ce n'était pas le Cercle, ce serait la fabrique Vonburg, à n'en pas douter.

Cécilie passa une main dans le dos de sa cousine et l'entraîna vers la voiture, où un Bertram revêche les attendait.

— Tu montes à l'avant, Érèbe.

Le trajet jusqu'au Cercle se déroula dans une relative bonne humeur. Des froissements de tissu, des rires et, en une occasion, un bruit de chute leur parvenaient de la banquette arrière, et même Bertram ne pouvait rester imperméable au rire communicatif de Mirtyle. Il la secouait en saccades irrésistibles, et Érèbe se demanda plusieurs fois comment elle parvenait à grappiller du souffle.

Il s'enfonça dans son siège et se laissa apaiser par ce bref interlude d'insouciance.

Archronde avait revêtu ses plus beaux atours pour l'inauguration. Les pavés rutilaient, nombre de façades avaient été rafraîchies, et les appuis de fenêtre croulaient sous les publicités et les décorations.

À l'approche du Cercle, les bas-côtés s'emplissaient de files ininterrompues de véhicules. Des non-marqués aux toilettes somptueuses en descendaient et achevaient le trajet à pied, en petits groupes.

Ceux-là ne franchiraient pas le seuil du Cercle, mais ils pourraient jouir des festivités de la grand-place, qui, traditionnellement, mettaient à l'honneur les cadeaux légués par La Scientifica au fil des demi-siècles.

Certains badauds admireraient pour la première fois les merveilles de l'électricité, d'autres repartiraient avec un échantillon de minerais de Cavare. Tous pourraient manger et boire en profitant de spectacles pyrotechniques et des projections lumineuses qui embelliraient la façade du Cercle.

Lorsqu'ils mirent pied à terre dans la zone réservée aux invités, Érèbe aperçut du coin de l'œil un homme, torse nu malgré le froid, qui crachait du feu par la bouche. Il exerçait une étrange fascination sur les visiteurs, qui faisaient cercle autour de lui sans oser s'en approcher.

On aurait dit que concentrer ainsi l'attention lui plaisait. Il avait la peau rougie par la chaleur du feu, le torse fier et bombé. Ne la ressentait-il pas, cette nausée insidieuse tapie au fond de la gorge quand les regards s'attardaient sur lui ? Comment respirait-il, entre la foule et les flammes ? C'était à n'y rien comprendre.

Érèbe rajusta son haut-de-forme de manière à dissimuler ses yeux, puis tendit son bras droit à Cécilie et le gauche à leur jeune invitée. Ses lèvres exhalèrent un souffle tremblant.

Une soirée d'agonie, parce qu'il l'avait promis à Cilie. Parce qu'il lui devait bien ça. Ensuite, il retrouverait sa discrétion anonyme pour de bon.

Au-delà des portes noires ornées de bronze qui marquaient l'entrée du territoire réservé à la noblesse, l'ambiance changeait. De joyeuse et entraînante, la musique se fit lente et solennelle. De lui-même, le trio formé par le couple d'Aigremort et la jeune Vonburg ralentit.

Autour d'eux, d'autres invités s'étaient laissés happer par cette nouvelle atmosphère, marquant une pause respectueuse pour admirer le plafond de l'entrée.

— Déa toute-puissante, chuchota Mirtyle en se tordant le cou. C'est bien de…

— De l'électricité, oui, murmura Cécilie, un sourire émerveillé au coin des lèvres.

Plus loin, on prit leur manteau et leur servit trois coupes d'un vin pétillant au parfum suret.

Mirtyle s'empressa de goûter au sien en y trempant prudemment les lèvres, sans cesser d'examiner les lampes qui éclairaient les invités tels des phares et leur peignaient la route à suivre sur le dallage de marbre. Ils dépassèrent la cabine de la secrétaire, dépouillée de son occupante, puis l'impressionnant escalier menant au premier étage, pour aller vers une immense salle de réception.

Bombé et entièrement constitué de verre, le gigantesque plafond jetait sur l'assistance un ciel sombre et dépourvu d'étoiles. Ou du moins, de véritables étoiles, car de minuscules globes de verre scintillaient de leur lumière tantôt bleue, tantôt or. Autre merveille : un chêne séculaire perçait le sol pour lancer son tronc noueux vers le plafond. Ses branches tortueuses se déployaient en une cime imposante, qui, loin de boucher le regard, lui permettait de s'évader dans toutes les directions.

Érèbe se sentit respirer plus librement face à cette présence tranquille et bienveillante. Sans vraiment y penser, il se dirigea vers le tronc, Cécilie et Mirtyle à sa suite.

— Alors ils l'ont gardé, souffla cette dernière. Papa avait signé la pétition qui condamnait son abattage à l'époque. Je l'aurais fait aussi si j'avais été plus âgée.

— Et si tu avais été un homme, souligna Cécilie. Qui se soucie de l'avis d'une femme, ici ? Certainement pas le dynaste. Pour lui, nous ne sommes que des pondeuses.

Mirtyle s'engouffra aussitôt dans la brèche.

— Il paraît que son onzième fils sera présent aujourd'hui. Le prince Lucien. L'infirme, précisa-t-elle devant le regard incrédule de Cécilie.

Un soudain élan de pitié traversa Érèbe. Ceux et celles qui colportaient les rumeurs le concernant affichaient-ils ce même air d'excitation horrifiée ?

— Tu ne devrais pas t'adonner aux commérages, Mirtyle, la réprimanda-t-il. Il n'y a rien de plaisant là-dedans.

— Oh, mais ce ne sont pas des rumeurs. Il ne peut pas se déplacer sans ses cannes. En dire plus, je te l'accorde, serait entrer dans le territoire de la rumeur.

Érèbe s'abstint de répondre, préférant dépasser un groupe d'hommes pour se rapprocher du chêne et appliquer une main sur son tronc. Le contact dur et glacé de l'arbre le fit sursauter.

Avec un froncement de sourcils, il gratta l'écorce du bout de l'ongle, mais celui-ci ripa sur sa surface sans l'entailler.

— C'est un faux, souffla-t-il, la poitrine serrée.

La main de Cécilie se posa à côté de la sienne.

— Non. On dirait plutôt qu'il a été vitrifié. L'œuvre de La Scientifica, sans doute.

Elle contourna le tronc de quelques pas, contrainte de circonvoluer entre une poignée d'invités.

— Ah, lâcha-t-elle en un soupir, le regard parcourant une ligne invisible à Érèbe.

Quand il rejoignit sa compagne, ce fut pour constater que ses yeux brillaient de larmes contenues. Elle les captura précautionneusement du bout des ongles avant qu'elles ne diluent les traits de crayon qui lui soulignaient les yeux.

Cette partie du tronc avait été taillée pour former une surface plane où étaient gravés des dizaines de noms, groupés sous les emblèmes des cinq loges. Tout en bas de la liste, presque au niveau de la taille d'Érèbe, s'étalaient les noms des aides sélectionnées pour la réserve. Cécilie les parcourait, les genoux légèrement fléchis sous la vaste corolle de sa robe.

— Tu te fais du mal pour rien, Cilie. Nous devrions jeter un œil aux *artificialia* de cette salle ou parader dans nos beaux vêtements pour attirer les clients.

— Je cherche le nom de Rhodente, dit-elle d'un ton revêche.

Érèbe regarda autour de lui, dans l'espoir d'obtenir l'aide de Mirtyle, mais cette dernière s'était éclipsée. Il espéra en son for intérieur qu'elle resterait éloignée des ennuis.

— Je n'ai pas pu m'empêcher d'entendre prononcer mon prénom, s'introduisit timidement une femme aux traits fins et aux yeux rapprochés.

Érèbe ôta gauchement son chapeau et s'inclina devant la primarque. Elle lui rendit la politesse par une révérence, alors que l'étiquette l'aurait autorisée à le gratifier d'un simple signe de tête, puis elle serra Cécilie dans ses bras. Les muscles d'Érèbe se relâchèrent : aucune hostilité à son égard n'émanait de la nouvelle venue.

— Les robes des Soualiens sont si exquises.

— Merci. Mon couronné et moi sommes en train de développer une antenne du commerce de mon père à Archronde.

La main de Cécilie disparut dans un pli de sa robe et en émergea avec une carte de visite aux caractères dorés sur fond noir. Une soiraignée minuscule en ornait le coin.

— Je ne t'oblige à rien, bien sûr, tu as sans doute tes fournisseurs habituels, mais…

Rhodente la rassura d'un sourire.

— Je serais ravie de découvrir de nouveaux horizons. Surtout s'ils recèlent de telles merveilles, dit-elle en pointant le repli dans la robe de Cécilie.

Le visage de Cécilie s'éclaira sous le compliment.

— Oh, tu trouves ? Presque tous mes vêtements comportent des poches. Je déteste transporter mes affaires dans des pochettes. Elles sont bien trop aisées à égarer.

Songeuse, Rhodente ouvrit son propre sac à main et Érèbe détourna les yeux.

Les invités affluaient en un flot régulier et la salle se remplissait rapidement. La température grimpait, elle aussi ; Érèbe sentait sa nuque se mouiller de sueur et de légers vertiges l'envahir. Il fallait qu'il se concentre sur quelque chose, n'importe quoi, plutôt que sur cette foule, qui l'enclavait peu à peu. Il chercha Mirtyle du regard, mais ses yeux tombèrent aussitôt sur Paco en grande conversation avec des amis ou – hypothèse encore plus déplaisante – des membres de sa famille. Érèbe se détourna à temps pour remarquer que quelques cartes de visite supplémentaires disparaissaient dans la pochette de Rhodente.

D'accord. Rhodente et Cécilie, focalise-toi sur elles. Ne vois plus qu'elles.

La primarque paraissait ravie, et Érèbe se surprit à apprécier sa prévenance ainsi que son comportement exempt de la moindre méchanceté. Elle aurait probablement enterré d'elle-même le sujet des épreuves si Cécilie ne l'avait pas mis au-devant de la scène.

— Alors, tu as été choisie ?

Rhodente acquiesça.

— J'en étais certaine.

— Vos deux noms sont restés sur toutes les lèvres jusqu'à la fin des épreuves. Surtout le tien, Cécilie. Ton exploit aux sélections des cartographes n'a pas fait beaucoup d'heureux.

— Pardon ? l'interrompit brusquement Érèbe.

De quoi parlait-elle au juste ?

Rhodente ouvrit de grands yeux.

— Oh, Déa, je ne suis qu'une idiote.

La primarque le contemplait comme on regarderait un véhicule lancé à toute allure, prêt à faucher un piéton. Érèbe se raidit. Que savait Rhodente de lui au juste ? Ou plutôt, qu'avait-elle entendu ? Cru ? Le prenait-elle pour un homme violent ?

Il la rassura d'un sourire forcé.

— Vous n'avez rien fait de mal. Je me disais surtout que le terme « exploit » était bien faible pour qualifier ce que Cécilie a accompli ce jour-là. J'aurais plutôt pensé à…

Son esprit se vida.

— Percée ? suggéra Cécilie avec un regard qui devait signifier à la fois « merci » et « je te raconterai tout plus tard ».

Du moins, Érèbe l'espérait ardemment.

Une part de lui ressentait de la fierté à l'idée que Cécilie se soit démarquée d'une façon ou d'une autre face aux cartographes – après tout, elle avait porté son amour des cartes jusqu'à s'en tracer une sur la joue! –, une autre regrettait amèrement qu'elle ne s'en soit pas ouverte à lui. Leur relation ne cochait peut-être pas la case « amants », mais jusque-là, il avait espéré pouvoir noircir la case « amis ». Apparemment, « partenaires » ou « associés » leur seyaient mieux.

Érèbe tenta de noyer son amertume dans son verre de vin, mais il n'en subsistait qu'une minuscule gorgée, dont le goût s'effaça rapidement dans sa gorge.

Quelques regards curieux se posaient sur lui de temps à autre et il ne voulait pas attiser les commérages en allant chercher une deuxième coupe.

— Merci, lui souffla Cécilie en passant une main dans son dos.

Rhodente s'était éloignée en direction d'une estrade imposante en bout de salle.

— Pourquoi est-elle partie? Elle a eu peur de moi? railla Érèbe en s'efforçant d'ignorer le pincement qui lui mordait la poitrine.

Cécilie lui adressa un regard surpris, puis sortit un papier épais plié en quatre d'une de ses poches.

— Elle se rapproche parce que ça va commencer dans une minute.

Idiot.

— À voir ça, poursuivit-elle en parcourant le programme des yeux, on a l'impression que tout va se jouer ce soir. Que les capitaines n'ont pas encore été désignés, que leur projet sort à peine d'une montagne de papiers, que les équipages ne sont pas déjà…

Sa voix s'étrangla et elle perdit à nouveau son regard dans la foule.

Depuis le départ de Rhodente, le couple d'Aigremort ne savait plus comment se comporter. Malgré leurs obligations pour la fabrique Vonburg, Érèbe doutait que Cécilie ait réellement envie d'aborder des inconnus, surtout si c'était pour s'entendre rappeler son échec. Érèbe, quant à lui, n'était qu'un phénomène de foire et il aurait préféré terminer la soirée six pieds sous terre plutôt que de servir de matière première aux potins du matin suivant.

La main de Cécilie se crispa soudain sur son bras.

— Érèbe.

— Quoi?

Cécilie n'eut pas à prononcer un mot de plus. Érèbe reconnut aussitôt la silhouette droite et fière d'Anacendre, à quelques mètres de là. Sa robe était passée de mode, mais Érèbe savait pour l'avoir vue toute sa vie dans la penderie de sa mère qu'elle datait *d'avant*. Avant lui, et la désolation qu'il avait causée dans la vie de ses parents. Alors comme ça elle était retournée à la vie publique. Pour quoi faire ? Garder un œil sur lui et sur sa prétendue malédiction ?

Amer, Érèbe se déporta de plusieurs mètres. Comme pour répondre à un souhait intérieur, la luminosité décrut d'un coup et un projecteur illumina l'estrade sous les exclamations d'une assemblée ravie.

Un mouvement de foule, progressant vers la lumière comme une nuée de papillons, lui fit perdre Anacendre et Cécilie de vue. Il se rencogna dans un coin, hésitant entre l'envie de rester pour tenir sa promesse envers Cécilie et celle de prendre ses jambes à son cou.

Il en était là de ses réflexions lorsqu'une silhouette le heurta d'un coude dans les côtes en se frayant un chemin vers la scène.

— Oh, toutes mes excuses ! s'écria la maladroite.

— Mirtyle ?

— Oh, Érèbe, c'est toi ? Où est ma cousine ? Pourquoi t'es-tu mis si loin derrière ?

Érèbe haussa les épaules, peu désireux de s'étendre sur la situation.

— Je crois que je vais rester dans l'ombre, moi aussi, déclara Mirtyle. Les gens m'adressent de drôles de regards en me voyant seule avec une joue sans marque. Un malotru a même tenté de me faire expulser, mais Timor est intervenu à temps. Je suis également son invitée, maintenant.

Érèbe sourit.

— Comme quoi, Timor n'est pas toujours à côté de la plaque.

Mirtyle gloussa.

— Tu devrais aller le voir. Ou ta sœur. Ils se sont retirés des listes, tu le savais ? Je te dirais bien pourquoi, mais comme tu n'apprécies pas les commérages…

— Mirtyle… gronda-t-il.

L'adolescente se pencha à son oreille et lui murmura quelques mots avant de se dresser sur la pointe des pieds pour mieux sonder l'agitation qui parcourait l'estrade. Érèbe sentit son cœur s'envoler, puis chuter. Alors comme ça, sa sœur attendait un enfant ? Et elle faisait le choix de le protéger en restant ici, avec Timor pour veiller sur elle. L'émotion lui noua la gorge. Il ne savait pas quoi ressentir : bonheur, en écho à celui de sa sœur, jalousie, pour la chance qu'avait ce petit, tristesse, car personne à part Mirtyle n'avait pris la peine de le prévenir. Le maître d'Aigremort chassa ses larmes et reporta son attention sur l'estrade.

Plus tard, il penserait à tout cela plus tard.

Le dynaste d'Archronde avançait sur le marbre. Ses cheveux, d'un noir de jais, contrastaient avec les rides qui sillonnaient sa peau, ainsi qu'avec la raideur de sa démarche. Malgré ces signes évidents de vieillesse, Érèbe fut marqué par l'aura de pouvoir qui émanait de leur dirigeant.

— Par les dieux, souffla Mirtyle, il fait beaucoup plus vieux en vrai que dans les journaux !

Érèbe ne répondit pas, préférant observer le salut solennel que le dynaste adressait à la foule et les remerciements chaleureux proférés d'une voix grave qu'il leur offrit pour leur présence en si grand nombre.

— Sans rire, qui manquerait un événement pareil ? commenta Mirtyle.

Le dynaste pivota ensuite vers un côté de l'estrade, invitant sa couronnée et ses douze enfants à le rejoindre en procession.

La lignée du dynaste était connue pour son exceptionnelle résistance, ainsi que pour sa fertilité. Ainsi, la plupart des dynastes d'Archronde montaient tardivement sur le trône et le conservaient jusqu'à un âge qui excédait parfois le siècle, en engendrant des héritiers tout du long.

Si le corps du souverain commençait à marquer, il devait être bien plus vieux qu'il n'y paraissait.

D'un doigt, Érèbe desserra son col mouillé de sueur, puis posa l'arrière de son crâne contre le mur froid. Il ferma les yeux, tandis qu'un mal de tête se frayait un chemin entre ses tempes.

Que faisait-il ici, au juste ? À part se faire du mal et promener Mirtyle ?

Il s'en voulut aussitôt pour cette dernière pensée et jeta un regard inquiet à l'adolescente. Elle dut mal interpréter son expression, car elle lui souffla :

— Tu sais, à propos de ce que j'ai dit tout à l'heure. Je trouve que le onzième fils est le plus mignon, même s'il porte une canne. Tous les autres ont cet air arrogant typique de la noblesse – ne le prends pas mal –, mais lui, il a plutôt l'air humble. Ça va, Érèbe ?

Non. Ça n'allait pas du tout, ce qui n'empêcha pas les mots « même s'il porte une canne » de le faire tiquer. Ses mains étaient moites, son cœur battait la chamade et son mal de tête s'accompagnait de vertiges. L'air semblait s'être raréfié autour de lui, comme si les centaines de nez et de bouches qui l'entouraient avaient préséance sur l'oxygène.

— Il faut que je sorte d'ici, grogna Érèbe, en plein supplice. Ne bouge pas, je te rejoins dans une minute.

— Mais… commença Mirtyle.

— Tu me feras un résumé.

L'air frais lui fit du bien, mais son corps continua à lui transmettre des signaux d'alerte pendant de longues minutes avant de s'apaiser. Ses poumons se relaxèrent et il prit quelques respirations amples avant d'avancer vers la place.

Il s'interrompit. Elle grouillait de monde et Érèbe répugnait à replonger dans la foule, sachant qu'elle pouvait lui déclencher une crise d'angoisse. Il ne pouvait pas non plus retourner dans la salle de réception ni rester seul et exposé. Les voleurs qui l'avaient dépouillé rôdaient sans doute dans les parages, profitant de l'excitation ambiante pour dérober quelques bourses et alléger les parures de ces dames. Cette idée le révulsa. Joleene avait raison : il aurait dû porter plainte. Cela n'aurait probablement mené nulle part, mais il aurait gagné une conscience tranquille et le sentiment du devoir accompli.

Je ne suis pas très doué pour ça, on dirait, songea-t-il en se dirigeant vers le parking réservé à la noblesse. Craignant une agression, il aurait dû éviter ce genre de lieu comme la peste, mais loin d'être sombre et empli de recoins, celui-ci était éclairé par de minuscules lampadaires. Quatre policiers en uniforme vert bouteille patrouillaient aux extrémités du gigantesque carré.

Les voleurs n'avaient qu'à bien se tenir.

Érèbe retrouva la voiture sans difficulté. Bertram dormait du côté conducteur, la tête rejetée en arrière, un livre ouvert sur la poitrine. Il se réveilla à la première chiquenaude portée sur la vitre et déverrouilla les portes.

Érèbe grimpa à l'arrière.

— Déjà revenu ? s'étonna Bertram en scrutant les allées à la recherche des filles.

— J'avais besoin d'une pause.

Bertram grommela quelque chose en réponse, mais Érèbe avait déjà refermé le volet qui séparait la banquette avant de la banquette arrière.

Aussitôt, un immense soulagement l'envahit. Ses muscles se relâchèrent en tremblant et Érèbe étouffa un sanglot. Pendant ces dernières minutes, il s'était senti comme une marmite prête à déborder, et relâcher la pression, confortablement installé dans un habitacle verrouillé, lui faisait le plus grand bien.

Il ne resterait ici qu'une poignée de minutes, le temps de reprendre ses esprits, puis il retournerait là-bas, dans l'oppressante touffeur de la foule.

Pour Cécilie.

Chapitre 19

L'Aval du Roi

— Tu t'es endormi ou quoi ? Ça fait des heures que tu es parti ! chuchota Mirtyle lorsque Érèbe se fraya un chemin auprès d'elle. Enfin, peut-être pas des heures, mais tu as loupé des tonnes de trucs !

Érèbe soupira et s'adossa contre le mur ; il mourait d'envie de se laisser glisser contre le sol pour couper court au malaise qui rôdait déjà autour de lui. Il faisait encore plus chaud qu'avant son départ, et le rouge lui monta immédiatement aux joues.

Il se força pourtant à faire bonne figure.

— Comme quoi ?

— Cinq capitaines ont été élus : « la main du roi », comme on les appelle. Ce nom est un peu stupide, je ne savais même pas qu'on avait un jour eu un roi. Enfin bref, Olivar de la Chênaie en fait partie. Il est monté sur l'estrade avec un sourire tellement arrogant !

— Quoi d'autre ?

— Hmm, juste après ton départ, le dynaste a fait un discours avec les platitudes habituelles. Il a remercié tout un tas de gens, dont les dignitaires de La Scientifica qui sont venus aujourd'hui. Il a aussi disserté sur la puissance de la Grande et Ancienne Institution du Cercle des Géographes, poursuivit-elle avec emphase, puis il a cédé la place au dynaste de Cavare pour un discours. C'était bizarre. Aucun des autres dynastes n'a eu cet honneur.

En effet, cette intervention de Cavare était étrange, mais pas si surprenante : les Cavaris possédaient la mainmise sur l'industrie minière et pétrolière en plus d'avoir développé la technologie automobile et le réseau ferroviaire du pays. En quelques années, ce peuple de mineurs que tous considéraient avec dédain et mépris avait complètement renversé la vapeur. Aujourd'hui, personne ne pouvait plus se passer des Cavaris, pas même La Scientifica.

Ce discours sonnait aux oreilles d'Érèbe comme une revanche.

— De quelle teneur étaient ses propos ?

— Oh, il a dit quelque chose à propos de l'unité des dynasties naturaliennes, de l'importance de recentrer ses priorités sur le développement de Naturalia et sur les progrès techniques. Il a beaucoup loué La Scientifica. Selon lui, ce peuple nous aurait ouvert les yeux et il serait impossible à présent de les refermer. C'est un joli compliment, mais ça n'a pas semblé faire plaisir à la délégation scientificienne.

Mirtyle parlait très vite, sans le regarder, comme si elle voulait en finir.

— Et qu'est-ce qui se passe maintenant ? chuchota-t-il encore.

— C'est la présentation des projets. C'est déjà le quatrième.

Érèbe se força à fixer son attention sur l'homme qui occupait l'estrade. Une grande toile blanche en recouvrait le fond, et un projecteur, posé sur une petite table non loin du capitaine, y dessinait d'anciennes photographies. Le présentateur s'exprimait avec assurance et se déplaçait sur l'estrade pour interpeller le public des premiers rangs. Son discours captivait l'assemblée, mais, au bout de quelques minutes, Érèbe renonça à y comprendre quoi que ce soit : ayant manqué le début, il lui semblait impossible de raccrocher les wagons.

Il ferma les yeux et se laissa aller à de longues et profondes respirations. L'angoisse rôdait autour de lui, sans pour autant sortir ses crocs. Avec ces exercices, il parvenait à la tenir à distance.

Il émergea à nouveau lorsque la salle éclata en applaudissements. Le capitaine s'inclina plusieurs fois, dans toutes les directions, avant d'adresser une révérence polie au dynaste et à sa famille et de descendre de la scène, sous les hourras. Quelqu'un éteignit le projecteur et le rangea au bout de l'estrade pour faire de la place à une caisse gigantesque, portée par quatre personnes.

Des écritures rouges, aussi vives que le sang, différenciaient le haut du bas. Érèbe se redressa et, mû par un pressentiment étrange, se fraya un chemin parmi les invités. Il s'interrompit rapidement, tant la masse silencieuse de l'assemblée l'écrasait. Il ne pouvait plus avancer ni revenir en arrière. Il se contenta donc de rester là, immobile, le cœur battant la chamade.

Une vague de murmures agita la salle lorsque Olivar de la Chênaie monta sur scène, vêtu d'un costume somptueux. Un sourire discret ourlait ses lèvres et ses prunelles sombres brillaient de triomphe.

— Ce que je vous présente là plonge dans les racines les plus profondes de notre histoire, de notre dynastie, commença-t-il d'une voix basse, presque susurrée, mais pourtant parfaitement audible. Aujourd'hui, je vais vous révéler un secret que peu d'entre vous connaissent, que beaucoup supposent, mais que personne n'ose embrasser. Le secret de la puissance. Le secret du pouvoir. Pour les Cavaris, ce secret réside dans la technologie. Mais pour d'autres, il prend source dans la *magie*.

Les chuchotements se turent. Olivar laissa quelques instants à l'assemblée pour digérer ses paroles. Il saisit un marteau et entreprit de désolidariser les planches. Le son du bois qui craque, de la cellulose qui se déchire, emplissait la salle en une plainte presque obscène.

— Certaines créatures de la contrée lointaine d'Exotica possèdent des dons qui dépassent tout ce que la science ou la technique peuvent nous apporter. Certains vous soutiendront le contraire, mais je vous demande de me faire confiance sur ce point. À cet instant, je suis persuadé que certains d'entre vous regrettent amèrement d'avoir fait don de leurs pièces les plus précieuses au Cercle des Géographes. (Quelques rires se firent entendre.) Vous vous dites : de la magie ? Comment ? Je veux voir cela de mes propres yeux ! *Je* l'ai vue de mes propres yeux, de même que mon père avant moi et son père avant lui. De génération en génération, nous nous transmettons ce savoir dans nos carnets d'expédition et, pour preuve, nous nous transmettons également ceci.

D'un mouvement sec du poignet, il décrocha les derniers clous et la planche frontale tomba sur le sol avec un grand fracas. Des cris de stupeur résonnèrent parmi l'assistance, et le sang d'Érèbe se glaça dans ses veines. Une boule se forma dans sa gorge et le temps sembla ralentir, puis s'arrêter. Il contempla les reflets noirs, bleus et verts, chatoyants sous le projecteur, priant pour qu'il s'agisse d'une illusion.

Que… Comment, dérailla son esprit.

— Voici l'un de ces spécimens doués d'une magie si puissante qu'ils transformeront la face du monde. Cette bête est morte depuis longtemps, et sa magie avec elle, mais il y en a d'autres là d'où elle vient. Vivantes et emplies de pouvoir. Je me donne pour mission d'offrir la magie à mon dynaste. À ma dynastie. Je demande l'Aval du Roi !

Il n'y eut aucun applaudissement, tout au plus des rumeurs tantôt excitées, tantôt indignées. Érèbe reprit sa progression vers la scène, avec l'impression de marcher sur des jambes en coton. Après quelques mètres, une main, celle de Cécilie, se referma sur son bras, mais il se contenta de se dégager en marmonnant des propos incohérents.

— C'est un imposteur, c'est un imposteur, ressassait-il, à bout de souffle.

Quelques visages se tournèrent vers lui. Un homme, plus loin dans la foule, répéta la même accusation, mais beaucoup plus fort.

Érèbe aurait dû en ressentir du soulagement : personne ne croirait Olivar; il avait peut-être produit son petit effet, mais il ne recevrait jamais l'Aval du Roi. Sans ce prix, il aurait bien des difficultés à rassembler la somme colossale nécessaire à son projet, à moins d'engager d'importants fonds propres. D'ailleurs, le dynaste montait sur scène, prêt à révéler quelle expédition serait entièrement financée par ses soins.

Pourquoi étreignait-il les épaules d'Olivar? Pourquoi applaudissait-il? Il n'y avait rien à applaudir! D'un geste, le dynaste fit signe au prince Lucien de le rejoindre. Celui-ci félicita Olivar sans un sourire, luttant visiblement pour ne pas vomir. Sa main tremblait sur le pommeau de sa canne. Avait-il conscience de l'imposture dont il se rendait complice?

Le souffle d'Érèbe s'étrangla dans sa gorge et il dut tousser pour reprendre sa respiration. Il plongea dans la foule sans réfléchir, en apnée, jouant des coudes. Les gens s'écartaient de lui sans broncher, trop obnubilés par le spectacle. Érèbe finit par émerger au premier rang, haletant, au bord du malaise.

Il chercha à croiser le regard d'Olivar, mais celui-ci avait les yeux rivés sur le onzième prince, que le dynaste venait de nommer d'office comme le capitaine en second de l'équipage. Les lèvres du primarque étaient pincées, son expression assombrie, malgré le compas d'or qui brillait entre ses mains et le Cauchemar qui jetait une ombre sur son dos.

Le cœur au bord des lèvres, Érèbe se déplaça le long de la scène jusqu'à disparaître dans l'atmosphère tamisée des coulisses. Le vigile ne l'arrêta pas et Érèbe ne lui prêta pas la moindre attention. Il se tapit contre un épais rideau et releva les genoux contre son torse, tout en se mordant l'intérieur des joues pour éviter l'angoisse de le submerger.

— Qu'est-ce qui vous a pris tant de temps? marmonna Érèbe à l'arrivée d'Olivar, une éternité plus tard.

Le capitaine desserra son col d'une main, l'autre tenant encore étroitement le compas d'or.

— J'ai pris un bain de foule, qui s'est terminé par une altercation avec une belle en colère. Votre mère n'a rien perdu de sa fougue d'antan, mais son ambition s'est étiolée en chemin. Elle ne cessera jamais de vous causer du tort. Je peux vous recommander un excellent hospice privé si vous le souhaitez.

Érèbe souffla un rire nerveux par le nez, mais ne répondit rien. Il n'était pas là pour parler d'Anacendre, et même si la suggestion d'Olivar le révulsait, il choisit de passer outre.

— Vous êtes un menteur, murmura-t-il enfin. Un cerf pour la carrure, un autre pour les bois, un chien pour le crâne. De la soiraignée pour la colle et pour le pelage. Vous êtes un menteur et quelqu'un doit rétablir la vérité. Quelqu'un doit arranger ça.

Olivar le contempla un long moment, puis sortit une cigarillette de sa poche, qu'il enflamma à l'aide d'un briquet ouvragé. Il tira quelques bouffées bleues, qu'il cracha vers le plafond. Son regard se promena sur les coulisses désertes, puis revint sur le maître d'Aigremort.

— C'est drôle. Je croyais que ce dénouement vous ferait plaisir. Le jour où vous m'avez vendu cette admirable bête, j'ai cru... (Il s'interrompit, tournant la cigarillette encore rougeoyante entre ses doigts.) J'ai cru, et cela me désolerait de m'être trompé, qu'explorer votre passé vous tenait à cœur.

— Bien sûr, mais... balbutia Érèbe.

Il avait le sentiment d'être passé à côté d'une information capitale, qui l'empêchait de prendre la pleine mesure des propos d'Olivar. « Explorer son passé ? » Comment ? En attendant sagement le retour d'une expédition à l'objectif chimérique ?

De calme et pensive, l'attitude d'Olivar changea d'un coup. Son bras se détendit avec la violence d'un coup de fouet et il écrasa la cigarillette sur le mur.

— Des lettres ! Vous avez cru que quelques lettres jetées aux quatre vents combleraient le vide immense qui est en vous ? Ne voulez-vous pas retrouver la bête qui a détruit votre existence et fait la ruine de votre famille ? Ne voulez-vous pas fouler à nouveau la terre de votre enfance ? Si vous désirez vraiment avoir des réponses, pourquoi ne pas les chercher là où elles sont vraiment, au lieu d'interroger des hommes qui ne savent *rien* ? Votre passé vous tend les bras au terme du voyage. De même que notre avenir à tous. Votre destin est lié au mien. J'espère que vous saurez reconnaître où se trouve votre intérêt, faussaire !

Les derniers mots d'Olivar contenaient une menace à peine voilée. Si Érèbe dénonçait le capitaine, ce dernier l'entraînerait dans sa chute. Une pelote de sentiments inextricables tourmentait Érèbe. On aurait dit qu'une soiraignée avait élu domicile dans son cerveau, crachant des fils d'espoir, de colère et d'inquiétude dans tous les recoins. Les mots se pressèrent contre ses lèvres, pour finalement les franchir en un cri.

— Cet animal est un fantasme ! Une chimère ! Pour ce que j'en sais, la bête qui m'a attaqué aurait pu faire la moitié de sa taille, avoir un groin à la place d'une gueule et des épines au milieu du front. Mes souvenirs ont été réduits à néant ce jour-là, et mes cauchemars ne valent rien ! Certainement pas l'Aval du Roi ! Et si elle était morte, d'ailleurs ? Vous y avez pensé ?

Olivar garda le silence un bon moment. Il ne paraissait pas ébranlé le moins du monde par l'aveu d'Érèbe. Au contraire, un mince sourire étirait ses lèvres. Sa voix était basse et passionnée lorsqu'il reprit :

— La substance de toute quête qui se respecte prend sa source dans l'incertitude. Sans elle, il n'y aurait ni frisson ni étincelle. Pas de grande épopée, pas de lien indéfectible tissé entre les équipiers. Quelle que soit la forme prise par votre bête, nous la trouverons, acheva-t-il en adoptant une expression carnassière. Et elle *ne peut* être morte.

À cet instant, Érèbe sut qu'Olivar ne reculerait devant rien. Tout cela n'était qu'un vaste jeu pour lui, dans lequel il déplaçait ses pions sans crainte ni morale.

Un frisson de peur secoua Érèbe, remuant jusqu'aux tréfonds de son être.

Olivar épousseta sa veste et inclina le bord de son chapeau avant de se diriger vers l'une des portes qui permettaient de quitter les coulisses. Il s'interrompit, la main sur la poignée.

— Oh, et Érèbe ? Si vous ne l'aviez pas encore compris… Vous et votre… *couronnée*. Vous faites partie de mon équipage.

PARTIE II

LE DÉPART

Chapitre 20
Tourbillon

Un mois et vingt-huit jours avant le départ

Érèbe n'oublierait jamais cette lueur dans le regard de Cécilie. La joie brute qui avait inondé ses traits quand il lui avait répété les mots d'Olivar. Et pourtant, idiot qu'il était, il avait repoussé ce moment. Il s'était glissé dans le jour suivant l'inauguration, puis dans celui d'après, se raccrochant désespérément à l'idée que ce quotidien simple serait sa vie désormais. Puis, un matin où Cécilie était encore plus maussade que d'ordinaire, il avait capitulé.

Là, elle l'avait regardé, *vraiment regardé.*

Son corps frêle s'était jeté contre le sien, ses bras s'étaient refermés autour de son cou. Bien sûr, ils étaient tombés. Érèbe s'était méchamment cogné la tête, mais il avait ignoré la douleur. Les cheveux de Cécilie ruisselaient autour de son visage, faisant naître de petits picotements là où ils touchaient sa peau. Son cœur s'était embrasé, ses entrailles, liquéfiées. Elle avait embrassé son front, ses pommettes, son nez, en riant, en le remerciant. Puis s'était arrachée de lui, sautant sur ses jambes, une litanie de choses à faire avant le jour J s'échappant de ses lèvres. Elle l'avait houspillé parce qu'il était toujours par terre. L'avait sommé de s'activer. Lui aussi avait souri ; et le bonheur de Cécilie l'avait contaminé plusieurs jours durant. Jusqu'à…

Jusqu'à…

Un mois avant le départ

Érèbe n'avait jamais mis les pieds dans une salle de classe. Il détestait cela, surtout que les places du fond étaient toujours occupées par les équipiers les plus arrogants. Ceux qui savaient déjà tout, ou du moins, le pensaient. Paco en faisait partie. Alors quel choix restait-il à Érèbe ? S'installer plus avant dans la pièce ou se faire railler, insulter de voleur, de tricheur, de dégénéré.

Pour eux, il était celui qui avait payé pour intégrer l'équipage d'Olivar. Avec l'or d'une femme, en plus. En une occasion, Érèbe avait rétorqué que le traiter de tricheur revenait à traiter leur capitaine de vendu. Et qu'un jour, ce dernier aurait vent de leurs propos. Cela n'avait rien arrangé, au contraire. Et malgré l'angoisse, Érèbe s'était rapproché des premiers rangs, toujours en bout de rangée, toujours du côté de la porte. Il remarqua bientôt que le prince Lucien faisait de même, une ligne devant ou derrière lui. Les autres suivaient des cours de langue, de culture scientificienne, apprenaient l'anatomie de la flore d'Exotica et examinaient des boîtes à insectes. Érèbe, lui, s'évertuait à paraître normal. À ravaler sa panique, à mater la nausée qui lui montait à la gorge chaque fois que la porte se fermait, que les lumières baissaient et que le photoprojecteur s'allumait. Cela lui demandait toute sa force, toute sa concentration, et le soir, il découvrait ses cours. Heureusement que Cécilie l'aidait à étudier.

Trois semaines avant le départ

— Ça va ? murmura-t-elle, dans le noir.

Les ressorts du matelas grincèrent, et la douce lumière d'une lampe tempête éclaira les traits de Cécilie. Érèbe aurait préféré qu'elle l'éteigne ; il ne ressemblait à rien. Son torse dégoulinait de sueur, ses cheveux étaient collés à ses tempes et il avait les yeux écarquillés, la rémanence du Cauchemar figée sur sa rétine. Ses doigts tremblaient, l'angoisse étranglait sa poitrine, ravissant son souffle. Si Cécilie continuait à le regarder comme ça, il allait hyperventiler. Elle se pencha et plaça la lampe du côté d'Érèbe, sur sa table de nuit, la flamme réduite au minimum.

— Merci, souffla-t-il. Désolé.

— Pense à quelque chose d'agréable, d'accord ?

Cécilie lui pressa les doigts, déposa une caresse aérienne sur son front et se tourna de l'autre côté. Cette nuit-là, comme de nombreuses autres,

Érèbe ne se rendormit pas, même quand Noctis se fraya un chemin dans la chambre et se blottit dans ses bras. Il alluma une petite flamme, puis saisit le carnet d'expédition qu'il lisait avant de s'endormir. Il appartenait à un vieux bonhomme du nom d'Hoverac de Labille, mais ce n'étaient pas ses mots à lui qu'Érèbe cherchait en égrenant les pages. *Elle* était partout. Cynthia. Entre les lignes, dans les marges, sur chaque dessin remis au propre. C'était dans sa façon de voir le monde, clairvoyante et acérée, qu'Érèbe puisait un semblant de réconfort.

Hoverac et moi sommes partis neuf fois sur quarante longues années. Quand on débute, on pense que chaque expédition est différente parce qu'elle répond à la quête intime et obsessionnelle de son capitaine. Mais, au fond, c'est toujours pareil : de l'ego. Celui du capitaine. Celui de son équipage dont chaque membre tente de tirer la couverture à lui d'une manière ou d'une autre. Celui du dynaste, quand son or est impliqué. De loin, la mission d'exploration du Cercle paraît noble, et de rares capitaines, comme les de la Chênaie, la portent à bout de bras. Mais… Il y a les autres. La masse. La majorité puante.

Tenez, par exemple : Rouchefaud, benjamin de sa fratrie, compensait son sentiment d'infériorité en se mettant en scène avec les curiosités les plus effrayantes possibles. Son équipage a consacré des semaines à les traquer pour les percer de fléchettes tranquillisantes, afin qu'il puisse se faire photographier en train de les vaincre à mains nues. Bien entendu, cet imbécile n'a jamais gagné l'Aval du Roi. Ses bêtises, il les payait lui-même et les rentabilisait plus tard, en vendant les bêtes naturalisées. Son cabinet à lui ne comportait presque que des photos, il ne pouvait rien se permettre d'autre. Une honte à sa nation. Hoverac et moi nous évadions souvent dans la jungle pour poursuivre nos recherches sur le dimorphisme environnemental, avec la complicité d'un ou deux Scientificiens. Nous trouvions toujours le moyen de forger un peu de vraie science dans ces creusets de médiocrité ambiante. C'était notre quête intime et obsessionnelle à nous. Notre héritage.

Douze jours avant le départ

— Bonjour, Érèbe, puis-je m'asseoir avec vous pour l'exercice du jour ?

Érèbe releva brusquement la tête. Après plusieurs minutes à régler son binoculaire et à jouer avec les miroirs intégrés pour obtenir un éclairage optimal, sa vision était presque floue. Le prince l'observait, lourdement appuyé sur le pommeau de sa canne. Il était encore tôt, et peu de binômes étaient déjà formés ; il aurait pu demander à n'importe qui de devenir le sien.

— Bien sûr, Votre Majesté.

— Juste Lucien, s'il vous plaît.

Il y eut un silence gêné, durant lequel Érèbe avisa la canne de Lucien, puis réalisa que pour lui éviter de délicates manœuvres, il devrait lui céder son siège et s'enfoncer un peu dans la rangée. Il ne serait plus au bord, mais n'en serait pas très loin. Une place vers la gauche, ce n'était rien. Oui, il pouvait le faire. Il déplaça rapidement ses affaires et invita le prince à s'installer. Quelque chose dans son regard poussa Érèbe à s'interroger : Lucien avait-il compris combien ce geste lui coûtait, mais aussi combien cette victoire infime sur son angoisse le rendait fier ? Ils ne parlèrent que de biologie ce jour-là, mais Érèbe eut l'intuition timide qu'il venait de se faire un ami. Cela ne signifiait pas qu'il voulait partir ou qu'il voyait l'expédition d'un œil moins catastrophiste.

Chapitre 21

Le vaisseau

Une semaine avant le départ

L'arrivée de la délégation scientificienne fut si spectaculaire qu'elle marquerait les mémoires d'une génération entière de Naturaliens. Mais à quoi d'autre aurait-on pu s'attendre, de la part d'un peuple qui avait pratiquement inventé la science et sans lequel l'ensemble de Naturalia lirait encore à la bougie et se déplacerait en calèche ?

Cécilie ravala le nœud d'émotions qui lui obstruait la gorge, tandis qu'elle observait la splendide masse dorée tomber du ciel ; les rayons du soleil qui se reflétaient sur la carlingue donnaient l'illusion d'un astre en feu prêt à les anéantir.

— Tu crois qu'il va réussir à s'arrêter ? s'inquiéta Rhodente, le menton tendu vers le ciel.

Un pli de concentration creusait son front ; on aurait dit qu'elle tentait de ralentir le vaisseau par la pensée. Cécilie réprima un rire exalté. Lorsqu'elle baissa les yeux, elle croisa le regard d'Érèbe, planté plus loin, parmi les équipiers. Il était blanc comme un linge, raide et emprunté dans son costume de cérémonie, mais il lui souriait vaillamment, ravi de la savoir heureuse. À cause de cette histoire avec Anacendre, la joie se faisait rare sur le visage de son couronné, mais depuis peu, il s'ouvrait de nouveau. Timidement, comme un bourgeon incertain d'avoir passé le dernier gel. Cécilie lui rendit son sourire au centuple.

Le vaisseau occulta un instant le soleil, jetant une ombre gigantesque sur la place et les hautes maisons alentour.

Tout le monde retenait son souffle.

Sous le ventre de l'appareil, l'air tremblait. À quel point faisait-il chaud dans le vaisseau ?

Une main moite et glacée se glissa dans la sienne. Elle sursauta.

— Qu'est-ce que tu fais là ? Tu dois rester à la place qu'on t'a attribuée !

Les lèvres d'Érèbe effleurèrent son oreille. Son haleine était fraîche, délicatement anisée, comme les petits bonbons qu'il mâchait pour combattre son anxiété.

— Je m'en fiche de ma place : ce ne sera jamais la pire des choses qu'on me reprochera. Je voulais seulement partager ce moment avec toi. Je ne suis pas le seul, regarde.

Il avait raison. Entre les aides et les équipiers, les rangs s'étaient brouillés, les mains jointes, les bras resserrés autour de l'être aimé. L'instant, unique, était trop chargé pour qu'on le garde pour soi.

Quelques secondes plus tard, le vaisseau atterrissait sur la grand-place d'Archronde, avec une précision inhumaine. Seuls quelques mètres séparaient le vaisseau des escaliers qui menaient au Cercle et des badauds du côté opposé. Cécilie n'imaginait que deux explications : le pilote était né avec une supercalculatrice logée au fond du crâne ou il n'était simplement pas humain.

Durant les cours de rudiments de culture scientificienne, on leur avait expliqué à quel point les Scientificiens s'appuyaient sur la technologie. Pas simplement pour s'éclairer à la nuit tombée, se déplacer rapidement ou se soigner, mais aussi pour prendre des décisions complexes, dont les facteurs se révélaient trop nombreux pour être appréhendés simultanément par un esprit humain.

Cécilie avait eu tant de questions sur ces machines pensantes, dont Pauline, qui leur tenait lieu d'instructrice, ne savait presque rien. Auprès des Scientificiens, Cécilie aurait enfin une chance de voir… d'apprendre…

Elle se redressa sur la pointe des pieds, pour mieux détailler le vaisseau rutilant.

Il avait le nez pointu d'un fer de lance et les flancs bombés d'un ballon, parsemés de petits hublots. Autour de lui régnait un silence absolu, comme si, en pénétrant en territoire naturalien, les Scientificiens avaient figé le temps.

Cécilie était habitée par une humeur étrange. Son ventre fourmillait ;

l'excitation, charriée par une vague d'adrénaline, courait dans ses veines au rythme effréné de son cœur. Elle n'entendait que lui, erratique, emplissant ses oreilles.

Grave bien ce moment dans ta tête. C'est le genre d'instants qui justifient une vie entière.

Déjà, le vaisseau s'ouvrait. Le cœur de Cécilie accéléra encore, au bord de l'explosion. Quelque part, dans la marée d'émotions qui enflaient en elle, elle sentit la main de Rhodente se glisser dans sa paume libre et étreindre ses doigts. Fort.

Ce soir, et pendant sept jours, les Naturaliens festoieraient avec le peuple venu de la mer. Demain, aides et équipiers prendraient leurs quartiers dans le vaisseau. Et bientôt… une nouvelle vie commencerait.

❋

La nuit était tombée depuis plusieurs heures, et la fête battait toujours son plein. Érèbe avait tenu bon pendant les discours, le verre de bienvenue, les poignées de main rituelles échangées avec l'avant-garde de *l'autre équipage*; puis, quand les postures avaient commencé à se relâcher, l'alcool à circuler et qu'un groupe de Luxans ivres avait enveloppé le vaisseau de guirlandes lumineuses pour le rendre plus festif, Érèbe s'était réfugié dans le bureau de Grius. Le vieux biologue lui avait prêté une clé pour les cas comme celui-ci, un jour où il avait croisé Érèbe recroquevillé dans un couloir désert, en pleine attaque de panique.

— Ne vous donnez pas en spectacle comme ça, mon petit, avait-il dit d'une voix bourrue en passant d'autorité ses bras sous les aisselles d'Érèbe pour le relever. Venez vous arracher les poils des bras et hyperventiler dans mon bureau. Mes plantes vont adorer ça et moi, je m'en fiche. C'est déjà le désordre le plus complet là-dedans.

Érèbe n'avait pas été en état de s'en rendre compte à ce moment-là, mais la bienveillance de Grius et sa façon de dédramatiser sa crise d'angoisse l'avaient instantanément mis en confiance, le poussant à chercher sa compagnie dans ce Cercle où il ne trouvait pas sa place. Grius avait lui aussi en horreur les foules et les célébrations.

En témoignait le rai de lumière qui filtrait à présent sous la porte entrebâillée de son bureau. Érèbe la poussa doucement pour ne pas qu'elle grince et retrouva Grius la tête renversée en arrière dans sa chaise de bureau, les pieds sur une pile de dossiers. Des ronflements sonores sortaient de sa bouche entrouverte, et Érèbe retint un sourire.

Contrairement à lui, Grius était assez vieux pour que plus personne ne s'offusque de son manque d'intérêt pour les mondanités, mais cela faisait du bien à Érèbe de savoir que quelqu'un le comprenait au moins un peu. Même si Grius, lui, ne s'arrachait jamais les poils des bras sous le coup du stress.

D'un geste caressant, Érèbe écarta les longues feuilles gris perle qui tombaient en rideaux sur la bibliothèque de Grius et s'assit contre les rayonnages. Le bureau du maître botaniste abritait davantage de plantes qu'une clairière. Elles s'amoncelaient dans chaque recoin, grimpaient ou cascadaient des meubles, et certaines d'entre elles commençaient à lancer leurs vrilles à l'assaut des documents qui s'accumulaient un peu partout. Au fil de ses visites dans ce bureau, Érèbe avait remarqué que Grius avait tendance à délaisser ses tâches administratives au profit de ses lectures scientifiques. Ces dernières changeaient régulièrement de place sur le vaste bureau qui trônait au centre de la pièce, et les plantes n'avaient jamais le temps de les recouvrir.

Un grincement soudain, suivi d'un silence profond, indiqua à Érèbe que son aîné ne dormait plus. Le jeune homme garda la tête basse, les bras pendant au-dessus des genoux, quand il murmura :

— Êtes-vous trop blasé pour vous mêler à vos pairs, maître du Crivert ?

Grius sursauta et une bordée de jurons tous plus fleuris les uns que les autres s'échappa de ses lèvres. Érèbe crut y reconnaître les mots « saloperie », « spectre », « plus discret qu'un maudit chat ». Grius balaya son bureau à la recherche d'une tasse de chicorée froide ; il y repêcha le cadavre d'une petite mouche, puis la vida d'une traite.

— Trop vieux pour ces sauteries, gamin. Mais toi, tu devrais faire un effort. Tu te sens mal parmi eux maintenant ? Attends de voir ce que ce sera, en terre hostile, quand tu n'auras plus que ces bougres. Ils font connaissance maintenant, et toi, tu n'y es pas.

Érèbe lui renvoya un regard de chaton qu'on s'apprête à noyer.

— Je…

— Oui, je sais que tu sais. N'écoute pas mes conseils, va, s'ils t'ennuient. Mais à ta place, je profiterais de la semaine à venir pour faire bonne impression. Et ça passe par tailler le bout de gras, ainsi que cette tignasse. Ce sont des cheveux, pas des tentures, bon sang, gamin.

Érèbe souffla bruyamment par les narines. Une bonne impression. À quoi bon ? L'alcool déliant les langues, ses coéquipiers finiraient bien tôt ou tard par parler de lui aux nouveaux venus. Et si les Scientificiens étaient trop malins pour accorder foi aux rumeurs, il resterait sa bizarrerie évidente, sa manière de s'éclipser et de réapparaître, son malaise face aux autres. Quant à ses cheveux… C'était Anacendre qui s'en était toujours occupée.

Trois coups discrets à la porte interrompirent ses pensées. Érèbe et Grius jetèrent un regard simultané à la lourde horloge qui soutenait un splendide spécimen de lierre grimpant. 1 h 30. Trop tard pour une visite de courtoisie.

— Si vous êtes là pour vous envoyer en l'air dans un bureau vide, celui-ci est de toute évidence occupé, annonça Grius après s'être raclé la gorge.

Érèbe s'empourpra violemment. Il devrait peut-être se lever et s'épousseter un peu. Il déplia ses jambes, puis se battit un instant avec le bourgeon apical d'une tige qui s'était prise dans le col de son veston. Grius lui fit les gros yeux, l'air de dire : « Si tu casses ce point de pousse, mon garçon, tu seras de corvée de latrines pendant toute ta carrière. » Érèbe s'immobilisa aussitôt, et la porte s'ouvrit sur deux femmes évoluant à bonne distance, comme si elles s'étaient simplement croisées dans l'escalier. L'une d'elles était Cécilie, et l'autre…

Grius se mit instantanément debout.

— Princesse Hypocène, salua-t-il, visiblement mal à l'aise.

La fille du dynaste lui adressa un sourire éclatant avant de pénétrer dans la pièce, déplaçant une plante en train de boire dans une coupelle pour s'installer sur la chaise qu'elle occupait. Malgré sa petite taille, la princesse dégageait une imposante aura de pouvoir, à peine entamée par le style enfantin, quoique inimitable, qu'elle cultivait avec application.

Robe noire à volants de dentelle mauve. Bottes noires à lacets blancs, remontant jusqu'à des genoux impudiquement visibles. Cheveux noirs aux pointes mauves ondulant jusqu'à la taille, le tout encadrant un visage poupin aux iris gris acier.

— Maître Grius ! Comment expliquez-vous qu'il me faille grimper jusqu'ici pour extorquer une histoire de *magie biologique* à mon conteur préféré ?

Grius jeta à Érèbe un regard de pure agonie, mais la main de Cécilie s'était déjà refermée sur l'épaule du jeune homme.

— Viens, lui intima-t-elle. La fête est presque terminée ; on est en train de nous attribuer des chambres dans le vaisseau.

Érèbe secoua la tête, vaincu, puis quitta la pièce à la suite de sa couronnée. Il entra bien dans le vaisseau pour y trouver sa chambre, qu'il partageait avec deux équipiers. Mais il ne défit pas son lit, ne s'y allongea même pas – c'était hors de question. Il attendit que Cécilie ait disparu dans sa propre cabine pour appeler un taxi et retourner à Aigremort.

En sécurité dans sa propre chambre, il se coucha, Noctis roulé en boule sur les draps à la place de Cécilie.

Je n'y arriverai pas, je n'y arriverai pas, murmura une petite voix sombre et désespérée au fond de son cœur. Il ne dormit presque pas, cette nuit-là. Et pour une fois, le Cauchemar n'y était pour rien.

Chapitre 22

Hors du rang

Un petit *clic* résonna près de l'oreille gauche de Cécilie et une bulle de clarté enfla dans la pénombre. Rhodente contemplait son amie, un pli soucieux barrant ses sourcils. Ses longs cheveux blonds jaillissaient de sa tresse, comme les barbes d'un épi de blé.

— Ça va ? Tu parlais dans ton sommeil.

Cécilie porta une main à son visage et gémit en se massant les paupières, tandis que la soirée de la veille lui revenait d'un coup. Elle avait bu, ri, dansé, fait connaissance avec les Scientificiens. Elle avait même échangé quelques mots avec la princesse Hypocène ! Puis elle était allée récupérer son couronné rétif, et ils avaient pris leurs quartiers dans cette petite merveille de technologie qu'était le vaisseau scientificien. Une vague d'excitation courut le long de son corps, et même la migraine battit en retraite.

— Quelle heure est-il ? souffla-t-elle d'une voix pâteuse.

Même si, officiellement, les sept prochains jours seraient consacrés aux rencontres et aux célébrations, Pauline leur avait prévu un programme strict. Les aides devaient se familiariser avec les équipements et les uniformes souillés par les excès de la veille ne se nettoieraient pas tout seuls. Au plus fort de la fête, Cécilie avait même aperçu un cartographe vomir dans un coin. Il avait écopé d'une amende et d'un blâme, pour *honte à sa nation*. Le pauvre.

— Cinq heures, répondit Rhodente en étouffant un bâillement. Je me suis dit que tu ne voudrais pas passer tes quinze dernières minutes de temps libre à cauchemarder, alors…

— Merci.

Rhodente lui adressa un maigre sourire, puis entreprit de se dénatter les cheveux en les peignant de ses longs doigts fins.

— Ne te rendors pas, chuchota-t-elle.

Un bruissement de tissu froissa le silence, et lorsque Cécilie ouvrit les yeux, Rhodente se tenait debout près de la porte, vêtue de sa longue tunique resserrée à la taille et de sa jupe bleue.

— Tu as vraiment de la chance d'être au service exclusif du prince, marmonna Cécilie en ôtant ses propres habits. Je ne l'ai pas vu se mêler aux autres, hier, je ne sais même pas s'il a dormi ici.

— Il s'est couché au palais, en effet. Les matelas y sont plus adaptés à sa condition. Il rejoindra sa cabine plus tard dans la matinée.

— Et les lingères de la dynastie se sont déjà occupées de son uniforme, soupira Cécilie. Explique-moi pourquoi tu es déjà prête au service, dans ce cas, miss parfaite.

Rhodente rosit. Son regard bleu vacilla, puis se perdit sur la porte en composite. Lorsqu'elle se tourna de nouveau vers son amie, une lueur farouche animait son regard.

— Je t'aiderai quand nous serons là-bas, dit-elle d'une voix douce, mais sans réplique. Il est injuste que je sois au service d'un seul homme, alors que tu t'occupes de toute la chambrée de ton couronné.

Cécilie resta silencieuse un instant, lissant du plat de la main les faux plis de sa tunique.

— Ils ne sont que trois.

Rhodente haussa les épaules.

— Il n'y aura pas que la lessive. Je sais que Pauline vous en demandera bien plus qu'à moi. Rien qu'aujourd'hui, il est prévu que je passe la journée à me rendre disponible et à ordonner la petite bibliothèque de voyage de Lucien. Ne te refuse pas mon aide, d'accord ?

Cécilie acquiesça lentement, tentant de juguler la pointe de jalousie qui lui avait perforé la raison lorsque Rhodente avait mentionné « la petite bibliothèque de voyage » du prince. Quelle que soit la taille de ladite bibliothèque, Cécilie était persuadée qu'elle n'avait rien de « petite ». Au contraire, on devait y trouver des ouvrages rares et précieux. Quels étaient ses centres d'intérêt ? La biologie ? La politique et la diplomatie ? Les langues étrangères, peut-être ?

Elle s'apprêtait à poser la question à Rhodente, mais celle-ci avait déjà quitté la pièce.

Avec un soupir, Cécilie se glissa à sa suite et remonta le couloir en direction de l'aile des équipiers.

Les chambres des hommes s'enfilaient le long d'une coursive. Cécilie dépassa plusieurs portes lisses et noires, frappées de blasons d'argent. Ces derniers, différents pour chaque chambre, figuraient un animal exotique. La porte d'Érèbe était ornée d'une sorte de chat aux pattes simiesques et à la queue musclée. L'artiste l'avait représenté dans le creux d'un tronc d'arbre, feulant contre un ennemi invisible.

Le capitaine, quant à lui, avait fait apposer sur sa porte le signe sinistre du Cauchemar. La veille, Érèbe s'était crispé en passant devant la miniature de son œuvre, serrant et desserrant les poings, les yeux remplis d'angoisse et de ressentiment.

À son entrée dans la chambre chat-singe, elle découvrit un biologue nommé Eowin, déjà vêtu d'un uniforme cérémoniel de rechange. D'Érèbe, ou du troisième équipier qui devait partager la chambre, il n'y avait pas trace. Cécilie fronça les sourcils en avisant les couchettes superposées. Il manquait un matelas. Le troisième occupant aurait-il simplement… déménagé ? Et Érèbe ?

Le ventre de Cécilie se noua d'inquiétude. Pourvu qu'il ne lui soit rien arrivé de fâcheux durant les quelques heures où ils avaient été séparés.

— Où est Érèbe ? Que s'est-il passé hier soir ?

Eowin lui renvoya un regard confus.

— D'Aigremort ? Il n'a pas dormi là. Boyle non plus d'ailleurs, mais lui a simplement mis son matelas par terre dans la chambre de Paco. Dormir ici, avec *lui*, le mettait trop mal à l'aise.

Cécilie grimaça et se dirigea vers le lit de son couronné. Elle passa la main sur les draps parfaitement lisses. Son linge sale de la veille n'était visible nulle part. Il devait toujours mariner dedans.

Bon sang, Érèbe, qu'est-ce que je vais faire de toi ?

Un léger raclement de gorge la tira de ses pensées.

— Hé ! Heu…

Un soupir s'échappa des lèvres de la jeune femme.

— Cécilie.

— Ouais, Cécilie. Toi qui le connais un peu… Comment il est ? D'Aigremort.

Il forma une petite pile avec ses vêtements souillés et la tendit à Cécilie, qui la réceptionna maladroitement.

Une vague d'irritation naquit sous sa peau. Comme elle ne répondait pas à sa question, Eowin ajouta :

— Tu n'es vraiment pas serviable, toi, hein ?

Cécilie fit un geste du menton en direction des vêtements.

— C'est ça que tu appelles pas serviable ? gronda-t-elle. Je te rappelle que si tu es là, dans cette position, et moi dans la mienne, cela n'a rien à voir avec nos intelligences respectives. Toi, tout ce qu'on t'a demandé, c'est de naître avec un service trois pièces entre les jambes. Quant à Érèbe, il a son côté sombre, mais lui, au moins, c'est un gars correct, qui ne juge pas les gens en fonction de leur genre ou des on-dit. Alors si tu t'avises de lui rendre la vie dure, attends-toi à recevoir toutes tes lessives assaisonnées d'un additif de mon cru.

Le visage d'Eowin se décomposa. Satisfaite, quoique toujours un peu en colère, Cécilie lui lança ses affaires à la figure et fit volte-face.

— Où tu vas ? Tu es censée laver ça.

— Rejoindre mon couronné ; cette cabine est plutôt mal fréquentée, si tu veux mon avis.

Dès la porte claquée sur un Eowin stupéfait, Cécilie se mit à courir. Une voiture. Il fallait qu'elle déniche une voiture et qu'elle ramène son garçon des bois dans ce vaisseau. Déa toute-puissante, elle n'allait pas mener toutes les batailles d'Érèbe pour lui, tout de même ! Elle avait déjà assez à faire avec les siennes !

Derrière les hautes fenêtres d'Aigremort, Érèbe observait le soleil levant délaver la nuit d'encre d'une ligne claire. L'horloge indiquait cinq heures moins le quart. Il devrait bientôt partir, sans quoi quelqu'un finirait par remarquer son absence.

L'idée d'abandonner Noctis de nouveau lui taillada l'estomac avec autant d'efficacité qu'une gorgée de verre pilé. Il resserra son étreinte autour de la fourrure noire et plongea le nez dans la nuque du loup, respirant ses notes boisées à pleins poumons. Le loup se tortilla entre ses bras, jusqu'à croiser le regard de l'homme. Habituellement d'un jaune mordoré comme le soleil, les prunelles de Noctis semblaient éteintes. Comme si… il *savait.*

Érèbe endura les quarante-cinq premières minutes de la longue marche qui le séparait du Cercle avec le sentiment d'être au bord de l'implosion.

Le voyage ne se passera pas bien.

L'évidence l'avait frappé la veille, quand les rires des équipiers qui faisaient connaissance l'avaient assailli comme un essaim de guêpes. Bientôt, il n'avait plus été capable de détacher les mots entre eux, tellement les stimuli extérieurs se mélangeaient dans sa tête. Il y avait l'odeur, trop prégnante, de l'hydromel ; la sueur des autres sur sa peau à lui, quand on le forçait à échanger des poignées de main ; ces petits appareils bizarres qui crachaient des basses à lui faire fondre les organes. Et pour couronner le tout : cette pièce exiguë dans le cigare d'acier. On voulait qu'il dorme là, avec deux hommes qui le mépriseraient sûrement et qui l'entendraient gémir, peut-être crier. C'était déjà difficile avec Cécilie, alors avec des gens qu'il n'avait pas choisis… Tout ça le tuerait, plus vite que la haine, plus vite que les monstres. Et que resterait-il de lui alors, pendant qu'il se concentrerait pour respirer sans se noyer ? Pour paraître fonctionnel et dresser sa façade de normalité ?

Il aurait tant aimé se confier à sa couronnée, lui exposer ses doutes et se reposer dans son étreinte apaisante, mais il ne voulait pas gâcher son bonheur à elle avec ses peurs à lui. Cécilie avait tout ce dont elle avait toujours rêvé, à présent. Pourquoi se soucierait-elle de ça, de lui ?

Pourtant, c'était bien elle qui lui adressait des signes furieux depuis la vitre d'un taxi. Elle qui s'arrêtait sur le bas-côté et lui enjoignait de monter.

— Idiot, je me suis inquiétée pour toi !

— Désolé, Cilie, je… Tout ça. C'est bien trop dur pour moi. Plus on se rapproche du départ, plus je…

Son regard s'adoucit, puis avec un soupir, elle le tira par le col avant de lui coller un baiser bref sur les lèvres.

Érèbe n'eut même pas le temps de ressentir quelque chose que c'était déjà terminé. La sensation de ses lèvres s'était perdue dans l'instant, n'avait même pas accroché sa mémoire. Étaient-elles aussi douces qu'il l'avait toujours imaginé ? Pourquoi l'avait-elle embrassé de cette façon ? On aurait presque dit qu'elle ranimait un noyé. Est-ce que ça comptait, alors ? Comme premier baiser ? Ou voulait-elle juste « lui faire penser à quelque chose d'agréable » ?

— C'est mieux, maintenant ?

— Heu, je ne sais pas. Oui ? C'était en quel honneur ?

— Tu avais tellement de soucis collés sur le visage qu'il menaçait de tomber à la renverse, marmonna-t-elle.

Le taxi se remit en marche, glissant du bas-côté dans une grande secousse. Érèbe se rattrapa *in extremis* à la poignée pour s'empêcher de basculer sur les genoux de sa couronnée.

— Et puis, j'ai rencontré ton colocataire, *Eowin*. Et il m'est apparu que tu es plutôt pas mal, en définitive.

Érèbe gloussa.

— C'est un compliment ?

— Absolument, rit-elle, un minuscule sourire au coin des lèvres.

— Cilie ?

— Hmm ?

Sa voix était étonnamment rauque quand il lui susurra :

— Ce baiser, attends-toi à ce que je te le rende, un jour prochain. Et que je m'applique.

Chapitre 23

Mécènes

Mais quelle assurance sortie de tréfonds inexplorés de lui-même avait conduit Érèbe à formuler une promesse pareille ?

Ce baiser, attends-toi à ce que je te le rende, un jour prochain. Et que je m'applique.

Il aurait dû s'exécuter sur-le-champ, pendant cet état de grâce qu'il ne retrouverait sans doute jamais. Il aurait dû poser ses mains en coupe de chaque côté de son visage ; ses pouces auraient caressé les lèvres de Cécilie, et il les aurait trouvées plus douces encore que le cocon d'une reine soiraignée. Alors, il se serait avancé, jusqu'à respirer le même air qu'elle. Son haleine se serait mélangée à la sienne. Il aurait frôlé ses lèvres, une fois, puis une autre encore, attendant qu'elle réponde à son baiser. Et elle l'aurait fait. Oui, elle l'aurait fait, l'approfondissant, même, dans un halètement de pur…

Érèbe attrapa une coupe de vin blanc qui passait devant lui, en équilibre sur le plateau d'un serveur, et en avala une longue gorgée, priant pour qu'une âme charitable y ait versé du poison. Cela, au moins, lui remettrait les idées en place.

Il fallait qu'il arrête de s'imaginer avec elle. Cécilie l'avait embrassé pour lui changer les idées, rien de plus !

Elle avait créé un mur dans les pensées d'Érèbe, qui lui permettait, des heures plus tard, de tenir dans le vaisseau bondé, en tenue d'apparat, l'esprit si absorbé qu'il ne prêtait aucune attention à la foule, à son propre corps coupé de la terre, de l'humus et des arbres ou à ses poumons, qui déploraient l'air sec, filtré, *aseptisé.*

— Érèbe ?

Le maître d'Aigremort releva brusquement la tête, perdu. Son regard se riva au sommet du crâne de Cécilie ; il y en avait tant d'autres derrière elle : chignons compliqués, coiffes exubérantes, hauts-de-forme, cheveux gominés. Une bouffée d'anxiété lui enserra la poitrine. Pendant combien de temps Érèbe avait-il contemplé le fond de son verre, les yeux vitreux, absents ? Et avec quel air sinistre placardé sur le visage ? Bon sang, il sentait de nouveau les regards lui calciner le dos.

Il tenta d'en faire abstraction pour se concentrer sur Cécilie. Érèbe trembla quand il se rendit compte qu'elle attirait son attention sur une femme visiblement intéressée par leur compagnie. Cela ne faisait pas partie du pacte qu'ils avaient passé dans le taxi.

Il lui rendrait son baiser.

Elle dormirait avec lui à Aigremort jusqu'au départ.

Et lui serait présent à toutes les fêtes et réceptions.

Il n'avait *jamais* été question de faire plus que *semblant* de participer.

Qu'on fasse de lui une île, celle qui allumait des étoiles dans le regard de sa couronnée. Il s'en accommoderait très bien.

— Érèbe ! Sois poli !

Il baissa les yeux sur les traits agacés de Cécilie. Sur son nez mutin. Ses joues rougies par la chaleur. Et enfin sur ses lèvres, qu'il rêvait d'honorer des siennes.

— Pardon. Oui ?

Un rire de femme s'éleva non loin de lui. Érèbe creva enfin le mur de ses pensées et reconnut la princesse Hypocène d'Archronde aux côtés de Cécilie. Comment ne l'avait-il pas identifiée plus tôt, avec ses cheveux teints, son rouge à lèvres d'un mauve éclatant et sa robe inclassable ?

— Je croyais rejoindre le couple le plus intéressant de la soirée, mais ce pauvre chéri m'a l'air plutôt inoffensif, rit-elle un peu trop fort.

Cécilie plissa les lèvres. Érèbe se renfrogna davantage. Il exécrait la façon dont la princesse parlait de lui, comme d'un monstre de foire. Elle avait *forcément* entendu les rumeurs qui lui collaient à la peau. Il semblait improbable qu'Hypocène d'Archronde ne se délecte pas d'une histoire aussi sordide que la sienne, tant tout son être hurlait sa fascination pour l'occulte.

— Je ne présumerais pas trop vite si j'étais vous, princesse Hypocène, rétorqua Cécilie.

— Que nous voulez-vous ?

Érèbe n'avait pas la force de lisser les échardes qui hérissaient sa voix. *Rappelle-toi à qui tu parles*, murmura celle de la raison, cernée par les démons de son esprit. Ses poumons fonctionnaient trop vite ; son cœur aussi. De petites taches noires commençaient déjà à engloutir sa vision.

Hypocène tira de sous son col un énorme pendentif. Il représentait une araignée de la taille d'un poing d'enfant, dont les huit yeux, délicatement empilés sur la face, étaient visiblement taillés dans du diamant. Le reste du corps avait été coulé dans de l'or blanc. L'ensemble paraissait aussi cher que de mauvais goût.

— Hmm, la raison officielle est que je suis mécène. Et à en croire le tableau des dons obtenus ce soir par chaque équipier, votre duo a un peu de retard à combler.

Ah, oui. Olivar leur avait bien détaillé le fonctionnement de ces soirées, qui visaient autant à faire la fête qu'à bomber davantage les caisses peu avant le départ.

Bien sûr, ayant remporté l'Aval du Roi, leur expédition était entièrement financée par le dynaste. Mais un supplément d'or n'avait jamais heurté quiconque, surtout quand on pouvait le dépenser en terres scientificiennes.

Le jeu de séduction entre mécènes et équipiers était bon enfant, même si un prix était en jeu pour qui récolterait le plus de fonds. Érèbe ne se sentait ni les capacités ni l'envie d'y prendre part. Et tant pis si l'on se gaussait de la case vide à côté de son nom.

— Peut-être que tu pourrais décrire notre travail à la princesse, Érèbe, l'encouragea Cécilie. D'un point de vue d'initié.

— Oui, j'aimerais beaucoup, renchérit la princesse Hypocène, une moue gourmande sur le visage. Vous savez, mon frère jumeau ne tarit pas d'éloges sur votre intelligence.

Érèbe esquissa une moue peu convaincue ; savoir que le prince Lucien l'estimait lui réchauffait le cœur, mais il aurait préféré qu'il garde son opinion pour lui.

— Cécilie pourra vous parler des carnets d'expédition aussi bien que moi. Elle y travaille sur son temps libre.

Celle-ci soupira, se rapprocha presque imperceptiblement d'Érèbe et noua son petit doigt au sien. Celui d'Érèbe glissait de transpiration, mais la jeune femme ne l'enserra que plus fort.

— Très bien, accepta-t-elle gracieusement.

Un sourire d'anticipation aux lèvres, Hypocène fit un vague geste de la main vers un trio de sièges rembourrés, au style naturalien. Leurs occupants, un biologue nommé Boyle et deux bourgeois non marqués, semblaient en pleine négociation, penchés sur une petite table où s'empilaient des photographies de piètre qualité, qui représentaient des pièces de cabinet de curiosités. Boyle, concentré, traçait des croix sur les images que lui pointaient les deux autres, des bourses replètes fermement serrées dans leurs poings. Des commandes, comprit Érèbe. Cet équipier prenait des commandes de bêtes à ramener pour faire monter son score. Comme si leur expédition n'était pas déjà planifiée dans le détail. Comme s'il allait avoir le temps de partir seul pour honorer ses contrats. Comme si le dynaste n'avait pas montré, à peine quelques mois plus tôt, qu'il avait tout pouvoir sur le destin des créatures capturées par le Cercle.

— Messieurs, les interrompit Hypocène avec un sourire carnassier. Sentez-vous libres de composer vos futures collections à votre convenance, mais souvenez-vous qu'en ce qui concerne les dominifères… (Elle saisit l'un des clichés qu'elle plaqua contre son cœur.) Ils sont l'unique propriété de mon père, et ce, qu'importe la somme que vous avez déboursée pour les dénicher.

Lorsque les trois hommes se levèrent pour libérer les fauteuils, Érèbe recula légèrement, se dissimulant dans l'ombre de sa couronnée. Tous le détestaient déjà ; alors si en plus il était impliqué dans une transaction ratée… Il baissa la tête et ses cheveux recouvrirent son visage, protégeant son identité.

Bientôt, la table fut débarrassée et Hypocène leur intima de s'asseoir. Érèbe voulut s'installer dos à la pièce, mais la princesse réquisitionna ce siège. Quant à Cécilie, elle avait déjà pris le second choix d'Érèbe. La mort dans l'âme, il gagna le fauteuil du fond, qui le forçait à embrasser toute la salle du regard.

Et, comme il l'avait craint, ses yeux finirent par accrocher des cheveux couleur de cendre. Une toilette défraîchie qu'il connaissait par cœur. Un port de louve, fier et altier. Anacendre était plus à sa place que son fils dans ce monde-là. De sourire en pirouette, elle retissait les liens que son isolement avait brisés. Jamais son expression douce et indulgente ne fanait. Tout au plus ses prunelles devenaient-elles plus dures quand une conversation lui déplaisait. Érèbe était certain qu'elle le surveillait. Même quand ils n'étaient que tous les quatre, à Aigremort, elle avait déjà l'art de faire croire à Joleene et à Pia qu'elles avaient toute son attention, alors qu'elle savait toujours où Érèbe était, ce qu'il faisait et s'il avait besoin d'elle.

Avec un effort surhumain, Érèbe fit abstraction de la présence de sa mère et retourna à cette étrange créature aux mèches violettes qui venait de refermer ses griffes sur lui.

— Alors dites-moi, qu'avez-vous trouvé dans les journaux à propos de la magie ?

— Pas grand-chose, à vrai dire, commença Cécilie. Pendant la majeure partie de la vie du Cercle, les géographes se sont comportés comme des collectionneurs et non comme des scientifiques. Leurs carnets d'expédition ressemblaient à un mélange de journaux intimes et d'observations rapides. Ils mettaient en évidence les éléments qui pouvaient leur permettre de faire une grosse prise, comme des morceaux de cartes ou des croquis d'empreintes, de déjections et de branches cassées. Certains y ajoutaient des recommandations pour rester en vie. Tout ce qu'on peut faire avec ces journaux, c'est collecter les observations qui sortent de l'ordinaire et qui ne devraient pas rationnellement exister, car c'est de cette façon que le primarque Olivar de la Chênaie définit la magie.

Cécilie fit signe à Érèbe de poursuivre. Cela lui sembla plus aisé, maintenant qu'elle avait déblayé le terrain.

— Hoverac de Labille a été l'un des premiers biologues à prôner la connaissance pour la connaissance et à consigner des observations rigoureuses et détaillées dans ses travaux. Il était farouchement opposé à ce qu'on appelle la « science de vitrine ». J'aime beaucoup son travail et…

Il se tut, se rendant compte qu'il avait dérivé du sujet initial. Pourtant, Hypocène l'écoutait avec attention. Elle le regardait bien en face, ses yeux pâles dégageant un éclat magnétique.

— Continue, donne-moi un exemple d'élément qui sort de l'ordinaire et qui pourrait être considéré comme de la magie.

Érèbe fouilla ses souvenirs. Une petite partie de lui désirait impressionner Hypocène. Il aimait beaucoup ce travail sur les journaux ; Cécilie et lui y consacraient plusieurs heures chaque soir, et le couple avait noirci des pages et des pages de notes. Cécilie avait même créé un système de notation pour chaque anecdote, allant de « farfelue » ou « imbibée d'alcool » à « intéressante » voire « spectaculaire ».

Érèbe en pêcha quelques-unes parmi ces dernières, comme celle du géographe qui avait traqué une bête tellement grande qu'elle arrachait des lambeaux de forêt derrière elle à chacun de ses déplacements. Un matin, alors que l'homme et son équipe suivaient cette trace immanquable, elle s'était brutalement interrompue, sans aucun signe de l'animal.

— Elle s'est sûrement envolée, fit remarquer Hypocène avec dédain. Ou alors l'explorateur a exagéré, et ni la trace ni la bête n'étaient aussi grosses qu'il le prétendait.

Elle fit claquer ses ongles vernis sur l'accoudoir, sans se soucier de son impolitesse, puis ajouta :

— Tu n'as vraiment rien de mieux ?

Elle scruta le visage d'Érèbe d'un regard avide. Ce dernier ravala l'anecdote d'Alban de Leanec, qui disait s'être arrêté non loin d'un homme paralysé, avec l'intention de remplir ses réserves d'eau à un puits, et avoir finalement passé la journée à exercer les quatre volontés de l'étranger avec le même empressement qu'un domestique envers un membre de la dynastie.

— À quoi pensez-vous en particulier ?

Hypocène lui sourit, dévoilant une tache mauve qui tranchait sur ses incisives blanches, comme une traînée de sang sur les babines d'un loup.

— Des guérisons spectaculaires, peut-être. (Elle réfléchit un instant.) Un membre arraché par un dominifère et qui aurait repoussé, par exemple. Ou un même homme que les géographes auraient décrit de journal en journal à travers les siècles.

— Un dominifère ? releva Cécilie.

C'était déjà la deuxième fois qu'ils entendaient ce mot dans la bouche d'Hypocène. Olivar, lui, parlait toujours de cible, de créature ou parfois même de *curiosité*. Hypocène leva un sourcil.

— Ça m'étonne qu'aucun de vous ne connaisse ce mot. Mon père l'a inventé il y a une dizaine d'années, et il a fait son apparition dans le dictionnaire officiel de la langue naturalienne un an plus tard. De nombreuses versions du bestiaire exotique de Franchovine ont été entièrement révisées depuis. Bref. Selon mon père, il y a deux types d'animaux sur Exotica. Les bêtes normales, qui ressemblent aux nôtres, et les autres, qui semblent tout droit sorties de l'imagination. Elles ont souvent l'aspect de chimères, et en obtenir une dans son cabinet de curiosités est une preuve de grande bravoure et de grande fortune, d'où le nom que mon père a choisi pour les nommer. Dominifère. Vecteur de domination. La bête pour laquelle Olivar a reçu l'Aval du Roi en est une. Le plus magnifique spécimen jamais rapporté à Archronde, je crois. Étonnant que sa capture ait fait si peu de vagues. Selon mon père, la famille de la Chênaie l'aurait ramené en bien piteux état et aurait mis des années à le restaurer. (Elle sourit, puis changea brutalement de sujet.) Au fait, j'aimerais que vous m'appeliez Hypo, ou princesse Hypo si vous préférez. J'ai mon prénom en horreur.

— Pourquoi donc ? bafouilla Érèbe. Il est très joli.

— Répète après moi : Hypocène.

Érèbe s'exécuta, sans comprendre.

— Hypocène, répéta la princesse avec insistance. Hypo-cène. L'ère de l'insuffisance. C'est mon lourdaud de frère qui m'a baptisée comme ça.

— Quand vous parlez de votre frère, vous voulez dire…

— Émeric, le numéro neuf. Ce veinard de Lucien a été baptisé par Joshua, le numéro dix. Bon, toujours est-il qu'Émeric voulait m'offrir un nom qui claque, du haut de ses cinq ans. Un nom qui signifie quelque chose comme « dans l'ombre » ou « sous la scène ». Ce débile a donc choisi Hypocène, tu saisis ? C'est de lui qu'on devrait rire, pas de moi. Je suis peut-être arrivée en dernier, mais je suis le haut du panier. Celle en qui mon père a toute confiance.

— Et Lucien ?

— Quoi, Lucien ?

— Votre père doit avoir toute confiance en lui pour l'envoyer chercher la magie sur Exotica avec l'équipage.

Hypocène ricana.

— Tu es mignon de penser ça. Lucien est mon âme sœur sur cette terre. Mais pour mon père, qui place la robustesse et la longévité de sa lignée en valeurs suprêmes, mon frère jumeau est un défaut. Un échec, qui le nargue. Il ne voit pas Lucien comme je le vois. Il ne l'a jamais vu. Et peut-être ne le verra-t-il jamais. Savais-tu que, depuis notre naissance, ma mère a déjà subi sept fausses couches ? Et pourtant, ils continuent d'essayer, comme si douze enfants vivants n'étaient pas suffisants. Comme si ma mère n'était pas épuisée. Presque morte à l'intérieur.

Érèbe fronça les sourcils, troublé. Hypocène, quant à elle, continua de dérouler sa macabre petite histoire, dans laquelle le dynaste d'Archronde, de souverain visionnaire, endossait le rôle de monstre insensible.

— Sais-tu ce qui est arrivé à mon frère aîné ? Primaxime.

— Je…

— Il est mort, en expédition. Depuis lors, mon père a soigneusement gardé chacun de ses enfants loin d'Exotica et de ses dangers. Mais ça ne lui fait rien d'envoyer le petit prince Lucien se faire taillader le dos parce qu'il n'aura pas été fichu de fuir avec sa grosse patte. Je pense même que c'est ce qu'il espère.

Hypocène se tut un instant, songeuse. Elle tourna son regard acier vers celui d'Érèbe. On n'y lisait plus aucune malice, juste du chagrin, de la haine et un soupçon de désespoir. Si Érèbe se sentait des affinités avec Lucien, la princesse, elle, lui rappelait douloureusement Anacendre.

— Je t'aime bien, reprit-elle. Tu vas protéger mon frère.

Cécilie s'étouffa sur la gorgée de vin qu'elle était en train de boire. Sa main se tendit en direction d'Érèbe, comme pour le préserver.

— Il aura des gardes du corps, Hypo, s'écria-t-elle. Des gens entraînés qui manient de vraies armes ! Enfin, regardez-le !

Hypocène haussa un sourcil et fit tourner une de ses mèches mauves au bout de son index. Elle semblait agacée.

— Bon, écoutez, lâcha-t-elle enfin. Nous nous sommes mal compris. (Elle se pencha sur Érèbe, le capturant de son regard inflexible.) Tu vas protéger mon frère ou je fais brûler Aigremort, mais pas avant d'avoir mis ton loup au bout d'une jolie laisse dorée. C'est plus clair comme ça ?

Choqué, Érèbe hocha la tête.

— Bon garçon, approuva la princesse, avant de laisser tomber son affreux pendentif sur les genoux de sa victime.

CHAPITRE 24

SOUFFRANT

Érèbe récolta dix frann d'or le lendemain soir, en remportant une compétition amicale d'assemblage d'os de poulet, ce qui le propulsa en haut du classement des gains. Cécilie, fidèle à son habitude de lui forcer la main, l'y avait inscrit sans lui demander son avis et l'avait pratiquement poussé parmi les candidats lorsqu'il avait fait mine de s'éclipser aux toilettes. Il s'était finalement pris au jeu, gagnant les manches les unes après les autres, sous les regards mi-impressionnés, mi-écœurés de ses adversaires.

Le lendemain, les jeux concernaient les cartographes, et, même si les autres biologues participaient dans une atmosphère bon enfant, il était resté à l'écart.

Il avait l'impression de tirer sur une corde : celle qui maintenait son être en place. Ces fêtes la râpaient, la ponçaient, l'érodaient, et il ne pouvait rien faire d'autre que se replier sur lui-même autant que possible pour minimiser la tension. Il était si épuisé qu'il ne rêvait plus la nuit ; plus du Cauchemar, en tout cas. La princesse Hypocène lui avait ravi la place. Cécilie avait tenté de reprendre contact avec elle, sans succès.

Érèbe rendit les armes au matin du troisième jour. Il avait passé la nuit à rouler dans et hors des couvertures, tandis que les frissons le parcouraient comme des vagues. Ses rêves l'avaient mené dans la neige, puis dans la touffeur moite d'Exotica avec, en toile de fond, une toux brûlante qui lui déchirait la gorge.

Peut-être la mort l'avait-elle réellement attrapé, cette fois, sous la forme d'un miasme niché dans ses poumons. Il avait senti, confusément, Cécilie se lever pour vérifier son état. Vers trois heures du matin, elle était descendue lui préparer une tisane pour apaiser sa gorge et ne s'était recouchée que lorsqu'il en avait avalé les dernières gouttes.

Le thym citron, mêlé à la chaleur de l'eau et à la douceur du miel, lui avait fait du bien pendant un moment. Mais à l'heure du lever, la fièvre et la douleur avaient repris le dessus. Il n'irait nulle part ce jour-là, certainement pas au Cercle des Géographes. Ce qui n'était pas pour lui déplaire.

Cécilie lui jeta un regard circonspect en se glissant derrière le paravent afin de revêtir son uniforme. Elle revint près de lui pour natter ses longs cheveux et les rassembler en un chignon piqueté d'épingles.

D'ordinaire, Érèbe l'aidait à les placer, en veillant bien à ne tirer sur aucun cheveu et à ne pas griffer son crâne. Il aimait ces moments doux, intimes, peut-être même davantage qu'un baiser.

— Je n'en reviens pas que tu te sois arrangé pour tomber malade, gronda-t-elle.

Elle passa une main glaciale sur le front brûlant de son couronné, puis la porta droit à son propre front. Un chapelet de jurons franchit ses lèvres. Érèbe sourit, en songeant qu'aujourd'hui, il ne tiendrait aucune de ses promesses. Il allait rester là, vautré dans les draps, avec l'odeur de Noctis butant contre ses narines bouchées et les rayons du soleil printanier perçant entre les rideaux. S'il s'emmitouflait bien, il pourrait même ouvrir la fenêtre. Sentir le bon air jouer dans sa gorge enflée, caresser la peau de son visage.

Une tape sévère échoua sur son épaule.

— Quoi ?

Érèbe sursauta au son de sa voix. Quand avait-on remplacé ses cordes vocales par celles d'un corbeau ? Cécilie ne put maintenir son expression sévère plus longtemps et elle éclata de rire. Érèbe la suivit dans une quinte de toux, qui le secoua tout entier.

— Je parie que tu es fier de toi.

La main de Cécilie s'attarda derechef sur le front d'Érèbe. Le geste était plus tendre, cette fois. Presque inquiet.

— Très. Je ne tombe jamais malade, d'ordinaire. C'est bien la preuve que toutes ces mondanités ne sont pas faites pour moi.

— Si tu ne tombes jamais malade, c'est parce que tu ne vois personne ! Tu es comme un enfant qui côtoie ses semblables pour la première fois.

— Eh bien, aujourd'hui, tu m'excuseras, mais je vais passer mon tour.

Cécilie secoua la tête, puis quitta la pièce au pas de course. Elle revint avec un pichet d'eau et un verre vide, qu'elle déposa sur la table de nuit.

— Ne te laisse pas mourir de faim. Magdeleine ne viendra pas te dorloter, mais elle est à ton service, tu as le droit de descendre et de lui demander de l'aide. Si ton état empire, fais quérir un médecin. (Elle lui jeta un regard sévère, ses sourcils épais se fronçant comme ceux d'un hibou.) Et je t'interdis de te promener dans la forêt pour te rendre plus malade encore. C'est compris ?

Érèbe hocha la tête et se tourna sur le côté.

— J'ai prévenu Joleene de ton état. Elle montera te voir un peu plus tard dans la journée.

Érèbe sombra un instant, entre le moment où Cécilie cessa de parler et celui où elle ouvrit la porte.

— Cilie ?

— Hmm ?

— Tu n'as pas besoin de moi pour leur en mettre plein la vue.

Il entendit presque son sourire.

— Je sais, murmura-t-elle.

À midi, Joleene lui apporta une soupe. Puis ils débattirent de si, oui ou non, l'état d'Érèbe était assez préoccupant pour mander un médecin. Pendant tout le temps où ils se disputèrent, Érèbe dut faire appel à toute sa concentration pour s'empêcher de tousser.

Joleene finit par s'en rendre compte et lui intima de se rendormir.

Un peu plus tard, des voix retentirent en bas, et la gorge d'Érèbe se noua davantage : Joleene avait probablement appelé ce damné docteur dont il ne voulait pas. Il était en *congé* – amplement mérité si on lui demandait son avis. Ne pouvait-on pas le laisser en paix, pour une journée ? Il attendit, un air revêche plaqué sur le visage, puis, comme rien ne venait, il sombra de nouveau.

Une caresse fraîche et légère sur son front le tira du sommeil. Les doigts s'attardèrent dans ses mèches trop longues, sur sa nuque poissée de sueur. La main d'Érèbe jaillit des draps et se referma sur le poignet frêle d'Anacendre.

— Pas de ça, souffla Érèbe en la libérant.

Il se redressa dans les draps, arrangea les oreillers derrière son dos et se força à la regarder. Elle portait une toilette de tous les jours. Comme si rien n'avait changé. Comme si, le soir, elle ne se parait pas d'atours somptueux, ressuscitant la femme qu'elle avait été pour s'assurer qu'il n'arrivait rien au garçon dont elle avait empoisonné les pas dans le monde.

— Je suis ta mère, murmura celle qui l'avait élevé, puis trahi.

La secousse d'un rire. Amer.

— Quand tu t'introduis auprès d'*eux*, ont-ils autre chose que tes rumeurs aux lèvres ? Te laissent-ils être quelqu'un d'autre que la mère du monstre ?

— Non, Érèbe. Ils ne me laissent pas être autre chose que la mère du monstre que j'ai créé.

— Et ça te fait quoi ?

— Mal.

— Bien.

La voix d'Érèbe trembla et ses paupières se fermèrent, comme un fort face à une armée de larmes. Il rendit les armes, une nouvelle fois. Anacendre grimpa sur le lit et l'entoura de ses bras, comme elle l'avait toujours fait pour calmer ses angoisses, ses cauchemars. C'était bien elle de le cueillir ainsi, vulnérable et épuisé, alors que son âme d'enfant se languissait d'amour et de douceur.

— Je te déteste, murmura-t-il.

— Je sais.

Elle se tut un moment, puis prit une grande inspiration et, pour la première fois peut-être, fit preuve de sincérité.

— Il y avait ce parc dans lequel tu aimais jouer quand tu étais enfant. Nous faisions la route chaque dimanche pour vous y emmener, les filles et toi. Il y avait de grands animaux de bois sur lesquels les enfants pouvaient monter. Des lions, des éléphants, des girafes. Toutes ces bêtes majestueuses que les collectionneurs chassaient au sud de Naturalia, avant les accords qui nous ont ouvert l'accès à Exotica. La plupart des structures étaient vieilles et mal entretenues, mais ce n'était pas des poids d'enfants qui allaient les faire céder. Toi, tu t'étais pris d'affection pour un grand loup, sur lequel tu aimais grimper, parce qu'il te rappelait Noctis. Personne ne s'intéressait à ce jeu-là, et il était toujours libre quand tu arrivais. Sauf une fois. Tu venais d'avoir cinq ans. La petite fille, Rhéa, venait pour la première fois. Elle avait peur des autres animaux, et le loup était plus petit, moins fréquenté, moins effrayant que les autres créatures. Tu ne savais pas comment réagir. Tu m'as demandé de la chasser, ce que, bien sûr, j'ai refusé de faire. Alors tu es allé la voir. Tu as parlé un moment avec elle, et j'ai cru que vous trouviez un terrain d'entente. Mais, quelques minutes plus tard, tu l'as poussée en bas du loup, par surprise. Rhéa n'est pas tombée de très haut ; elle n'est pas mal tombée non plus. Mais quand nous nous sommes précipités auprès d'elle, ses parents, Marius et moi, elle était inconsciente. Aujourd'hui, Rhéa a seize ans et elle ne s'est toujours pas réveillée. Ses parents l'ont hospitalisée à La Tour, où, encore aujourd'hui, les plus grands médecins scientificiens étudient son cas, sans trouver de réponse. Son corps est intact, mais elle ne se réveille pas. Pour ses parents, c'est comme si tu l'avais tuée. Ton père et moi avons dépensé toutes nos économies pour leur acheter un bien à La Tour, près de leur fille, en échange de leur silence. Ta mise à l'écart permanente faisait partie du marché. Quant aux rumeurs… Une famille qui se retire de la bonne société, cela suscite des questions. J'ai inventé les rumeurs pour combler les vides. Et pour t'empêcher de faire du mal à d'autres. Ton père n'était pas au courant.

Érèbe se redressa entre les bras de sa mère, les repoussant sèchement. Quand elle avait commencé son histoire, il avait cru… mais non. Cela n'expliquait rien !

— Mais je ne lui ai rien fait, tu l'as dit toi-même ! Les enfants, ça se tire dans les pattes. Je l'ai simplement poussée, je ne l'ai pas mise dans cet état incompréhensible !

— Tu n'en sais rien.

— Maman !

Ils sursautèrent tous les deux. Érèbe, parce qu'il avait prononcé le mot, Anacendre, parce qu'elle croyait ne plus jamais l'entendre.

— Mère, il faut que tu arrêtes. Je… je sais que tu ne pensais pas à mal, mais ce que tu m'as fait, c'est pire que ça, pire que les accusations irréfléchies de parents éplorés. Tu m'as fait du mal et… Il faut que ça s'arrête, d'accord ? (Il ne voyait plus rien, la vision noyée dans ses propres larmes.) Tu es extrême. Tu prends des décisions extrêmes pour les autres. Et… Quand l'expédition sera partie, tu reviendras vivre ici. Cécilie et moi, nous trouverons quelque chose d'autre à notre retour. Je t'aime, je t'aimerai toujours, mais pour guérir, j'ai besoin de prendre mes distances avec toi.

— Érèbe…

— J'ai pris ma décision. Comme tu as pris la tienne à l'époque. Alors, s'il te plaît, maintenant, j'aimerais que tu t'en ailles. Je suis un adulte, tu as accompli ta tâche. Laisse-moi prendre soin de moi à ma manière, à présent.

— On raconte des choses sur Hypocène et toi, annonça Cécilie lorsque, en fin de soirée, elle revint au manoir. Le collier vaut une véritable fortune, et tout le monde spécule sur la façon dont tu as pu le gagner.

— Ah, répondit Érèbe, las, mais pas surpris.

Après le départ d'Anacendre, Érèbe avait quitté son lit, emmitouflé dans une tonne de couvertures, un peu choqué par ce qui venait d'arriver. Glacé, il avait rallumé tous les feux et s'était pelotonné dans un fauteuil du salon. Il ressentait comme un vide dans son cœur, mais la sensation s'accompagnait de calme. De justesse. La fièvre avait miraculeusement baissé : son corps commençait à guérir.

Érèbe s'ébroua. Il s'accroupit devant l'âtre et tisonna le feu, goûtant l'odeur de la fumée, de la cendre et du bois qui crachait ses derniers relents d'humidité.

— J'ai vu ma mère, aujourd'hui.

— Je sais. Joleene l'a raccompagnée, après. Elle m'a dit que tu serais peut-être… secoué.

— Je le suis. Mais je ne regrette rien.

Il resta silencieux un long moment, conscient que Cécilie se taisait pour lui laisser l'espace de se confier. Sauf qu'il n'en avait pas la moindre envie.

Elle finit par s'approcher, une lettre à la main. La gorge d'Érèbe se noua lorsqu'il observa le papier épais, l'encre aussi rouge que le sang. Les armoiries de la dynastie : un labyrinthe qui se déployait en trois dimensions autour d'une clé ouvragée.

Érèbe désigna l'enveloppe du menton.

— En quel honneur ?

— Le dynaste convie notre équipage à une visite de son dédale de curiosités. Ce sera la dernière réception avant le départ. Hypocène m'a dit que tu recevrais un présent, pour avoir récolté le plus de dons.

Les mots frappèrent durement son ventre. Il resserra ses bras autour de lui. Il n'était pas prêt pour ça. Pour être au centre de l'attention. Pour susciter la curiosité, l'intérêt, voire le ressentiment des autres.

— Je vais me coucher. La journée a été longue et… j'en ai eu assez. De tout.

Il emprunta les escaliers. Pour la première fois depuis longtemps, Noctis ne le suivit pas.

Érèbe se réveilla dans la confusion la plus totale, la gorge déchirée par les sanglots tandis qu'un cri mourait sur ses lèvres. Il se jeta hors du lit et se recroquevilla contre le mur, les mains serrées contre son ventre lacéré par le Cauchemar. Cette fois encore, il avait vu mourir les villageois qui avaient tenté de le protéger.

Il cala son menton contre ses genoux et ferma les yeux. Cécilie rejeta les draps et s'approcha de lui. Érèbe ne voulait qu'une chose, que sa mère le prenne dans ses bras, essuie ses larmes du bout de sa manche et le berce contre sa poitrine. Comme avant. Le pire, c'était que si elle se montrait maintenant et repoussait le Cauchemar, il serait prêt à tout lui pardonner.

— Érèbe ?

Mais Anacendre n'était pas là. Elle était partie.

Cécilie le poussa doucement pour se faufiler derrière lui. Érèbe fit mine de se tendre, mais elle l'attira contre elle et referma les bras autour de lui.

Il perçut sur sa peau l'odeur des bourgeons de sapin que Magdeleine infusait dans le savon.

Cécilie ne parlait pas, lui non plus, et dans la sécurité qu'elle lui offrait, le Cauchemar finit par relâcher son emprise. Il s'écoula hors de lui, aussi lourd qu'une sève malade et puante. Érèbe prit une profonde inspiration et brisa l'étreinte de sa couronnée.

— C'est fini, balbutia-t-il. C'est fini, Cilie.

— Tu devrais négocier avec lui, dit-elle avec brusquerie.

Il la regarda sans comprendre.

— Avec ton Cauchemar. La prochaine fois, demande-lui ce que tu dois lui donner pour qu'il te laisse tranquille. Il existe une transaction pour tout. Même un spectre doit bien *vouloir* quelque chose.

CHAPITRE 25

LE PALAIS D'ARCHRONDE

Le manoir, les ateliers et un large morceau de la forêt qui les entourait auraient pu se fondre entièrement dans le palais d'Archronde. Et les hautes cimes n'auraient même pas été à l'étroit. Érèbe imagina les colonies de choucas qui avaient élu domicile à Aigremort voler sous l'immense dôme de verre qui coiffait le palais et les pins se gorger de lumière. Même Noctis aurait pu s'y perdre assez pour jouer au chasseur.

Cette idée aida Érèbe à se sentir moins acculé quand les grilles du palais se refermèrent derrière eux. Cécilie passa un bras sous le sien pour le rassurer, et il sourit. Tout en restant d'une dignité irréprochable, elle imitait les mouvements d'une reine d'échecs sur le gigantesque carrelage en damier qui s'étirait dans toutes les directions. Elle cessa ses pitreries dès qu'Érèbe se détendit.

Leur groupe fut accueilli par Gemini, le secrétaire du dynaste.

Ses yeux, d'un noir profond, brillaient d'intelligence et d'acuité, et, malgré les rides qui lui sillonnaient le visage, il gardait les cheveux d'un noir de jais, à la manière du dynaste. Gemini les salua sans ambages malgré son rang inférieur, comme s'il voulait leur rappeler qu'il était ici dans un territoire qu'il maîtrisait, au contraire des nouveaux arrivants. Personne ne s'en offusqua.

Gemini se mit en marche, précédant les visiteurs. Après un temps insensément long, rythmé par les anecdotes historiques et architecturales du secrétaire, le groupe atteignit le cœur de l'atrium. Le regard d'Érèbe fut aussitôt attiré par la jungle végétale qui se déployait dans la pièce suivante, séparée de l'atrium par une simple arche.

Gemini arrêta le groupe sans explication et se tut. Les retardataires continuèrent d'avancer, jusqu'à se déployer en arc de cercle autour de leur guide. Quelques équipiers chuchotaient entre eux. Tous se demandaient pourquoi on patientait au centre d'une salle vide, alors que le dédale de curiosités – la jungle – se trouvait en vue à quelques centaines de pas.

Bientôt, celui qu'ils attendaient déboucha d'une porte latérale, loin en amont de leur position.

Une roue après l'autre.

Le prince Lucien était assis bien droit sur un fauteuil roulant, malgré son air épuisé. Le siège, taillé dans un bois riche aux reflets rougeoyants, finit de franchir la porte, et Rhodente apparut à sa suite, poussant Lucien.

Un silence choqué tomba sur l'équipage, à peine troublé par un froissement d'étoffe, puis par le bruit d'une semelle qui changeait brusquement d'appui. Finalement, quelqu'un osa murmurer : « C'est encore pire qu'avant. » Dans le silence, ses paroles résonnèrent tant qu'il aurait aussi bien pu les hurler. Puis, à l'attention du capitaine : « Il devra être remplacé, n'est-ce pas ? » Olivar ne répondit pas, se contentant de scruter son second, l'expression indéchiffrable.

L'écho des grincements du fauteuil se réverbérait partout. Lucien gardait les mains posées à plat sur ses genoux, se retenant visiblement d'agripper la couverture de laine qui lui enveloppait les jambes. Lorsque, enfin, il fut suffisamment proche pour s'adresser à l'assistance sans élever la voix, il redressa le menton et déclara :

— Eh bien, messieurs, mesdames, je ne pensais pas être l'attraction du jour. Et si nous nous concentrions sur l'objet de l'invitation que vous avez reçue ?

Le défi brillait dans ses yeux, malgré l'apparente douceur de ses mots. Les regards se détournèrent, les corps se murent ; juste avant de les imiter, Érèbe captura le léger relâchement de la posture du prince et la main de Rhodente qui essuyait une goutte de sueur sur sa tempe.

Plonger dans cette jungle fit du bien à Érèbe. Mais c'était avant qu'il y regarde de plus près. Les plantes qui s'épanouissaient allée après allée venaient d'Exotica, pourtant, elles n'avaient pas grand-chose en commun avec les planches magnifiques que l'on retrouvait dans certains carnets d'expédition. Malgré leur santé manifeste, ces plantes paraissaient étranges, déplacées, tronquées, même. Le dynaste collectionnait-il des mutants ?

Érèbe tomba sur le *Colibrus* de ses parents au détour d'un chemin. Il le connaissait par cœur pour l'avoir réassemblé quelques mois plus tôt, mais le voir là, monté en situation, le bec dans une grande fleur pourpre aux pétales froissés, lui procura un sentiment curieux.

Érèbe s'assit non loin, les doigts plongés dans l'humus, tentant de ressusciter le souvenir du sol forestier d'Aigremort, pour le comparer à celui-ci. Plus acide, plus vivant, et pourtant… quelque chose manquait, que même le dynaste d'Archronde avec ses moyens colossaux n'avait pu répliquer dans son palais. Il le sentait, quelque part dans son ventre, comme aiguillé par un sixième sens, que ses longues heures passées en contact intime avec la nature avaient exacerbé chez lui.

Le grincement des roues de Lucien lui fit brutalement lever les yeux. Pourtant, Érèbe resta assis, le saluant d'un simple hochement de tête. Le prince lui sourit.

— J'ai peut-être eu le malheur de parler de vous à ma sœur en insistant sur votre gentillesse. Elle a aussitôt fait de vous son complice et j'en suis navré.

Complice. Un mot bien sérieux pour qualifier une mission non officielle visant à contrecarrer un plan qui l'était encore moins. Si le dynaste voulait la mort de son dernier fils, personne ne pourrait s'y opposer.

Érèbe rit nerveusement et enfonça les doigts un peu plus profondément dans l'humus.

— Pas vraiment.

Lucien se rapprocha, garant son fauteuil avec dextérité.

— Parce que vous ne la prenez pas au sérieux, devina-t-il.

— Parce que je ne contrôle rien dans cette vie. Encore moins le destin d'un prince.

Lucien haussa un sourcil, mais ne répondit rien. Le silence s'étira entre eux, jusqu'à ce qu'Érèbe le brise à nouveau.

— Pourquoi moi, à votre avis ? Vous admettrez que le choix est… farfelu.

Un rire délicat s'échappa de la gorge du prince.

— J'ai connu Hypocène toute ma vie, pourtant, même moi je ne saisis pas l'ensemble de ses desseins. Ma sœur a une façon de voir le monde assez… particulière. Elle est imprévisible, capricieuse, passe son temps à espionner, manipuler, comploter. Elle sait peut-être des choses à votre sujet que nous ignorons tous deux, mais rassurez-vous : je pense qu'à sa façon, elle veut juste s'assurer que j'aie… un ami là-bas. Et elle a jeté son dévolu sur vous.

Érèbe mit un moment à digérer la confession de Lucien. Puis, un peu mal à l'aise, décida de changer de sujet.

— Qui s'occupe de cet endroit ?

— Mon père. Et son héritier. Aimez-vous être ici, Érèbe ?

— Non, Altesse.

Aussitôt les mots prononcés, Érèbe sut qu'il avait menti. Cet endroit résonnait dans son être avec une justesse qu'il ne ressentait que lors de ses plus longues chasses, quand il s'immergeait tant dans la forêt qu'il ne restait plus que Noctis et lui. Et leur proie. Mais demeurait cette impression que la vie qui s'épanouissait ici n'appartenait ni à un monde ni à l'autre. C'était quelque chose de nouveau, qu'il ne comprenait pas.

Lucien empoigna la couverture qui lui recouvrait les jambes et la posa à côté d'Érèbe. Celui-ci le regarda faire, curieux. Le prince se leva de son fauteuil et, s'appuyant sur les accoudoirs, se laissa glisser au sol. Ses mains se replièrent sur ses genoux. Ils étaient gonflés et tordus sous ses vêtements, et, même d'où il était, Érèbe pouvait sentir leur chaleur irradier. Contrairement à la croyance populaire, les jambes du prince n'étaient pas mourantes. Mais trop vivantes. Vivantes à en mourir. Cela ne voulait rien dire, mais Érèbe en avait la certitude.

— Je crois que vous ne mesurez pas l'honneur que vous fait mon père en vous invitant, vous et vos coéquipiers, à contempler l'un de ses plus grands trésors. Il considère cet endroit plus que sa salle des coffres, plus que les portraits de ses ancêtres, plus que ses montures les plus raffinées. Quand j'étais enfant, ces plantes me rendaient jaloux, avoua-t-il en passant la main sur la fronde d'une fougère qui faisait deux fois sa taille.

— Pourquoi me confiez-vous cela ?

Lucien rit.

— C'est Hypo. Elle m'a pris à part ce matin et m'a ordonné de lier connaissance avec autre chose que des platitudes et des sourires.

— Elle m'a menacé, vous savez, lâcha Érèbe à brûle-pourpoint. Votre sœur. « Tu vas protéger mon frère ou je fais brûler Aigremort, mais pas avant d'avoir mis ton loup au bout d'une jolie laisse dorée. » C'étaient ses mots exacts.

Érèbe n'avait rien contre le prince, au contraire. Mais les méthodes de sa sœur le révulsaient. Une saine colère bouillonnait dans ses veines.

— Pardon ? (Les yeux du prince brillaient de honte et d'indignation. Mais pas assez pour dissimuler la peine qui gisait au fond de son regard.) Cette histoire, reprit-il, les dents serrées, c'est entre mon père et moi. Il y a déjà bien trop de personnes impliquées à mon goût. Je… Hypocène est inquiète, mais cette fois, elle est allée trop loin. Vous n'êtes pas obligé de le faire, je… je n'ai pas envie qu'un équipier contraint et forcé garde un œil sur moi. Elle ne mettra pas ses menaces à exécution, je vous le promets. Écoutez, tout le monde se dirige vers le centre du dédale, Gemini va bientôt faire l'annonce. On réglera ça après. Je suis vraiment désolé.

Érèbe aida Lucien à remonter dans son fauteuil et le poussa à la suite des autres jusqu'à rattraper Rhodente et Cécilie, qui leur adressèrent un regard curieux. Rhodente serra brièvement les doigts de Lucien, puis se tourna de nouveau vers le secrétaire du palais.

Lorsque ce dernier brandit son aide-mémoire et entama son discours, Érèbe sut que son calvaire ne faisait que commencer. Au total, les équipiers avaient récolté vingt mille frann d'or au cours de la semaine écoulée. Bien entendu, Gemini révéla le montant exact levé par chacun d'entre eux, allant du plus médiocre au plus élevé, qui revenait à Érèbe. Quand Gemini l'invita à le rejoindre pour connaître sa récompense, Érèbe eut le sentiment de laisser son corps, et la réalité, derrière lui. Il sentait les regards braqués sur lui, mais ne voulait pas voir l'envie dans leurs yeux, alors il se contenta de fixer le front de Gemini, les joues brûlantes d'embarras.

— À votre avis, mon cher, qu'avez-vous remporté ?

Érèbe mit plusieurs secondes à comprendre que l'on s'adressait à lui. Il transpirait abondamment, sa propre odeur l'incommodait. Les autres la sentaient aussi, forcément. Il puait le cadavre putréfié.

— Je… je, balbutia-t-il. Je n'en sais rien, éclairez-moi.

Gemini parut déçu. Il se rabattit sur la petite assemblée massée devant lui.

— Qu'en dites-vous ? De l'or, des terres ?

Les propositions fusèrent, accompagnées de moqueries. Érèbe avait de plus en plus de mal à conserver une attitude composée. Gemini dut s'en rendre compte, car il abrégea rapidement les devinettes et annonça :

— Pour tous ses actes passés et pour ceux à venir, Sa généreuse Majesté octroie au trimarque Érèbe d'Aigremort l'insigne de chef d'équipe des biologues.

Le secrétaire du dynaste brandit une broche dans sa direction, épinglée sur un pan de tissu d'un vert profond. Érèbe l'aurait trouvée jolie avec ses feuilles stylisées, traversant l'orbite vide d'un chien cornu, s'il n'avait pas douloureusement conscience de ce qu'elle représentait. Pourquoi le dynaste n'avait-il pas modifié la récompense lorsqu'il avait eu connaissance du vainqueur ? Cette expédition revêtait de l'importance pour son règne, du moins le croyait-il, alors… pourquoi la saboter en confiant un grade important au monstre d'Aigremort ? Lorsque Érèbe s'avança pour saisir le bijou, il faillit le lâcher tant son contact l'angoissait. Mais ce n'était rien à côté du regard de haine pure que Paco lui décerna. À ses yeux, après lui avoir *volé son domaine*, Érèbe l'avait à présent dépouillé de la gloire de le commander, lui.

CHAPITRE 26

ENVOL

Assise contre le hublot de la cabine d'Érèbe, Cécilie regardait la campagne naturalienne défiler à toute allure, avec ses forêts, ses prairies, ses champs de blé blond, ses rivières bordées de hameaux et ses voies de chemin de fer. Depuis le décollage, quelques heures plus tôt, son cœur battait à grands coups dans sa poitrine sans faire mine de ralentir. Bientôt, son voyage à elle prendrait fin. L'équipage pourrait évoluer librement aux alentours du navettoport au cours des quelques heures que durerait l'escale, à condition de respecter strictement les horaires. Il n'en faudrait pas plus à Cécilie pour prendre la clé des champs.

En attendant, elle voulait consacrer le plus de temps possible à Érèbe, afin de s'assurer… qu'il irait bien. Eowin, qui fuyait son nouveau colocataire comme la peste, s'était éclipsé et c'était tant mieux, car là où le départ avait donné des ailes à Cécilie, Érèbe avait l'air… perdu, déraciné, le teint presque transparent et les yeux d'un noir de suie.

Cela coûtait à Cécilie de l'admettre, mais Érèbe n'était pas prêt à se passer d'elle. Il aurait pu l'être si le dynaste n'avait pas fait pleuvoir de nouvelles responsabilités sur lui, sans connaissance de ses troubles et de ses difficultés à commander. Si Cécilie partait maintenant, il perdrait les minuscules brins de confiance qui grandissaient en lui jour après jour, malgré les écueils, les défaites passagères, les sursauts de découragement. Il ne s'en relèverait pas.

Une autre idée, stupide au-delà des mots, lui traversa l'esprit. Érèbe ne lui avait toujours pas rendu son baiser. Mais lorsqu'il avait prononcé ce vœu, cette promesse, d'une voix grave et sensuelle qu'elle ne lui connaissait pas, il ignorait qu'elle aurait une date de péremption.

— Que vas-tu faire pendant le vol ? demanda Cécilie après s'être raclé la gorge. N'as-tu pas des obligations envers ton équipe ? Sais-tu ce qu'ils font, au moins ?

Lentement, les doigts d'Érèbe se détachèrent des draps qu'il froissait convulsivement. Il pianota sur l'écran tactile qu'on lui avait offert, ainsi qu'à chacun de ses collègues, puis le décrocha de son avant-bras et le tendit à la jeune femme. Dans une cabine, un peu plus loin, s'amassaient une multitude de points luminescents, dont chacun représentait un équipier. La pièce devait être bondée.

— Ils font la fête, déclara-t-il avec amertume. Dans la cabine de Paco, je crois. Comme tu t'en doutes, je n'ai pas été convié aux réjouissances.

— Tu pourrais t'imposer ! Tu n'as participé à aucune des activités décontractées de la semaine dernière. Ils pensent peut-être que tu te crois trop bien pour eux. Et de toute façon, tu es leur chef. Tu dois apprendre à les connaître.

— Je ne pense pas qu'eux aient envie de mieux connaître le monstre d'Aigremort. Je crois que… que si j'essayais de m'imposer maintenant, cela créerait un froid, et je me couvrirais de ridicule. En plus…

Il se pencha pour attraper un objet lourd et volumineux dans son sac. Il s'agissait d'un livre de contes pour enfants à la reliure luxueuse. Un ruban de soie dorée s'échappait des pages.

— Hypocène a prévu autre chose pour moi.

— Hypocène ?

Érèbe brandit un mot glissé dans le livre.

— C'est le livre préféré du prince Lucien ; il l'emporte partout où il va. Elle l'a volé dans ses malles et l'a mis dans la mienne pour que je le lui rende. (Son regard s'assombrit.) Pourquoi moi, Cécilie ? D'abord ce mensonge dont Olivar m'a rendu complice et toutes les attentes qui vont avec. Puis cette histoire de chef d'équipe, et maintenant, il faudrait aussi que je joue le garde du corps pour un prince ?

Cécilie secoua la tête.

— Elle doit bien se douter que tu ne pourras pas être avec lui en permanence. Tu dois diriger les biologues, et même si cela ne consiste qu'à transmettre les ordres d'Olivar et vérifier qu'ils sont appliqués correctement, c'est une grosse responsabilité. Le prince aura des gardes du corps entraînés à manier des armes scientificiennes. Ils seront avec lui en permanence pour le protéger du danger. Tout ce que tu auras à faire, c'est lui témoigner un peu d'amitié et lui rendre ce fichu bouquin.

— C'est un début parfait, ça, pour une amitié, grogna Érèbe. Tenez, mon prince, j'ai trouvé votre livre de contes préféré. Comment est-il arrivé dans ma cabine ? Eh bien, c'est votre sœur. Une sournoise petite voleuse !

Cécilie sourit, mais au fond d'elle, elle était inquiète. Hypocène était peut-être charmante, sensuelle, intelligente et originale – des qualités qui ne laissaient pas Cécilie indifférente –, mais elle savait aussi se montrer tyrannique et cruelle. Une seconde d'inattention et tout pouvait basculer pour Lucien, puis pour Érèbe.

— Tu devrais le lire. Le livre. Je pense que c'est pour ça qu'elle te l'a donné. Pas juste pour que tu le lui rendes, mais pour que tu le *comprennes*.

Érèbe ne répondit pas. Il caressait la reliure du bout des doigts, songeur.

❋

Anacendre lui lisait des contes chaque soir quand il était enfant. Mais Érèbe n'en reconnut aucun dans le livre de Lucien : entre les pages à la reliure dorée, tous les héros étaient à l'image du prince malade.

Il y avait Nicolas, le prince érudit et sa jambe de bois ; Norman autour du monde, qui grimpait les montagnes à la force des bras et traversait les rivières en transformant son fauteuil roulant en navire. Il y avait Épervier, le général sans jambes, qui décimait une peuplade de monstres avec son esprit pour seule arme. Que des héros sans peur et sans reproche qui menaient le monde à la baguette en portant leur handicap à bout de bras. Comme si c'était possible. Et même si ça l'était, ce ne serait l'œuvre que de quelques personnalités exceptionnelles et terriblement culpabilisantes. Il avait vu Lucien combattre la douleur et lutter pour demeurer impassible. Le simple fait de *fonctionner* avalait ses moindres forces. On ne pouvait attendre de lui de conquérir le monde seul, comme ce livre le prônait.

Enfin, si c'était le livre préféré du prince, qui était-il pour juger ?

Érèbe fit claquer la couverture et essuya ses mains, devenues moites. Derrière le hublot de sa cabine, l'air se couvrait d'un voile trouble. Une fine pellicule de poussière traçait des ondes de vitesse à la surface du verre, et Érèbe se souvint que le vaisseau devait se ravitailler à Cavare. Il n'avait pas envie de regarder la végétation se raréfier, les routes se multiplier et les carrières déchirer le sol, alors il remit de l'ordre dans ses cheveux et prit quelques secondes pour se masser le sternum. Noctis lui manquait. Aigremort lui manquait. La forêt lui manquait, et, surtout, le contact ferme et rassurant du sol sous ses pieds, de l'humus sous ses ongles…

Il se sentait déraciné. Presque en deuil. Et c'est dans cet état de déséquilibre qu'il quitta sa cabine pour trouver celle du prince.

Les coursives se ressemblaient toutes. Chaque étage s'organisait en anneau autour d'un bloc central qu'on pouvait traverser pour court-circuiter la circularité du trajet. Les anneaux donnaient sur une multitude de portes : cabines, débarras, salles d'hygiène ou encore pièces de *connexion haut débit*, qu'importe ce que cela voulait dire. Pour couronner le tout, tous les étages possédaient de nombreux accès.

Érèbe dut s'arrêter à plusieurs reprises pour demander son chemin dans un scientii sommaire qu'il complétait de gestes, jusqu'à ce qu'une femme aux cheveux rasés de près le prenne en pitié et lui montre comment activer la fonction guidage GPS de son écran d'avant-bras. Il suivit aveuglément la flèche jusqu'à destination, puis frappa à la porte de la cabine.

Une éternité passa avant que des pas se fassent entendre. Et de longues secondes supplémentaires avant que le battant s'ouvre sur le visage épuisé du prince.

— Un problème ? demanda celui-ci d'une voix lourde de fatigue.

— Non, aucun, Altesse. Je… J'ai quelque chose pour vous. Puis-je entrer ?

Lucien soupira, mais hocha la tête. Il poussa légèrement le panneau de la porte et s'effaça pour laisser entrer Érèbe. La chambre était spartiate et impeccablement rangée. Seuls le lit défait et une tasse de thé posée sur la table de nuit trahissaient son occupation. Érèbe attendit que Lucien soit assis au bord de son lit pour lui tendre le livre emballé dans une chemise. Il avait utilisé les manches pour attacher le tissu et avait serré le nœud sans réfléchir. Les doigts du prince luttaient pour les détacher. Très vite, ses mains se mirent à trembler.

Érèbe s'approcha de lui, confus. Il marmonna quelques mots d'excuse et tenta de reprendre le paquet, mais le prince lui lança un regard noir.

— Je peux encore déballer un cadeau tout seul, grogna-t-il.

— En fait, ce n'est pas vraiment un cadeau. Le livre vous appartient déjà. Si je l'ai emballé, c'est juste que… enfin, je crois que c'est une possession privée.

— Ah.

Lucien se débattit quelques instants avec le nœud, puis s'interrompit. Son regard glissa sur une paire de ciseaux argentés piquée dans un pot à stylos.

— J'imagine que vous préférez la récupérer.

Érèbe sourit.

— C'est ma chemise préférée, mentit-il.

Il tendit une main et, cette fois, Lucien céda. Mince, ce nœud était vraiment serré. Érèbe en vint finalement à bout en se retournant un bout d'ongle. Lucien ricana en avisant la couverture et ferma les yeux durant un bref instant, le visage levé vers le plafond, comme pour remercier une présence invisible.

— Même à des milliers de kilomètres, Hypocène parvient toujours à prendre soin de moi, rit-il.

Érèbe ne commenta pas. Le prince feuilletait les pages à présent, une drôle d'expression sur le visage.

— Vous l'avez lu ? demanda innocemment Lucien.

— Pas entièrement.

— Qu'en avez-vous pensé ?

Décemment, Érèbe ne pouvait pas lui dire qu'il avait trouvé ce livre culpabilisant à souhait, quoique pétri de bonnes intentions. Il opta pour une réponse en demi-teinte.

— C'est un beau cadeau.

Le prince hocha la tête.

— Il me vient d'Hypocène. Elle l'a fait écrire spécialement pour moi quand ma maladie s'est déclarée. Je suis à peu près sûr de l'avoir laissé dans ma chambre au palais. J'adore ma sœur. Mais je déteste ce livre.

Érèbe ne put empêcher un sourire d'étirer ses lèvres. Lucien gloussa, puis partit dans un rire étouffé. Le trimarque rit à son tour, échangeant un regard complice avec le prince. Une chaleur agréable et réconfortante naquit dans sa poitrine. Lucien aurait pu prendre le paquet et refermer la porte, le traiter de voleur une fois le livre découvert ou encore faire mine qu'il n'était pas le sien. Au lieu de ça, il s'était confié à lui.

Ils riaient encore quand la porte pivota sur une Scientificienne, qui poussait un chariot médicalisé. Elle se figea en les apercevant.

— Bonjour, Mira, la salua Lucien avec un sourire. Quel genre de torture me réserves-tu aujourd'hui ?

La Scientificienne lui fit les gros yeux.

— Je peux repasser plus tard, Altesse, si tu souhaites profiter plus longuement de ton visiteur.

Lucien fit « non » de la tête.

— Puis-je vous faire confiance, Érèbe ?

Ce dernier hésita. Il ne voulait pas s'engluer dans les secrets, mais pouvait encore moins refuser le précieux cadeau que le prince lui offrait : la promesse de nouveaux moments comme celui qu'ils venaient de partager. La promesse d'une amitié que, jusqu'à présent, il n'avait expérimentée que dans les livres.

— Oui, murmura-t-il.

Lucien hocha la tête, l'air grave.

— Sois conscient, Érèbe, que Mira me prodigue ces soins à l'insu de mon père. Elle a déjà commencé à Archronde, pendant la semaine de célébration, avec la complicité d'Hypocène et de Rhodente. Toutes deux risquent gros dans cette affaire. Tu ne dois donc rien ébruiter de ceci.

Mira hocha doucement la tête et installa son chariot près de Lucien. Érèbe, quant à lui, ne savait ni que penser ni comment réagir. Alors il existait un traitement pour le mal dont le prince souffrait ? Et son propre père l'en privait ? Dans ces conditions, pas étonnant qu'Hypocène soit persuadée que le dynaste conspire pour tuer son dernier fils.

— Votre nom m'est familier. Je pense avoir rencontré votre couronnée il y a de cela plusieurs mois. Cécilie, c'est possible ?

Mira ouvrit une sacoche dont elle tira quelques fioles vides, un garrot et une fine aiguille.

Érèbe acquiesça, curieux malgré lui de voir comment les Scientificiens pratiquaient la médecine.

— Votre couronnée a fait grande impression devant les aspirants cartographes, se réjouit-elle.

Érèbe se força à sortir de son silence impoli. Lorsqu'il parla, sa voix était rauque et son élocution, maladroite.

— Merci. Je… Son récit m'a fait grande impression à moi aussi.

Il se rappelait la conversation qu'il avait eue avec Cécilie peu après son passage à tabac. Apparemment, elle n'avait pas été seule à lui porter secours. Une autre femme, une Scientificienne, était présente. Quelles étaient les chances…

Il scruta son expression, désireux de savoir si les pensées de Mira suivaient les siennes, mais il abandonna rapidement. La médecin prélevait le sang de Lucien d'une main experte et seule la concentration se lisait sur son visage. La procédure terminée, elle tapota gentiment le bras de son patient.

— Ne t'en fais pas. Lorsque le traitement sera établi, ton sang devra être analysé moins souvent.

Le prince rit doucement.

— Déus merci, si cela devait continuer à cette fréquence, mes pauvres veines n'auraient plus rien à offrir.

Mira sourit à son tour.

— Comment fonctionnent les stéroïdes que je t'ai donnés ? Tu remarches un peu, à ce que je vois.

— À merveille. Ce produit est un miracle. Dommage qu'on ne puisse pas l'utiliser indéfiniment.

— Prends les choses une à une, d'accord ? Je te promets qu'on arrivera à un résultat similaire avec ton traitement de fond. La mise en place est plus laborieuse, c'est tout.

Ils continuèrent à bavarder ainsi pendant quelques minutes au cours desquelles Érèbe se fit aussi discret que possible. Il avait l'impression de faire preuve de voyeurisme en restant là, à les écouter. Lucien voulait-il vraiment qu'il entende tout ça ?

Au grand soulagement d'Érèbe, Mira prit rapidement congé.

En refermant la porte, elle glissa :

— Je suis heureuse que tu aies des amis sur qui compter, Altesse.

— Mais tu es mon amie, Mira.

— Tu vois très bien ce que je veux dire.

Chapitre 27

Le Cavari

— Le dimarque de Vilebruine sait à qui il a affaire, clabaudait Camille d'Outrelieu, tandis qu'elle rangeait des draps propres en compagnie de ses amies. À un profiteur, un charognard. S'il n'y avait que cela, le dimarque n'en ferait pas une affaire personnelle, mais on raconte que d'Aigremort pourrit tout ce qu'il touche. Il ne prend d'ailleurs même pas la peine d'assumer ses fonctions de chef d'équipe. Il va envoyer cette mission par le fond, c'est évident.

Elle reprit en jetant un regard en coin à Cécilie :

— S'il ne couchait pas avec la princesse, il n'aurait jamais eu le poste.

Cécilie fulminait. Ses doigts se serraient convulsivement autour du linge qu'elle tenait, comme s'il s'agissait du col de Camille. Oh, qu'elle voulait faire taire cette garce ! Si ce n'était Rhodente, à côté d'elle, qui d'un regard suppliant l'exhortait au calme, elle l'aurait réduite au silence d'un coup de botte. Après tout, le traitement avait bien fonctionné sur l'un des voleurs qui s'étaient attaqués à son couronné.

— Elle n'en vaut pas la peine, lui souffla Rhodente. Tu sais bien qu'elle fait ça pour te faire réagir. Camille a la subtilité d'un globulé-cuirassé.

Contre toute attente, la comparaison fit sourire Cécilie.

Rhodente pliait draps et serviettes tellement vite que sa pile diminuait trois fois plus rapidement que celle de Cécilie. Cette dernière l'arrêta d'une main.

— Mets celui-là de côté, il y a un accroc.

Rhodente s'interrompit, les sourcils froncés, et passa les doigts sur le tissu jusqu'à repérer le trou. La primarque grimaça.

— Le prince est peu regardant, mais merci.

— Il est peu regardant parce qu'il sait que tu as peur des soiraignées, la taquina-t-elle à voix basse. On fait un marché. Je m'occupe du reprisage et tu termines ma pile.

Un instant plus tard, Cécilie quittait la pièce en direction du stock de soiraignées de l'équipage.

Un peu nauséeuse, elle posa le front contre une fenêtre, le drap serré contre elle, le regard plongé en contrebas. Les vitres se couvraient déjà de suie à cause des fumées dégagées par l'industrie du charbon. Mais l'on pouvait tout de même observer le ballet des ouvriers sur le bitume.

Soudain, son souffle se raccourcit et elle colla un peu plus son front contre le verre dans l'espoir de mieux voir. Elle reconnaissait cet homme à l'allure soignée, avec ses éternelles bretelles en cuir et son petit chapeau gris, qui parlait avec le machiniste de leur vaisseau.

Une onde de bonheur inonda Cécilie. Elle fourra le drap dans un casier à la serrure cassée, puis courut à travers les étages, jusqu'à trouver une sortie. Déjà, ses bottes claquaient contre le tarmac, ses jupes volant derrière elle, et, avec un rire de joie pure, elle se jeta dans les bras de Cende.

Le visage du jeune homme passa par une palette entière d'émotions : la surprise, l'incompréhension, l'excitation, le bonheur. Ses bras puissants la cueillirent par la taille et il la fit tournoyer dans les airs sans se soucier des regards curieux autour de lui.

Cende la reposa et lui pinça la taille d'un geste tendre, qui ramena aussitôt Cécilie à leurs études à l'académie de négoce. Le stress et les contrariétés avaient tendance à la faire maigrir plus que de raison, et Cende s'était toujours trop inquiété à ce sujet.

Non, pas à *ce* sujet.

À *son* sujet.

— Petite brindille, souffla-t-il. Tu me surprendras toujours.

Ses yeux verts brillaient, mis en valeur par sa peau noire.

— Pourquoi ? Parce que j'obtiens toujours ce que je veux ? le taquina-t-elle en se rengorgeant.

Une fossette se creusa dans la joue du Cavari.

— L'académie t'a bien servie, hein ?

Soudain, il se figea. Cécilie suivit son regard, qui s'était rivé sur la couronne d'or qui dépassait de son col. Elle rougit, tout en rajustant le vêtement.

— Eh merde, grogna Cende. Ça aurait pu être moi, tu en as conscience ? Tu te serais quand même retrouvée sur ce quai à l'heure pour embarquer vers La Scientifica.

Le cœur de Cécilie se serra. Elle regarda autour d'elle, soudain gênée par l'intensité de leur échange. Surtout en un tel lieu. Quelqu'un les observait sûrement depuis un hublot et les rumeurs s'embraseraient comme une traînée de poudre. Elle aurait pu emmener Cende dans un coin plus tranquille, mais ce geste insinuerait qu'elle avait quelque chose à cacher. Elle soupira.

— Peut-être. Mais ni toi ni moi n'aurions pu le deviner. (Elle s'ébroua.) Donc tu embarques avec nous.

Cende opina. Sans savoir qui avait lancé le mouvement, ils grimpèrent à bord du vaisseau. Son ancien camarade tenait une malle en métal dans une main, tandis que le reste de ses bagages disparaissait dans la soute, chargé par l'équipe au sol du navettoport.

— Il est ici, n'est-ce pas ? demanda Cende à brûle-pourpoint.

— Qui ?

— L'homme qui t'a marquée avec ça, dit-il en pointant le col de son amie.

— À ton avis ? se rembrunit-elle.

— Et il sait ce que tu as prévu pour lui ? (Il hésita.) J'ai parlé à Jeanne. Déduire ta stratégie n'a pas été difficile.

Cécilie lui jeta un regard noir. Elle aimait beaucoup Cende : c'était avec lui qu'elle s'était mise à abattre les obstacles, les uns après les autres, à commencer par ceux que l'académie avait dressés devant elle. Mais elle ne lui devait aucune explication.

✵

— Donc vous avez étudié ensemble ? tiqua Érèbe. Pardonnez-moi, mais… je ne comprends pas bien ce que vous faites ici.

— On peut se tutoyer, vous ne pensez pas ? Je fais presque partie de la famille.

Érèbe se rejeta contre le dossier de son siège. *Presque partie de la famille !* Cet homme qui était apparu de nulle part et qui effleurait sa couronnée aussi souvent qu'il était possible ?

Cécilie ne lui avait jamais beaucoup parlé de la formation qui avait fait d'elle une négociante. Il commençait à se demander si la cause de ce mutisme ne se trouvait pas devant lui, en train d'engloutir des pommes de terre grillées en les faisant sauter l'une après l'autre dans sa bouche.

Cende était plutôt bel homme, avec sa peau très sombre, ses yeux verts brillant de malice et d'intelligence, ses lèvres pleines et cette assurance qui le faisait rayonner comme un flambeau dans une nuit sans étoile.

Comment pouvait-il rivaliser avec *ça* ? Avec ce passé dont il ne connaissait rien, mais qui les rapprochait si fort, elle et lui.

La jalousie lui grignotait le ventre, semant derrière elle une angoisse cruelle, débilitante. Et si elle décidait de renier leur couronnement et de partir avec lui ?

Tu perds les pédales, mon pauvre, tenta-t-il de se raisonner.

Cende s'essuya nonchalamment la bouche. Les deux hommes avaient attendu la fin du service de Cécilie pour pouvoir s'attabler avec elle. La viande était tendre, les légumes goûteux, mais la présence du nouveau venu coupait l'appétit d'Érèbe.

— Je m'arrête à La Scientifica pour y mener une mission diplomatique, dit Cende, répondant enfin à la question d'Érèbe.

— Une mission diplomatique ? répéta celui-ci, sans comprendre. Vous êtes mandé par le Cercle ?

Il ne voyait pas comment. Sa peau, au grain lisse et parfait, ne portait pas la moindre marque, même si on y regardait avec attention sous la lumière blanche de la cantine.

— Par Cavare, le corrigea Cende avec un regard entendu.

Érèbe se sentit bête tout à coup. Il aurait pu le déduire sans s'abaisser à poser la question.

L'ami de Cécilie devait le prendre pour un imbécile.

— Vous avez réussi à faire passer cela dans vos accords commerciaux ?

Cécilie avait l'air impressionnée. Le regard qu'elle posa sur le Cavari le fit se rengorger comme un coq. Érèbe détourna les yeux, écœuré. Cende pouvait jouer aux fanfarons si cela lui faisait plaisir. Cécilie et lui s'étaient couronnés. Et ils formaient une équipe soudée. Solide. Si Cende parvenait à bousculer cela, eh bien…

Il n'eut pas la force d'aller au bout de sa pensée. Il devait faire confiance à sa couronnée, voilà tout.

— Ça nous a pris des années, expliqua Cende. L'envoi de Cavaris comme moi à l'académie de négoce de Souale a beaucoup contribué à cette victoire, car il ne faut pas grand-chose pour transformer un bon négociant en bon négociateur. La Scientifica a fini par accepter de convier des émissaires en parallèle de chaque mission vers Exotica. Nous avons tellement à apprendre d'eux. Et ils ont besoin de nos ressources.

— C'est un marché déséquilibré par nature, fit remarquer Cécilie. Vos ressources sont un besoin vital pour le fonctionnement de leur société. Ils vous seront toujours redevables. Et ce que vous leur demandez, c'est de ronger la maigre emprise qu'ils ont sur vous, en vous laissant espionner leur technologie. Ils vont chercher comment sortir de là, tu le sais, n'est-ce pas ?

— Bien sûr. Mais le temps joue pour nous.

Un petit rire s'échappa de la gorge de Cécilie.

— C'est un marché dégueulasse.

Cende haussa un sourcil.

— Comme si tu n'avais jamais négocié de marché dégueulasse…

Sa pique lui valut un coup de coude dans les côtes. Bientôt, la conversation passa sur un autre plan, celui des souvenirs partagés. Malgré tous les efforts d'Érèbe, la jalousie se raviva dans son ventre. Rougeoyante comme un tas de braises, n'attendant qu'une *petite brindille* pour s'embraser.

Aussi, quand une notification illumina son bracelet d'avant-bras, il s'empressa de prendre congé, son assiette restée pleine. Les surveiller ne servait à rien et il n'avait pas envie d'apprendre à connaître Cende. Ce qui arriverait… arriverait. Érèbe n'avait aucun contrôle sur elle ni sur lui.

Chapitre 28

Les tréfonds de la mémoire

Debout près du vaste hublot qui embellissait son bureau, Olivar attendait Érèbe. Malgré l'heure tardive, le soleil illuminait la pièce de tons rouge et orangé. Ce qui n'avait pas empêché le primarque d'allumer le plafonnier, ainsi que plusieurs lampes d'ambiance disséminées çà et là. Les bords de sa barbe impeccablement taillée semblaient s'embraser sous cet étalage de lumière. Ses yeux gris brillaient comme ceux d'un chat.

Il le fait parce qu'il le peut, c'est tout, songea Érèbe, de nouveau étreint par ce malaise familier qui le prenait chaque fois qu'Olivar faisait étalage de sa puissance devant lui.

Sans le regarder, Olivar lui fit signe de choisir un siège. Il attrapa une bouteille d'alcool sous son bureau et en remplit deux fonds de verres ronds. La chaleur du liquide ambré se mêla aux autres jeux de lumière, avec ses reflets scintillants.

— J'ai entendu dire que vous aviez du mal à lier connaissance avec vos subordonnés, commença Olivar sans s'encombrer de platitudes. Sans parler des autres équipiers.

L'alcool tournoyait dans le verre du capitaine au rythme des petits mouvements qu'il lui imprimait. Il y porta les lèvres et la ronde se conclut dans sa bouche.

— C'est ce que l'équipage raconte ?

— C'est ce que tout le monde voit. J'essayais de me montrer diplomate, c'est tout. Je vais tenter l'honnêteté cette fois. Connaissez-vous seulement leurs noms ? Si cela avait été de mon ressort, je ne vous aurais jamais nommé chef d'équipe. Pas parce que je ne vous pense pas compétent ni capable de diriger un jour. Mais à cause de votre propension à fuir la queue entre les jambes dès que les choses se compliquent un peu trop à votre goût. (Il but une autre gorgée, puis se pencha vers Érèbe, le transperçant de ses prunelles acier.) Vous devez gagner leur respect dès maintenant. Demain ou dans un mois, il sera trop tard. Là où nous allons, un conflit d'autorité pourrait causer des morts. Or je refuse que mon principal atout devienne un danger. Vous comprenez ?

Les mots lui poignardèrent le ventre. Tout ce qu'Olivar venait de lui jeter à la figure, il le savait déjà. Néanmoins, c'était une chose de se le formuler à soi-même dans l'intimité de son esprit ; une autre de se l'entendre confirmer par un capitaine de renom.

— Oui, capitaine.

— Bien. Voilà qui est dit. Non, restez assis, équipier, ce n'est pas pour cela que je vous ai convoqué.

Olivar sortit un petit appareil de sa poche. Il n'avait pas d'écran, juste quelques boutons. Un étrange plumeau en dépassait. Olivar posa l'objet entre eux et pressa un bouton. Une diode rouge s'illumina et commença à clignoter. Elle mettait Érèbe un peu mal à l'aise, mais il était facile de l'oublier au milieu des flots de lumière.

Olivar claqua des doigts devant son visage. Il avait l'air agacé.

— Concentrez-vous. Ici et maintenant.

Un soupir s'échappa de sa bouche, puis il reprit :

— Vos souvenirs m'ont été fort utiles pour obtenir l'Aval du Roi. Nous allons les explorer à nouveau. Vous êtes la seule personne de l'équipage à avoir déjà rencontré l'objet de notre quête. Toute information nous sera utile pour le retrouver et pour nous en protéger.

— Je vous ai déjà dit que mon… œuvre n'était pas un souvenir. Tout au plus une impression, un traumatisme. Qui sait ce que mon cerveau en a fait.

Le primarque balaya l'argument d'un geste.

— Votre cerveau contient tout ce dont nous avons besoin. Il dissimule les informations, les tord, les transforme pour les rendre plus acceptables pour votre conscience, afin que vous puissiez continuer à fonctionner. Mais les souvenirs originaux se trouvent forcément quelque part, et nous pouvons aller les chercher. Les utiliser. C'est la clé. La clé pour vos réponses, la clé pour votre vengeance.

— Ne trouvez-vous pas ridicule de se venger d'une bête ? Elle m'a fait du mal. Mais était-ce par méchanceté ? La nature n'est pas cruelle. Elle *est*, c'est tout.

— Sottises. Nous ne parlons pas d'une simple bête, mais d'un dominifère. Une créature parcourue de malice et de magie, plus intelligente que bien des bêtes, plus retorse que bien des hommes. Saviez-vous que le village dans lequel vous avez été attaqué a été vidé, ainsi que bien d'autres ? Tous évacués pour que leurs habitants soient soustraits à la cruauté de ce monstre ?

Érèbe ouvrit de grands yeux. Non, il n'en savait rien.

— Vous rappelez-vous son nom ? demanda le primarque.

— Le nom de la bête ? Non. J'ignorais même qu'elle en avait un.

Olivar s'enfonça dans son siège, la tranche de son pied posée négligemment sur son genou. Il avait une voix chaleureuse, riche de tonalités. Quand il ne se montrait pas dur ou méprisant, c'était agréable de l'écouter. Presque rassurant.

— Bien sûr qu'elle en a un. Elle s'appelle *Faëlan.*

Ce nom, prononcé d'une voix grave et chantante, lui coupa le souffle aussi sûrement que si on lui avait écrasé la trachée. Le Cauchemar remua au fond de lui et des teintes sombres, de vert, de bleu et de noir, contaminèrent la lumière ambiante. *Faëlan.* Le souvenir de son nom remonta du fond de son esprit comme un trésor enfoui dans la vase. Il le connaissait aussi bien que le sien. Mieux que le sien, peut-être. *Faëlan.* D'autres éléments émergèrent à leur tour. Il les formula d'une voix tremblante, comme si, même chuchotés, les mots pouvaient déclencher une réaction en chaîne, un cataclysme.

— Ils ont évacué *ó Faëlan vorn.*

Ó Faëlan vorn. Le village de Faëlan.

Ses yeux s'ouvrirent plus grand encore. Les mots étaient là. Ils avaient toujours été là. Et ils chantèrent de bonheur, car il s'en souvenait. Ils semblaient lui dire *tu nous as manqué.*

Un air de triomphe traversa le visage d'Olivar.

— Oui. Les habitants ont décrété que le village n'était plus sous la protection de Faëlan et devait être abandonné. Ils l'ont renommé *ó Egrid vorn.* Savez-vous ce que cela signifie ?

Érèbe ferma les yeux et attendit que quelque chose d'autre s'exonde. Mais il n'y avait rien. Cette impression fugace de renouer avec une culture qu'il avait perdue depuis longtemps avait disparu. L'eau était lisse, sans le moindre remous. Sans le moindre trésor.

— Non, répondit-il, sans masquer sa déception.

— On pourrait le traduire par *le village de la mort*, *le village endeuillé* ou encore *le village maudit.* Les Exoticiens utilisent souvent un seul mot pour désigner plusieurs concepts du même champ lexical. Ce qui rend l'étude de leurs textes si difficile. Ça, et le fait que même s'ils ont développé un système d'écriture pour tout ce qui touche aux traités ou au commerce, ils utilisent principalement la tradition orale quand il s'agit de leur histoire et de leur folklore.

— Merci.

Le mot échappa à Érèbe, sans qu'il puisse le retenir. Mais il le pensait.

— Pour quoi donc ?

— Merci de m'enseigner tout cela.

— Je fais ça pour que vous vous souveniez. Pour que vous compreniez ce à quoi vous renoncez en préférant la fuite.

— Je n'ai pas fui. Je suis là, loin de mon domaine, loin de tout ce que j'ai toujours aimé et connu. Avec vous, tenta de se défendre Érèbe.

Olivar claqua des lèvres.

— Votre corps est là. Votre tête, elle, erre je ne sais où. Elle se demande si vous n'auriez pas mieux fait de rester dans votre tanière. Vous n'êtes pas là de corps et d'âme, et, de ce fait, vous renoncez au pouvoir, à la connaissance. J'ai besoin que vous vous *engagiez*. Alors, nous pourrons en apprendre plus. Vous, comme moi.

Malgré lui, Érèbe fut impressionné. Par la conviction qui transpirait de chacun des mots d'Olivar, par la façon dont ils sonnaient juste. Il avait envie de les avaler, de les faire siens. L'homme que le capitaine décrivait, c'était l'homme qu'il ambitionnait d'être. Maître de son passé, comme de son destin.

— C'est ce que je veux, dit Érèbe d'une voix ferme.

— Bien. Ce sera difficile. Bien plus que cette conversation. Le voulez-vous encore ?

Érèbe repensa à Faëlan, aux mots qui avaient jailli de son subconscient jusque dans sa bouche. Il savait parler cette langue, autrefois. Il le sentait à la facilité avec laquelle les syllabes roulaient sur sa langue. Puis il revit sa nourrice aux yeux vides et à la gorge maculée de sang.

— Oui.

En réponse, Olivar lui glissa un papier cartonné, où il avait griffonné le numéro d'une cabine de son écriture déliée.

— Vous vous y rendrez trois fois par semaine, à compter de ce soir. Vous ne raterez aucune séance, vous ne vous soustrairez à aucun exercice et, surtout, vous me ferez le compte-rendu de tout ce qui s'y passe, car la praticienne ne le fera pas.

Érèbe promit.

De retour dans sa cabine, il rangea soigneusement les portraits de sa nourrice, de l'homme et du vieillard dans sa poche de poitrine. Il s'arrêta quelques instants devant le hublot et murmura le nom de Faëlan, puis celui du village et enfin du village endeuillé. Il imagina de petites maisons de terre noircie laissées à l'abandon. Leurs habitants étaient-ils partis en hâte ou avaient-ils pris le temps d'empaqueter leurs affaires comme autant de graines qu'ils pourraient replanter ailleurs ? Où était Faëlan, maintenant ? Errait-il encore entre les décombres ?

Derrière la vitre, le paysage défilait, mais les prunelles d'Érèbe restaient figées sur l'horizon. Sur la mer qui se profilait et, plus loin, sur les terres de son enfance. Il pensa à sa mère, à combien elle devait être désespérée de le savoir sur les traces de Faëlan. Il avait tant désiré ses souvenirs à elle, à force d'être privé des siens. Mais elle ne lui avait donné que des miettes.

Ses doigts s'attardèrent sur la cicatrice de son ventre. Faëlan. C'était mieux que le Cauchemar, plus réel, moins effrayant. La bête avait un nom. Elle mangeait, buvait, dormait, s'accouplait. Elle était vivante. Et elle avait tué les siens.

D'un coup, il eut hâte d'arriver. De fouler cette terre sauvage. Et avant ça, il avait hâte de se souvenir.

✵

— Je ne m'attendais pas à ce que ce soit vous, avoua Érèbe, les mains étroitement serrées entre ses genoux.

Mira lui sourit de son propre fauteuil. Celui d'Érèbe était un peu plus petit, d'un noir de nuit et d'une forme étrange, bourrelée de partout, à la manière du corps gras d'une chenille. Lorsqu'il se calait au fond, le fauteuil oscillait doucement et lui soutenait le dos et la nuque. C'était agréable.

— À La Scientifica, les médecins sont formés à la santé physique autant que mentale, expliqua-t-elle. Les envisager séparément est une hérésie. Le corps affecte l'esprit, aussi bien que l'esprit affecte le corps. On ne peut soigner l'un sans soigner l'autre.

— C'est pour ça que vous êtes si proche du prince Lucien ?

La médecin haussa les épaules.

— J'ai pour principe de ne pas parler de mes patients sans leur consentement.

Érèbe rougit et balbutia des excuses que Mira accueillit gracieusement. Tout en elle exhalait le calme, la maîtrise. Sur son visage, on ne décelait aucune émotion négative. Juste de la bienveillance, de l'acceptation.

— Je comprends. Personne ne se confierait à vous sinon, de peur des rumeurs.

Mira se redressa dans son siège et alluma de l'index son carré de lumière. Elle dégaina une pointe fine, à l'allure de stylo, mais qui devait être dépourvue d'encre, vu la manière dont elle l'utilisait.

— Vous avez peur des rumeurs ?

La question étonna Érèbe. Continuer sur cette voie le mènerait à parler d'Anacendre, de la façon dont elle l'avait calomnié tout au long de sa vie en lui soufflant des mots d'amour. Cela n'avait aucun lien avec le Cauch… avec Faëlan, et cela ne les aiderait en rien dans leur quête.

Érèbe trifouilla dans son gilet pour en sortir les portraits un peu froissés. Il les lissa sur sa cuisse et caressa du bout du pouce les traits de sa nourrice. Il aurait aimé la revoir. Cette femme avait veillé sur lui pendant que ses parents travaillaient, l'avait nourri, langé, bercé. Peut-être avait-elle essuyé ses larmes, accompagné ses premières sorties. Elle l'avait peut-être aimé, même si en fin de compte, il avait causé sa ruine et celle de sa famille.

Sa main tremblait quand il déposa les croquis sur les genoux de Mira. Sa vue se brouilla : des larmes s'amassaient aux coins de ses yeux. Son menton frémit. Il se sentait faible. Pitoyable.

— Il vaudrait mieux parler d'eux. Ce serait plus utile à l'expédition, dit-il d'une voix étonnamment ferme.

Mira cessa de parcourir les croquis pour le contempler.

— Je n'ai que faire de l'expédition. Je suis votre médecin. Ce qui compte pour moi, c'est votre bien-être.

Ses paroles infusèrent tandis qu'il réalisait que, pour la première fois, une personne lui offrait son soutien sans rien attendre en retour ; ni amour ni loyauté, comme Anacendre, ni récompense sociale, comme Cécilie. Un immense poids tomba de ses épaules : cela changeait tout. Les larmes dévalèrent ses joues, sans s'accompagner de sanglots. Érèbe n'était pas triste, pourtant, pas même mélancolique. Juste soulagé.

— Pour vous aider, j'ai besoin de mieux vous connaître. J'ai besoin de voir l'arbre pour descendre jusqu'à ses racines.

Les lèvres d'Érèbe tremblèrent et un rire nerveux lui échappa. Il aimait bien cette métaphore. Elle l'apaisait. Il prit une profonde inspiration et recracha l'air d'un bloc, tout en essuyant ses larmes.

— D'accord. Les rumeurs, donc.

Et il lui raconta tout. Il n'y avait pas grand-chose à dire, en fait. Les années de douceur et de tendresse maternelles se résumaient en quelques phrases à peine. Il n'y avait jamais eu de mots blessants, de coups ni même de cris. Pas de silences agressifs ni de chantage affectif. Rien qui sorte de l'ordinaire. Rien qui trahisse une mauvaise mère. À part peut-être cet instinct surprotecteur que personne ne pouvait réellement lui reprocher. N'était-il pas l'enfant malade ? Celui qui réveillait sa mère toutes les nuits en trempant son lit et en hurlant de terreur ? Quant à sa prise de conscience, brutale, il pouvait aussi la résumer en une poignée de mots.

En déroulant sa vie à Mira, Érèbe comprit à quel point l'arrivée de Cécilie avait été déterminante pour lui. Elle était venue le libérer. Briser ses illusions. Puis elle l'avait emporté avec elle, dans le vaste monde. Un peu contre son gré, il est vrai.

Mira prenait beaucoup de notes et le relançait souvent de ses questions. Il passa de longues minutes à se remémorer Noctis, leurs chasses en solitaire, la façon dont il avait développé son talent pour la taxidermie. La raison derrière cette passion, aussi. Il évita soigneusement de parler du Cauchemar naturalisé, de ce qu'Olivar avait fait, tout en sachant que la fin de son récit serait tronquée, mensongère. Il le regrettait amèrement.

Toutefois, il eut bientôt le sentiment que Mira le connaissait mieux que toute personne sur ce vaisseau, à l'exception de Cécilie. Lorsque la séance s'acheva, il se sentait plus léger. Peut-être parce que Mira n'avait pas cherché à creuser dans son cerveau pour en exhumer des éléments utiles. Peut-être parce qu'elle s'était intéressée *à lui*, Érèbe d'Aigremort, et que pas une fois il n'avait vu le dégoût dans ses yeux.

Chapitre 29
La Scientifica

Ils arrivèrent à La Scientifica au matin du surlendemain, après une interminable traversée de la mer. Pendant tout ce temps, le vaisseau s'était muré dans un silence tendu, initié par les Naturaliens, mais que les quelques Scientificiens à bord respectaient. Il était déjà difficile de croire que ce gros vaisseau avec ses parois de métal et sa cale bourrée de bagages et de matériel puisse se maintenir en l'air. Mais quand autour d'eux il n'y eut plus que les flots, gris, impétueux, ils commencèrent à craindre non pas une mort rapide résultant de l'impact, mais la lente agonie de la noyade.

L'attente dura une nuit, où tout le monde prit le pouls du vaisseau dans l'obscurité. Des ronflements des moteurs, des chutes dans les trous d'air, plus nombreux au-dessus de la mer. Cécilie ne fit pas exception, collée au hublot de la laverie, où Érèbe et elle avaient passé les nuits précédentes, ce dernier ne souhaitant pas partager la cabine d'Eowin. Elle pensa aux eaux froides et aux créatures terribles qui devaient peupler les profondeurs.

Elle songea aux dieux jumeaux, au long voyage de leur peuple qu'elle avait revécu lors de la cérémonie du couronnement. Pour la première fois, elle appréhenda la peur qu'ils avaient dû ressentir. Seuls, livrés à eux-mêmes, renversant les cadavres par-dessus bord à mesure que leur peuple s'émiettait. Elle se demanda à quoi pensaient les autres. À quoi songeait Érèbe. Probablement pas à la religion.

Cette nuit-là, personne n'avait dormi.

Ce fut donc avec les yeux bouffis et le cerveau embrumé que Cécilie contempla pour la première fois l'archipel de La Scientifica et ses tours brillantes sous le soleil montant. On aurait dit une forêt de métal léchée par les flammes.

Cette vision la marquerait à jamais.

Dans l'archipel, presque toutes les îles portaient des noms inspirés de la nature. Cécilie se les murmura pendant que la descente lui coupait le souffle et faisait remonter son estomac dans sa gorge. *L'île de la Rose*, qui formait la pointe de l'archipel, au sud. *L'île des Pierres*, un cercle parfait, sortie des eaux par la main des Scientificiens. On racontait que les piliers qui la soutenaient plongeaient si profond que, mis bout à bout, ils pourraient composer un pont jusqu'à Naturalia. *L'île des Cendres*, tout au nord, rougie par le cratère d'un volcan actif. Et enfin, au milieu, *l'île du Lys* et *l'île du Lierre*, les joyaux de l'archipel. C'était là-bas qu'elle voulait aller. Elle ne s'aperçut qu'elle pleurait que quand Érèbe lui caressa les joues. Il la fit pivoter vers lui et, pensant certainement le moment propice, se pencha pour lui rendre son baiser. Elle n'avait pas perçu la douceur de ses lèvres la première fois et en prit la pleine mesure tandis qu'il effleurait les siennes avant de s'y poser. Elle ferma les yeux et, cédant à la chaleur qui lui parcourait tout le corps, entrouvrit les lèvres. Le contact de sa langue contre la sienne l'électrisa. Ce n'était pas la première fois qu'elle embrassait quelqu'un, mais le moment, particulier, se chargeait d'un maelstrom d'émotions qui lui était étranger. Les tours de La Scientifica brillaient sous ses paupières closes, leur vision l'ayant mise à genoux. Quant à Érèbe… étonnement, tendresse et cette culpabilité qui dépassait tout. Elle rompit brutalement le baiser pour le prendre dans ses bras. Un peu surpris, il la serra à son tour, fort, malgré son corps qui tremblait contre elle.

— Je suis honoré que tu m'aies choisi, souffla-t-il contre son oreille.

Mais je ne l'ai pas fait, eut-elle envie de lui hurler.

Elle le repoussa, essuya ses larmes et appliqua son poing serré sur le cœur de son couronné.

— À partir de maintenant, tu ne dormiras plus ici et tu ne fuiras plus les autres. Si tu n'aimes pas la bande de Paco, lie-toi aux cartographes, à Lucien ou même à Mira et aux autres Scientificiens. Si quelqu'un t'ennuie, rends les coups ! Tu es un chasseur, Érèbe. Et ils ont déjà tous à moitié peur de toi. Si tu grognes, crois-moi, ils s'aplatiront. D'accord ?

Il lui jeta un drôle de regard, circonspect.

— Ça a l'air tellement facile, quand tu le dis.

— C'est facile ! Toutes les barrières que tu vois, c'est toi qui les crées, d'accord ?

— Si tu le dis…

Il ne paraissait pas convaincu, peut-être même légèrement heurté. Mais il se recomposa un sourire tendre et effleura de nouveau les joues de Cécilie.

— Allez, file, va profiter de l'escale. Je peux survivre quelques heures sans toi. Je vais demander à Lucien s'il peut me faire une place dans sa cabine pour les prochaines nuits.

Cécilie n'obéit pas tout de suite, gravant le visage de son couronné dans son cœur. Ils n'avaient pas noué une union conventionnelle ni vraiment désirée, mais contre toute attente, Érèbe d'Aigremort l'avait touchée. Elle avait aimé l'avoir à ses côtés et, s'il n'était pas… *lui*, elle aurait peut-être aimé qu'il descende avec elle. Qu'il reste avec elle, seul élément familier dans ce nouvel environnement qu'elle brûlait de conquérir.

— Prends soin de toi, Érèbe, murmura-t-elle en quittant la laverie.

Presque tout l'équipage – à l'exception d'Érèbe, bien sûr, mais aussi du capitaine et de son second, de Pauline, de Rhodente et des Scientificiens, qui avaient choisi de rester à bord pendant l'escale – s'amassait devant les portes du vaisseau, en une longue file décontractée qui s'étirait sur des dizaines de mètres de coursives. Certains, des hommes exclusivement, avaient revêtu des tenues locales, composées de pantalons moulants, de bottes aux semelles épaisses et de drôles de chemises à manches courtes, sans col et sans boutons. Ceux-là, en plus de leurs écrans d'avant-bras, arboraient une collection hétéroclite d'*artificialia*, sans doute offertes par leurs parents en compensation de leurs fréquentes absences. Ils parlaient très fort, et avec beaucoup d'enthousiasme, de ce qu'il y avait à voir de l'archipel. Ils n'y avaient probablement jamais mis les pieds, mais se prenaient pour des experts. C'était mignon et un peu pathétique. D'autant plus que, avant l'ouverture des portes, Mira se fraya un chemin le long de la file, une pile de gilets fluorescents sur un bras. Dans le dos, on pouvait distinctement y lire le mot scientii pour « novice ».

— Pour des raisons de sécurité, nous vous demandons de porter ces gilets pendant toute la durée de votre sortie. Vous n'êtes pas familiers de nos règles de circulation, encore moins de la vitesse de nos véhicules, et vous devez vous rendre visibles aux différents usagers des routes.

Elle dut hausser le ton quand, dans un chuintement, les portes du vaisseau s'ouvrirent sur une clarté aveuglante. L'air marin s'engouffra à l'intérieur du vaisseau, provoquant plusieurs exclamations surprises et émerveillées.

— Nous avons atterri sur l'île de la Rose. La plupart des boutiques de souvenirs se trouvent directement à la sortie du navettoport, mais vous pourrez passer d'une île à l'autre en empruntant les ferries. Faites bien attention aux horaires, car vous ne disposez que de six heures de permission. L'île des Cendres n'est pas accessible aux visiteurs naturaliens. Ce n'est pas la peine d'essayer, vous seriez recalés à l'entrée des ferries.

— Oui, maman ! beugla quelqu'un.

Quelques rires retentirent en réponse. Mira fusilla le malotru du regard, se retenant visiblement de lui dire ses quatre vérités.

— Tu répéteras ça sur ton lit d'hôpital, quand tu te seras fait écraser, marmonna Cécilie, un peu trop fort.

De nombreux regards se tournèrent vers elle. Heureusement, l'excitation ambiante se chargea de dissoudre l'hostilité qu'aurait pu, d'ordinaire, générer sa remarque. Elle échangea un sourire avec Mira et patienta pendant que la file se déversait sur le tarmac.

Comme son tour approchait, un bras se glissa sous le sien, et Cécilie s'abandonna contre l'épaule de Cende.

Mira leur souhaita bonne visite, puis, sans s'attarder davantage, s'enfonça dans les entrailles du vaisseau au pas de course. Cécilie la regarda disparaître, un peu nerveuse. Elle n'avait pas osé parler de ses projets aux Scientificiens de l'équipage, de peur qu'ils la dénoncent. Mais maintenant, elle aurait donné n'importe quoi pour recevoir quelques conseils de la part de Mira. Elle ne voulait pas ressembler à une étrangère, du moins, pas plus que sa peau blanche et que ses cheveux clairs le laissaient entendre. D'ailleurs, elle n'avait pas l'intention de porter cet affreux gilet. Plutôt se faire écraser que de passer pour une maladroite et ignorante petite Naturalienne. Ce qu'elle était, au demeurant. Étudier les cartes ne faisait pas tout.

La jeune femme serra fermement la main de Cende dans la sienne et inspira l'air chargé en iode à pleins poumons, avant de faire son premier pas dehors.

Tout était encore plus beau et plus impressionnant que vu d'en haut. Il n'y avait pas de grandes tours rutilantes sur la pointe sud de l'île de la Rose, juste le rectangle scintillant du navettoport et ses pistes dégagées sur l'horizon bleu sur bleu.

Mer sur ciel.

Plus loin, des bâtiments d'apparence plus rustique poussaient comme des champignons. Leurs devantures brillaient de mille feux. Il y avait même des écrans géants dont les images défilaient à toute allure, montrant des *artificialia* dont Cécilie ne reconnaissait pas la fonction. Mais elle aurait tout le temps de les découvrir, pas vrai ?

Car elle était enfin chez elle.

— Alors, brindille, la taquina Cende en enroulant son bras autour de son épaule. Tu veux commencer par quoi ?

— Je ne sais pas trop, avoua-t-elle. Je veux tout découvrir, bien sûr, mais en particulier l'université, sur l'île du Lierre. L'idée que l'on puisse y entrer et y apprendre tout ce qu'on veut, sans rien dépenser, me fascine ! Toute la connaissance qu'ils ont, ils l'offrent gratuitement.

Elle replongea un instant dans le silence, puis pianota sur son bracelet d'avant-bras. Aussitôt, un plan de l'archipel se déploya en trois dimensions.

— Il faudrait que je me rende à l'administration, aussi, sur l'île du Lys. Toi, tu voudrais commencer par quoi ? s'enquit Cécilie, sortant de la contemplation de sa carte interactive.

— Je me disais qu'on pourrait aller voir la plage, proposa Érèbe, dans leur dos, la voix un peu trop légère pour être honnête.

Déa toute-puissante ! Depuis combien de temps les écoutait-il ? Cende et Cécilie firent volte-face. Érèbe toisait le bras de Cende, qu'il avait laissé choir contre son flanc. Pendant un instant, le regard du maître d'Aigremort se fit si féroce que Cécilie crut qu'il allait prendre son conseil au pied de la lettre et se mettre à grogner.

Il avait couru pour les rattraper, son souffle était rauque et de délicates perles de sueur lui poissaient les tempes. Loin derrière, un groupe de techniciens installait une rampe pour permettre à Lucien – et à Rhodente, qui poussait son fauteuil en lançant à son amie un regard légèrement froissé – de descendre.

Mince.

Il n'y avait pas qu'Érèbe que Cécilie avait escompté abandonner sans un au revoir. Rhodente passait, certes, presque tout son temps avec Lucien, mais Cécilie s'était à peine justifiée en emportant son couchage dans la laverie pour dormir avec Érèbe. De même qu'elle était partie avec Cende, sans demander à Rhodente si elle comptait visiter les îles. Bien sûr, cela n'aurait pas été très malin puisqu'elle devait ne jamais revenir, mais la primarque n'était pas censée le savoir. Par la déesse, les relations humaines étaient si compliquées…

— J'aurais vraiment été idiot de ne pas partager ce moment avec toi, reprit Érèbe en glissant ses doigts entre ceux de sa couronnée.

Le cœur de Cécilie se mit à battre à tout rompre, oscillant entre l'effet un peu grisant qu'avait le comportement plus assuré d'Érèbe et sa consternation de le voir collé à elle comme une liane à son arbre, alors qu'elle avait l'intention de le planter là pour vivre, enfin, la vie qu'elle s'était choisie. Au moins, Cende était-il au courant des plans de son amie. Il pourrait certainement faire diversion au moment opportun.

À moins que tu ne te découvres un soupçon de courage et avoues à ce garçon mordu de toi que tu t'es servie de lui depuis le début.

— Es-tu sérieux ? l'apostropha durement Cende. Tu te trouves dans l'endroit le plus incroyable que l'être humain ait jamais bâti et tu veux aller enterrer tes orteils dans le sable, comme un gamin ?

Un petit muscle joua sur la mâchoire d'Érèbe. Son visage pâlit et ses doigts triturèrent un pan de son manteau, bien trop couvrant pour les températures de l'île. Pourtant, il se ressaisit et poursuivit, en ignorant soigneusement le Cavari :

— J'ai pensé… On pourrait rapporter un souvenir pour Mirtyle, tu ne crois pas, Cilie ?

Cécilie tressaillit, touchée malgré elle par l'idée de son couronné. Sa gorge se noua et l'éperon brûlant de la culpabilité lui fouilla de nouveau les entrailles. Elle n'avait pas pensé à sa cousine. Pas une fois. Trop concentrée sur son évasion.

— Ou bien, tu pourrais relever un peu la tête de ton nombril et te rendre compte que Cécilie a rêvé de cette journée pendant des années. Alors que toi, tu t'es décidé à descendre sur le tarmac il y a environ deux minutes. Tu ne crois pas que tu pourrais lui demander, à elle, ce qu'elle a envie de faire, au lieu de sortir tout ce qui te passe par la tête ? Ou peut-être que ça ne t'a pas traversé l'esprit, parce que tu ne connais pas ta propre couronnée ?

Personne ne put manquer l'effort colossal que fit Érèbe pour ne pas se recroqueviller sur lui-même. Il se tourna vers Cende, qui le contemplait avec mépris.

— Mais quel est ton problème, à toi ?

— Mon problème ?

— Ça suffit, le coupa Cécilie d'une voix glaciale. Je t'interdis de lui parler comme ça, Cende ! Et je t'interdis de parler pour moi. Tu sais très bien que j'ai horreur de ça.

Elle attendit que Lucien et Rhodente les aient rejoints pour proposer, avec un enthousiasme feint :

— On va faire les boutiques ? Il faut absolument que je trouve un souvenir pour ma cousine.

L'expression de surprise mêlée de joie qui illumina le visage d'Érèbe fit s'envoler des papillons dans son ventre.

Les rues commerçantes de l'île de la Rose n'en finissaient pas. Cela faisait déjà une heure que le petit groupe arpentait les boutiques, et ils en découvraient de nouvelles à chaque coin de rue. Cécilie se demanda, avec un brin d'angoisse, si elle devrait maîtriser toutes les technologies qu'on vendait dans ces enseignes pour pouvoir vivre ici. Et surtout, si elle aurait les moyens de se les offrir. Certes, elle disposait d'économies conséquentes, amassées dans ce seul but depuis son plus jeune âge, mais au vu des taux de change, cet or fondrait bien plus vite que prévu.

Son regard se perdit vers les bulles de transport, entrelacs harmonieux de métal et de verre, qui avançaient à la queue leu leu sur un rail discret. On aurait dit une multitude de perles, s'enfilant une à une sur un collier gigantesque. Cécilie tenta de juguler ses inquiétudes – il n'y avait pas de chauffeur, juste des usagers… comment pilotait-on ces choses ? – et se tourna vers Érèbe.

Ce dernier rasait les murs, un peu tendu, mais ne faisait pas mine de succomber à ses angoisses ou de vouloir partir.

— Je n'ai pas envie de lui rapporter une montre ou quelque chose de ce genre. C'est devenu beaucoup trop commun à Naturalia et, même si elle adorerait en avoir une à elle, j'aimerais lui offrir quelque chose de plus original.

Érèbe lui proposa toutes les idées qui lui passaient par la tête. La plupart du temps, il se contentait de regarder autour de lui et de spéculer sur le contenu d'une enseigne, ou sur l'un ou l'autre accessoire porté par un passant. Certaines de ses suppositions faisaient glousser Cécilie et elle se prêta au jeu à son tour. Attirés par leurs éclats de bonne humeur, Rhodente et Lucien se joignirent à la fête. Quant à Cende, il n'avait plus rien dit depuis que Cécilie l'avait rabroué.

Lucien les surprit tous : malgré son allure posée et sérieuse, il faisait preuve de beaucoup d'humour et d'une imagination débordante. Rhodente n'était pas en reste. C'était elle qui remarquait la plupart des objets sur lesquels ils brodaient leurs théories farfelues.

— Regardez celui-là, souffla-t-elle en pointant discrètement le profil d'une jeune femme qui marchait de l'autre côté de la rue.

Le passage des voitures bulles la dissimulait à intervalles réguliers.

— Celle avec les cheveux violets ? s'enquit Cécilie, un peu essoufflée par son dernier fou rire.

— Non, celle qui a une boucle de lumière dans son oreille gauche.

— Bien vu ! la félicita Lucien. Peut-être qu'elle lui permet de couvrir de plus longues distances en court-circuitant la sensation de fatigue dans son cerveau. (Il réfléchit un instant, puis ajouta, les sourcils froncés :) Non, ce serait beaucoup trop dangereux.

Érèbe fit la grimace et Cende ricana.

Cécilie le fusilla du regard. Certes, s'ils avaient été tous les deux, le programme aurait été bien différent, mais ce n'était pas une raison pour gâcher l'ambiance avec sa mauvaise humeur.

— Je crois qu'on fait ça depuis trop longtemps, capitula-t-elle. Je n'ai plus d'idées.

— Ce sont des écouteurs, indiqua une voix grave et chaleureuse, juste derrière leur groupe.

Elle provenait d'un vieil homme à la peau très sombre et aux cheveux uniformément blancs. Il s'arrêta à hauteur d'un lampadaire éteint et pianota sur l'écran qu'il avait dans la main.

Aussitôt, un chemin lumineux se déploya en travers de la rue, sous le regard émerveillé des Naturaliens, et les bulles s'immobilisèrent pour le laisser passer.

— Ça sert à écouter de la musique sans que les autres l'entendent, précisa-t-il avec un clin d'œil avant de traverser.

Cécilie écarquilla les yeux. Érèbe et elle échangèrent un regard.

Mirtyle allait adorer !

Ils s'étaient installés sur la plage pour manger en fin d'après-midi. Cende était parti leur chercher des beignets de poisson frit, une spécialité locale que l'on vendait sur des échoppes en bord de plage. Un vendeur avait insisté pour leur rajouter des tentacules de poulpe, un drôle d'animal marin un peu visqueux que Cécilie n'avait aucune envie de goûter pour l'instant. Le poisson était déjà rare en soi, à Naturalia, car il fallait le pêcher à la main dans les rivières. On leur avait dit de mâcher prudemment : l'intérieur des poissons était tapissé d'arêtes qui pouvaient rester coincées dans la gorge quand on n'y prenait pas garde.

Érèbe n'avait presque rien mangé, n'étant pas assez à l'aise pour laisser se déployer son appétit. Le pantalon retroussé sur les mollets, la veste attachée à la taille et les manches de sa chemise relevées, il tentait de capturer les créatures marines qui évoluaient en eaux peu profondes. Entre son air concentré et le soleil qui créait des reflets dorés sur ses cheveux noirs, il était vraiment beau à regarder. Et agile, avec ça! Pour lui, l'émerveillement se trouvait ici, sur la plage, et, si personne ne l'en arrachait, il pourrait encore chasser ainsi des heures, voire des journées entières.

L'estomac de Cécilie se noua, les beignets pesant soudain lourdement dans son ventre. Elle échangea un regard avec Cende, qui hocha la tête.

C'était le moment.

Elle se redressa, ramassa son assiette en carton et, suivant l'exemple de locaux, s'en débarrassa dans une poubelle, avant de rejoindre Rhodente et Lucien. Ce dernier avait abandonné son fauteuil sur une portion macadamisée de la plage et avait les pieds dans un aquarium rempli de petits poissons qui lui chatouillaient les orteils.

— Tu rentres déjà? s'enquit Rhodente.

Cécilie secoua la tête.

— Cende a un rendez-vous à l'université, sur l'île du Lierre. J'aimerais beaucoup l'accompagner, mais je pense qu'Érèbe préférerait rester ici.

— Tu le lui as demandé? s'enquit Lucien, avec un haussement de sourcils.

— Je vais le faire, Altesse. Mais dans le cas où il préférerait rester, pourriez-vous rentrer avec lui?

— Bien sûr, dit-il doucement. On ne va pas le laisser tout seul.

Elle acquiesça, sourit à son amie, puis au prince et, enfin, saisit un paquet dans l'un de leurs sacs de courses et rejoignit Érèbe.

Il était en train d'observer un drôle d'animal en forme d'étoile, qui pouvait aussi faire penser à une araignée. Il l'examinait de si près que le bout de son nez touchait l'eau et que les vagues commençaient à tremper l'avant de sa chemise, révélant, par transparence, un torse mince et sec.

— Tu crois qu'elle a des os? murmura Érèbe en sentant sa couronnée approcher.

Elle n'avait jamais réussi à le surprendre, même quand il semblait complètement absorbé par autre chose, comme aujourd'hui. Elle se racla la gorge.

— Ça t'ennuie si j'accompagne Cende à l'université? J'ai toujours rêvé de la voir.

Érèbe se redressa et Cécilie dut relever la tête pour le regarder dans les yeux. Ils avaient pâli, retrouvant cette teinte vert bouteille qu'elle aimait tant.

— Ça dépend ? Tant qu'il ne voit pas ça comme une virée en amoureux… (Cécilie lui fit les gros yeux et Érèbe battit aussitôt en retraite.) Bien sûr que ça ne me dérange pas. D'ailleurs, à propos de ça… je voulais te remercier pour la plage et pour les boutiques. Cende avait complètement raison, j'ai été stupide et égoïste et…

— Tu n'as pas été égoïste. On a tous passé un très bon moment, et maintenant, on a un cadeau pour Mirtyle. C'est moi qui te remercie, Érèbe. D'ailleurs…

Elle sortit le paquet de derrière son dos et le lui tendit ; il le saisit, les mains encore humides.

— Ne l'ouvre pas maintenant, conseilla-t-elle. Il y a plein de petites pièces et l'ensemble est électrique. Ça fonctionne à l'énergie solaire, donc tu pourras continuer à l'utiliser à Naturalia. C'est un espace personnel, poursuivit-elle à toute vitesse. Tu le mets autour de ton poignet et ça empêche les autres de te coller de trop près. Je me suis dit que…

L'intensité du regard d'Érèbe lui coupa le souffle. En une enjambée, il était sur elle et la serrait dans ses bras.

— Merci, Cilie, murmura-t-il tout contre son oreille. Et sache que je n'en aurai jamais besoin avec toi. Avec toi, je veux tout partager, même et surtout mon espace.

Chapitre 30
Partir

Les trois notes sonores qui indiquaient un nouveau guichet libre retentirent, et Cécilie releva des yeux fatigués vers les écrans qui surplombaient la salle d'attente.

85, 86, *87*!

Elle se redressa d'un bond, son regard opérant un rapide aller-retour vers le ticket qu'elle tenait entre les mains. Quatre-vingt-sept.

C'était enfin son tour.

Un peu nerveuse, elle approcha d'une cabine de verre, où l'attendait une Scientificienne d'âge mûr, entourée d'appareils électroniques.

— Bonjour, que puis-je pour vous ? s'enquit-elle gentiment, comme si elle n'avait pas déjà posé cette question un bon milliard de fois au cours de la journée écoulée.

— Je souhaite intégrer le cursus de géologie et de géographie de l'université du Lierre, dit-elle dans un scientii hésitant. On m'a dit que, pour cela, je devais obtenir la citoyenneté.

— Vous avez une lettre de recommandation ?

Le ventre de Cécilie se serra. S'il existait un livre, un seul dans toutes les bibliothèques qu'elle avait visitées, qui avait pu la préparer à cela, elle l'aurait épluché jusqu'à le retenir par cœur. Mais, ce livre, elle n'en avait pas trouvé trace et maintenant, à l'orée d'accomplir sa destinée, elle se sentait aussi perdue qu'Érèbe dans une réception mondaine.

Érèbe… Elle ne devait pas penser à lui. L'heure du départ approchant, il devait être en train de s'inquiéter de ne pas la voir revenir. Elle se racla la gorge.

— Il en fallait une ?

— Ce n'est pas obligatoire, mais fortement conseillé. Si vous réussissez l'examen d'intégration, on vous assignera un garant pendant la première année de votre vie ici, qui sera chargé de faciliter votre intégration. Normalement, nous préconisons que les aspirants à la citoyenneté se choisissent eux-mêmes un parrain, qui les préparera à l'examen, écrira la lettre de recommandation et deviendra garant par la suite. Comme votre demande concerne l'université, vous devrez également réussir les examens d'entrée sous peine de perdre votre autorisation de séjour. Tenez, voici toutes les brochures dont vous avez besoin. Lisez-les au calme, discutez-en avec vos coéquipiers natifs de La Scientifica et revenez me voir lors de votre prochaine permission. Vous faites bien partie d'un équipage, n'est-ce pas ?

— Oui, dit-elle d'une toute petite voix. Ces examens ont-ils lieu à des dates fixes ?

— Pour l'examen de citoyenneté, il vous suffit de prendre un rendez-vous. Cela dit, en cas d'échec, vous devrez attendre un an avant de retenter votre chance. Les examens d'admission à l'université, en revanche, ont lieu une fois par an, durant l'été. Ce qui vous laisse encore quelques mois pour vous préparer.

Cécilie réceptionna maladroitement la quantité astronomique de brochures que la réceptionniste poussait gentiment vers elle. Tout en elle était gentil, lissé, convenu.

— J'ai espéré ce moment toute ma vie, murmura Cécilie, avec l'espoir de la faire réagir. À Naturalia, les femmes ne sont pas aussi libres qu'ici. Quel est votre nom ?

La réceptionniste hésita, puis répondit, un sourire indulgent au coin des lèvres :

— Saskia. Et le vôtre ?

— Cécilie. Saskia, je ne peux pas retourner là-bas, vous comprenez ? J'ai tout quitté pour m'établir ici. Je n'ai pas de garant scientificien parce que c'est ma première escale. Je… L'île du Lierre a toujours été ma destination, je n'ai jamais eu l'intention de me rendre à Exotica. Je…

Ses doigts se serrèrent autour des brochures. On y avait représenté des visages souriants aux dents très blanches. Des Naturaliens et des Naturaliennes tenant fièrement le bout de papier qui devait leur permettre de rester. Mais combien de larmes, pour ces quelques sourires factices ?

— Écoutez, Cécilie, reprit Saskia en se penchant vers elle. Je vous entends. Mais comprenez-nous. La Scientifica est un archipel minuscule.

Les tours immenses que vous avez vues dehors, nous ne les construisons pas par plaisir, ou par souci esthétique, mais parce que nous manquons cruellement de place. Bientôt, notre propre peuple excédera les capacités de nos îles. C'est pourquoi nous sommes si durs concernant les demandes de citoyenneté. Vous ne pouvez pas décider de vivre ici sur un coup de tête. Il faut vous préparer, nous montrer que vous êtes digne et que vous avez quelque chose à nous apporter.

— Digne... Faut-il être digne pour obtenir les droits les plus basiques ? Ceux d'apprendre, de travailler, de vivre en couple ou célibataire, d'avoir des enfants ou non ? C'est un cercle vicieux ! Je n'ai pas appris, donc je n'ai pas le droit d'apprendre ? Mais quel principe tordu est-ce là ?

Des larmes de colère lui brûlaient les yeux, à présent. L'une d'entre elles s'écrasa sur le papier glacé, glissant sur sa surface lisse sans même le mouiller.

— Je n'ai pas dit que c'était impossible. Juste difficile. Si vous décidez de passer l'examen maintenant, on vous donnera une autorisation de séjour de quatre mois, jusqu'à vos examens d'entrée à l'université. Mais croyez-moi : sans préparation adéquate, vous avez toutes les chances d'échouer.

Cécilie ne répondit pas, les yeux obstinément baissés. Elle fixait toujours le sillon humide laissé par sa larme sur le papier, comme la traînée baveuse d'une limace sur leur monde trop lisse, trop pur, trop beau pour être souillé par les rêves d'une Naturalienne.

— Une mer calme n'a jamais fait un bon marin, murmura-t-elle enfin en capturant le regard marron et compatissant de Saskia dans ses prunelles fauves. C'est ce que l'on dit par chez vous, n'est-ce pas ?

Saskia lui offrit un large sourire, aux dents aussi blanches que les sourires sur la brochure.

— En effet. C'est l'état d'esprit adéquat.

✵

Érèbe faisait les cent pas devant les gigantesques hublots de la cabine d'Olivar, observant les dernières lueurs du soleil embraser l'horizon. Le regard plein de pitié du capitaine lui cuisait le dos, mais il se força à ne pas croiser son regard, les yeux rivés sur le tarmac désert, où les lampes de signalisation commençaient à s'allumer. Sous ses pieds, les moteurs grondaient, prêts à propulser l'aéronef dans les airs. La bouche sèche, Érèbe tenta d'avaler la boule qui grossissait dans sa gorge, d'avaler les doutes, l'angoisse, la tristesse, le remords. Il aurait dû rester avec elle, veiller sur elle, prendre soin d'elle. Elle avait beau les aimer, Cécilie ne connaissait rien à ces îles. Peut-être avait-elle eu un accident? Peut-être l'avait-on agressée au détour d'une rue? Peut-être que Cende... Non. Même si revoir son vieil ami avait changé quelque chose pour elle, elle n'aurait pas quitté Érèbe sans un mot d'adieu, c'était impossible. Et puis, Exotica était son idée à *elle*! Érèbe avait entrepris ce voyage en partie pour lui, d'accord; en partie aussi parce qu'Olivar lui avait forcé la main, mais chacune de ses luttes pour sortir de sa zone de confort, pour se tenir debout, droit et fier parmi ces équipages, il les avait entreprises pour elle.

En pensant à elle.

En espérant...

Il soupira, conscient qu'il avait agi pour de mauvaises raisons. Mais peut-être ne s'aimait-il pas assez pour faire tous ces efforts pour lui.

— Son ferry aura eu du retard ou elle n'aura pas vu le temps passer, plaida Érèbe en se tournant vers Olivar, silhouette impassible derrière son bureau.

Tous les équipiers et les aides qui avaient profité de l'escale étaient déjà de retour depuis plus d'une heure, conformément à l'horaire qu'on leur avait imposé le matin même. Tous, sauf une. Et cela broyait le cœur d'Érèbe.

— Je refuse de consacrer une minute de plus de cette expédition à attendre une aide insolente et incapable d'être à l'heure au rendez-vous le plus important de sa misérable existence.

Érèbe siffla entre ses dents, devant les mots, durs et injustes, du capitaine.

— C'est sa performance aux épreuves des cartographes qui vous reste en travers de la gorge, capitaine.

Olivar ricana et sortit une cigarillette d'un étui métallique rangé dans sa poche de poitrine. Il fumait toujours lors des discussions critiques, comme s'il voulait intoxiquer l'adversaire.

— Le chaton sort ses griffes, on dirait. C'est bien, lâcha Olivar, comme on tapote un animal de compagnie sur la tête.

Il se reprit, au moment où Érèbe faisait mine de quitter son bureau.

— Où allez-vous?

— C'est ma couronnée, souffla-t-il, glacial. Si elle ne part pas, je ne pars pas.

✵

Cécilie courait, comme jamais dans sa vie. Cela lui faisait du bien, de bouger vraiment, après deux traversées en ferry où elle avait eu l'impression de mourir.

Mourir de peur de ne pas arriver à temps. Mourir de peur d'arriver à temps.

Chaque foulée qui la rapprochait du tarmac lui arrachait un morceau de cœur, un morceau d'âme, un morceau de rêve qui resterait ici, à La Scientifica, en attendant qu'elle revienne les chercher.

Une mer calme n'a jamais fait un bon marin, se répétait-elle. Et pour une fois, cela ne voulait pas dire foncer à travers les tempêtes en espérant survivre, comme elle en avait l'habitude, mais changer de cap, pour mieux aborder ce tournant de sa vie.

Un essai, quatre mois, c'était bien trop peu. Cette unique chance, il était hors de question qu'elle la gaspille. Elle demanderait à Mira de devenir sa garante et la Scientificienne ne refuserait pas. Pas après avoir assisté à cette scène odieuse à la loge des cartographes. Aux quolibets, aux humiliations, à la mauvaise foi évidente de tous les hommes de l'assemblée. Et d'Olivar en particulier. Saskia avait des obligations, devait respecter des procédures, mais Mira ne l'abandonnerait pas. Et, à la prochaine escale, Cécilie serait prête. Prête à ravir la vie qu'elle s'était choisie.

Bientôt, le vaisseau fut en vue, avec sa carlingue dorée et les petites ombres qui s'activaient sur le tarmac. Cécilie crut d'abord qu'il s'agissait de techniciens, mais non, c'étaient des gens qui se disputaient. Elle accéléra, jusqu'à ce que l'une des silhouettes redresse la tête et vienne à sa rencontre.

Érèbe.

Une lance de culpabilité la poignarda, lorsque Cécilie songea qu'elle devrait encore lui mentir. Mais, d'une certaine façon, elle était heureuse de le retrouver. Érèbe, grâce à qui le vaisseau l'avait attendue.

PARTIE III

EXOTICA

À Exotica, les désirs superficiels s'évanouissent, comme lessivés par la pluie. Faute d'une raison solide à laquelle vous arrimer, vous risquez de vous noyer, de perdre le sens de vos actions quotidiennes, de vous accrocher à l'autorité comme une corde usée à une ancre. Jusqu'à ce qu'elle s'effiloche, puis cède.

Cynthia de Labille, note manuscrite
dans la marge d'un carnet d'Hoverac de Labille.

Chapitre 31

Le continent

— *On descend, les vermisseaux ! Allez, allez, allez, go, go, go et plus vite que ça ! Les journées sont courtes et il faut avaler les kilomètres si on ne veut pas soi-même se faire bouffer !*

La voix dans le haut-parleur rit à sa propre plaisanterie. Érèbe essuya le voile de transpiration qui perlait sur ses tempes et, d'une main tremblante, parcourut les poches de sa combinaison de camouflage. Couteaux, filin de survie, couverture de survie, fusées de détresse, loupe, cliqueur, crayon et carnet pour dessiner, petite gomme, comprimés anxiolytiques, flore de poche afin d'identifier les plantes rencontrées, flacons à échantillons, grenades assourdissantes… Non loin, Cécilie réalisait son propre inventaire, un pli de concentration imprimé au coin des lèvres. Une aide la héla d'une coursive voisine et elle s'empressa de la rejoindre, le pas nerveux.

— *On ne laisse rien d'essentiel dans le vaisseau, il ne nous suit pas dans l'enfer vert. Pas plus de vingt kilos par sac de trek. Tout ce que vous prenez pour votre confort à vous, vous le portez, le reste aurait dû être dans la chenille depuis hier soir !*

Érèbe s'écarta pour laisser passer deux cartographes, qui retournaient dans leur cabine au pas de course. L'un d'eux lui rentra dans l'épaule, l'envoyant cogner une paroi avec un bruit sourd. Les mains du jeune homme se couvrirent de sueur, son cœur accéléra de plus belle, tandis qu'il murmurait quelques mots d'excuse.

— … *toute pruderie excessive peut vous faire tuer ou gravement mutiler. Autrement dit, si vous vous éloignez pour vous soulager, vous le faites accompagné d'un Scientificien armé.*

Alors ça ! Plutôt se faire éviscérer ! Érèbe jeta un regard à la ronde dans l'espoir d'apercevoir Cécilie, sans succès. Mieux valait l'attendre à l'extérieur, plutôt que dans le chaos des coursives. Il rajusta son sac, se pencha une dernière fois pour vérifier que tous ses équipements étaient bien à leur place, puis rejoignit la rampe de débarquement. Ses yeux se plissèrent sous la lumière vive et, enfin, Érèbe fit un pas dehors.

— Avant de poser votre dos, votre cul ou toute autre partie de votre anatomie contre un tronc d'arbre, vous y posez vos yeux et vous cherchez les colonnes de fourmis ! Si vous croyez qu'elles vont se pousser pour vous, souvenez-vous qu'elles sont chez elles et que vous ressemblez à un casse-croûte. (Pause.) J'ai oublié un truc, Charlie ?

Oui. De te taire et de profiter de la vue.

Ils avaient atterri dans un estuaire, à quelques heures de marche en aval de la somptueuse forêt humide qui drapait la quasi-entièreté du continent. Mais, déjà, Érèbe avait la sensation d'avoir plongé dans un autre monde. Pour le moment, il n'en saisissait que des flashs, des impressions. Des chants d'oiseaux qu'il ne connaissait pas, le contraste étrange du sable rouge sur ses bottes noires, sur les combinaisons tachées de bleu, de vert et de gris, l'atmosphère humide, que ses poumons avaient du mal à ne pas assimiler à une lente noyade.

Il s'éloigna vers une zone plus tranquille et se délesta de son sac, avant de s'accroupir devant une petite flaque d'eau saumâtre. Était-il déjà venu ici, enfant ? Oui, forcément, pour rentrer à Naturalia. Un vaisseau de la taille du leur n'aurait jamais pu pénétrer en territoire forestier, voilà pourquoi on leur imposait cette longue marche vers l'amont, au lieu de gagner directement ó Egrid vorn pour entamer leur traque. Un groupe d'aides descendit du vaisseau et Érèbe se redressa, prêt à faire un signe à Cécilie dès qu'il croiserait son regard, mais elle était trop occupée pour lui prêter attention. Déjà, Pauline les rejoignait, un stylo et un bloc-notes à la main.

Déçu, Érèbe laissa traîner un doigt empoissé de sueur dans l'eau, puis le fourra dans sa bouche. C'était idiot, déraisonnable, même, et à l'encontre de toutes les consignes les plus élémentaires de sécurité, mais ce geste, ce goût ferreux et salé, *familier*, qui s'épanouit sur ses papilles, valait tous les risques.

Pendant une fraction de seconde, une autre scène se superposa à sa vue. Des cheveux roux baignés dans le sang du clan. Un ventre rond qui ne donnerait jamais naissance.

Érèbe cilla, se relevant précipitamment pour empêcher le souvenir de s'installer. Son regard s'arracha au sable et s'échoua sur une longue forme brillante, aux nombreuses pattes de métal. À l'avant de son corps, des pinces, roues, dards, agencés en deux mains monstrueuses. Il contemplait la « chenille à bagages », chargée de transporter le ravitaillement et la plupart des outils nécessaires à la construction des camps volants, que les équipiers monteraient chaque soir, peu avant le crépuscule, et démonteraient chaque matin à l'aube. L'engin n'avait vraiment rien d'une chenille. Scolopendre aurait été plus correct. Mais de la part d'un peuple qui rasait ses forêts pour y ériger des tours de métal, la méprise n'avait rien d'étonnant.

La sensation d'un impact, puis une douleur déchirante à la pommette droite – celle qui portait la trimarque – le firent sursauter.

— Tu as oublié ça dans ta cabine, lui cria quelqu'un, à quelques mètres de là.

Malgré le raffut ambiant, Érèbe reconnut la voix traînante et teintée de mépris de Paco. Celui-ci l'observait, bras croisés, sac fermement arrimé sur ses épaules. Les premiers rayons du soleil faisaient luire sa chevelure blonde.

Érèbe referma la main sur le projectile, à présent taché de sang.

Son insigne.

Voilà qui n'était presque pas un oubli. Pendant un instant, il fut tenté de le renvoyer au visage de Paco, de lui dire de le garder, de prendre le commandement des biologues, comme il l'avait déjà fait officieusement. Mais Érèbe ne tenait pas à subir la haine de son cousin, et celle des autres, en position de faiblesse hiérarchique.

Il toisa donc Paco avec un rictus un peu forcé et épingla l'insigne au niveau de son cœur.

— Merci, sous-équipier, vous êtes libre de disposer.

Les deux hommes se jaugèrent et, pour une fois, Érèbe ne flancha pas. Il ne leva même pas la main pour essuyer le sang sur son visage. Une goutte tomba à la commissure de ses lèvres et sa langue darda hors de sa bouche pour la cueillir.

Il ne savait pas pourquoi il avait fait cela, sinon pour mettre son rival mal à l'aise. Érèbe n'avait pas de goût pour le sang, du moins, pas de cette façon-là.

Paco secoua la tête et s'éloigna, non sans lui avoir jeté le mot « taré » depuis ses dents serrées. Il jura de nouveau en manquant se cogner à un robot d'un mètre quatre-vingt, constitué d'une assise et de huit pattes arachnéennes. À la place de l'abdomen trônait le prince Lucien, livide de fatigue. Apparemment, il peinait encore à contrôler l'engin. Ce dernier avança maladroitement vers Érèbe, et Lucien lui fit tendre une patte pour crocheter le sac de son ami. Concentré, il tenta de faire se replier la patte pour le soulever, mais le sac retomba un peu plus loin.

— Ah, mince, j'y étais presque. Tu n'avais rien qui casse là-dedans, au moins ?

Érèbe secoua la tête.

— Qu'est-il arrivé à ta joue ?

Érèbe essuya furtivement le sang, avant de répondre, d'un air détaché :

— Mon insigne s'est jeté sur moi. Il devait craindre que je ne l'oublie.

Lucien fronça les sourcils, mais n'eut pas le temps d'en demander plus. Déjà, Klaus et le reste de l'équipe de sécurité organisaient le convoi pour le départ.

Érèbe, qui était censé s'assurer que ses sous-équipiers étaient prêts à partir, entreprit de remonter la file, à la recherche des visages et des noms qu'il avait étudiés. Il cocha mentalement la présence de chacun, mais n'osa pas se diriger vers eux pour engager la conversation.

D'ailleurs, il ne voyait pas très bien en quoi c'était nécessaire : ils avaient tous reçu les consignes, ainsi que la check-list de départ. Ses collègues étaient adultes et aptes à vérifier qu'il ne leur manquait rien.

Érèbe se rendit donc en tête de cortège et confirma auprès de Klaus et d'Olivar que tout était en ordre. Ensuite, il rebroussa chemin pour retrouver Lucien et Cécilie : les seules personnes sur lesquelles il acceptait de veiller. Le premier, car il était son ami, la seconde, parce qu'il ne pouvait simplement pas vivre sans elle.

Son regard trouva aussitôt Cécilie. Elle s'était mise à l'écart, les mains enfoncées dans les poches de sa combinaison, le regard rivé sur la mer, son visage figé en une expression douloureusement mélancolique. Le ventre d'Érèbe se serra. Il se posta à ses côtés, respectant un moment son silence, puis murmura :

— La maison te manque ?

Elle le toisa de ses prunelles rendues presque ambrées par la baignade du soleil à l'horizon. Un sourire un peu tordu joua sur ses lèvres et elle sortit une main de sa poche avant de nouer ses doigts aux siens.

— Quelque chose comme ça.

Cela n'avait rien d'étonnant : Cécilie était une vraie citadine. Jusque-là, elle n'avait montré aucun goût pour les longues sorties dans les bois d'Aigremort. Il n'y avait aucune raison pour que cette forêt-là, immense et pleine de dangers, décroche son approbation.

Érèbe, lui, n'attendait que ça : se couler sous la lisière des arbres, fouler l'humus riche et acide qui s'entassait depuis des millions d'années sur ces terres pratiquement inviolées. Boire à l'eau des lianes, écouter le chant des oiseaux, compter sur son ouïe plus que sur ses yeux pour le protéger.

La seule chose qu'il déplorait, c'étaient les autres Naturaliens et leurs conversations bruyantes, leur incapacité à marcher silencieusement, à se fondre dans la nature en devenant une part d'elle ; c'étaient les Scientificiens, aussi, avec leurs mises en garde, leurs protocoles de sécurité et leurs armes létales.

D'accord, Érèbe abhorrait la compagnie de ses semblables, mais serait-il seulement capable de se débrouiller seul dans cette forêt ? De chasser pour survivre ? D'avancer sans être dévoré ? Peut-être pas…

— Tu m'as aidé à rentrer dans ton monde, souffla-t-il en posant un baiser sur la tempe luisante de sa couronnée. À moi de t'aider à rentrer dans le mien.

Cécilie soupira.

— Non, Érèbe. Je t'ai aidé à rentrer dans *ton* monde.

Et il comprit que c'était vrai, de toutes les manières possibles.

Puis tout le monde fut prêt et la première journée de marche commença.

Journal

Carnet d'expédition du trimarque Érèbe d'Aigremort
Cercle d'Archronde
Biologue en chef de l'expédition Pour la magie 1
Sous les ordres du capitaine Olivar de la Chênaie
Entrée n° 1
Jour 1

En général, les expéditionnaires n'écrivent l'en-tête complet que la première semaine. Puis ils succombent aux raccourcis et abréviations. Carn exp trim E. d'Aigremort. Cercle d'Archr. BEC exp PLM1. Cap Olivar de la Chênaie (on n'écorche pas le nom du capitaine sous peine de s'attirer ses foudres et les corvées de latrines qui vont avec). E1, J1. Dès la semaine trois, il ne reste plus que le numéro de l'entrée et du jour. Et, au bout du compte, presque tout le monde oublie d'écrire ou ne note plus que les événements remarquables et les notes de terrain, en s'embrouillant sur les numéros des jours.

Ce soir, nous avons monté le camp derrière la lisière, presque de justesse. Il est difficile d'imaginer à quel point un convoi tel que le nôtre peut être lent. Les bottes neuves se rodent en tyrannisant les pieds d'ampoules, tandis que les derniers vestiges de sédentarité collent aux corps et aux esprits.

Ne pas bouger, c'est un état mental. C'est craindre la fatigue et la douleur, c'est oublier qu'on peut avoir confiance en son corps pour se porter longtemps.

Les premières heures ont été prudentes de tous les côtés. La moitié de la procession regardait le ciel, tandis que l'autre balayait le panorama, de peur de se faire surprendre par un monstre. La sécurité n'était pas en reste et, à plusieurs reprises, j'ai vu des doigts trembler sur les gâchettes des armes à rayons d'énergie. Nous sommes trois à progresser avec la sensation d'être en territoire familier : le capitaine, la chenille et moi.

Vers midi, je me suis retiré en queue de cortège pour prendre un peu de distance. Je me sens aveugle au milieu de cette marche forcée, bruyante et étrangère. Ça me frustre et encore plus quand Paco m'envoie Eowin. Il a oublié de remplir sa seconde gourde et a honte de demander un ravitaillement à la chenille. Il me fait comprendre que c'est de ma faute, que j'aurais dû le lui rappeler. Je ne bronche pas et lui donne la mienne. Je crois qu'il ne s'attendait pas à ça. Il voulait que j'avoue à la logistique que j'avais mal fait mon boulot. Qu'à cause de moi, un équipier risquait l'insolation ou pire. Je me demande s'il va oser boire au goulot ou s'il a peur que j'aie caché un truc impie dans l'eau. Il la renifle, me remercie et repart avec. Au moins s'il crève de soif, ce sera sa faute. Et maintenant, c'est moi qui ai soif. Demain, je ferai l'inspection correctement. Ça m'apprendra.

Carnet d'expédition du trimarque Érèbe d'Aigremort
Cercle d'Archronde
Biologue en chef de l'expédition PLM 1
Sous les ordres du capitaine Olivar de la Chênaie
Entrée n° 4
Jour 4

Nous n'avançons pas en ligne droite ; déjà, parce que la touffeur de la jungle rendrait la chose impossible, mais aussi parce que nous veillons à louvoyer entre les territoires des clans. Olivar m'a montré la carte, hier soir, pendant le repas. Comme je savais que ça ferait plaisir à Cilie, j'ai essayé de toutes mes forces de la retenir, pour la redessiner ensuite dans mon carnet de terrain. En la voyant, elle m'a posé tout un tas de questions auxquelles je n'avais pas d'autres réponses que des « Euh, peut-être » ou des « Je ne sais pas, il ne l'a pas dit ». Je lui ai laissé le carnet et, malgré sa frustration évidente devant le manque de détails, je sais que mon attention lui a fait plaisir. Elle passe beaucoup de temps avec les Scientificiens de l'équipage pendant la journée, et moi, je passe le même temps enfermé dans mes pensées.

Je l'ai déjà dit, déjà écrit, mais je me sens à l'étroit, comme une larve dans une peau trop petite.

Maintenant que les équipiers sont un peu plus rodés à la marche, on va pouvoir commencer à détacher des équipes légères pour récolter des données. On marchera plus vite, en amont du convoi, et on profitera du temps qu'ils mettront à nous rattraper pour observer la faune et la flore locales.

Je n'en peux plus. Je n'attends que ça ! Avancer d'à peine dix kilomètres en dix heures va me rendre chèvre. Quatre jours, quarante heures de marche, quarante kilomètres. Et encore cent, avant d'entrer dans la bonne zone.

Carnet d'expédition du trimarque Érèbe d'Aigremort
Cercle d'Archronde
Biologue en chef de l'expédition PLM 1
Sous les ordres du capitaine Olivar de la Chênaie
Entrée n° 5
Jour 5

Je pense avoir aperçu un Colibrus longipedes, *sur une fleur d'*Obaciflora purpurea. *Boyle a tenté de l'attraper avec un filet et j'ai failli lui casser la main. Je ne sais pas pourquoi je suis si protecteur avec la faune d'ici. Peut-être parce qu'elle me rappelle mes parents. Il y a eu un moment, un flash, où je me suis revu enfant devant cette même plante, à lécher les nectaires au fond de la fleur, et à me délecter de leur goût sucré et un peu acide. J'ai attendu que les autres soient occupés ailleurs pour la cueillir et la ranger dans une de mes poches. Je la dessinerai ce soir avant de la goûter.*

PLM 1
Entrée n° 6
Jour 5

Finalement je ne l'ai pas dessinée, juste mangée. J'ai fait une crise d'angoisse juste après, si violente que seuls les cachets de Mira ont pu la désamorcer. Je n'aime pas quand mon corps me trahit comme ça, sans prévenir. Une minute je m'extasiais comme un gamin en montrant la fleur à Cilie, la suivante j'étais prostré avec le sentiment que la vie s'échappait de mon corps, que l'air n'était plus de l'air, mais de l'eau qui me noyait.

Quand la crise est passée, je suis allé voir Mira. Elle m'a montré une technique avec les mains pour apaiser mes crises, puis on a travaillé mon lieu sûr. Ce qui m'inquiète, c'est que quand elle m'a demandé de lui décrire un endroit où je me sentais en sécurité, j'en ai été incapable. Invoquer Aigremort me donnait juste envie de pleurer en plus de me faire penser à ma mère. D'une certaine façon, c'était elle, mon lieu sûr. Sauf que ce qu'elle a fait a tout pourri. J'ai fini par me décider pour un lieu très petit. Les poils de Noctis. Leur contact rêche sur mon visage. Leur odeur sauvage, musquée, boisée, rendue encore plus intense par la pluie. Sa chaleur. Son ample respiration. Les battements de son cœur.

Carnet d'expédition du trimarque Érèbe d'Aigremort
Cercle d'Archronde
Biologue en chef de l'expédition PLM 1
Sous les ordres du capitaine Olivar de la Chênaie
Entrée n° 8
Jour 7

Il y a eu un problème avec la chenille, aujourd'hui. Elle est restée coincée et on a dû monter le camp sur place.

Une demi-journée de perdue.

Heureusement que c'était la chenille et pas l'araignée de Lucien. Je sais qu'il se serait senti vraiment mal si son aide à la marche avait retardé le groupe. J'ai toujours un œil sur lui, entre mes moments privilégiés avec la forêt.

J'ai pris l'habitude de goûter des plantes qui m'évoquent quelque chose quand on ne me regarde pas.

Jusqu'à présent, je n'en suis pas mort. Je sais que c'est le moyen le plus sûr de tirer sa révérence, mais depuis la purpurea, il y a une sorte de faim en moi que je n'arrive pas à réfréner. Une impulsion, comme celle qui pousse un fumeur à allumer sa cigarillette. Je n'y pense même pas et, déjà, la plante est entre mes doigts et me paraît familière, invitante, même. Je la mordille doucement, j'attends un peu, et comme il ne se passe rien, j'en mange un morceau et je range le reste pour le dessiner plus tard.

J'ai l'impression que ça me connecte. Que ce monde me reconnaît et m'accepte, parce que je prends ce genre de risque. Hier soir, devant ma tente, il y avait un drôle de fruit rabougri. Le lendemain, il n'était plus là, mais je n'y ai pas touché. Il ne m'inspirait pas, celui-là.

CHAPITRE 32

ZONE MORTE

Érèbe n'avait jamais eu peur du monstre sous le lit, sachant son corps hors d'atteinte du seul être qui le faisait trembler. Malgré tout, le Cauchemar avait toujours gardé une griffe plantée dans son esprit, tantôt acérée et profonde, tantôt latente, caressante. Aujourd'hui, tout était différent. Le Cauchemar ne régnait plus seulement dans sa tête à lui, mais planait sur tout leur groupe, alors qu'ils foulaient leur première zone morte.

Un nom éminemment mal choisi, car les zones mortes ne l'étaient pas vraiment. Elles fourmillaient de plus de vie que la plus ancienne des forêts naturaliennes. Mais dans ces lieux, dont l'épicentre n'était autre qu'ó Egrid vorn, tous les villages avaient été désertés. Laissés à l'abandon depuis des années. L'expédition avait établi son campement dans l'un d'eux. Pour la première fois depuis leur arrivée, ils passeraient plus d'une nuit au même endroit, car la traque de Faëlan commençait ici.

Lucien, qui avait fait presque tout le trajet en compagnie d'Érèbe, avait pris congé dès les premières tentes installées. Il se portait mieux depuis quelque temps, mais son corps restait affaibli par les stigmates de sa maladie.

Érèbe observa un moment le ballet des aides, qui transportaient des piles de draps propres, préparaient des plateaux d'amuse-gueules, battaient les tapis à l'entrée des tentes ou raccommodaient des uniformes déchirés. Il sourit en apercevant Cécilie, accroupie dans l'ombre d'une tente, en train de ramasser de petites bouchées tombées par terre et de les remettre sur son plateau comme si de rien n'était. Elle se redressa en adressant un clin d'œil à Rhodente et se dirigea vers un cercle de souches où se trouvaient Paco et ses amis.

Érèbe s'arracha au spectacle et fit quelques pas en direction d'une maisonnette en brique, appuyée contre un arbre. Sa façade ouest était complètement écroulée, vaincue par de larges plantes grimpantes. Elles avaient creusé sous le mortier pour s'arrimer, avant de grossir, nœud après nœud, déséquilibrant toute la structure. Le jeune homme jeta un œil à l'intérieur, grimaçant lorsque son pied écrasa une poterie renversée près de l'entrée. Il s'attendait presque à trouver un cadavre, peut-être celui d'un vieillard ou d'un malade qui n'avait pu fuir assez vite. Mais il n'y avait rien. Pas d'os, de sang, ni de terre rougie. Pas d'enfant apeuré, pas de larmes, pas de tombeau.

Peut-être même que Faëlan n'avait jamais posé ses ergots ici et que les habitants de cette zone s'étaient contentés de déménager calmement, trop proches de la bête à leur goût. Était-ce en entendant son histoire à lui, et celle d'Eonilde, Traor et Rorik, qu'ils étaient partis ?

Avant, les expéditionnaires logeaient régulièrement parmi les clans, échangeant des ressources rares pour les gens d'ici contre conseils et hospitalité. Mais cette pratique s'était éteinte depuis ó Faëlan vorn.

Par sa faute.

Au moins, ici, on voyait le ciel. Gris, menaçant, présageant une grosse pluie. Érèbe s'assit à l'intérieur de la maisonnette, les jambes allongées devant lui, le dos contre la brique rouge, le visage tourné vers les nuées. Personne ne le chercherait ici. Il pouvait enfin respirer un peu. Les voix à l'extérieur de ces murs ne le concernaient pas, et, peut-être, était-ce le seul lieu sûr dont il avait besoin.

Érèbe se sentit réagir quelques fractions de seconde avant que le son lui parvienne, aigu, dérangeant, difficile à localiser. Un éclair noir passa au-dessus du toit brisé de la maisonnette, avant de s'élever à la verticale, sur plusieurs mètres, jusqu'à n'être plus qu'un point minuscule, pratiquement silencieux. Un drone. Une dizaine d'entre eux allaient être envoyés en exploration, pilotés de loin par des techniciens de La Scientifica. Ces engins étaient capables d'enregistrer des photographies mouvantes en distinguant les corps chauds des éléments froids, comme la roche ou les végétaux. Une partie d'entre eux serait affectée à la sécurité du camp, tandis que les autres partiraient en étoile, à la recherche de Faëlan. Pour le moment, Érèbe espérait qu'ils reviennent bredouilles. Il n'était pas prêt.

Une première goutte roula sur son visage. Érèbe ouvrit le col de sa combinaison et y plongea la main pour en ressortir le portrait d'Eonilde. Le papier avait absorbé la chaleur de son corps, rendant le visage du cadavre presque tiède. Cela ne dura pas longtemps : un souffle de vent et l'illusion de la vie disparut.

Érèbe cilla. Une autre goutte s'écrasa sur sa main. Celle-ci avait une consistance différente, visqueuse comme…

… de la salive.

Il sursauta violemment, aussitôt imité par la créature qui avait envahi son espace vital sans qu'il s'en aperçoive. Bon sang, mais quel type de chasseur se laissait surprendre comme ça !

Ceux qui font les meilleures proies.

Du peu qu'il avait pu entrevoir de la créature, elle était menue et pas très menaçante. Un gros rongeur ou un petit chien, il ne savait pas trop. Quoique l'abondance de salive lui fasse pencher pour la seconde solution.

Érèbe tira l'un des couteaux de sa botte et s'avança, les appuis bien en place. Maintenant qu'il était recentré sur son environnement, Érèbe percevait la vie palpiter autour de lui : les lianes qui s'appuyaient contre les murs, les fougères qui poussaient dans le mortier, les insectes dans la terre, dans chaque creux, nombreux et affairés.

Un cadavre ici ne durerait pas plus de quelques heures, entre la température et l'humidité propices à la décomposition et les millions de mandibules qui attendaient, à la façon d'une armée miniature.

Et puis, il y avait cette bulle de chaleur, tremblante et suppliante derrière un morceau de bois pourri. Érèbe se pencha vers la boule de poils et se figea lorsque leurs regards se croisèrent, le ramenant des années en arrière.

Un poil noir, plaqué sur les flancs, dru sur la colonne, de jolies aigrettes aux reflets bleus entre les oreilles, des pattes trop volumineuses pour un simple chiot et des yeux d'un jaune perçant qui évoquaient le soleil.

— Noctis, murmura Érèbe en refermant le poing sur la peau tendre à la base du cou.

Il souleva l'animal à hauteur d'œil, jusqu'à ce que celui-ci se mette à japper et à se tortiller tout en essayant d'atteindre son ravisseur avec ses dents. Érèbe le lâcha, soudain glacé, et laissa l'animal partir.

Il n'aimait pas la façon dont l'histoire semblait se rejouer depuis son retour ici. Il consigna l'étrange rencontre dans son carnet, puis quitta la maisonnette, en quête de Klaus. Cela ne lui plaisait pas beaucoup, mais toute intrusion de créatures dans le périmètre du camp devait être signalée. Érèbe espérait que le jeune loup se cacherait à l'avenir. Une part enfantine de lui se tendait vers l'animal, espérant qu'il revienne lui renifler la main, puis, peut-être, blottir sa chaleur rêche et odorante contre lui. Mais mieux valait que la petite bête et ses semblables se tiennent à l'écart des traits d'énergie mortels que les Scientificiens faisaient jaillir de leurs armes.

Érèbe traversa plusieurs rangées de tentes. Devant chacune d'elles brûlaient des braises rougeoyantes, allumées à partir de charbons de Cavare. Quelques équipiers y avaient ajouté des branches mortes ramassées au pied des arbres et s'extasiaient devant la couleur des flammes. En plus du bleu, du jaune et du rouge y brillaient des éclats émeraude, mêlés d'un blanc fantomatique. Des verres vides jonchaient le sol à côté d'eux ; de temps à autre, une aide pressée en ramassait quelques-uns et les emportait dans des bras déjà bien chargés.

Quelques mètres au-delà se dressait une tente plus grande, montée sur un plancher grossier et reliée à un drôle d'appareil qui relâchait des vapeurs nauséabondes dans l'atmosphère. Il tressautait, grésillait, poussant on ne savait quoi à travers les longs câbles qui sortaient de son ventre. Aussitôt, celui d'Érèbe se serra. Il fronça le nez et dépassa l'engin pour entrer dans la tente.

À l'intérieur, l'odeur d'essence s'estompait, remplacée par celle de corps sales et baignés de sueur. Quatre Naturaliens, dont le capitaine et Lucien, et un groupe de Scientificiens étaient regroupés devant une série d'écrans de grande taille, chacun plus large que deux têtes placées côte à côte.

Érèbe resta en retrait, indécis, jusqu'à ce que le capitaine remarque sa présence et lui fasse impatiemment signe de les rejoindre. Siméon, le chef de la logistique, et Axel, celui des cartographes, s'écartèrent un peu pour lui faire de la place. Lucien, quant à lui, s'était installé en retrait, sur un siège qui lui permettait de surélever sa mauvaise jambe. Il démontait un caisson photographique posé en équilibre sur ses cuisses. Tous les responsables naturaliens étaient donc là, parfaitement à leur aise, à observer les images aériennes transmises par les drones. Que devait-il en conclure ? Que personne n'avait pris la peine de le convier à cette réunion au sommet ? Lucien lui adressa un petit geste d'excuse en mimant du bout des lèvres : « Je t'ai cherché. »

De nouveau, les paumes d'Érèbe se couvrirent de sueur et quelques gouttes roulèrent sur son échine. Il se racla la gorge.

— J'ai vu un louveteau dans le périmètre, annonça-t-il calmement, le regard rivé sur l'écran, essayant de déchiffrer les taches rouges, jaunes et bleues qui évoluaient sous la canopée.

— Seul ? marmonna Klaus.

— Je n'en sais rien.

Le responsable de la sécurité hocha la tête et se mit à pianoter sur son écran d'avant-bras, prenant visiblement des dispositions. Immédiatement après, il se concentra de nouveau sur la scène qui se déployait devant leurs yeux.

— Je… je présume que nous cherchons Faëlan? avança Érèbe. (Comme il s'agissait d'une question rhétorique et que personne ne le contredisait, il désigna une petite tache rouge perchée dans les branches d'un arbre. Il détestait parler devant les gens avec qui il ne se sentait pas en confiance. C'était comme si chaque mot pouvait se retourner contre lui.) Il y a beaucoup de vie, ici. Ne pouvez-vous pas demander à l'écran de séparer les taches de chaleur en fonction de leur taille pour ne montrer que les animaux qui dépassent celle d'un gros chien et qui se trouvent au niveau du sol ?

Tous lui jetèrent un regard surpris. La chaleur grimpait déjà aux joues d'Érèbe quand l'un des techniciens rebondit sur sa proposition.

— Je peux sortir un relevé topographique de la zone à partir des données d'altitude du drone et écrire un petit programme qui dégagera toutes les bestioles qui n'ont pas au moins un point de contact avec le sol.

Il joignit aussitôt le geste à la parole, introduisant des chiffres, des lettres et des symboles dans une fenêtre noire qui venait de s'ouvrir sur un coin de l'écran. Il appuya sur un bouton, et, aussitôt, une grosse partie de la nuée de taches colorées disparut.

L'homme lui adressa un sourire.

— Bien joué, Érèbe, le félicita Lucien.

— Oui, c'était bien vu ! renchérit Klaus. Par contre, la seconde proposition sera plus difficile à mettre en place. Selon l'angle de vue, la superficie des taches change en temps réel. On pourrait passer à côté de quelque chose d'important, si on opérait comme ça. Pour la distance au sol, c'était pas grave, parce qu'on conservait trop de données, on n'en perdait pas. C'est pas le cas ici.

— Ah, euh, d'accord, balbutia Érèbe.

Il n'arrivait plus à se concentrer sur autre chose que sur la joie timide d'avoir apporté un avantage, aussi minime soit-il, avec son idée.

Ce qui le condamnait sûrement à passer pour un équipier brillant une seconde et totalement paumé la suivante, puisqu'il avait arrêté de suivre les conversations.

Olivar dut s'en rendre compte, car il posa une main paternelle sur l'épaule de son protégé.

— Bien sûr, si l'on pouvait dégager d'autres motifs, retrouver Faëlan sur ces écrans serait plus facile. À condition que la bête ne se cache pas de toute technologie. Cela me décevrait qu'on le trouve grâce à des drones. Ce serait presque… trop facile. Je ne pense pas que l'on puisse débusquer un dominifère de cette qualité autrement qu'en utilisant tous les sens qui sont à notre disposition.

— Que voulez-vous dire ? demanda Axel, les sourcils froncés.

Il avait les yeux sombres, le regard perçant et des cheveux très courts, presque ras, de la couleur des feuilles mortes. Il ne pouvait s'empêcher de toucher son insigne du bout des doigts, comme si, lui aussi, était nerveux.

— Simplement que Faëlan est un maître de la mort, intervint Lucien, toujours concentré sur sa tâche. Il pourrait bien être là, aussi froid qu'une pierre, impossible à distinguer autrement qu'en lisant les signes.

Olivar approuva d'un signe de tête.

— C'est la magie que nous sommes venus chercher, compléta-t-il. Et s'il y a bien une chose que les Scientificiens ne maîtrisent pas, c'est ça.

— Ce qui ne vous empêche pas de compter lourdement sur notre technologie pour vous emmener ici et sur nos armes pour vous sauver la vie, siffla Klaus, un rictus caustique sur le visage.

L'atmosphère sombre de la tente conjuguée aux lumières crues des écrans donnaient à son expression quelque chose de féroce, et à celle d'Olivar une morgue meurtrière.

— Donc vous allez envoyer des hommes à la place des robots ? s'enquit Siméon, un peu fébrile.

— Bien sûr. Quand nous connaîtrons mieux le terrain. C'est à ça que servent ces drones, c'est tout. Les biologues seront en première ligne. (Il jeta un regard entendu vers Érèbe.) Ils ont toutes les clés en main. Quant à vous, Siméon, vous vous contenterez de préparer leurs sacs. Vous avez décroché le job le plus relaxant de la troupe, félicitations.

Siméon maugréa entre ses dents, les propos d'Olivar lui ayant visiblement déplu. Néanmoins, ses épaules s'étaient détendues et les traits de son visage, apaisés. Il décerna même à Érèbe une œillade compatissante.

— Bonne chance, mec, murmura-t-il avant de prendre congé.

Les biologues furent déployés le surlendemain. On les fit se lever avant l'aube et avancer de trois kilomètres vers l'ouest, afin de rejoindre une zone où les drones avaient relevé une inactivité anormale.

Deux Scientificiens inconnus d'Érèbe les accompagnaient, leurs machines de mort bourdonnant sur leurs épaules. Au-dessus d'eux, les drones cisaillaient l'air de leurs minuscules hélices, à la façon d'insectes particulièrement sinistres et imposants.

Sur l'écran, leur groupe devait ressembler à huit petites taches rouges. Comme des offrandes déjà sanglantes. Tout cela évoquait un macabre présage.

Au début, personne ne parla, puis ils arrivèrent sur le site du jour et Érèbe ordonna que l'on déploie la longue corde qui leur permettrait de structurer leur inventaire de faune et de flore. Leur but ? Déceler des anormalités, qui pourraient suggérer le passage d'une créature magique.

Pour Érèbe, cela ressemblait aux actions désorganisées d'un chef qui ne savait pas où donner de la tête. Personne ici, pas même lui, ne connaissait la forêt dans son état normal. Comment pouvaient-ils déceler des *anormalités* ? Alors qu'il s'accroupissait et installait ses affaires au sol, Érèbe songea qu'au moins, il pouvait marcher dans les traces de Grius, ou d'Hoverac de Labille, et faire de la vraie science. Les plantes, ici, de la plus petite fougère à l'arbre le plus grand, étaient magnifiques.

Bien sûr, ils ne trouvèrent rien dans cette zone ni dans les quatre autres qu'ils examinèrent minutieusement au cours des jours suivants. Le soir, de retour au camp, Érèbe s'effondrait sur sa couchette, épuisé, quand Olivar ne le convoquait pas pour essayer d'extraire de lui des souvenirs qui ne semblaient pas vouloir remonter. L'impatience rendait le capitaine cassant, agressif. Rien d'étonnant : il perdait la face devant ses troupes en exigeant d'elles des actions éreintantes et en apparence inutiles. Chaque soir, équipiers et aides attendaient avec impatience des découvertes qui ne venaient jamais. Érèbe comprit alors à quel point cette expédition se basait sur du vent. Que les autres pensent qu'Olivar avait une histoire avec Faëlan était normal. Après tout, il avait dévoilé son squelette devant tous les nobles d'Archronde, l'avait présenté comme un héritage familial et avait reçu l'Aval du Roi. Mais Érèbe, lui, savait. Savait que le squelette n'était qu'une chimère ; qu'il était sien ! Que tout reposait sur lui ! Et lui ne savait rien de Faëlan, à part qu'il était un monstre sanguinaire qui lui avait ravi bien plus que l'intégrité de son corps.

Même si de nouveaux souvenirs lui revenaient, il ne voyait pas très bien en quoi ils se révéleraient utiles. Un souvenir n'avait rien d'un fait, c'était un prisme. Et Érèbe avait été terrifié, traumatisé. C'était bien tout ce qu'il pourrait offrir au capitaine : un cauchemar teinté d'épouvante.

Olivar fit démonter le camp après deux jours de recherches supplémentaires. On chargea les sacs, et la chenille, pour replonger dans la forêt. Huit heures de marche plus tard, *Pour la magie 1* s'installa dans une autre zone morte, plus petite, à proximité d'une cascade. Et tout recommença, sauf que cette fois, tous les équipiers furent mis à contribution. Olivar assigna deux biologues et deux Scientificiens par équipe et remplit les quatre places vacantes de cartographes et de logisticiens. Comme il fallait les instruire, tout prit plus de temps au début, puis chacun attrapa le coup de main et la mission gagna en efficacité, à défaut d'obtenir des résultats.

— Vous ne pensiez quand même pas qu'il allait nous rendre la tâche facile ! La magie, ça se mérite ! rétorquait Olivar à tous ceux qui osaient remettre l'objectif de la mission ou ses méthodes en question.

Bientôt, cela fit douze jours, puis vingt-quatre. Et comme il fallait s'y attendre, un groupe finit par craquer.

Chapitre 33
La créature

Érèbe ne releva la tête que passé midi, quand le vent lourd et humide lui apporta l'odeur d'un feu et de conserves que l'on faisait chauffer. Son dos, ses épaules et sa nuque étaient raides à force de ployer vers le sol de la forêt, à la façon d'une plante assoiffée. Il rangea son matériel d'identification dans une poche étanche, marqua la zone qu'il venait de recenser à l'aide d'un spray blanchâtre, encoda les coordonnées correspondantes dans son écran d'avant-bras et remonta le long de la ligne, comme un poisson le cours d'une rivière. Il détestait laisser une trace, quelle qu'elle soit. Surtout quand celle-ci entravait la photosynthèse. Mais il se rassura en se disant que la poudre blanche ne tiendrait que jusqu'à la prochaine pluie.

Ses subordonnés n'avaient pas attendu son signal pour déserter leur nœud. Sans doute le jeune chef d'équipe s'était-il perdu dans son travail, dépassant sans s'en rendre compte l'heure de la pause repas. Mais il aurait aimé que les autres le préviennent, faute de lui demander l'autorisation. Voilà encore une preuve, s'il en fallait une, que personne ne le considérait réellement comme un supérieur hiérarchique. Il avait l'insigne, les responsabilités, mais pas le respect et la loyauté qui allaient avec. Au moins, personne n'avait encore cherché à lui nuire ouvertement, et c'était déjà beaucoup.

Lorsqu'il rejoignit les autres, ce fut pour regarder Siméon vider l'une de ses gourdes sur le feu. Le reste de ses coéquipiers s'était regroupé autour d'un coffre et en sortait de longs fusils de chasse à la crosse dorée, typiques de Naturalia. C'était le genre d'armes que les nobles utilisaient pour la chasse à courre. Bruyantes, peu fiables. Elles tuaient rarement proprement, et il fallait ensuite retrouver la bête agonisante pour l'achever au couteau. Érèbe ne savait même pas qu'ils en transportaient.

Il accéléra le pas, sentant l'angoisse se tapir dans son ventre. Comme il était le biologue le plus haut gradé, Érèbe était responsable de ce groupe. Si ces armes provoquaient un accident, c'était à *lui* qu'on demanderait des comptes, *lui* qui courberait l'échine devant la colère du capitaine et de Klaus. Les drones observaient, donc Olivar observait. Il n'y aurait pas de mensonges, pas d'excuses, juste la vérité crue : Érèbe n'avait jamais rien contrôlé, ni ses cauchemars ni ses hommes. Il aurait aimé que Lucien soit là : au moins aurait-il eu un allié. Mais Olivar l'avait assigné à un autre groupe. Quant aux aides comme Cécilie, elles ne quittaient jamais le camp principal.

— Que faites-vous ?

Pas de réponse. Dans un frisson glacé, Érèbe perçut l'agitation des hommes de l'autre côté des canons. Pour la première fois depuis près d'un mois, c'était l'anticipation qui prédominait, le frisson de la chasse, celui du sang. Il le ressentait presque dans ses veines à lui, mais ces hommes n'appartenaient pas à sa meute.

— Que faites-vous ? tenta-t-il de nouveau en agrippant un cartographe par l'épaule.

Robbie. Mauvaise pioche. L'homme était plus âgé que lui d'une dizaine d'années environ et portait son orgueil comme une médaille.

— Eh, fais attention, gamin ! Je viens de la charger !

Gamin…

Érèbe ne perdit pas plus de temps avec lui et se dirigea vers Siméon. Le logisticien montrait un tempérament plus doux. C'était la seule personne, en dehors des amis d'Érèbe, qui lui manifestait un semblant de sympathie. Lui non plus n'avait pas l'air ravi de la tournure des événements, mais il n'avait encore rien fait pour s'y opposer. Peut-être attendait-il la dernière minute pour accorder à Érèbe une chance de ne pas perdre la face.

— Que font-ils, Siméon ?

— Ah, tu es là ! On a reçu une communication de Central. Des oskulips seraient en train de s'abreuver au ruisseau pas loin. Les gars veulent en ramener quelques-uns pour les naturaliser.

— Quelques-uns ?

— Ils ne vont pas se partager un seul squelette, Érèbe. S'ils en ramènent plus d'un, il y a des chances que le dynaste ne rafle pas tout, tu comprends ?

Érèbe claqua de la langue, un peu agacé.

— Central ne voit que des taches rouges ! Comment ont-ils pu en conclure qu'il s'agissait de simples oskulips et pas… de quelque chose de plus dangereux ?

Siméon haussa les épaules, l'air un peu gêné.

— C'est pas Central qui a conclu à des oskulips. C'est ton ami Boyle, là-bas. Et c'était le seul biologue sur place. Ils sont surexcités, maintenant, convaincus que ça ne risque rien ; le premier qui tentera de les dissuader passera pour un lâche.

— Vous auriez dû m'appeler !

— Tu aurais dû être là ! Mais tu ne te mêles jamais aux autres. Tu fais bande à part et quand, par malheur, tu es contraint d'être physiquement là, tout ton visage crie « reculez, il n'y a rien à voir ». Tu ne peux pas reprocher aux autres de lire ton langage corporel et d'agir en conséquence !

Érèbe resta un instant silencieux, incapable de trouver quoi dire. Siméon avait tort ! Ce n'était pas lui qui repoussait les gens, mais eux qui le tenaient à l'écart, à cause des rumeurs, à cause de…

— Je… je fais vraiment ça ? balbutia-t-il devant l'air entendu de Siméon.

Celui-ci ricana. Il lui tapota gentiment l'épaule.

— Bienvenue parmi nous, Érèbe.

Puis, tendant la main vers le coffre :

— Tu prends une arme ?

— Non.

— Ne serait-ce que pour te défendre si ce ne sont pas des oskulips, mais une harde de petites créatures sanguinaires qui n'ont pas vu de chair fraîche depuis trois jours ?

— Non, je ne me sers pas de ça.

— J'ai entendu que tu étais bon chasseur, pourtant. Tu te sers de quoi ?

Érèbe rougit violemment, en songeant à l'intimité de ses chasses avec Noctis. À la façon dont il laissait toujours ses griffes et ses crocs faire une partie du travail avant d'achever ses proies au couteau. Siméon pâlit un peu.

— Je vois, murmura-t-il en lui jetant de petits coups d'œil à la dérobée. Allez, viens, on ne peut pas les empêcher de se servir – après tout, ils sont venus à Exotica pour ça –, mais on peut au moins limiter les dégâts.

Les deux hommes emboîtèrent le pas aux autres, qui s'embusquaient déjà le long de la rivière. Les deux Scientificiens grimpèrent sur deux arbres à l'écart, leurs armes de précision pointées en direction de la jungle environnante. On aurait dit deux parents assis sur un banc pour surveiller les jeux de leur progéniture.

Érèbe se dévissa le cou jusqu'à apercevoir l'une des créatures. Les oskulips ressemblaient à de jeunes chevreuils, si l'on exceptait leurs têtes fines où culminait une corne unique, droite et acérée, et le gigantesque pompon touffu qui leur tenait lieu de queue. Leur pelage noir, zébré de lignes d'un vert émeraude et scintillant, lui rappela immédiatement la fourrure de Faëlan. Les doigts d'Érèbe fourmillèrent, puis son visage. Des points noirs grignotaient la périphérie de sa vision et il se rendit compte qu'il avait arrêté de respirer.

— Eh, ça va ? s'enquit prudemment Siméon, toujours à côté de lui. Alors tu valides ? Ce sont bien des oskulips ? Je n'ai aucune idée d'à quoi ces trucs ressemblent.

Érèbe hocha la tête, d'abord incapable de parler.

— Oui. Pas de danger, murmura-t-il, malgré son cœur qui menaçait de s'échapper de sa poitrine. Ils sont comme ceux des bestiaires.

Des créatures placides et craintives, totalement herbivores, conformes à la description de Franchovine. L'esprit d'Érèbe s'apaisa, peu avant qu'une pensée le secoue. Tous ensemble, avec ces créatures, ils formaient un très joli rassemblement de proies. Il se redressa brusquement, alors que le premier coup de feu partait, faisant fuir les oskulips dans un déchaînement d'éclaboussures.

— Dispersez-vous ! Vite !

Bien sûr, il ne récolta que des regards courroucés, couronnant des bouches entrouvertes, prêtes à décharger mépris et reproches.

La bête qui jaillit des fourrés à la vue des oskulips en train de se disperser leur cloua le bec. Au premier coup d'œil, on aurait dit un félin de la taille d'un puma. Mais en guise de queue, l'animal arborait un long appendice recourbé qui s'achevait par un dard, à la manière des scorpions. Comme si ses crocs et sa silhouette musclée ne suffisaient pas. Comme s'il n'était pas déjà mortellement dangereux.

L'estomac d'Érèbe remonta dans sa gorge et sa main se porta aux cicatrices de son ventre. L'animal n'était pas beaucoup plus petit que Faëlan ni beaucoup moins effrayant. Se pouvait-il… se pouvait-il qu'ils aient déniché un dominifère ? Un porteur de magie ?

— Que personne ne tire ! s'exclama l'un des gardes – une femme – en descendant précipitamment de son arbre. On le capture vivant !

Non, pas *ça*… Pas cette bête avec ce dard à l'amplitude d'action phénoménale. En un simple mouvement, elle les empoisonnerait à mort, voire leur déchirerait le ventre ou le dos. L'eau du ruisseau se colora de rouge, puis les fougères, ensuite ses propres mains. Du sang, il y avait du sang partout, et la seule pensée qui traversait son esprit paniqué était que sa combinaison ne camouflait plus rien du tout. On ne voyait plus que lui, point vert, noir et blanc dans un océan de rouge. Érèbe cilla et la vision s'estompa, mais pas sa terreur.

Ses équipiers, à l'exception de Siméon, qui le contemplait d'un air inquiet, formaient un arc menaçant qui progressait vers l'animal. Celui-ci leur faisait face, tous crocs dehors, le dard prêt à fondre sur ses nouvelles proies. La créature n'était pas acculée. Elle aurait pu s'enfuir. Soit elle protégeait son territoire contre des intrus, soit elle venait d'élire son prochain repas. Ça allait être un massacre. Encore.

— Je peux pas… peux pas… murmurèrent ses lèvres.

La peur le remit sur ses jambes, et, avant qu'il puisse se rendre compte de la portée de ses actes, Érèbe recula un pas après l'autre et commença à courir.

Il courut en sachant que les drones l'observaient et remontaient sa lâcheté à Central. Mais il n'en avait cure. Il n'y avait plus personne aux commandes de son corps, si ce n'était le plus pur des instincts de survie.

Ceux qui survivaient étaient ceux qui avaient fui.

Toutes ces zones mortes où l'on ne trouvait pourtant aucun cadavre humain se chargeaient de le lui rappeler. Derrière les battements affolés de son cœur, Érèbe perçut des bruissements dans les fougères. Quatre animaux le poursuivaient, un à gauche, un en arrière, deux autres à droite.

Qu'était-ce, encore ? Qu'était-ce ?

Il jeta un œil derrière lui, puis un autre, sans rien voir. Il se sentit tomber avant de ressentir la douleur dans sa cheville. Sa tête heurta le sol couvert de petites plantes, de mousses et de brindilles, ses bras se refermèrent au-dessus de son crâne et ses pieds dérapèrent dans l'humus, tentant vainement de le relever. Une langue mouillée s'insinua dans son étreinte protectrice. Une masse chaude couvrit son dos, tandis qu'une autre se pressait contre son flanc. Érèbe arrêta de respirer. Des loups, c'étaient des loups, comme Noctis. Mais que voulaient-ils, que faisaient-ils ? Pourquoi le couvaient-ils comme ça ? Une soudaine vague de soulagement et de sécurité l'enveloppa. Non ! Non ! Ces loups n'étaient pas Noctis, ils n'étaient pas…

Érèbe perdit connaissance.

✵

Plus tard

— Déa toute-puissante, que s'est-il passé ?

Des mains fraîches et légères se posèrent sur les bras d'Érèbe. Cécilie.

— On est tombés sur un tantrin en chassant les oskulips. Comme il ressemblait à un dominifère, certains d'entre nous ont pensé que… que ça vaudrait bien l'autre. Celui de l'Aval du Roi. Trois des nôtres se sont pris un coup de dard. Ils sont dans le coma. Et bien sûr, on a laissé filer le tantrin.

Une voix basse, étouffée, articula une question. Lucien, peut-être ? Érèbe n'en était pas sûr.

— … Non, pas lui. Lui, il a paniqué et il s'est enfui. On l'a retrouvé roulé en boule au pied d'un arbre. Il était complètement ravagé, terrorisé. J'avais jamais vu ça. Ils ont dû lui injecter un calmant quand on est rentrés, pour qu'il arrête de se débattre et de se griffer le visage et le ventre. Le pire, c'est qu'il n'était même pas là ! Il était responsable et il s'est enfui. Et maintenant, on le dorlote, comme si c'était un grand traumatisé, alors qu'il n'a rien vu, il n'a rien fait pour…

— Arrête ! On a compris, le coupa Cécilie. Qu'est-ce que tu fais ?

Érèbe ne reconnaissait pas la troisième voix. Siméon peut-être, ou Harry.

— Je lui enlève son insigne. C'est de Vilebruine qui prend le relais.

— Quoi ? Mais lui non plus n'était pas là !

— Mieux vaut quelqu'un dont on n'est pas sûrs qu'un lâche avéré. Et puis, ce n'est pas ma décision, c'est celle du capitaine.

— Et toi, Lucien ! Il t'a consulté, non ? Tu es son second, tu ne peux rien faire ? (Une pause.) Je ne peux pas le croire ! Tu n'as même pas essayé !

De nouveau cette voix presque réduite à un murmure. Érèbe ne comprenait pas ce qu'elle disait, mais cela ressemblait fort à une excuse.

Chapitre 34
Offrandes

Une semaine plus tard

— Tu pars déjà, Érèbe? s'étonna Lucien en consultant son écran d'avant-bras. J'étais en train de gagner!

Érèbe esquissa une moue gênée, qui se transforma en sourire timide quand Rhodente se redressa sur son tabouret, faussement offusquée.

— N'importe quoi! La dernière fois que tu as annoncé ta victoire, je vous ai mis au tapis tous les deux.

Ils étaient vraiment mignons. Même si leur couple était officieux, Rhodente avait fini par emménager dans les quartiers du prince. Ils passaient presque tout leur temps libre ensemble, à se lire des romans, à tout apprendre l'un sur l'autre. Leur amour crevait les yeux. Ça en devenait presque douloureux à regarder.

— C'est que… Je ne veux pas m'imposer davantage, avoua Érèbe.

En réalité, il se sentait tout simplement minable face à ses amis et il ne désirait qu'une chose : se vautrer dans sa morosité. Seul.

Prévenante, Rhodente reposa son jeu de cartes et quitta un moment la tente, prétextant qu'elle avait besoin d'eau chaude pour le thé. Le prince se pencha pour presser la main d'Érèbe.

— J'aimerais qu'on parle du tantrin, si tu veux bien. Je vois bien à quel point cette attaque t'a perturbé et je déteste en être témoin.

— Parce que ça entache ton bonheur? railla Érèbe.

Les mots étaient sortis tout seuls, teintés d'amertume, et il les regretta immédiatement. Lucien haussa les sourcils et recula.

— C'est… plutôt injuste comme remarque, tu ne crois pas ?

— Je suis désolé, Luce. Je ne… je ne le pensais pas. C'est simplement que… Je ne peux plus croiser personne dans ce camp sans voir le mépris dans leurs yeux. Et ils ont raison ! La preuve : Paco porte mon insigne. Je ne sais pas ce qui m'a pris, ce jour-là, je…

Il se tut, la gorge nouée par une corde invisible.

— Depuis quand te soucies-tu de ce que pensent les autres ?

— L'opinion qu'on a de moi m'a toujours touché. Même quand j'essaie de ne pas le montrer.

Lucien saisit une petite flasque sur son tabouret et en versa un fond dans la tasse vide d'Érèbe.

— Pour quand Rhodente reviendra avec le thé, glissa-t-il avec un clin d'œil, avant de préciser : Je me suis mal exprimé. Je ne pense pas que l'opinion de *tous* les autres te chagrine. Par contre, celle de Cécilie… Elle t'a fait une remarque à ce sujet, je me trompe ?

Érèbe secoua la tête. Décidément, Lucien lisait dans le cœur des gens comme dans un livre ouvert.

— Non, elle ne m'a rien reproché, mais… J'ai l'impression qu'elle me fuit. Rhodente et toi passez du temps ensemble, mais nous… La preuve, elle consacre ses soirées à ses nouveaux amis et moi aux miens, et nos univers ne se croisent presque plus. Plus je vous regarde, Rhodente et toi, plus je me dis que Cécilie et moi n'avons rien d'un couple. On aurait pu, peut-être, mais après ma fuite, elle a vu clair en moi, j'imagine. Elle regrette sûrement d'avoir couronné le lâche du groupe. Celui qui préfère sauver sa peau plutôt que de venir en aide à ses subordonnés.

L'expression du prince s'assombrit, l'indignation étincelait dans ses yeux. Mais ce fut Rhodente qui la laissa exploser.

— Ça suffit ! s'écria-t-elle en posant brutalement la casserole d'eau brûlante sur la table basse où ils avaient installé leur jeu de cartes et leurs tasses.

Celle d'Érèbe tomba sur le tapis et l'alcool éclaboussa ses pieds.

— Peut-être que mon avis ne t'importera pas, et celui de Lucien non plus, parce que tu ne penses qu'à ta couronnée, mais tu vas m'écouter ! Cécilie est mon amie et, très honnêtement, elle ne me mérite pas.

Érèbe ouvrit de grands yeux surpris. Il s'attendait à tout, sauf à ça. Surtout de la part de Rhodente, toujours si calme et réservée.

— Si elle passe du temps avec les Scientificiens, ce n'est pas parce qu'elle a honte de l'épisode du tantrin, c'est parce qu'elle en a envie.

Elle les a toujours admirés et, dans le même temps, elle méprise la condition des femmes à Naturalia. Je me demande d'ailleurs si elle ne méprise pas les femmes de Naturalia tout court ! Du moins celles qui se satisfont du rôle qu'on leur impose. Dans ce cas, pourquoi leur accorder de l'attention ? Elle a trouvé des gens bien supérieurs à côtoyer ! (Les yeux de Rhodente brillaient de larmes contenues.) Au début, je voyais bien que les corvées lui pesaient et qu'elle s'illuminait tout entière chaque fois que Klaus, Mira et leur groupe entraient dans son champ de vision. Je lui ai donc proposé de reprendre certaines de ses charges pour qu'elle puisse les rejoindre de temps en temps et les suivre dans leur travail. Comment me remercie-t-elle, à ton avis ? En m'en demandant toujours plus. Et en se fichant de ma compagnie comme de sa première robe. Tu parles d'une amie ! Alors je t'interdis de te sentir mal à cause d'elle. Elle n'en a rien à faire des autres et c'est tout.

Érèbe cligna des yeux, effaré. Jamais il n'aurait pu imaginer que Rhodente nourrissait une telle rancœur envers Cécilie. Et elle ? En était-elle consciente ? Il avait envie de la défendre, mais les mots restaient coincés dans sa gorge. Même Lucien scrutait Rhodente, sans voix. La jeune femme replaça une mèche de cheveux dans sa coiffure et récupéra la casserole, qui avait gondolé les cartes en dessous. Elle rassembla les tasses en marmonnant des excuses et prépara le thé. Puis elle se rassit, logea d'autorité les breuvages dans les mains de ses compagnons et soupira :

— Bon, on reprend ?

Klaus versa une rasade d'un liquide rouge dans le verre de Cécilie. La boisson pétillait légèrement au fond du récipient en métal, mais elle exhalait surtout de puissantes vapeurs d'alcool.

— Goûte-moi ça, sourit le Scientificien, fier comme un paon.

Il affinait son mélange depuis leur arrivée sur Exotica. Cécilie plissa le nez et trempa les lèvres dans le liquide. *Déa, c'était fort !* Mais le fruit rouge exotique qui parfumait le breuvage noyait l'âpreté de l'alcool dans de douces saveurs acidulées.

— Alors ? s'enquit Klaus.

— Si je finis ce verre, je vais rouler sous la table. Et si Pauline de la Chênaie a vent d'une telle déchéance, vous n'aurez plus d'autre choix que me naturaliser ou me laisser apatride.

Son regard s'attarda de l'autre côté du feu. Mira discutait avec deux de ses collègues médecins, ainsi qu'avec la mécanicienne qui empêchait les équipements scientificiens de s'oxyder dans l'atmosphère chaude et humide d'Exotica.

Mira s'était tendue lorsque Cécilie avait prononcé le mot « naturaliser ». Son envie de devenir une citoyenne de La Scientifica n'était plus un secret pour la plupart des Scientificiens de l'équipage. D'abord parce qu'elle était la seule à se mêler si ouvertement à eux, à apprendre leur langue, à boire les récits de l'archipel et les expériences de Klaus. Ensuite parce que, peu après leur arrivée, elle avait demandé au chef de la sécurité d'être son parrain. Son intention première était de choisir Mira, mais cette dernière étant la thérapeute d'Érèbe, Cécilie n'avait pas voulu la mettre dans une situation compliquée vis-à-vis de lui.

Néanmoins, Cécilie ne regrettait pas sa décision. Klaus était un parrain dévoué et patient, jamais avare de conseils. Il l'avait convaincue de ne pas mentionner l'université dans sa demande de naturalisation. Et si l'esprit combatif de Cécilie s'y était d'abord opposé, elle s'était rapidement ralliée à sa stratégie. En effet, si la Soualienne échouait aux examens d'entrée, on la renverrait sur Naturalia sans autre forme de procès. Mieux valait donc infiltrer le système par la petite porte, avant de réattaquer l'université une fois bien sûre de ses appuis.

Dans l'immédiat, la question n'était donc plus de démontrer ce que La Scientifica pouvait lui apporter, mais ce que Cécilie pouvait lui offrir. La réponse tenait en peu de mots : sa connaissance profonde de la société naturalienne et de sa langue. La Scientifica manquait de Naturaliens pour former ses équipages et ses expatriés – comme les médecins de La Tour. Elle avait donc rejoint officieusement l'équipe de Klaus et se formait à la sécurité, pour démontrer sa capacité d'intégration. Klaus lui avait proposé de monter, sur son temps libre, un petit projet de recherche en cartographie qui pourrait appuyer sa candidature à l'université en temps voulu. Malheureusement, elle courait après le temps et cette partie du plan était loin d'être prioritaire. Rhodente commençait à s'agacer de devoir la couvrir sans cesse, quand elle ne parvenait pas à terminer ses corvées d'aide de camp.

Cécilie but une gorgée sous le regard appréciateur de Klaus. Elle toussa et il lui tapa dans le dos, sans cacher son hilarité. De l'autre côté du feu, Mira la contemplait de ses yeux sombres réchauffés par la lueur des flammes. Elle pensait à Érèbe, bien sûr. Mira lui avait confié, peu après l'incident avec le tantrin, que la présence constante de Cécilie au feu de camp impactait la relation médecin-patient qu'elle entretenait avec son couronné.

Sauf qu'elle avait le droit d'exister en dehors de lui.

Cécilie plissa la bouche dans une expression contrariée, mais Mira ne lui prêtait plus attention. Son corps s'était tendu vers le campement.

Cécilie suivit son regard. Une silhouette tremblante jaillit d'une tente au cœur du camp. Elle s'arrêta, recroquevillée contre la toile, et se pencha, secouée de haut-le-cœur. Érèbe resta quelques instants pantelant, à reprendre son souffle, puis se déplia et se dirigea d'une démarche saccadée vers la tente du capitaine.

Érèbe.

Érèbe qui, depuis l'attaque du tantrin, ne pouvait plus fermer les yeux sans revivre le massacre d'ó Faëlan vorn. Érèbe qui sentait la vie s'échapper de son ventre toutes les nuits et en voyait d'autres succomber pour le protéger. Encore et encore. Avec une violence indescriptible. Que les hommes qui avaient été touchés par le dard empoisonné soient encore dans le coma n'améliorait rien. Pour Érèbe, ils auraient aussi bien pu être morts.

La culpabilité lui serra le ventre. Elle baissa les yeux et changea de place pour se rapprocher de Mira.

— Je ne l'ai pas vu revenir, se justifia Cécilie. Je croyais qu'il était toujours avec Lucien et Rhodente, comme chaque soir.

Chaque soir à vingt heures, pas chaque soir à minuit. Et tu en es consciente.

— Il n'y reste que trente minutes, après le repas. Le temps d'un thé et d'une partie de cartes, confirma Mira, l'air sombre. Et seulement parce que je l'y encourage dans le cadre de sa thérapie. Depuis le tantrin, ces visites ne sont même plus un rituel, plutôt l'exception. Il dit que Lucien est trop fatigué, qu'il va se coucher de plus en plus tôt, mais je sais bien que ce n'est qu'une excuse.

Cécilie soupira.

— Je vais rentrer.

Mais Érèbe traversait déjà le campement dans l'autre sens, comme s'il avait son Cauchemar à ses trousses, et se ruait dans la forêt.

— Klaus !

— J'ai vu.

Il saisit l'arme qui patientait à ses pieds et fit signe à deux autres gardes, plus loin.

— Je viens avec vous, décréta Cécilie en se levant.

— Hors de question, tu as assez bu pour affecter tes réflexes.

— Et toi pas, peut-être ?

Klaus sourit en tapotant son arme.

— Je n'ai avalé que de l'eau et du jus de fruits ce soir.

Cécilie se sentit rougir d'indignation. Mais Klaus s'éloignait déjà. La Soualienne abandonna la souche qui lui servait de siège et courut à sa suite.

— J'ai dit non, Cilie !

Sur le visage de Klaus, il n'y avait plus la moindre trace de bonne humeur ou de jovialité.

— Je sais ! (Elle reprit, plus doucement :) Laisse-le respirer, d'accord ? Il en a besoin. Mais ramène-le-moi en un seul morceau, OK ?

Klaus hocha sèchement la tête et s'éloigna à petites foulées, avant de disparaître à la suite d'Érèbe.

✵

Avec un soupir, Érèbe se coula dans l'humidité chaude et poisseuse de la forêt. Il avait la bouche sèche, quoique encore emplie du goût âcre des sucs digestifs. Il fit quelques pas sous le couvert des arbres. Son ventre se contracta de nouveau, mais cette fois, Érèbe parvint à ravaler sa nausée grâce aux exercices d'ancrage que Mira lui avait appris.

Trois choses que tu vois.

Trois choses que tu sens.

Trois choses que tu entends.

Ici et maintenant.

La forêt noyait ses sens et lui donnait toute liberté de s'échapper de son corps. Il laissa sa vision s'habituer à l'obscurité, puis repartit d'un bon pas. Il se rinça la bouche à l'eau d'une liane, puis but avidement, jusqu'à ce qu'elle se fut tarie. C'est alors qu'il le repéra.

— Va-t'en, souffla Érèbe, traversé par une colère incompréhensible. Je n'ai pas besoin de toi !

Le jeune chien boula contre ses jambes. Il y en avait quelques-uns comme lui au sein de la meute qui l'avait poursuivi pendant l'attaque du tantrin et s'était regroupée autour de lui quand il était tombé. Il ne voulait pas. Il ne voulait plus qu'on le protège, quand cela signifiait mourir.

Avec un soupir, Érèbe s'arrêta et se pencha dans les fougères. Le chien-loup agita follement la queue. Il gémit, mais Érèbe referma le poing sur sa truffe pour l'empêcher d'aboyer. Il ne tenait pas à attirer l'attention d'un animal plus gros, surtout à deux jours de marche à peine d'ó Faëlan vorn.

Érèbe, comme le chien, tendit l'oreille. Cinq mètres. On venait d'écraser une fougère. Il ne se redressa pas pour autant : si cela avait été une bête, la fougère aurait ondulé plutôt que craqué. Seuls les hommes se déplaçaient de cette façon. Et encore, les hommes qui n'entendaient rien à la forêt. Un point de lumière rouge s'alluma entre les yeux du chien. Érèbe se décala pour faire rempart de son corps.

— Ami ou menace ? lâcha une voix à l'accent chantant.

— La seule menace ici c'est toi, avec ta saleté de jouet, cracha Érèbe.

Voir Klaus le mettait dans une humeur noire. Le Scientificien fit un signe derrière lui, puis baissa son arme et remit en place une mèche de ses cheveux décolorés. Ses lunettes infrarouges lui donnaient l'allure d'une grosse mouche de combat.

— Tu me pardonneras, mais contrairement à certains, je tiens à ma peau.

Il approcha et le chien-loup s'enfuit dans les fougères. Klaus fit signe à Érèbe de se relever.

— Il y en a un autre là-bas, qui a l'air de se demander s'il peut venir casser la croûte. Tu te promènes avec un steak dans ta poche ou quoi ? Chaque fois que je te trouve dehors, tu rameutes tous les canidés du quartier. Tu devrais faire gaffe. Un jour, tu risques de…

Il brandit à nouveau son arme à feu.

Érèbe vit l'animal alors qu'il s'écroulait, déchiré par un trait d'énergie bleue. Celui-là n'avait rien du chien. C'était un vrai loup au pelage noir. Des poils plus longs, comme des aigrettes, dessinaient des motifs bleu-vert sur sa robe. Avant que Klaus ait pu le retenir, Érèbe se ruait vers le colosse effondré, une haine viscérale lui fouettant les sangs. Cette bête n'avait rien fait ! Pourquoi l'avoir tuée ?

— Érèbe ! siffla Klaus. En arrière !

— Toi, en arrière ! Assassin.

Il jeta un œil à Klaus, dont les yeux clairs luisaient d'une colère froide. Ce dernier saisit le col d'Érèbe alors qu'il tombait à genoux devant l'animal.

— J'ai promis à Cécilie de te ramener vivant !

— Comme si elle s'en souciait, persifla Érèbe.

Il ne pensait pas vraiment ce qu'il disait, mais il avait remarqué la distance qui s'instaurait peu à peu entre sa couronnée et lui depuis qu'il avait craqué. Depuis que tout le monde le considérait comme un lâche, en plus d'un monstre. Il savait qu'elle l'avait défendu bec et ongles face aux autres, mais ça ne l'empêchait pas de l'éviter, souvent, pour lui préférer la compagnie des Scientificiens. Comme si elle avait honte de lui. *Elle veut un homme sûr de sa valeur, comme Klaus ou Cende. Pas une épave comme moi*, lui souffla une voix traîtresse au fond de son crâne.

Klaus éclata d'un rire mauvais. Il grogna quelques mots méprisants en scientii et le lâcha.

— Tu as trois minutes. Après, je t'assomme et je te traîne hors de là.

Le trait avait percé la gorge du loup. La plaie s'était cautérisée d'elle-même, mais à chaque inspiration de l'animal, l'air s'enfuyait par l'orifice au lieu de gagner ses poumons. Il étouffait.

Érèbe pressa ses doigts contre le trou, regrettant l'absence de Fyla. La soiraignée aurait pu le sauver. Dans les yeux du loup, il n'y avait plus qu'une terreur froide.

— Qu'est-ce qu'il a dans la gueule ?

Le regard d'Érèbe suivit le doigt pointé de Klaus. Un jus violet dégoulinait d'entre les mâchoires serrées.

— Un fruit. Un cadeau, répondit-il doucement.

Tout à coup, les fruits et la viande disséminés en abord de forêt, parfois même jusqu'aux limites du campement, prirent tout leur sens. Ce loup, le chiot qui l'avait précédé et tous les autres avant lui semblaient rechercher sa compagnie. Sa protection. Mais face à qui ? À Faëlan ? C'était ridicule. Il n'était qu'un faible humain sans crocs, sans griffes. L'idée le mit si mal à l'aise que, pendant un instant, il lâcha la blessure du loup. Sa respiration siffla, puis un nouveau trait d'énergie le frappa, dans l'œil cette fois, et il s'immobilisa pour de bon.

Ce soir-là, quand Érèbe retourna dans la tente, prêt à s'effondrer sur sa couchette, Cécilie l'attendait. Elle lisait les carnets de son couronné, soulignait certains passages, ajoutait des notes et remettait ses relevés les moins soignés au propre. Elle ne le vit pas tout de suite, concentrée sur sa tâche.

Un globe de lumière lévitait autour d'elle, répandant une lueur chaleureuse sur ses traits. Elle fronçait le nez et une fossette creusée dans sa joue droite indiquait qu'elle se mordait la joue.

Une boule de tendresse naquit au creux du ventre d'Érèbe, mais il s'interdit d'espérer. Cécilie était là, maintenant, probablement poussée par l'inquiétude, mais elle finirait par s'envoler et rejoindre le camp des Scientificiens. Il ne pouvait pas lui en vouloir : après tout, il n'était qu'une épave.

Et dire qu'il s'était considéré comme un chasseur, digne de courir aux côtés de son loup.

Érèbe se détourna pour se débarrasser de ses chaussures crottées. Au froissement des pages, il comprit que Cécilie l'avait entendu.

— Je suis désolée de ne pas avoir été là, ce soir, murmura-t-elle. Comment vas-tu ?

Érèbe lui lança un regard en coin. Il détesta la pitié mêlée de sollicitude qu'il voyait s'épanouir sur ses traits.

— Bien.

— Érèbe…

— Je vais bien, Cilie !

Il avait haussé le ton. Elle eut un bref mouvement de recul devant sa froideur, mais cela n'éteignit en rien l'étincelle combative qui brillait en elle.

Elle allait revenir à la charge.

Encore.

Tenter de le faire parler.

Encore.

Dieux qu'il se détestait. Il ne supportait même plus le regard de la femme qu'il avait couronnée. En cet instant, s'il avait pu…

— Arrête.

Un soupir tremblant s'échappa des lèvres d'Érèbe.

— Arrêter quoi ?

Son regard continuait de balayer le sol de la tente, les tapis épais déposés sur les nattes de paille.

— De te haïr pour tout et n'importe quoi, murmura-t-elle enfin. Tu as fait ce que n'importe quelle personne véritablement consciente des dangers aurait dû faire, ce jour-là. S'ils n'avaient pas été si idiots, si imbus de leur personne, ils auraient obéi quand tu leur as ordonné de se disperser, au lieu de foncer droit vers le danger.

Érèbe secoua la tête.

— Tu ne le penses pas. Toi, tu serais restée. Tu te serais battue pour eux.

Un léger soupir filtra des lèvres de Cécilie. Ses doigts, étrangement glacés malgré la chaleur ambiante, s'insinuèrent sous la tunique d'Érèbe et effleurèrent les boursouflures sur sa peau.

— Moi, je n'ai pas ces cicatrices sur le ventre.

Érèbe ferma les yeux, tandis qu'une larme traîtresse coulait sur sa joue.

— Je les ai méritées.

— Arrête! répéta Cécilie d'une voix plus dure. Arrête…

Et, contre toute attente, la jeune femme s'agenouilla devant lui, parsemant ses cicatrices de petits baisers apaisants.

À la fois surpris et ému, Érèbe se laissa tomber à sa hauteur, même si cela signifiait mettre fin à ce contact qui lui faisait tant de bien.

Un peu maladroit, Érèbe caressa la joue de sa couronnée du bout des doigts. Elle captura sa main dans la sienne, prolongeant leur contact, et, au lieu de profiter de l'instant, de céder à la chaleur qui s'épanouissait dans son ventre, il demanda :

— Pourquoi as-tu fait ça?

Elle fronça les sourcils.

— Quoi donc?

— Les… les baisers. La dernière fois, tu m'as embrassé pour me distraire, je crois.

— Et la fois d'après? l'interrogea-t-elle avec un sourire.

— La fois d'après… parce que je t'ai embrassée?

— Donc je t'ai rendu ton baiser par politesse, c'est ça?

— Je… je crois.

Une expression à la fois triste et tendre adoucit le visage de Cécilie. Elle était déjà si près de lui… Érèbe sentait son souffle sur sa peau et sa chaleur irradier de son corps. Pourtant, elle se rapprocha encore, jusqu'à grimper sur ses genoux. Le cœur d'Érèbe défaillit. Elle se pencha encore un peu et l'embrassa doucement, délicatement, délayant en lui tout un artifice de sensations qui faillirent le perdre pour de bon.

— Je l'ai fait parce que j'en avais *envie*. Tout simplement. Parce que, parfois, on arrête de penser. Parce que, parfois, cela vaut la peine de faire des choses simplement parce qu'on en a envie.

Les doigts de Cécilie errèrent sur la nuque d'Érèbe, puis ses baisers dans son cou. Chaque fois qu'elle reprenait son souffle, Cécilie lui murmurait des mots qu'il avait tant de mal à croire, mais chérirait pourtant jusqu'à la fin de ses jours.

Tu es une belle personne, Érèbe. Ceux qui ne le voient pas sont des idiots.

Tu n'as rien mérité du mal qui t'est arrivé. Je te défends de le croire encore.

Tu mérites tout l'amour et la douceur du monde.

Tu mérites d'être aimé. Encore et encore, à la folie et avec déraison.

Avec déraison. Anacendre l'avait-elle aimé comme cela? Son cœur sombra dans sa poitrine lorsqu'il songea que, pour Cécilie, il méritait d'être aimé. Mais pas par elle. Sinon, elle le lui aurait avoué, n'est-ce pas?

— Je t'aime, murmura-t-il, une petite pointe de culpabilité fichée dans le ventre, car il avait lancé ces mots si importants comme on jetterait un hameçon.

La réponse ne vint pas et ce n'était que justice, car on ne disait pas « je t'aime » pour obtenir une réponse, même s'il était humain de l'espérer. Ensuite, Érèbe décida de faire taire ses doutes, ses blessures, et de faire quelque chose simplement parce qu'il en avait *envie*.

Au début, Érèbe eut du mal à lui rendre ses gestes. Il se sentait pataud, maladroit. Il y avait tant de parts d'elle à découvrir, et dans le même temps, tant de parts de lui. Il ne parvenait pas à se concentrer sur deux corps à la fois. Quand il s'en ouvrit à Cécilie, elle rit, avant de lui ordonner de débrancher son cerveau et d'arrêter de réfléchir. Ce qu'il fit alors que leurs baisers devenaient plus fervents, que sa tunique tombait au sol et que les doigts d'Érèbe délaçaient les vêtements de sa compagne. Il n'y avait plus qu'une courte phrase, qui brillait en lettres d'or dans son cœur. *Je t'aime.* Il n'osa pas le répéter. Il accepterait ce qu'elle lui donnerait, voilà tout. Et c'était déjà tant. Il y avait une myriade d'émotions à lire dans ses yeux, qui ressemblaient presque à de l'amour. Et il se contenterait de cela ; d'un presque. Parce qu'elle était là, nue dans ses bras. Parce qu'elle ne le haïssait pas, ne le méprisait pas.

Elle l'aimait presque.

Et cela faisait mal, autant que cela était bon.

CHAPITRE 35

TRANSFUGE

Le soir suivant, Érèbe proposa à Cécilie de l'accompagner au feu de camp. Après ce qu'ils avaient partagé la veille, il avait envie de lui faire plaisir. Pourtant, son initiative fut accueillie par des sourcils froncés et une soudaine tension dans les épaules de sa couronnée.

— Tu ne veux pas que je vienne ? souffla-t-il, la poitrine traversée d'un élancement glacial.

Avait-il fait quelque chose de mal ? Pensait-elle sincèrement qu'il ne méritait ni le mépris ni la méfiance ? Qu'il méritait d'être aimé ?

— Ce n'est pas ça… hésita-t-elle.

Elle s'était courbée pour attraper une laine dans son sac. Le vêtement pendait au bout de ses doigts figés dans leur mouvement.

Malgré les flammes, les nuits pouvaient devenir fraîches dans la forêt humide. N'ayant rien de plus chaud que sa combinaison de camouflage, Érèbe la renfila, en gardant sa tunique dessous. Ce n'était pas très élégant, mais personne ne serait là pour le juger sur une chose aussi triviale quand il y avait…

… eh bien, tout le reste.

— Dans ce cas, je t'accompagne, déclara-t-il. J'ai envie de rencontrer tes amis.

Cette fois, Cécilie reposa son chandail et se redressa de toute sa hauteur.

— Tu connais déjà Mira. Et Klaus.

La phrase, prononcée sur la défensive, mit un coup à l'estomac d'Érèbe. Avant la veille, il aurait capitulé et serait resté seul avec sa douleur pour compagne. Mais pas ce soir. Il ne voulait plus s'apitoyer sur son sort. Il avait fui, qu'il assume ! Ceux qui avaient un problème avec ça pouvaient le lui dire en face. Après tout, parler dans le dos des gens n'était jamais qu'une autre forme de lâcheté.

Fort de ses nouvelles résolutions, Érèbe prit un air léger, comme si les réticences de sa couronnée ne le blessaient pas mortellement.

— En réalité, je ne le connais pas vraiment. Et je crois qu'il sera ravi de ne pas avoir à me pourchasser dans les bois, ce soir. Au moins, si je demeure dans le périmètre de son feu, il pourra facilement m'avoir à l'œil.

Cécilie le fixa longuement.

— Qu'est-ce que tu mijotes ?

— Rien, rétorqua-t-il. Je veux passer du temps avec toi, c'est tout.

Cela aurait été vrai si elle ne lui avait pas posé la question. Si elle s'était contentée d'être heureuse qu'Érèbe l'accompagne. Quand on tenait à quelqu'un, n'était-on pas censé partager des choses avec cette personne, en dehors de ses bras et de quelques discussions en tête-à-tête ? Soit Cécilie lui cachait quelque chose, soit elle avait menti, la veille, et elle avait bel et bien honte de lui. Il ne savait pas comment il réagirait si c'était le cas, mais il refusait de se voiler la face. Pas après Anacendre. Il ne voulait plus souffrir comme ça. Plus jamais.

— Alors, on y va ? insista-t-il une dernière fois, en forçant son expression à demeurer ouverte et lumineuse.

Passé les présentations, où Érèbe serra les mains des Scientificiens en se gardant de trébucher et d'atterrir dans le feu, un silence gêné tomba sur l'assemblée. Les amis de Cilie s'enquirent poliment d'Aigremort et des centres d'intérêt d'Érèbe, mais ces semblants de conversation se tarirent rapidement. Érèbe se creusa la tête pour trouver une question à leur poser, mais la conversation redémarra à ce moment-là, sans qu'il en fasse partie. Tout à coup, son intervention, qui concernait la faune maritime de La Scientifica, devint hors de propos. Alors il se contenta d'observer, de sourire quand les autres souriaient, de plonger son nez dans le verre que Klaus lui avait tendu à intervalles réguliers.

Enfin, Érèbe croisa le regard de Cécilie, restée elle aussi silencieuse. Son chignon crachait de longues mèches vaporeuses qui encadraient son visage et faisaient ressortir la beauté de ses traits. Le soleil d'Exotica avait doré sa peau et son regard n'en était que plus magnétique.

Il se doutait bien que le silence de la jeune femme avait sa présence pour origine. Qu'elle ne viendrait pas ici tous les soirs si elle ne s'y amusait pas. Le ventre d'Érèbe se lesta de plomb et il eut soudain envie d'être n'importe où ailleurs.

Pourquoi était-ce si difficile de se lier aux autres ? Il s'apprêtait à prendre congé, l'esprit rongé par la déception et l'amertume, lorsqu'une Scientificienne à la peau très sombre l'interpella. Érèbe se souvint qu'elle s'était présentée sous le nom de Quill.

— Hé ! Tu es un genre de spécialiste des os, à ce que j'ai compris. J'ai ramassé un bout d'aile l'autre jour. Tu veux voir ?

Érèbe ne put retenir un sourire timide de creuser ses joues. Il répondit, avec peut-être un peu trop de précipitation :

— Oui, bien sûr ! Montre-moi !

Quill se mit à farfouiller dans son sac en échangeant des plaisanteries avec un homme d'une cinquantaine d'années environ, assis à côté d'elle. Érèbe avait malheureusement oublié son prénom.

— Elle était complète quand je l'ai ramassée, mais en la déballant, j'ai vu que certains des os s'étaient détachés.

Elle lui tendit sa précieuse trouvaille, enveloppée dans un linge, et Érèbe la saisit, avec le sentiment d'être enfin, l'espace de quelques minutes, à sa place. Il aimait partager son art avec ceux que la mort, sous cette forme, ne rebutait pas.

— C'est normal, murmura Érèbe en dévoilant le trésor de Quill. Quoiqu'un cadavre si peu ancien aurait pu conserver quelques articulations intactes. L'oiseau n'est pas mort depuis très longtemps, regarde la couleur de l'os. Les insectes d'ici dévorent tout très vite. À Naturalia, il y aurait encore de la chair dessus. D'ailleurs, je pense que tu aurais pu retrouver quelques plumes dans les alentours. Cela aurait été idéal, pour le naturaliser de la façon la plus fidèle possible. À moins, bien sûr, que tu ne préfères garder l'os à nu. C'est un choix qui se défend entièrement.

Il effleura les os du bout des doigts, frissonnant légèrement quand la graisse perla dans le sillage de son index. Cela marchait encore mieux qu'à Naturalia.

— Quelqu'un peut me passer de l'alcool ?

Il attrapa la flasque que Klaus lui tendait, puis un mouchoir propre dans l'une de ses poches. Il tamponnait la graisse à mesure qu'elle sortait, les yeux fixés sur son œuvre. Il songea, avec un sourire, que ça aussi pouvait devenir son lieu sûr. Les os ne mentaient jamais, eux. Ne connaissaient pas l'intrigue ni les motifs cachés.

La sensation de fierté qui le submergea lorsqu'il essuya la dernière goutte de graisse n'avait pas de prix. Dommage qu'il n'ait pas plus de matériel sous la main. Il aurait monté l'aile, avant de la socler pour Quill, et l'aurait fait avec plaisir. D'ailleurs, peut-être n'était-il pas trop tard pour le lui proposer. Il releva la tête, pour s'apercevoir que tous le contemplaient avec des yeux écarquillés et nerveux. Quelqu'un – l'homme plus âgé dont Érèbe avait oublié le nom – poussa un juron sonore en scientii. Quill renchérit et Mira lui adressa une réplique sèche, à laquelle elle rétorqua dans la langue de Naturalia :

— Quoi ! Je serais curieuse de savoir comment il a fait cracher la graisse de cette façon, c'est tout ! C'est pas exactement normal ! Ça me dirait bien de pouvoir faire ça.

— Ça te ferait une belle jambe, Quill ! se moqua gentiment l'homme plus âgé – Otto ! Érèbe s'en souvenait à présent.

Klaus pouffa. Érèbe crut d'abord qu'il riait de Quill, mais c'était bien le biologue qu'il regardait. D'autres rirent aussi, en avalant des rasades d'alcool parfumé de fruits exotiques. Un discret sourire ourlait les lèvres de Cécilie. Encore une fois, Érèbe se sentait à côté. Il ne comprenait pas et cette connivence à ses dépens alluma un brasier de colère en lui.

— Qu'y a-t-il ?

Klaus prit le temps de savourer sa gorgée avant de répondre.

— Tu as regardé ta jambe, j'ai trouvé ça drôle, c'est tout. Hé, Otto, un mauvais point pour ta jolie traduction littérale. Tu as réussi à perdre un natif.

Otto lui tira la langue. Mira ouvrit la bouche pour éclairer Érèbe, mais Cécilie la devança :

— « Ça te fait une belle jambe » est une traduction littérale d'une expression scientii. Dans notre langue, on pourrait la comprendre comme « ça ne t'avance à rien ».

Érèbe lui lança un regard surpris, qui se mua en horreur quand Otto ébouriffa les cheveux de sa couronnée. Il prononça quelques mots dans la langue de l'archipel. Cécilie et Mira se figèrent.

La jalousie mordit la poitrine d'Érèbe, aussitôt suivie par un profond sentiment de perte. Au fil des semaines, sa couronnée s'était intégrée parmi eux. Elle avait fait son nid autour de ce feu, le laissant à l'écart.

C'est toi qui n'as jamais daigné l'accompagner, se morigéna-t-il.

— Qu'est-ce qu'il a dit ? demanda Érèbe à Mira.

Cette dernière ne fit que secouer la tête. Autour du feu, le malaise devint palpable. Il emplissait l'air, comme une brume empoisonnée.

— Cécilie ? insista Érèbe, un mauvais pressentiment au creux du ventre.

Celle-ci reposa lentement son verre et foudroya le petit groupe du regard, les mettant au défi de répondre. Elle articula une courte phrase dans un scientii maladroit, quoique teinté de menace.

Klaus répliqua dans la même langue, visiblement agacé. Cécilie lui asséna une repartie hargneuse, avant de déserter le feu de camp, non sans adresser une œillade paniquée à Érèbe. Elle le suppliait de le suivre ; aussi, il ne bougea pas. Il était pétrifié sur son rondin de bois, suspendu à ce qui allait suivre.

Les Scientificiens gardèrent le silence après le départ de la jeune femme. Les coupes se remplirent, puis se vidèrent. L'une d'elles apparut dans les mains d'Érèbe. Otto lui posa une paume compatissante sur l'épaule ; un marmonnement sourd s'échappa de ses lèvres.

— Il s'excuse pour sa maladresse, traduisit Mira.

— Je ne sais même pas ce qu'il a dit.

Le feu cracha un nuage de cendres qui vinrent saupoudrer ses cheveux noirs.

— *Ma petite transfuge*, finit par lâcher Klaus en versant le contenu de son verre dans les flammes.

Érèbe avait du mal à respirer. Plus il inspirait, plus l'angoisse avalait son oxygène, comme un démon tapi au fond de ses bronches. Bientôt, de petites taches noires parsemèrent sa vision et il comprit que s'il ne parvenait pas à se calmer, il s'écroulerait là, entre les tentes, sous les yeux des Naturaliens qui ne dormaient pas encore.

Il se força à ralentir, même si ses muscles brûlaient de se mettre à courir.

Ma petite transfuge. Les mots en eux-mêmes semblaient inoffensifs. Après tout, Cécilie dédaignait régulièrement la compagnie de ses semblables pour celle des Scientificiens. Cela pouvait n'être qu'un surnom affectueux qu'elle avait mérité à son premier feu de camp…

Si elle ne s'était pas figée.

Si elle n'avait pas crié sur Klaus.

Si elle n'avait pas quitté la soirée, en espérant qu'Érèbe la suive.

Si Otto ne s'était pas excusé.

S'il n'y avait pas eu ce silence pesant, plein de pitié, quand Érèbe avait voulu comprendre.

Alors, il aurait pu y croire.

Il avait réalisé, avec une brutalité sans concession, que sa couronnée allait partir. Il ne savait pas pourquoi, comment, quand, mais elle comptait le quitter et s'enfuir avec eux sur leurs îles aux mille et une merveilles.

Il trébucha contre le piquet d'une tente et se rattrapa de justesse. Plusieurs visages se tournèrent vers lui. Il reconnut Paco, Harry, Boyle et Eowin, qui faisaient griller d'épais insectes au bout de piques taillées dans du bois vert.

— Érèbe ?

Harry s'était levé à demi, la pointe rougeoyante de son bâton brandie devant lui. Pourtant, il n'y avait aucune menace dans ses yeux, juste de la sollicitude.

— Ignore-le, grogna Boyle. Il a l'air complètement saoul.

Érèbe lui renvoya un regard plein de douleur et d'incompréhension. Au loin, un loup hurla, puis deux, puis trois. Leur chant le transperça de part en part et il sentit son angoisse refluer. Eowin pâlit, sourcils froncés, et Paco le força à se retourner.

— … monstre… entendit prononcer Érèbe, entre des dents serrées.

Pour une fois, Paco ne cherchait pas à le provoquer ouvertement. Il semblait sincèrement… mal à l'aise. Ce constat le dérouta.

— Je ne suis pas un monstre, réussit à balbutier Érèbe, avant de poursuivre son chemin entre les tentes.

Bientôt, celle qu'il partageait avec sa couronnée se dressa devant lui. La toile luisait faiblement sous la lumière de la sphère lumineuse que Cécilie faisait voler à l'intérieur. Il releva un pan de la toile et se courba pour y pénétrer.

Son cœur battait la chamade. Le chant des loups l'avait aidé à maîtriser son souffle, mais il avait toujours le sentiment qu'un poing serré lui strangulait la gorge. Son esprit, quant à lui, était curieusement détaché de la situation, comme s'il contemplait la scène du dessus pour ne pas se laisser submerger par l'émotion. Une étoffe se froissa, puis le parfum de sa couronnée flotta jusqu'à ses narines. L'odeur, familière, apaisante, le poignarda un peu plus. *Par les dieux, je l'aime*. Lentement, il se redressa, les yeux toujours baissés, dans l'incapacité de croiser son regard. Elle se jeta dans ses bras, éclair fauve de chaleur et de douceur. Il enfouit le visage dans ses cheveux, lui caressa le cou, le dos, referma les deux mains sur sa nuque et s'effondra contre elle. Elle accompagna sa chute. Bientôt, ils furent à genoux.

— Ne pars pas, Cilie, ne pars pas, ne pars pas, ne me laisse pas, murmurait Érèbe à l'infini.

Elle le laissa pleurer toutes les larmes de son corps, avant de lui sécher les joues du bout des doigts, puis des lèvres.

— Je suis désolée, tellement désolée que tu l'aies appris de cette façon.

Les mots étaient amers contre la langue de Cécilie. Comme s'ils portaient l'écho de ce « je t'aime » qu'Érèbe avait prononcé la veille et qu'elle ne lui avait pas rendu. Pourtant, elle l'aurait presque pu. Presque. Elle avait tenté autant que possible de mettre ses sentiments de côté pour vivre ses rêves, mais Érèbe avait fracturé sa coquille, disloqué ses résistances, et cet homme bouleversant s'était creusé une place dans son cœur. Elle ne voulait pas qu'il souffre et exécrait l'idée qu'il se brise davantage, surtout par sa faute à elle.

Une pensée fulgurante la traversa et, pendant quelques instants, elle vint apaiser la lance de culpabilité qui lui perçait la poitrine. Érèbe l'avait suivie jusqu'à présent. Si ce n'était pour elle, il écumerait toujours le petit bois d'Aigremort, à traquer les lapins et à en faire des œuvres d'art.

— Viens avec moi, souffla-t-elle sur un coup de tête.

L'espoir illumina les yeux sombres de son couronné. Petit à petit, le vert tendre reprenait le dessus sur le noir. Tout à coup, elle repensa aux images que Klaus lui avait montrées de l'attaque du tantrin. Celles qui concernaient Érèbe. Ils n'en avaient jamais reparlé, mais son couronné avait été poursuivi par une meute de curiosités qui ressemblaient très fort à des loups. Mais au lieu de se jeter sur lui comme sur une proie, ils s'étaient allongés contre lui, lui avaient donné de petits coups de langue sur le visage et dans les cheveux. Comme s'ils reconnaissaient l'empreinte de Noctis sur lui. Comme s'ils reconnaissaient l'un des leurs. Pourtant, ils ne l'avaient jamais vu. Enfant, Érèbe n'avait côtoyé qu'un loup. Noctis. Puis il y avait cette malédiction dont parlait Anacendre. Et les os.

Les indices remontèrent du fond de son esprit, brillants comme des bulles de savon. *Le monstre d'Aigremort. Qui parle aux loups et fait cracher les os plus vite que le temps lui-même. Le monstre d'Aigremort aux yeux noirs, puis verts, puis noirs encore. Qui a bravé la mort face à un dominifère.*

Elle frissonna. Sa proposition lui sembla soudain puérile. Idiote. Érèbe avait tant de choses à apprendre sur son passé, sur lui-même. Ce qu'elle lui demandait n'avait aucun sens. Il était trop étrange, trop mystérieux pour La Scientifica. Il appartenait à ce monde-ci, même l'équipage le sentait. Il n'y avait pas qu'à cause des rumeurs ou de son caractère taciturne que les autres l'évitaient.

— Tu veux que je t'accompagne… à La Scientifica ?

— Non, je… Oublie, balbutia-t-elle, douloureusement consciente qu'on ne pouvait reprendre des mots déjà prononcés.

Érèbe se redressa, comme si elle l'avait frappé. Ses yeux… ils brûlaient de tant d'émotions contenues qu'elle avait du mal à les regarder. Elle se concentra sur le dessin de ses lèvres, le pli de ses sourcils, la contraction infime de sa mâchoire. Tout pour ne pas voir ses yeux virer au noir.

— Pourquoi ? railla-t-il d'une voix sombre, presque cruelle. Tu ne pars plus ? J'ai gagné ton amour finalement ? Un amour que tu as été si prompte à m'agiter sous le nez, puis à me retirer.

Cécilie plissa les yeux. Son nez se retroussa de colère.

— De quoi parles-tu ? J'ai toujours été sincère dans mes sentiments pour toi. Je ne t'ai jamais dit que je t'aimais, même…

Il ne la laissa pas poursuivre. Ce n'était pas seulement sa colère contre elle qui s'exprimait, mais aussi celle qui pourrissait toujours en lui et concernait Anacendre. Elle en était certaine.

— J'ai toujours été un moyen pour toi. Un titre de noblesse, une clé à tourner dans les serrures. Jamais une fin en soi, jamais assez pour toi !

Elle chercha à se défendre, mais il lui intima le silence d'un regard. Il souffrait. Et il avait besoin de déverser un peu de sa douleur en elle.

— Donc tu es venue à Aigremort, toute prête à m'épouser, poursuivit-il d'une voix qu'elle ne reconnut pas. Tu m'as relevé, apprêté, ouvert les yeux sur ma mère, puis tiré par la main jusqu'au Cercle des Géographes. Tu m'as flatté, amadoué. Tu as instillé un objectif en moi, un besoin de comprendre, de savoir. Pendant tout ce temps, j'ai cru que tu avais simplement besoin d'aventures. Mais c'était plus que ça, n'est-ce pas ? Tu voulais La Scientifica. Pas comme visiteuse, pas pour y habiter quelque temps, mais pour y vivre. Sans moi. (Un rire sauvage, presque animal, jaillit de sa gorge. Au-dehors, les loups hululèrent, comme en réponse.) Tu m'as couronné, je t'ai couronnée. Mais cela ne signifiait rien pour toi, hein ?

Il écarta le col de sa chemise pour révéler la couronne d'or incrustée dans sa poitrine. Sa peau luisait de sueur. Il était pâle comme un mourant.

— Érèbe… souffla-t-elle. La Scientifica… ça a toujours été mon rêve. Même à l'époque où je n'étais qu'une petite fille en robe qui habillait ses poupées. Je savais déjà qu'il y avait un monde pour moi, là où était partie ma mère.

— Ta mère n'est jamais partie là-bas !

— Je sais ! cria-t-elle, les yeux débordant de larmes. Ce n'était qu'un fantasme, une histoire de gamine qui cherche à se rassurer ! Qui veut croire que sa mère ne l'a pas abandonnée pour rien !

Pendant un instant, Cécilie vit le doute fracturer la colère dans les yeux d'Érèbe. Puis il se dilua, tandis qu'il se raccrochait à sa douleur.

— Il n'y a rien, *rien* qui justifie qu'on abandonne une petite fille. Pas même une fichue terre promise. Quand est-ce que tu vas comprendre ça ?

Elle sentit une larme dévaler sa joue, puis une autre et encore une autre. Bientôt, elles tombèrent en scintillant sur la terre battue, y creusant de minuscules impacts.

— Il n'y a rien non plus qui justifie que l'on abandonne ses rêves.

Érèbe secoua la tête. Il tourna un instant dans la tente, comme un animal en cage. Il ramassa une robe qui traînait au pied du lit, la plia délicatement et la rangea dans un coffre.

— Donc tu ne regrettes pas ? demanda-t-il dans un filet de voix. Tu ne ressens pas… de la honte ? Pour t'être servie de moi ?

— Je regrette de t'avoir fait du mal. Je regrette que les choses doivent se terminer. Mais je ne regrette pas La Scientifica. Je ne regrette pas d'avoir fait tout ce que je pouvais pour elle.

— Son grand amour est donc une île…

Il regardait partout à présent, sauf dans sa direction.

— Quand on aime un oiseau, on le laisse s'envoler, murmura-t-elle.

Son couronné hocha rapidement la tête. Pourtant, ses lèvres marmonnaient « non », « non », à l'infini. Il passa une main sur sa poitrine. Puis se mit à gratter les bords de sa couronne d'or.

— C'est cruel, Cilie.

Il se gratta encore.

— Je sais.

— Non, tu ne sais pas ! Et tu me sers des métaphores d'oiseaux qui sont à la fois stupides et totalement imparables.

Ses gestes se firent nerveux, il grattait furieusement la couronne. Pourtant, il semblait ne pas avoir conscience de la peau qui rougissait sous ses ongles et, par endroits, se desquamait.

— Érèbe…

— Quand as-tu prévu de partir ?

Dans leur sillage, ses ongles traçaient de minuscules rivières perlées de sang.

— Je… C'est un processus. Je dois d'abord obtenir la citoyenneté, et pour ça, Klaus pense que je devrais intégrer la sécurité expéditionnaire.

Je voulais postuler à l'université, mais j'ai trop de lacunes. Trop de choses à rattraper. La sécurité, c'est plus simple, et je pourrai mettre en avant… (Érèbe se gratta plus fort) ma connaissance des us et coutumes… de Naturalia. Klaus m'a intégrée officieusement à son groupe. Il m'entraîne, m'apprend à tirer…

Érèbe ricana.

— Se battre pour ses rêves, hein ?

— Ce n'est pas idéal, mais c'est un début. Érèbe, tu devrais arrêter…

— Quoi ?

De rouge, les chairs sous ses doigts viraient au noir. Les bords de la couronne commençaient à se détacher.

— Par les dieux… Arrête ! hurla-t-elle en se précipitant vers lui. Tu es en train de te nécroser !

— C'est ça…

Il s'interrompit. Des cris résonnaient dans le campement. Ainsi que les bruits d'impact d'une série de traits d'énergie. Les couronnés s'entre-regardèrent. Ils étaient attaqués, c'était certain, mais par quoi ? Faëlan ? Non, une harde. Une harde de monstres qui jappaient et hululaient dans une cacophonie indescriptible. Contre toute attente, Érèbe se rua à l'extérieur.

Chapitre 36

Henacinata

Accroupie contre un tronc d'arbre, Henacinata força le dernier morceau de fruit du dragon à passer entre ses lèvres. Elle mâcha avec application, sans se soucier des tiraillements qui suppliciaient son estomac trop plein. Dans une mission aussi délicate que celle-ci, il fallait trouver le juste équilibre entre le confort du corps et les besoins de son organisme en énergie magique. Si l'on mangeait trop, on se traînait comme une larve. Pas assez, et l'on risquait de se retrouver sans pouvoir, incapable d'agir sur le cours du temps.

D'un coup de pied, elle repoussa un jeune blason qui lui mordillait les orteils. L'animal évita le gros de l'impact, mais perdit l'équilibre et culbuta dans les fougères. Il revint à la charge, l'échine courbée, la langue pendante. Il roula sur le dos, abandonné contre ses jambes. Ce blason avait beau se comporter comme un laquais, ses yeux luisaient et les signes du pouvoir commençaient à poindre sous la forme d'aigrettes colorées qui poussaient parmi les poils de son cou.

Écœurée par le fruit, mais soucieuse de ne pas en gaspiller une seule goutte, Henacinata porta ses doigts poisseux à la hauteur du loup et sourit quand la langue râpeuse lui nettoya la peau jusqu'à la faire rougir. Le blason frissonna de bonheur et détala en direction de la lisière, conformément à ses instructions.

La jeune femme n'aimait pas l'idée de mettre les blasons du clan en danger en les envoyant si près d'un campement étranger. Les gens des îles avaient la gâchette facile et les Naturaliens ne rataient jamais une occasion de repartir avec un trophée. Néanmoins, elle sacrifierait ses bêtes jusqu'à la dernière si cela pouvait lui donner une chance de parler au garçon seule à seul.

Lorsque tous les gardes eurent convergé vers la meute hurlante, l'intruse se coula entre les tentes. Le pouvoir chantait dans ses veines ; il avait fallu des jours pour convaincre Saeltane de lui consacrer son attention pleine et entière ce soir. Henacinata l'avait longuement cajolée et couverte de fruits. Elle avait même tué un blason dont elle avait partagé l'*ijam* chargé de pouvoir avec Saeltane. En réponse, l'Emblème avait fait d'elle sa championne pour la mission à venir. Pendant quelques heures, Henacinata ó Saeltane serait la mageresse la plus puissante de son clan.

Elle ne tarda pas à tomber sur le garçon. Son cœur bondit dans sa poitrine. Elle le vit jaillir de la tente, l'air hagard, attiré par les cris des hommes et les hurlements des loups. Au loin, un trait d'énergie fusa dans la nuit et s'éteignit dans la chair. Ils sursautèrent en même temps. Le garçon voulut se précipiter vers la zone de combat, mais elle surgit juste devant lui en écartant les bras.

— Non !

Il tressaillit et eut un mouvement de recul : ils étaient si proches. Les sourcils du garçon se froncèrent et sa bouche s'entrouvrit, mais Henacinata lui posa un doigt sur les lèvres. Elles étaient douces et veloutées. L'espace d'une respiration, Hena en oublia pourquoi elle était là, sa mission. Son regard remonta vers les yeux rougis du garçon. Il avait pleuré. Pourquoi ?

Elle balbutia :

— N'y va pas. Ils sont là pour que je puisse te parler. J'ai besoin que…

Une autre silhouette jaillit de la tente. Elle embrassa la scène, les sourcils froncés. Passé le premier moment de surprise, elle réduisit la distance qui les séparait, poussa le garçon derrière elle et se campa devant l'intruse.

— Les loups, c'est une diversion, n'est-ce pas ?

Henacinata détailla son visage. Elle y perçut du chagrin, de la colère et de la peur. Surtout de la peur. Aux sillons qui maculaient ses joues, Hena sut que cette femme aussi avait pleuré. La femme du garçon était trop présente, trop impliquée, elle allait faire échouer la mission.

Hena secoua la tête, ferma les yeux, et le pouvoir de Saeltane se déversa hors d'elle.

Lorsque tous les gardes eurent convergé vers la meute hurlante, Henacinata se coula entre les tentes. Cette fois, elle ne chercha pas à couper la route du garçon. Visiblement, il venait de se disputer avec la fille et cette dernière n'était pas disposée à le quitter d'une semelle. Hena les laissa donc partir. Elle compta jusqu'à cinq, puis se glissa entre les pans de leur tente. L'odeur du garçon était partout; celle de la fille, presque réduite à un murmure. Hena sourit, étrangement réconfortée par ce constat. Si le garçon était isolé, le déraciner serait plus facile, se dit-elle avec un temps de retard.

Oh, idiote, le garçon te plaît. Il t'a toujours plu.

Elle se souvenait de son nom. Érèbe. Elle ne l'avait jamais utilisé : même petite, elle l'appelait déjà *le garçon*.

Sa magie à lui était encore faible : une fraction de ce qu'elle pourrait être. Mais il était séparé de Faëlan depuis si longtemps... Qu'il puisse avoir la moindre influence sur la vie et la mort relevait du miracle. Dommage qu'il ait dédaigné les fruits : cela aurait donné à Hena une plus juste mesure de ce qu'il était capable d'accomplir. Elle se consola en songeant que lorsqu'il la rejoindrait, elle l'attendrait avec un festin digne d'un Emblème. Peut-être même sacrifierait-elle un blason pour lui. Encore faudrait-il qu'il accepte d'y goûter. Elle fureta encore dans l'intimité du garçon, une oreille tendue vers sa diversion. Elle saisit un carnet noirci d'une écriture fine et serrée, légèrement penchée vers la droite.

Au loin, les bruits s'intensifièrent. Soudain fébrile, Henacinata arracha une page vide du carnet, dénicha une plume et un flacon d'encre et écrivit quelques mots de son écriture maladroite. Elle plia le message et le glissa sous l'oreiller du garçon, avant de quitter les lieux et de rappeler ses blasons. Aucun ne répondit à son cri. Son corps se glaça et une sueur froide lui coula le long de l'échine. Quelque chose n'allait pas. Elle plongea sous le couvert des arbres et se mit à courir.

✵

Les loups...

Il y en avait une dizaine, tous semblables à ceux qui l'avaient suivi quand il fuyait le tantrin. Des aigrettes – de véritables plumes – irisées de bleu et de vert parsemaient leur pelage sombre au niveau du cou. Leurs yeux, tantôt bleus, tantôt jaunes, luisaient dans l'obscurité.

Avec un pincement au cœur, Érèbe comprit que s'il ne l'avait pas arraché à son monde, Noctis leur aurait ressemblé. À la façon des plantes d'Exotica, qui perdaient leurs formes et leurs couleurs hors de leur terre natale, Noctis s'était *altéré*. Par sa faute.

Un trait d'énergie le força à revenir au moment présent. Avec un cri de rage pure, il se précipita sur Klaus, sans se soucier de l'arme qui vrombissait dans le poing du soldat.

Si Érèbe le laissait faire, il allait les tuer, les tuer tous.

Érèbe eut l'impression de heurter un roc. Klaus le dépassait en taille et devait peser l'équivalent d'un petit cerf. Pourtant, l'impact les projeta tous deux au sol. Klaus dévia son arme au dernier instant, mais ne put empêcher le trait d'énergie de partir. Derrière eux, quelqu'un hurla. À l'odeur déplaisante de l'ozone se mêla celle de la chair grillée. Humaine, cette fois. Érèbe en ressentit une sombre satisfaction.

— Eh merde, jura Klaus entre ses dents.

Il envoya valser Érèbe d'un mouvement de jambes et jeta un œil rapide en direction des cris. Avec un frisson, Érèbe reconnut la voix de Boyle, horriblement déformée par la douleur. Les lignes se désorganisèrent. Sonné, Érèbe roula sur le ventre, puis se mit à quatre pattes.

— T'es un putain de malade ! vociféra Klaus. S'il crève, ce sera ta faute !

— La ferme ! intervint Cécilie, qui s'était glissée jusqu'à eux. Presque personne n'a vu ce qui s'est passé, ne va pas attirer l'attention sur Érèbe !

— Ah, parce que c'est mieux qu'ils pensent que ça vient de moi, peut-être ?

Érèbe n'attendit pas la fin de la dispute, il se releva et courut en direction des loups, indifférent aux traits d'énergie qui zébraient l'air autour de lui. Les Scientificiens tiraient comme des idiots. Les loups évitaient les salves avec la grâce de danseurs. Ils s'approchaient suffisamment pour que les hommes se sentent menacés, mais ne les agressaient jamais. Ils semblaient attendre quelque chose. Quelqu'un, peut-être.

Avec une joie malsaine, il imagina un de ces traits lui transpercer le dos, lui calciner les chairs et réduire son cœur en cendres. Il imagina Cécilie pleurer sur son cadavre, Joleene recevoir la lettre qui annonçait son décès, Anacendre se rendre compte que toutes ses tentatives pour le préserver n'avaient servi à rien.

— Érèbe ! Arrête !

Lucien, harnaché à la va-vite à son araignée, se dirigeait vers eux à toute vitesse, les longues pattes fusiformes de la machine arrachant la terre sous ses enjambées puissantes. Trois Scientificiens tentèrent de s'interposer, mais ils durent céder face au prince qui fonçait sur eux. La peur marquait ses traits. Olivar le suivait de près, ainsi que Pauline et Rhodente.

— Cessez ! ordonna la voix de stentor du capitaine. Cessez le feu, immédiatement !

Bientôt, Érèbe se retrouva dos aux loups, les bras écartés pour les protéger. Sa poitrine se soulevait en mouvements amples. La transpiration collait sa tunique à sa peau. Son cœur battait à tout rompre dans sa poitrine, mais il n'avait pas peur. Pour la première fois depuis longtemps, il était à sa place. Les loups se regroupèrent autour de lui, dans l'attente.

Érèbe contempla les visages qui lui faisaient face. Divers degrés d'horreur, d'incompréhension et de haine se dessinèrent sur les figures de ses compatriotes. Sur ceux des Scientificiens, il ne voyait que curiosité et expectative.

— Ne leur faites pas de mal, les pria-t-il d'une voix très douce, les bras levés en un geste d'apaisement. Ils vont partir. Laissez-les partir.

— Bordel, on dirait qu'ils le protègent, souffla quelqu'un.

Il avait raison. Érèbe faisait autant rempart de son corps pour préserver les loups qu'ils s'amassaient autour de lui pour le garder sauf. Une émotion brutale s'empara du jeune homme. Il avait été bête de chercher le respect de ses semblables. Il était trop étrange, trop différent. Trop *marqué*. Le comportement des loups en était la preuve ultime. Qui se rangerait derrière lui après ça ? Qui lui confierait sa vie face à Faëlan ?

Personne.

Un rire nerveux lui échappa. Tous ces efforts pour leur plaire, pour susciter leur sympathie, leur confiance, leur respect. Et pour quoi ? Ils étaient pathétiques avec cette peur dans leurs yeux.

Et Cécilie allait le quitter.

— Regardez-moi, Érèbe ! Regardez-moi ! siffla Olivar. Vous…

Il s'interrompit. Érèbe secouait la tête.

— Ils vont partir. On va partir. Ne nous tirez pas dans le dos.

Il croisa le regard de Cécilie. Elle le suppliait en silence de la rejoindre. Des larmes coulaient le long de ses joues.

— C'est bien ! cracha une voix qu'Érèbe ne reconnut pas. Laissez le monstre disparaître avec les chiens.

Contre toute attente, Klaus le fit taire d'un coup de crosse sur l'arrière du crâne. L'équipage s'agita, plein de colère et de ressentiment. Cécilie luttait pour rejoindre Érèbe, une arme serrée dans son poing. Lucien menait sa propre bataille, contre les gens chargés de le protéger. L'araignée s'immobilisa, tandis que Lucien tentait de se déharnacher, les traits déformés par la colère, par l'impuissance.

Tout d'abord, Érèbe ne comprit pas. L'instant précédent, Cécilie jouait des coudes pour traverser la ligne, Olivar lançait ses ordres, Lucien se débattait. L'instant d'après, ils étaient figés, immobiles.

Non. Au ralenti.

L'une des mèches de Cécilie flottait dans les airs, presque statique ; son pied se dirigeait lentement vers la terre battue.

Érèbe retint son souffle. Lui était toujours libre de ses mouvements, les loups aussi.

Il tourna le dos à sa couronnée, à Olivar, Mira, Klaus, Lucien, Rhodente, et s'enfonça dans les bois, la meute sur ses talons.

Il avait à peine fait quelques pas qu'une jeune femme jaillissait d'entre les troncs pour lui barrer le passage. Érèbe écarquilla les yeux, détaillant le textile inconnu de ses vêtements, les tatouages végétaux qui ornaient ses bras nus. Les loups s'écartèrent devant elle, comme l'eau d'une rivière autour d'un rocher. L'inconnue le contempla d'un regard triste. Elle secoua la tête, faisant glisser ses cheveux d'un brun sombre aux extrémités bleues sur ses épaules.

— Non, murmura-t-elle. Ce n'est pas comme ça que cela devait se passer. Tu ne peux pas t'aliéner les tiens maintenant. (Elle frissonna.) J'aurais voulu effacer cette scène, poursuivit-elle à voix basse, comme pour elle-même. Mais je n'en ai plus la force.

Elle se rapprocha de lui et posa une main fraîche sur son torse. Il ne bougea pas, se contentant de détailler ses traits. Elle lui rappelait quelqu'un, il ne savait pas qui. Et pourtant, c'était impossible. Cette femme respirait la terre d'Exotica, elle était née d'elle aussi sûrement que les loups qui l'accompagnaient. Il ne pouvait pas l'avoir déjà rencontrée. À moins qu'elle ne fasse partie de ces souvenirs qu'il avait perdus.

— Rappelle-toi ceci. Tu te nommes Érèbe ó Faëlan. Ce qui est arrivé à ton clan est terrible, mais ton Emblème a besoin d'être sauvé, pas d'être tué, même si beaucoup veulent sa mort, y compris les miens. Je vais revenir avec un autre discours, celui de mon peuple. Mais souviens-toi que la vérité est telle que je viens de la dire.

Les mots traversaient sa conscience, mais il ne parvenait pas à y attacher un sens. Tout son être se révulsait aux paroles de l'inconnue.

— Que dis-tu ? balbutia-t-il. Ce n'était pas mon clan, mais la famille d'Eonilde. Et elle n'était pas…

— Pas ta mère, non, mais la compagne de ton père, qui portait ton demi-frère. Faëlan était l'Emblème et protectrice de votre clan, avant qu'elle décide de mettre fin à votre lignée.

— Je… Je ne… Non… C'était un monstre, croisé au hasard. Parce que j'ai été trop imprudent, parce que je…

Les mots s'étranglèrent dans sa gorge. Le regard de l'inconnue se radoucit.

— Faëlan vivait auprès de vous, Érèbe. Il est tout à fait normal pour un enfant d'Oélan de côtoyer son Emblème. Elles doivent être respectées, certes, mais les leurs ne devraient jamais craindre leur colère.

— Mais qui es-tu ? réussit-il à bredouiller.

Elle parut surprise.

— Henacinata ó Saeltane, du clan des tisseurs de temps. Maintenant, cours. Va t'abriter, auprès d'un allié puissant si tu le peux, et regagne leur confiance.

Il ne bougea pas. Jusqu'à ce que les mains d'Henacinata se referment en deux poings serrés qui martelèrent sa poitrine comme la grêle.

— ALLEZ !

Érèbe trébucha, se releva à grand-peine et traversa la lisière, puis les lignes d'hommes et de femmes toujours immobiles. Il ne savait pas pourquoi il obéissait à cette inconnue, alors que tout son être lui hurlait de suivre la meute, de faire corps avec elle et d'abandonner son appartenance à l'espèce humaine. Peut-être était-ce parce qu'elle disait avoir des réponses. Des *vérités*. Et qu'elle avait dit qu'elle reviendrait.

En passant devant Cécilie, il fit tomber l'arme qu'elle tenait à la main. Avec surprise, il sentit la truffe d'un loup se cogner contre ses jambes. Il le talonnait, noir comme la nuit. Aussi silencieux qu'une ombre. Lui promettait amitié et protection. Lui intimait de fuir plus vite.

Une poignée de secondes plus tard, le temps reprit sa course.

Chapitre 37

Sidération

Érèbe prit la direction des quartiers du capitaine. *Va t'abriter auprès d'un allié puissant*, lui avait dit Henacinata. Et Olivar l'était davantage que le prince.

Érèbe se laissa tomber entre les pans de la tente et fut aussitôt happé par une atmosphère chaleureuse et parfumée. Le primarque avait décoré son espace avec luxe. Le sol avait été recouvert d'un plancher qui disparaissait presque entièrement sous de riches tapis aux couleurs chaudes.

Érèbe rampa jusqu'au lit, contempla un instant la possibilité de s'asseoir dessus, mais ses muscles tressautaient, parcourus de spasmes incontrôlables. Une crampe intense lui vrilla les pieds, puis les petits muscles sous les côtes. Son visage fourmillait et ses dents claquaient. Avec un gémissement, il se terra dans un coin, les bras serrés autour des genoux pour tenter de contenir ses tremblements.

Dans les territoires glacés de son esprit tournoyaient en boucle les mots d'Henacinata, comme les paroles d'une vieille comptine.

Le son étouffé de pattes sur le bois éveilla ses sens. La comptine s'arrêta. Reprit, comme un disque rayé. *Tu te nommes Érèbe ó Faëlan.* Le loup renifla les tapis en progressant vers lui. *Ton Emblème a besoin d'être sauvé.*

Ton.

Emblème.

Une aigrette lui caressa la joue, puis une truffe humide. Érèbe inspira doucement, gorgeant ses narines de l'odeur doucereuse de la jungle. S'il gardait les yeux fermés, il pourrait croire que Noctis avait traversé la mer pour le rejoindre. Qu'il ne l'avait pas abandonné.

Tu te nommes Érèbe ó Faëlan.

Ó Faëlan vorn, le village de Faëlan.

Érèbe ó Faëlan.

Érèbe de Faëlan.

Ton Emblème.

Une larme coula de sa paupière fermée, glissa le long de sa joue. Il commençait à comprendre. Ne *voulait* pas comprendre. *Chut, ne pense pas, ne pense à rien*, se murmura-t-il dans le secret de son âme. Le loup lui lécha la joue. Érèbe sentit sa masse chaude se blottir contre lui.

Il eut l'impression de rester là, à attendre il ne savait quoi, pendant plusieurs heures. Les cris s'éloignaient, revenaient, s'éloignaient encore. On le cherchait dans la forêt en pleine nuit, malgré les risques. Pour le ramener ou pour le lapider, il ne pouvait en être sûr. Il se recroquevilla un peu plus contre la toile de la tente, se mordit le poing pour ne pas hurler.

Au bout d'un temps infiniment long, il finit par s'endormir et rêva de Faëlan. Mais pas de la bête meurtrière qui lui avait déchiré le ventre. Il se vit la cajoler, lisser ses poils et ses plumes, lui tendre des fruits dégoulinants de jus, manger les restes que Faëlan lui abandonnait. Eonilde riait, caressant son ventre arrondi avec tendresse. Rorik et Traor ó Faëlan couvaient Érèbe du regard.

D'Anacendre et Marius, il n'y avait trace.

Et cela l'effraya, plus que tous les cauchemars sanglants qui avaient précédé.

— Déa toute-puissante, entendit-il murmurer à travers la brume épaisse de ses songes. Appelle Olivar et le prince. Dis-leur que je l'ai trouvé.

Les paupières d'Érèbe papillotèrent, mais il replongea aussitôt dans l'inconscience. Il y trouva Faëlan, blotti contre le vieux Traor. Celui-ci dormait profondément, à la façon innocente d'un enfant contre le sein de sa mère. Il était si maigre que les os pointus de ses hanches frottaient contre le sol de pierre. À chacune de ses inspirations, le tracé de ses vertèbres s'imprimait contre sa tunique. Érèbe observait ses pieds nus, déformés par l'âge, aux orteils recroquevillés comme des feuilles fanées. Eonilde caressait les cheveux d'Érèbe. Elle était en train d'y nouer des perles d'un vert assorti aux yeux du petit garçon.

Rorik – Érèbe l'appelait *Pae*, le diminutif de père – aiguisait ses poignards en regardant le vieux rajeunir. Rajeunir. Érèbe n'eut pas le temps de s'y attarder.

Flash.

Traor, Pae et Eonilde gisaient dans une mare de sang. Les mouches s'agglutinaient aux coins de leurs yeux. Érèbe gémit. Il se rapprocha d'Eonilde pour chasser les insectes, posa les mains sur les plaies béantes qui labouraient son abdomen, tenta de faire rentrer les tripes à l'intérieur du ventre. Peut-être ainsi pourrait-il la réparer. Peut-être que s'il essayait suffisamment fort, il parviendrait à faire renaître la vie en elle, même sans Faëlan pour l'aider.

Les avertissements de Pae surgirent dans son esprit. Même le meilleur des nécromants ne pourrait la faire revenir. Il pouvait la forcer à vivre, pas à guérir ni à ressembler à la femme qu'elle avait toujours été. Les seuls qui avaient quelque pouvoir en la matière étaient les tisseurs de temps. Et encore. Pas sûr que l'énergie magique de tout un clan y suffise.

Il essaya quand même. Le cœur se remit à battre sous ses doigts. Et plus il battait, plus son Eonilde devenait exsangue. À la fin, elle avait l'air plus morte encore et Érèbe se tenait agenouillé dans des litres de sang. Celui d'Eonilde. Le sien. Celui de Pae qui rejoignait le leur en petites rivières d'un rouge profond.

Flash.

Pour la première fois de sa vie, Érèbe ressentait de la haine pour Faëlan. Pour son propre Emblème. Il avait toujours cru son clan invulnérable, car ses membres étaient les maîtres de la vie et de la mort. Mais pas lui, apparemment. S'il avait été plus assidu. S'il avait écouté les leçons de Pae au lieu de penser à ses jeux avec les blasons. Si c'était lui qui était mort, Pae aurait su quoi faire. Pae aurait pu les soigner.

Flash.

Un impact sourd, suivi d'un geignement et du bruit d'une chute, le ramena à la conscience. Quelqu'un traînait le loup loin du plancher, lui nouait la gueule, ainsi que les pattes. Érèbe eut un sursaut de terreur.

— Non, murmura-t-il. Cilie !

— Je suis là, mon chéri, le rassura une voix profonde et vibrante, qui n'appartenait pas à Cécilie. (Il reconnut Pauline de la Chênaie.) Quelqu'un est parti la chercher.

On l'enveloppa dans une couverture. Plusieurs voix déroulaient une conversation dans la tente. Peut-être s'attendait-on à ce qu'il y participe. Puis il se souvint.

Tu te nommes Érèbe ó Faëlan.

Faëlan était son Emblème et Érèbe lui appartenait. Son existence entière avait été un mensonge. Ses yeux roulèrent dans ses orbites, tandis que son cerveau le déconnectait de la réalité.

⁂

Rapport exceptionnel
Concerne : le trimarque Érèbe d'Aigremort
Priorité : urgent

Primarque Olivar de la Chênaie,

Le patient se trouve dans une détresse profonde. Il est un danger pour lui-même. L'anxiété le ronge, son sommeil et son appétit sont perturbés. Il perd du poids. J'ai observé des traces d'automutilation sur sa poitrine. Je recommande de l'évacuer immédiatement vers La Scientifica. De lui permettre de se reposer quelques semaines avec des professionnels. De reprendre sa thérapie dans un contexte moins angoissant.

Doctoresse Mira Cardin

⁂

Docteur Cardin,

Il reste. Faites ce que vous pouvez d'ici.

Capitaine Olivar de la Chênaie

CHAPITRE 38

L'AMBASSADRICE

Henacinata revint à l'aube du surlendemain. Cela aurait aussi bien pu être l'instant d'après, ou une vie plus tard, tant la révélation de ses origines avait enfermé Érèbe dans une bulle de sidération et de souvenirs. Il avait conscience de son environnement ; du prince Lucien qui lui rendait visite, parfois avec Rhodente, parfois non ; de Cécilie qui lui faisait la lecture ; de Pauline qui le veillait comme une louve et lui administrait ses médicaments ; de Mira qui lui tapotait les genoux l'un après l'autre et écrivait sur sa tablette pendant qu'il parlait. D'Olivar que Pauline chassait comme un mâle trop insistant, avec son impatience et l'agacement que suscitait l'état d'Érèbe.

Ils avaient cloîtré le loup dans une cage. Il n'avait pas l'air en forme. Ses aigrettes pâlissaient au fil des heures, et il ne cessait de chercher l'attention d'Érèbe.

Ce dernier observait tout cela comme on regarderait une pièce de théâtre dont les acteurs s'adressent de temps à autre à leur public.

Il se souvenait d'Hena petite fille. Pae la voulait pour Érèbe quand ils seraient plus grands, mais le clan d'Hena avait refusé tout net. Érèbe n'avait jamais su pourquoi. Il n'en avait pas grand-chose à faire des plans des adultes, mais il avait été triste de ne plus jouer avec Hena.

Elle était là, maintenant, debout dans la tente d'Olivar, tandis qu'Érèbe restait avachi dans un coin. Elle lui jetait parfois un regard inquiet, mais c'était comme s'ils ne s'étaient jamais croisés dans les bois. Jamais croisés tout court.

Elle conversait avec Olivar, Lucien, Pauline, Cécilie, Mira et Klaus, mais leurs mots n'atteignaient jamais la conscience d'Érèbe. Tout juste percevait-il qu'on parlait de lui. Et de Faëlan. Il se mordit l'intérieur des joues, se força à revenir à l'instant présent, à se redresser dans son siège, à chasser la brume qui voilait son regard.

Henacinata s'interrompit. Elle fouilla dans son sac et en sortit un petit fruit rond et jaune à l'odeur acide. Elle en mordit la moitié, puis lui en apporta le reste dégoulinant. Pauline s'agita, mais Olivar la calma d'un geste de la main. Le blason frétillait dans sa cage. Avec une douceur infinie, Hena passa une main derrière la tête d'Érèbe et frotta le fruit contre ses lèvres. Jusqu'à ce qu'il les ouvre et qu'il en croque un morceau, le jus poissant son menton.

Le fruit, entre acidité et amertume, fit remonter une profusion de souvenirs. Il se rappela, alors que les pépins ronds et gluants entraient en contact avec sa langue, qu'il ne fallait surtout pas les croquer. Il les recracha au creux de sa main au moment où Henacinata s'écriait :

— Crache les pépins !

Puis, presque immédiatement :

— C'est bien.

Tandis qu'il mâchait, son esprit s'affûtait. Une force nouvelle coulait dans ses veines, faisait chanter son sang. S'il avait dû décrire la sensation, il l'aurait comparée à un contact humain après des décennies de solitude. Un besoin dont on n'a pas conscience avant qu'il ne soit comblé.

Pour la première fois depuis des jours, un léger sourire étira ses lèvres. Lorsqu'il eut fini, sa main était poisseuse de jus et de pulpe. Il se releva maladroitement, traversa la petite assemblée qui le regardait depuis le centre de la tente et se dirigea vers la cage. En tendant ses doigts mouillés au travers des barreaux, il eut le sentiment d'accomplir un geste aussi vieux que le monde. Aussi vieux que *son* monde. Il se remémora toutes les fois où Pae donnait les restes de Faëlan aux blasons et où Érèbe l'avait fait lui-même, pour s'attirer leur sympathie. C'était de cette façon que Noctis s'était entiché de lui. La langue râpeuse lui lécha les doigts et le blason frissonna. Ses yeux se mirent à luire.

À en croire les regards interdits que lui jetaient ses coéquipiers, le fruit avait aussi déclenché une métamorphose dans ses yeux à lui.

Mira approcha. Elle examina ses iris, prit son pouls et sa tension, dont elle reporta les mesures sur sa tablette.

— Comment te sens-tu ?

— Mieux, souffla Érèbe d'une voix rauque.

— Si je mangeais de ce fruit, demanda-t-elle à Henacinata, obtiendrais-je les mêmes résultats ?

Hena secoua la tête.

— Parce que je ne viens pas d'ici ?

— C'est grossièrement résumé, mais oui.

— Asseyons-nous, ordonna le capitaine. (Il maintenait un calme apparent jusque dans ses gestes, mais Érèbe le connaissait bien. À l'intérieur, le primarque bouillait d'excitation.) Henacinata ó Saeltane, je vous prierais de reprendre depuis le début.

— Je m'appelle Henacinata, du clan de Saeltane, commença-t-elle cérémonieusement. Je m'exprime au nom du conseil de mon clan, présidé par sa Tête, Honorine ó Saeltane.

Hena se tut un instant, comme pour laisser à son audience le temps d'assimiler ses paroles. Elle pinça les lèvres et releva le menton. À cet instant, Érèbe comprit que les mots qu'elle s'apprêtait à prononcer lui coûtaient terriblement. Peut-être même les ravalerait-elle si elle n'obtenait pas la réaction escomptée. Après tout, elle en avait le pouvoir.

— En commerçant avec les clans, vos prédécesseurs ont appris que certaines espèces étaient sacrées pour nous, intouchables sur nos territoires. Nous avons fait passer cette inclination pour une religion, vous avez cru à des superstitions. En réalité, il s'agit d'une symbiose. Les clans qui peuplent cette terre doivent leur survie à une allégeance. Pas envers un homme ou une femme, mais envers un Emblème.

Elle parcourut son maigre public du regard, ferma un bref instant les yeux, puis poursuivit :

— Chaque Emblème manifeste son énergie magique par un pouvoir particulier. Saeltane tisse le temps. Et je parviens à le faire à travers elle. Pour être honnête, ce n'est pas la première fois que nous avons cette conversation.

Elle sourit, adressa un clin d'œil de connivence à Érèbe. Il la regarda à peine, concentré sur la réaction des autres. Une expression incrédule rajeunissait le visage de Klaus ; Mira paraissait méfiante ; Cécilie se contentait d'attendre la suite. Lucien arborait une expression glaciale et complètement fermée qui ne lui ressemblait pas. Quant à Olivar, ses yeux brillaient de convoitise.

— L'Emblème que vous cherchez s'appelle Faëlan, et c'est la maîtresse de la vie et de la mort. Ce jeune homme (elle désigna Érèbe du menton) est le dernier représentant de son clan. Et ce clan, c'est Faëlan elle-même qui l'a décimé. (L'atmosphère dans la tente se tendit.) Érèbe ó Faëlan a été recueilli par deux membres d'expédition et élevé à Naturalia, sous le nom d'Aigremort. Et pendant ce temps, Faëlan a poursuivi ses ravages. (Hena s'interrompit pour retrouver son souffle. Son teint avait pris la couleur de la neige.) Vous avez vu la destruction, les villages abandonnés. Ce sont les dommages les plus visibles. Il y en a d'autres, qui touchent notre écosystème. Faëlan ne remplit plus son rôle. Beaucoup de clans ont déplacé leur territoire, de peur que Faëlan ne s'attaque à leur Emblème. En tant que maîtresse de la vie et de la mort, elle est presque toute-puissante. Seule Saeltane, avec son don si particulier, peut défaire certaines de ses actions. Mais cela lui coûte trop. Elle s'épuise à réparer la forêt. *Nous* nous épuisons. C'est pourquoi le conseil de mon clan a décidé de… retirer Faëlan de l'équation. Si elle ne remplit plus son rôle envers les siens, envers son écosystème, elle doit disparaître. Si vous nous aidez, avec vos armes, votre technologie additionnée à notre magie, eh bien, nous n'avons rien contre le fait que vous emportiez sa dépouille comme *trophée*. Ça fait beaucoup à encaisser, je suis là pour répondre à vos questions.

Adossé contre l'un des piliers qui rehaussaient le toit de la tente, Olivar se mit à rire, le visage couvert d'une main. Il se frotta les yeux, le front et la barbe, puis rit encore. Henacinata ne se démonta pas, se contentant de s'asseoir en tailleur près de la cage du blason et de regarder le capitaine en silence, un léger rictus ourlant ses lèvres.

— Notre détresse vous amuse ?

Olivar rit de plus belle, un son étouffé, dont on ressentait les vagues chaleureuses et le soupçon d'hystérie. Les pensées d'Érèbe volèrent vers sa mère, ses sentences sans queue ni tête, son désir maladif de protection. Si l'on en croyait Henacinata, Érèbe avait des pouvoirs sur la vie et la mort. Il y avait de quoi rendre n'importe quel parent paranoïaque. Anacendre avait-elle conscience de la véritable nature d'Érèbe quand Marius et elle l'avaient recueilli ? Et surtout, Érèbe avait-il déjà fait des *choses* qui auraient pu les effrayer ? Les faire craindre pour leur vie et celles de leurs enfants biologiques ? Érèbe frissonna, se rappelant l'histoire de la petite fille dans le parc. Celle qu'il avait poussée. Celle qui ne s'était jamais réveillée. Par les dieux… Il s'était donc retrouvé cloîtré à juste titre. Qu'avait-il commis d'autre, avant que ses pouvoirs ne se réduisent à un mince filet, coupés de leur source d'énergie ? *Oh, mère, je suis tellement désolé…*

Olivar, lui, riait toujours. Sa cage thoracique était secouée par des spasmes silencieux. Il essuya les larmes qui scintillaient comme des perles aux coins de ses yeux.

— Par les dieux, non, jeune fille. Votre détresse ne *m'amuse* pas, elle me ravit ! Je me méfie des offres trop belles. Et celle-ci l'est. Mais je suis joueur, curieux et pas assez stupide pour passer à côté d'une telle occasion. Alors éblouissez-moi. Qu'a prévu votre clan ? Quelle est la prochaine étape ?

— Érèbe sera notre principal atout dans cette chasse. Si l'on parvient à l'entraîner, à cultiver son pouvoir, à le relier à cette terre dont il a été si longtemps privé, il deviendra irrésistible aux yeux de Faëlan, qui reviendra pour le trouver. Alors, nous l'attendrons.

CHAPITRE 39

DÉCISION

Il fut décidé qu'Érèbe se rendrait à ó Saeltane vorn avec une expédition réduite. Des gens de confiance, qui ne ressentaient ni haine ni peur à son égard. Le reste de l'équipage les rejoindrait peu avant l'ultime rencontre. Quand les pouvoirs d'Érèbe se seraient suffisamment éveillés pour attirer Faëlan. Hormis Pauline, qui devait rester pour superviser les aides et épauler le remplaçant d'Olivar, tous ceux qui avaient assisté aux révélations d'Henacinata faisaient partie de l'avant-garde. Lucien avait refusé tout net de demeurer en arrière, malgré son statut de second. Et puisqu'il n'allait nulle part sans Rhodente, cette dernière s'était jointe à la petite troupe.

De façon mesquine, Érèbe espérait que recommencer à côtoyer Rhodente ferait naître des regrets dans le cœur de Cécilie. Qu'elle se rendrait compte qu'il y avait des choses et des gens pour elle à Naturalia. Des gens qui l'aimaient, la respectaient et seraient peinés par son départ. La frimousse de Mirtyle s'imposa à lui et une moue triste étira ses lèvres. Comment l'adolescente réagirait-elle lorsque l'expédition reviendrait sans sa cousine ?

— À quoi tu penses ? s'enquit une voix curieuse.

Érèbe sursauta. Henacinata s'était glissée près de lui sans qu'il l'entende. Ou peut-être ses pas avaient-ils été noyés dans les bruissements de fougères et les craquements de branches que provoquaient ses compagnons en marchant sous le couvert des bois. Cécilie marchait à quelques pas derrière eux, une des armes de Klaus au poing.

— Ils se déplacent comme une troupe de blasons au galop. Je n'en suis pas moins silencieuse, sourit Hena, comme si elle avait deviné ses pensées.

— Combien de fois avons-nous eu cette conversation auparavant ? la taquina Érèbe.

Cela lui venait facilement avec elle. C'était agréable.

Henacinata haussa un sourcil. Elle les avait très sombres et broussailleux. Si l'on regardait attentivement, on pouvait voir de minuscules zones de peau artistiquement dénudées au milieu des poils, rappelant le tracé de fougères. Une mode étrange qui lui allait bien.

— Aucune. On ne manipule pas le temps pour quelque chose d'aussi trivial qu'une conversation sans enjeux. Tu l'apprendras très vite, peut-être à tes dépens.

— Je… je… Ce n'est pas ce que je voulais dire.

Elle avait le visage fermé. Une mince pellicule de sueur collait quelques cheveux sur son front.

— J'espère bien. Tu es important pour ce qui nous occupe, mais tu n'es pas le centre du monde. Jamais je n'utiliserais la puissance de Saeltane pour… pour des motifs personnels.

Elle avait l'air écœurée. La honte brûla les joues d'Érèbe. Il avait envie de disparaître parmi les fougères.

— Pardon, je… Hena, je ne voulais pas insinuer que… Je suis désolé.

Un silence inconfortable s'étira entre eux. À l'avant du groupe, Mira et Klaus étaient en pleine conversation. Lucien suivait un peu derrière. Il n'avait pas pu emporter l'araignée, dont trois des pattes étaient en réparation. Il s'était taillé une canne dans un bois mort et utilisait celle-là, tandis que l'autre, artistiquement sculptée, pendait en travers de son dos. Il avait l'air épuisé, même si pour le moment, il tenait le rythme.

— Non, c'est moi. J'oublie parfois que tu ne sais rien de ton propre monde. Je te traite comme le produit de ton clan, alors que tu es redevenu une page blanche.

Érèbe garda le silence, l'invitant à continuer.

— Le pouvoir de Faëlan montait à la tête des tiens, reprit-elle d'un ton prudent. Maîtriser la vie et la mort… ça grise un homme. Je ne prétends pas que ton clan utilisait son pouvoir à tort et à travers, mais ses membres ne le traitaient pas comme un privilège, un cadeau précieux offert par leur Emblème. Au lieu de ça, ils le voyaient comme un dû. Quelque chose qu'ils possédaient de plein droit, car ils en payaient le prix. Ils poussaient souvent Faëlan dans ses retranchements et certains pensent…

Érèbe se sentit blêmir.

— Que c'est pour ça qu'il a tué ma… famille ? acheva-t-il dans un murmure.

Il avait encore du mal à les considérer comme telle.

— Ce n'est qu'une hypothèse.

Contre toute attente, une colère noire s'empara d'Érèbe. Il venait d'apprendre que ses parents n'étaient pas ceux qui l'avaient élevé, mais les gens dont il avait tenté de recomposer les corps, après que le Cauchemar les avait massacrés. Il n'était pas prêt à entendre les hypothèses des uns et des autres. De ceux qui n'étaient pas là et qui n'avaient fait que reconstituer les événements dans le creuset de leur esprit.

— Donc ma famille a été massacrée. Et les tiens pensent qu'ils l'ont mérité ? Que c'est bien fait pour eux ? Qu'ils n'avaient qu'à faire preuve de plus d'humilité ?

— Ce n'est pas ce que j'ai dit.

Érèbe inspira profondément pour se calmer.

— Tu as parlé d'un prix pour cette magie. Quel est-il ?

— Ne te préoccupe pas de ça maintenant. Tu ne seras pas pris par surprise, je te le promets.

Érèbe hocha la tête. Finalement, il ne voulait pas savoir. Il avait assez de choses à encaisser. Il se rendit compte, avec un temps de retard, que ses coéquipiers s'étaient tus, alertés par la détresse et la colère dans sa voix.

— Tout va bien, Érèbe ? s'enquit Cécilie, tendue.

Il hocha sèchement la tête et attendit que ses compagnons se détournent avant de reprendre sa conversation avec Hena. Il extirpa les portraits froissés de sa poche et lui tendit celui d'Eonilde. Hena s'en saisit avec précaution et suivit les traits de la morte du regard.

— Tu es doué.

Le compliment coula sur lui, comme de l'eau sur un rocher.

— Ma mère – celle qui m'a élevé – m'a dit qu'il s'agissait de ma nourrice. Que mon père et elle la payaient pour s'occuper de moi pendant qu'ils travaillaient. Est-ce qu'elle…

Il s'interrompit. Acheva la question avec ses yeux. Prononcer les mots était trop dur, presque impossible. Anacendre lui avait fait du mal, certes, mais elle l'avait nourri, protégé, câliné, bercé. Elle avait soigné ses plaies et apaisé ses cauchemars. Pendant longtemps, elle avait été le centre de son univers. La personne qu'il aimait le plus au monde. Plus que son père, mort trop tôt, plus que ses sœurs peut-être. Plus que Noctis. Elle était sa mère. Sa *vraie* mère.

— Ce n'était pas ta mère, mais la seconde épouse de ton père. Ta mère est morte en te mettant au monde. Je suis désolée.

Elle le lui avait déjà expliqué, le soir où ils s'étaient rencontrés. Non. *Retrouvés*. Mais il avait été trop bouleversé pour l'intégrer complètement.

— Maîtres de la vie et de la mort, hein ? souffla-t-il d'un ton plein d'amertume avant de se murer dans le silence.

Il en sortit deux heures plus tard, quand la canne de fortune de Lucien se brisa et qu'il s'étala de tout son long. Il n'avait même pas cherché à se rattraper. Ses muscles s'étaient contentés de s'affaisser, comme une poupée de chiffon. En se précipitant vers lui, Érèbe comprit que Lucien était bien plus épuisé qu'il le montrait. Ses jambes flageolaient, des crampes tordaient ses doigts. Érèbe fondit sur lui avant que quiconque puisse réagir et l'aida à se redresser.

— Tu n'es pas blessé ?

Le prince sourit. Il était pâle, son visage rendu luisant par la sueur. Un léger tic lui agitait le coin de la bouche, comme toujours quand il avait mal et qu'il s'efforçait de le cacher.

— Juste mon orgueil, plaisanta-t-il.

Il fit la grimace en voyant Rhodente et Mira approcher, le visage inquiet. Il secoua lentement la tête pour leur intimer de rester à distance.

— J'ai trébuché, c'est tout. Pas la peine d'en faire un plat.

Érèbe le soutint pendant qu'il se relevait. Il décrocha la canne du paquetage du prince et la lui tendit d'autorité. Lucien s'en saisit, avec un sourire penaud.

— J'avais peur de l'abîmer.

Une fois debout, il tenta de récupérer son sac, mais Érèbe le jeta sur ses propres épaules, en plus du sien. Le sac de Lucien ne pesait rien, au contraire de celui de Rhodente, aux lanières tendues sur ses épaules. Il la soupçonnait de porter la plupart des affaires du prince, tout en lui laissant son paquetage presque vide pour préserver sa fierté. Mais même cette maigre charge mettait le convalescent en difficulté.

— Rends-le-moi, s'il te plaît, siffla Lucien entre ses dents.

Érèbe recula d'un pas.

— Tu n'as rien à nous prouver, tu sais. Ici, nous connaissons chacun la valeur des uns et des autres, et elle n'est pas toujours ce qu'elle paraît. Moi, par exemple, ajouta-t-il en recommençant à marcher, le pas calqué sur le rythme de son ami, je supporte les charges physiques, mais à l'intérieur, c'est mon mental qui menace de s'écrouler.

Lucien médita ses paroles en silence, les joues blanches comme la craie.

— On n'a qu'à faire un marché. Tu portes mon sac et j'allège le poids de tes pensées.

Leurs regards se croisèrent. Ils échangèrent un sourire.

Le prince tint une heure de plus. Érèbe lui parlait de son livre de botanique favori quand Lucien s'effondra. Cette fois, il ne se releva pas. L'articulation de son genou, pas assez soutenue, était sortie de son axe. Il la remit lui-même en place, marmonnant que ce n'était rien, qu'il ne pouvait pas se permettre de les ralentir.

— Arrête tes bêtises, le gronda Mira en palpant l'articulation. On s'arrête.

Olivar se pinça l'arête du nez en proférant des jurons. Tout son être exhalait la frustration. Le désir d'avancer, d'entamer la *chasse*.

— Je croyais que son traitement fonctionnait.

— Et il fonctionne, espèce de mufle ! s'impatienta Mira. Les immunosuppresseurs gardent son système immunitaire en laisse, mais tant d'années de crises laissent des traces !

Le regard d'Olivar se durcit sous l'insulte. Il consulta son écran d'avant-bras et serra les lèvres.

— Il reste encore au moins six heures de jour, ce serait du gâchis de s'arrêter maintenant. *Déus*, c'est une expédition, pas une promenade !

— Ça, il fallait y penser avant de passer outre mes recommandations ! répliqua Mira. Combien d'heures de marche avant d'atteindre le village ? demanda-t-elle d'une voix plus douce à l'intention d'Henacinata.

— Trop.

L'ambassadrice paraissait tendue. Érèbe sentait son esprit bouillonner, en train de rebrousser les nœuds du temps jusqu'au moment où Lucien les avait persuadés qu'il pouvait en être. Qu'il allait mieux. Que les remèdes des Scientificiens l'avaient guéri. Si elle revenait en arrière, personne ne s'en rendrait compte. Tout à coup, ils seraient à nouveau en train de marcher, comme si cette scène n'avait jamais eu lieu. Lucien serait resté au camp, Rhodente aussi, et peut-être même Mira, même si Érèbe en doutait. Ou peut-être qu'Hena déciderait de remonter avant que Lucien ne trébuche et se subluxe la rotule.

— Hena, s'il te plaît, murmura-t-il. Si tu laisses cette route se poursuivre, n'envenime pas les choses.

Elle soupira.

— Encore douze heures à un rythme soutenu.

Lucien laissa échapper un gémissement. Érèbe se rapprocha davantage de l'ambassadrice.

— Je n'ai pas assez d'énergie pour retourner jusqu'à ce nœud, jura-t-elle.

— Et moi ? Je peux faire quelque chose ?
Hena lui coula un regard plein de curiosité.
— Avec l'état de tes dons ? Certainement pas.
— D'accord.
Érèbe retourna s'agenouiller auprès de Lucien et lui adressa un regard encourageant, tout en se déchargeant de ses sacs.
— Tu seras mon garde-fou et moi tes jambes, d'accord ? Tu parles, je te porte.

Ils s'arrêtèrent à l'instant où le soleil disparut entre les racines des arbres. Érèbe ploya les genoux, exténué, et laissa Klaus et Mira le délester du corps du prince. Ce dernier avait bien tenté de faire la conversation, mais l'épuisement avait eu raison de lui. Klaus et Mira l'avaient porté aussi, puis celle-ci avait confectionné une attelle de fortune au prince, et il avait claudiqué entre Rhodente et Érèbe jusqu'à n'en plus pouvoir. Mira administra des antidouleurs à Lucien et l'installa au creux des racines d'un arbre, enveloppé d'une couverture, pendant qu'ils montaient un camp sommaire. Érèbe se releva pour les aider, mais Olivar le congédia d'un signe de tête, lui signifiant qu'il avait fait plus que sa part.

Reconnaissant, Érèbe s'assit à côté de Lucien en cherchant Cécilie des yeux. Elle discutait avec Klaus, en aparté. Il semblait lui expliquer quelque chose en prenant son arme en exemple. Élève attentive, la jeune femme reproduisait chacun de ses gestes sur sa propre arme, sans cacher son changement de rôle au sein du groupe. Érèbe caressa ses longs cheveux du regard. Elle les avait noués en une queue-de-cheval fonctionnelle, bien loin des coiffures sophistiquées qu'elle arborait à Naturalia. Elle portait un pantalon et une chemise aux manches retroussées sur ses bras, à la mode scientificienne. Avec un pincement au cœur, Érèbe songea qu'elle était peut-être partie trop loin. Trop loin pour que leurs sentiments mutuels la retiennent.
— Qu'est-ce qui se passe entre vous deux ? demanda Lucien d'une voix faible.
Érèbe but une longue rasade d'eau fraîche avant de répondre.
— On veut des choses différentes. Elle, c'est La Scientifica, la modernité, une autre place pour les femmes qui lui permettrait d'accomplir sa destinée.
— Et toi ?
— Moi, c'était… en apprendre plus sur mon passé, guérir mes démons et rentrer chez nous à Aigremort. Mener une vie paisible et tranquille. Rendre les miens heureux. Et *elle* fait partie des miens.
— C'était ?
Érèbe lui offrit un sourire triste.

— Je viens d'apprendre que j'étais le dernier de mon clan. Que j'appartiens à cette terre effrayante. Et que parmi les miens, il y a ce démon sanguinaire. Cet… *Emblème*, que je dois… (Il s'interrompit, ravala les mots qu'il s'apprêtait à prononcer. Était-ce *tuer*? *Protéger*?) Je me sens complètement perdu.

— On le serait pour moins.

Le silence les enveloppa. Autour d'eux, l'air fraîchissait. L'humidité montait du sol et leur ankylosait les membres. En refroidissant, les muscles d'Érèbe le tiraillaient. Il tenta d'étirer ses bras, sans pour autant se lever. Plus loin, Olivar allumait un feu, malgré les protestations courroucées d'Henacinata.

— Il y a quelque chose que je ne comprends pas, commença Érèbe. Tu as dix frères et sœurs plus âgés que toi et en pleine santé. Pourquoi ton père t'a-t-il envoyé, *toi*? Et surtout, pourquoi as-tu accepté de partir? Pourquoi pas un autre? Il y a tant de choses que tu pourrais faire depuis Naturalia sans te mettre en danger.

Lucien ne répondit pas tout de suite. Pendant un instant, Érèbe crut qu'il s'était endormi. Pourtant, sa voix s'éleva à nouveau entre le sifflement du vent dans les feuilles et le craquement du bois sous les assauts des flammes.

— Il y a beaucoup de justifications possibles. Je pense que tu connais déjà la théorie d'Hypocène.

— Oui, mais j'ai du mal à y croire. Je veux entendre la tienne.

Lucien ricana, un son amer qui contrastait avec la douceur et la vulnérabilité de ses traits.

— C'est si difficile à envisager pour toi qu'un homme de pouvoir qui place la santé, la fertilité et la longévité en vertus ultimes veuille se débarrasser de son fils faible et souffreteux?

— Tu es tout sauf faible.

— Je le suis, selon les standards de mon père… Selon les standards des valides, en réalité. Prends la nouvelle année, par exemple. Pourquoi s'y souhaite-t-on toujours une bonne santé, comme si c'était la seule chose qui compte? Comme si, quand on ne l'a pas ou qu'on la perd, on intègre un genre de sursis, d'interruption de développement personnel, où être pleinement heureux est forcément impossible. Inadéquat.

Érèbe fit jouer ses doigts les uns contre les autres; les mots de Lucien titillaient quelque chose en lui, comme un nœud serré depuis très longtemps et qui pouvait enfin se détendre.

— Pourtant, tu fais beaucoup d'efforts pour guérir, pour aller mieux.

— Je fais des efforts parce que je veux me donner de l'espace, me rendre la vie plus confortable et élargir l'horizon de mes expériences possibles. Je ne le fais pas parce que je suis foncièrement malheureux ou pour rencontrer l'idéal de santé de mon père. Tu fais pareil avec ta thérapie et des anxiolytiques, non ? Ce n'est pas si différent. Je pensais que toi, au moins, tu le comprendrais.

La voix de Lucien s'était faite sèche, cassante comme une brindille sur les derniers mots. Pourtant, ses paroles ne causaient aucun mal à Érèbe, au contraire. Elles détenaient une vérité apaisante, un cadeau que le prince lui offrait. Il ferma les yeux, pour mieux laisser les mots couler en lui.

Lucien ne reprit la parole que bien plus tard, d'une voix plus timide, moins passionnée.

— Mes parents. Tu savais qu'ils ont déjà perdu un enfant ?

Érèbe secoua la tête. Hypocène lui avait déjà parlé de Primaxime, mais il voulait entendre l'histoire entière, racontée par Lucien.

— Ça ne m'étonne pas. Toi et moi batifolions encore dans nos couches. Et moi… j'étais alors un bambin plein de santé et de promesses.

Encore cette amertume. Érèbe pouvait presque voir la plaie béante dans l'âme du prince, infectée jusqu'au cœur de son être. À quel point le comportement du dynaste avait-il changé quand il avait découvert la maladie de son plus jeune fils ? L'avait-il ignoré, caché ? Ou pire, avait-il tenté de le pousser à se fondre dans le moule de ses frères et sœurs ? Était-ce pour cela qu'il avait refusé de le soigner ? Parce qu'il attendait que son fils vainque son mal par lui-même ?

— Mon frère aîné, Primaxime, venait d'avoir vingt ans. À l'époque, intégrer le futur dynaste à un équipage faisait partie de sa formation. Mon père l'a fait, son père avant lui et… on peut remonter jusqu'à la naissance du Cercle des Géographes comme cela. Sauf que Prim n'est jamais revenu. C'était un accident tout bête, indigne de faucher un héritier. Je ne sais pas si mon père a réellement pleuré la mort de son fils. Il a été choqué, certes. *Vexé* serait un terme plus juste. Il a fait bien attention par la suite à garder ses enfants des monstres. Jusqu'à moi. Peut-être qu'étant malade, je dois faire mes preuves encore plus que les autres. Ils en sont dispensés, mais pas moi. Moi, je dois gagner mes galons pour mériter mon nom, ma naissance, la marque de la dynastie sur ma joue. Si je reviens, on me respectera. Si je meurs… bon débarras.

Érèbe accusa les mots. Lucien parlait des motivations de son père avec une haine de soi qui faisait froid dans le dos. Érèbe ne savait pas quoi dire, alors il emprunta une insulte qu'il entendait souvent sortir de la bouche de Klaus et parfois de celle de sa couronnée.

— Sans offense… ton père est un vrai connard.

Lucien ouvrit de grands yeux surpris, puis il éclata de rire. Un rire joyeux, communicatif, qui fit s'étirer les lèvres d'Érèbe. Un peu plus loin, Rhodente les regardait avec une expression attendrie.

— Je suis d'accord, pouffa Lucien en essuyant une larme au coin de ses yeux. Mais tu sais, moi aussi j'avais mes raisons de venir. (Il désigna ses jambes.) J'ai tenu trois heures entières à votre rythme, avec une simple canne. Ça paraît peut-être peu pour vous, mais pour moi… C'est la plus belle chose du monde. Cela fait des années que je n'ai pas marché autant et ça, c'est grâce au traitement de Mira. Ici, elle peut me soigner sans que mon père s'aperçoive de rien. Ma maladie est sous contrôle, elle n'étend plus ses ravages. J'ai peut-être une patte folle, mais elle n'est plus gonflée et fiévreuse. Quant à la douleur, elle devient enfin supportable. Elle lève son joug sur mon esprit et me laisse l'espace de penser, de respirer.

Plus tard, ils se nourrirent de lanières de viande séchée et d'un drôle d'animal qu'Hena avait attrapé et dépecé. Érèbe ne l'avait même pas vue quitter le camp. Un instant, elle était perchée sur une branche basse, en train de sculpter un bout de bois. L'instant d'après, elle brandissait son trophée, l'enfilait sur une broche et observait la chair suer et se ratatiner sous les assauts des flammes. Lorsque Érèbe croisa son regard, elle lui adressa un clin d'œil complice et inclina la tête vers les profondeurs des bois. Les blasons. Ils se faisaient discrets, mais veillaient sur eux. Cet animal, à mi-chemin entre un castor et un écureuil, était un cadeau, comme les fruits qu'ils abandonnaient à la lisière du camp, avant même qu'Érèbe ait conscience de leur nature.

Leur nature… la comprenait-il vraiment ?

Il commençait à saisir le rôle et l'importance des Emblèmes, mais quelle était la place des blasons dans tout cela ? Érèbe les voyait comme des créatures à la fois majestueuses et serviles, prêtes à tout pour obtenir les faveurs des hommes et des femmes d'Exotica. Des compagnons fidèles, mais dont on n'estimait que peu la vie.

Il s'apprêtait à rejoindre Henacinata pour lui demander plus d'explications quand Cécilie entra dans son champ de vision. Elle portait toujours son arme en bandoulière, à la façon d'une monstrueuse extension de son corps.

— On peut parler ? souffla sa couronnée. C'est important.

Érèbe sentit son ventre se nouer. Il savait que pour qu'un couple fonctionne, la communication était essentielle. Il ne servait à rien d'enfouir ses sentiments jusqu'à ce qu'ils pourrissent ; jusqu'à ce que colère et rancœur viennent s'y mêler. Parler faisait avancer les choses, mais dans leur cas, à Cécilie et à lui, chaque mot pouvait les mener à leur séparation. Or il n'en avait pas envie. Pas encore. Pas du tout.

Il acquiesça néanmoins et, d'un geste du menton, l'invita à s'asseoir à ses côtés. Cécilie lui sourit timidement, mais secoua la tête.

— Juste toi et moi.

Érèbe ravala la boule qui lui enserrait la gorge. Sa main glacée saisit celle, chaude et tendue, de sa couronnée. Elle le guida entre les arbres, le tirant presque.

Ils s'arrêtèrent devant une tente étroite, à peine assez grande pour qu'une personne s'y allonge. Ils n'étaient pas très loin du camp, dont ils entendaient les murmures et apercevaient la lumière entre les troncs d'arbres. Et pourtant, ils auraient pu être à l'orée d'un autre monde.

Sans le lâcher, Cécilie s'accroupit et rampa à l'intérieur. Érèbe l'imita, avant de s'y installer maladroitement en tailleur. Il devait courber les épaules pour que le haut de son crâne ne touche pas la toile humide.

Érèbe laissa le silence s'éterniser entre eux, jusqu'à ce que la mine hésitante de Cécilie et les propres battements de son cœur lui deviennent insupportables.

— Je croyais qu'on devait parler.

Sa couronnée se racla la gorge.

— C'est le cas. Je… On n'a pas vraiment pu échanger depuis que nous avons découvert ta véritable… nature. Est-ce que tu tiens le coup ?

Ah. Pas un instant il n'avait pensé à cela comme motif de rupture.

— Je ne sais pas. Je… n'apprécie pas d'être lié à une créature telle que Faëlan de manière si profonde. Ça m'angoisse, je crois. Mais j'ai entrepris ce voyage pour trouver une explication à ma vie, à ma différence. Qu'elle me plaise ou non.

Il inspira brutalement. Les mots se mélangeaient en lui, et même en les prononçant, il ne savait pas très bien s'ils étaient adéquats en regard de ce qu'il ressentait. Quelque part, il demeurait en lui un voile de sidération, qui l'empêchait de pleinement appréhender sa nouvelle réalité.

— Ça fait du bien d'être compris, murmura-t-il finalement – et ces mots-là, sans aucun doute, étaient vrais.

— Par Henacinata.

— Qui d'autre ?

Cécilie haussa les épaules.

— Donc tout est bien qui finit bien, n'est-ce pas ? Tu as des réponses, des gens qui te comprennent et t'acceptent comme tu es, et moi, je suis en voie de m'intégrer dans une société à laquelle j'ai toujours rêvé d'appartenir. Gagnant, gagnant. Un marché équilibré, en somme, même si ce n'était pas gagné au départ.

— Parce que, pour toi, c'est si simple? grogna Érèbe, l'amertume reprenant le dessus sur la peur de la perdre. Cette situation me tue, Cilie! Je ne veux pas que tu t'en ailles. Je ne veux pas d'une raison supplémentaire de nous éloigner.

Sa couronnée prit de la distance pour mieux le contempler de son regard fauve.

— Moi non plus, je ne veux pas que tu t'en ailles.

— Mais je ne vais nulle part!

Cécilie ne répondit pas tout de suite. Elle déglutit à plusieurs reprises, puis s'approcha et, d'un geste infiniment doux, délassa le col de la tunique d'Érèbe et trouva la couronne sur son cœur. Elle en traça du bout des doigts les chairs noircies et les bords irréguliers, puis murmura :

— Quand c'est arrivé, j'ai cru que les dieux jumeaux reprenaient notre serment. À présent, je comprends que c'était toi. Tu as eu mal et tu as fait mourir notre couronne avec tes pouvoirs. Si tu le voulais vraiment, tu pourrais la faire revivre.

Érèbe eut un rire mauvais.

— Arrête! Ne fais pas comme si j'avais le choix. Ne fais pas comme si j'avais eu le choix à un moment donné. Tu m'as regardé dans les yeux et tu m'as couronné en sachant qu'à la moindre occasion, tu mettrais les voiles pour La Scientifica et tu m'abandonnerais derrière toi.

— Non, je sais, Érèbe. Je n'ai pas dit ça pour… C'était juste une observation, pas une métaphore. Mais… (ses yeux accrochèrent les siens) je ne veux pas que tu restes ici. Ce n'est pas idéal, j'en ai conscience, mais tu pourrais venir avec moi à La Scientifica. Ce monde-ci, il me fait peur pour toi, Érèbe.

— Aller dans un monde de sciences alors que je suis un maudit magicien de la vie et de la mort? Tu crois vraiment qu'après avoir appris tout ça sur mes origines, je vais serrer la main d'Hena, lui dire merci et quitter Exotica? Sans réparer les horreurs que mon Emblème a faites à ce monde?

Cécilie se figea, l'air choquée.

— Tu ne vas pas me dire que tu te sens responsable de Faëlan et de ses actes?

— Qui, sinon moi?

Il avait haussé le ton. L'atmosphère de la tente devint suffocante. Son vieil instinct de fuite lui intimait de reculer, de ne pas se laisser enfermer. Pourtant, le regard de Cécilie le captura. Il y lisait une profonde douleur. Ses yeux brillaient de colère contenue.

— Bordel, Érèbe ! Tu n'as rien demandé ! Tu n'étais qu'un enfant en face d'un monstre tout-puissant. Personne n'attend de toi que tu répares ses torts.

— Si. Henacinata, son clan et tous ceux que mon Emblème a blessés.

Cécilie secoua la tête.

— Tu te rends compte à quel point c'est tordu ! Faëlan n'est pas ton Emblème, mais ton *Cauchemar* ! Celui qui t'a volé ta vie, ta réputation, ta…

— Famille ? lâcha-t-il d'une voix dure.

Cécilie déglutit.

— Tu as déjà une famille.

— Oui, à Naturalia. Pas à La Scientifica. Quant à mon clan, j'ai un devoir envers eux, je le sens, jusqu'au plus profond de mon âme. Je ne pourrai jamais guérir si je ne… guéris pas Faëlan.

C'était la première fois qu'il le formulait. Mais en prononçant ces mots, il sut qu'ils étaient la clé. La vengeance ne le mènerait à rien, contrairement à l'empathie, au pardon. Il devait comprendre ce qui était arrivé à son Emblème et le sortir de la spirale de destruction dans laquelle il s'était enfermé pendant toutes ces années.

— Sauf que le but, c'est de le tuer. C'est ce que l'ambassadrice a dit. C'est ce que tout le monde veut. Eux, comme nous. Tu n'as pas d'alliés dans cette entreprise.

— Hena. Elle n'adhère pas aux conclusions de son clan. Je ne sais pas encore comment, mais elle va m'aider.

— Bordel, jura à nouveau Cécilie.

D'un geste attendri, il essuya les larmes qui dévalaient les joues de sa couronnée.

— Ça va bien se passer, je te le promets.

— Et après ? En admettant que tu parviennes à apaiser l'ire dévastatrice de Faëlan, que feras-tu ?

Encore cet espoir au fond de ses yeux.

— Je ne sais pas, mentit-il.

Il aurait voulu lui dire qu'il la rejoindrait, mais il n'y croyait pas lui-même. Il n'avait rien à faire dans une forêt de métal. Elle l'étoufferait aussi sûrement qu'un oreiller sur son visage. Et même s'il ne connaissait pas grand-chose aux relations entre Emblèmes et humains, il pressentait que rien de bon n'advenait quand un Emblème n'avait pas de clan. Érèbe ne pouvait pas sauver Faëlan sans lui sacrifier sa propre existence.

Dans son regard, il vit que Cécilie aussi l'avait compris.

Chapitre 40

Les Tisseurs de Temps

Ils atteignirent ó Saeltane vorn à la mi-journée du surlendemain. Contrairement à certaines des ruines que l'expédition avait déjà explorées, le village de Saeltane ne trouait pas la forêt comme une brûlure de cigarillette sur un tapis d'herbe. Il se dévoilait petit à petit ; d'abord une maison de pierre jaillissant de la végétation, une cabane perchée sur des branches solides, puis plus rien pendant des dizaines de mètres. Et enfin, d'autres maisons, qui poussaient sous le couvert des arbres comme de gros champignons de pierre, sans ordre apparent, mais en harmonie. Ils passèrent devant une habitation plus grande, qui sinuait entre les arbres comme un serpent et se servait de leurs troncs imposants en guise de support pour ses étages en bois. Des cris et des rires résonnaient entre ses murs.

— Une école, l'informa Henacinata.

Elle s'était exprimée à voix basse, pourtant, une petite fille jaillit d'une fenêtre au son de sa voix, aussi agile qu'une louve. Elle contourna Cécilie, Rhodente et Lucien et se jeta dans les jambes d'Henacinata avec une exclamation de joie.

La jeune femme s'accroupit avec un sourire et chatouilla l'enfant en lui parlant dans sa langue jusqu'à ce qu'elle lâche prise. Curieux, Érèbe s'approcha, se baissa à son tour, et ferma les yeux pour se concentrer sur les mots. Parviendrait-il à les reconnaître ? Éveilleraient-ils quelques souvenirs enfouis en lui ? Une petite main moite plaquée en travers de son front le sortit de ses pensées.

La fillette le contemplait avec intérêt. Sans peur. Les mots qu'elle prononça se fondirent en une inflexion aiguë, qu'Érèbe interpréta comme une question.

— Je ne comprends pas, s'excusa-t-il, sans pour autant rompre le contact.

Hena échangea quelques mots avec la gamine, qui embrassa Érèbe sur le front, puis retourna vers ses camarades. L'empreinte humide laissée par les lèvres de l'enfant le toucha au plus profond de son âme. Ici, personne ne le voyait comme un monstre ou, du moins, pas cette fillette. Personne ne lui avait enseigné à le craindre. Au contraire, elle semblait considérer sa venue comme une bonne chose. Elle l'accueillait dans son monde avec un enthousiasme innocent. Pour une fois, c'étaient ses compagnons qui observaient la scène sans y participer. Invisibles. Érèbe se demanda combien de temps Olivar accepterait de ne pas être au centre de l'attention. Déjà, il affichait une moue agacée.

— Elle ne s'exprime que dans le dialecte des tisseurs de temps, expliqua Henacinata. Elle commence seulement à apprendre la langue unifiée d'Oélan et ne pourra toucher aux langues d'outre-mer que quand elle la maîtrisera à la perfection.

— Oélan ? s'enquit Rhodente, qui avait écouté leur conversation.

Elle se tenait devant l'école, enlaçant le prince Lucien dans une étreinte tendre et discrète.

Henacinata lui jeta un regard où l'exaspération se mêlait à la condescendance. Rhodente rosit, mais ne se démonta pas.

— Tu ne croyais quand même pas que nous allions nommer notre propre terre Exotica ? Dans la langue unifiée, nous l'appelons Oélan.

— Je n'y avais jamais pensé, avoua Cécilie. Ce nom n'apparaît sur aucune carte.

Elle ne s'adressait à personne en particulier, embrassant le village du regard en arborant une expression songeuse.

Érèbe désigna la fenêtre où avait disparu la fillette d'un geste du menton.

— C'est ta fille ?

Hena secoua la tête et sourit avec tendresse.

— Ma petite sœur, Naeva. J'ai aussi un petit frère du même âge. Et un grand échalas d'aîné qui n'est même pas fichu de m'espionner discrètement ! dit-elle en haussant sensiblement la voix.

Un homme tomba d'une branche comme un fruit mûr et se rattrapa aux épaules d'Hena pour ne pas s'écrouler. Un sourire d'un blanc éclatant trouait sa peau bronzée. Il tendit une main à Érèbe et l'attira à lui quand il s'en saisit. Le maître d'Aigremort se retrouva plaqué contre son torse dur et roué de tapes viriles qui ne ressemblaient que de loin à des salutations.

— Le fils prodigue ! s'écria le nouveau venu.

Il le relâcha pour mieux l'observer, puis le serra derechef dans ses bras et lui ébouriffa les cheveux.

— Je ne pensais pas te revoir un jour, toi ! Mais tu arrives à point nommé : Hena n'a toujours pas trouvé chaussure à son pied.

La concernée le bouscula d'une tape sur la tête.

— Il ne se souvient pas de toi, idiot ! Et il n'a aucune idée de ce dont tu parles !

Érèbe sourit, légèrement mal à l'aise.

— En fait, c'est une des rares choses que je me rappelle.

— Oh, pitié, grommela Cécilie dans leur dos.

Olivar secoua la tête, de plus en plus contrarié.

Klaus ricana et des étincelles de malice s'allumèrent dans le regard sombre de… *Roch*. Son nom s'illumina comme une étoile sous le crâne d'Érèbe. Celui-ci l'accueillit précieusement, ainsi que les quelques flashs mémoriels qui l'accompagnaient.

— Roch, murmura-t-il.

— Tu vois qu'il se souvient, Hena ! En même temps, c'est normal, je suis carrément inoubliable !

— Crétin ! lui lança-t-elle.

Mais elle souriait et ses yeux brillaient d'émotion contenue.

Érèbe éclata d'un rire chaud, sincère, loin de la tension des derniers jours. Roch dégageait une bonne humeur contagieuse, qui lui faisait du bien.

— Ah, bah voilà ! Notre ami est repassé au vert. C'était plutôt rare quand t'étais gamin, t'avais toujours les yeux d'un noir d'encre assortis d'un petit air carnassier, comme si tu voulais bouffer tout le monde.

— Normal, tu me volais toujours les meilleures parts d'*ashrin* aux réunions interclans.

Un nouveau souvenir, qui s'était manifesté en mots, puis en images. Il pouvait presque sentir la douceur du fruit sur sa langue. Une faim insistante se réveilla au creux de son ventre.

— Et tu les faisais pourrir sous mon nez, petite enflure. D'ailleurs, je te trouve un peu pâle. Tu en veux ?

— Quoi donc ?

— Des *ashrins*, idiot. Il y en a plein à l'Aiguille.

— Désolé d'interrompre votre petite réunion fraternelle, retentit la voix impatiente d'Olivar, mais nous ne sommes pas là pour le plaisir de votre compagnie. Nous avons à faire.

— Ça tombe bien, les *ashrins* sont conservés au même endroit que vos *affaires*, minauda Roch, une moue agacée plaquée au coin des lèvres. À la tour de ma mère, Honorine ó Saeltane.

L'Aiguille était une merveille architecturale ; un édifice de pierre en forme de piquant dont le sommet perçait les frondaisons avant de partir à l'assaut du ciel. Elle servait de tuteur à un festival de plantes grimpantes, dont les tiges s'enfonçaient profondément dans le mortier. Les plus impressionnantes d'entre elles arboraient des feuilles violacées, qui étaient si grandes qu'on aurait pu enrouler un enfant dedans, sans que rien n'en dépasse.

— Pourquoi construire si haut ? s'enquit le prince. Vos ennemis restent invisibles sous le couvert des arbres, alors que vous dévoilez à tous votre position.

— Notre position n'est pas un mystère, répondit Hena avec orgueil. Hormis Faëlan, je ne connais pas d'Emblème qui oserait revendiquer le territoire de Saeltane. (Elle reporta son attention sur Érèbe.) Ton Emblème est notre seule menace, mais nous trouvons toujours le moyen de la contrer. Ce n'est pas difficile, quand on est capable de remonter le temps pour corriger erreurs et manquements. Si l'Aiguille grimpe si haut, c'est parce que nous limitons autant que possible notre occupation du sol. Saeltane préfère évoluer dans la végétation. Nous tentons de la déranger le moins possible. De toute façon, quand elle n'aime pas quelque chose, elle s'arrange pour le faire disparaître.

Ces derniers mots, elle les avait prononcés avec une fierté non dissimulée. Comme si elle était heureuse que son peuple se fasse dicter sa loi par une créature magique. Il y avait une certaine beauté dans cette confiance, dans cette communion entre les Oélans et la nature. Un tel partage n'avait aucune chance de se produire à Naturalia. Quant à La Scientifica, la nature n'y avait plus vraiment sa place en dehors des quelques lieux domestiqués où les Scientificiens la laissaient vivoter.

Érèbe imita Hena, qui se dirigeait vers une entrée gardée par une famille de blasons. Il s'agissait d'un groupe de félins dont la peau nue se parait d'excroissances lumineuses. Les adultes faisaient leur toilette, tandis que leur portée jouait sur leurs corps allongés. Les parents se montraient d'une patience à toute épreuve, malgré les importuns qui leur mordillaient les oreilles ou cherchaient à attraper leur nez.

— Allez, ouste, rit Henacinata en arrivant à leur hauteur.

Les petits lui adressèrent des regards mi-joueurs, mi-ennuyés, mais accompagnèrent leurs parents lorsqu'ils se déplacèrent de quelques mètres.

Érèbe sentait la nervosité lui griffer le ventre, à l'emplacement de ses cicatrices. Ni le comportement détendu d'Hena ni la bonne humeur de Roch ne parvenaient à faire taire la crainte de se retrouver face à leur Emblème. Que se passerait-il si elle le désignait comme un ennemi et s'en prenait à lui ?

Une main puissante se posa sur son épaule. Roch ricana en voyant Érèbe s'enfoncer de quelques millimètres dans l'humus.

— Tranquille. Saeltane est partie chasser. Elle reviendra le ventre si plein qu'elle ne te fera pas la grâce d'un regard. Sauf peut-être pour quémander des massages.

Les lèvres d'Érèbe s'étirèrent en un sourire peu convaincu.

— De quoi a-t-elle l'air ?

— D'un gros chat, le rassura Roch. Un très gros chat. Franchement, elle est bien élevée, t'as pas à t'en faire. En plus, elle ne tuerait pas le principal prétendant d'Hena.

Cette dernière lui lança un regard courroucé.

— Arrête de jouer les marieurs, Roch, ou je ne vais pas te rater.

— J'aimerais autant, dit doucement Érèbe en jetant un coup d'œil vers sa couronnée. (Elle ne disait rien, mais un pli d'agacement déformait ses lèvres, lui donnant l'air boudeur.) Je suis déjà pris.

La vie les séparait aussi sûrement que les ramifications d'une tige. Mais cela ne changeait rien aux sentiments d'Érèbe à son égard. Elle était son premier amour et, à cette place, personne ne pourrait la détrôner. Pas même la belle et énigmatique Henacinata.

Roch roula des yeux.

— C'est pas vrai, t'as pas fait ça ! Et ma sœur alors ? Je te préviens, je vais devoir laver cet affront dans le sang et les larmes.

— Crétin, murmura Hena.

Une lourde clé tourna dans la porte et celle-ci s'ouvrit en frottant contre le sol de pierre.

— Laissez vos armes à l'entrée, ordonna Hena d'une voix qui ne souffrait aucune contradiction. Ma mère nous attend.

Lucien tenta l'ascension, mais capitula au milieu de la première volée de marches, et Rhodente et Klaus l'escortèrent au bas de la tour.

Poursuivre était beaucoup trop dangereux : l'Aiguille grouillait de blasons. Ils se chamaillaient dans l'escalier en colimaçon, sommeillaient sur les nombreux paliers qui jalonnaient la tour. Certains avaient investi les marches et accueillaient les pieds qui les enjambaient de leurs truffes humides. Même sûr de ses appuis, personne n'était à l'abri d'une mauvaise chute.

Rapidement, Érèbe s'aperçut que les blasons lui réservaient un traitement particulier. Après son passage, ils se levaient, s'ébrouaient et se précipitaient à sa suite, cognant ses mollets de leur gueule. De grands oiseaux au plumage sombre tombaient du sommet de la tour, jaillissant de l'obscurité comme des créatures de cauchemar. Ils volaient autour d'Érèbe, certains se posant même sur sa tête, ses épaules et son dos. Ils le goûtaient de leur langue effilée et fourchue. Érèbe savait qu'il ne devait pas les chasser ; les blasons, tout comme les tisseurs de temps, se trouvaient sous la protection de Saeltane. Les repousser, c'était la repousser, elle.

— Laissez, murmura-t-il à Mira, Olivar et Cécilie quand ils manifestèrent leur inquiétude. Ils ne font rien de mal.

Contrairement à la foule, qui l'avait toujours oppressé jusqu'à l'angoisse, la masse d'animaux le rassurait. L'accompagnait. Lui communiquait sa force. Vaste réservoir d'énergie dans lequel il pouvait puiser à l'envi.

Il continua à grimper, le regard rivé sur ses pas pour ne pas se laisser surprendre par un éclair de fourrure. Ses muscles, éprouvés par leur périple dans la jungle, le tiraillaient sauvagement. Son souffle se raccourcissait à mesure de leur progression et, pourtant, il ne pouvait pas flancher, sous peine de briser le rythme des blasons qui s'amassaient à ses pieds, lui léchaient les tendons, mordillaient ses vêtements.

Une faim dévorante s'éveilla en lui, sans que son estomac vide soit en cause. Il eut soudain envie de briser les nuques des bêtes à ses pieds, d'ouvrir leurs ventres, d'absorber… Il ralentit, se rattrapant au mur de pierre quand un blason se faufila sous ses jambes avant de revenir en arrière.

— Qu'est-ce qui m'arrive ? souffla-t-il, le cœur au bord des lèvres.

Il avait déjà chassé, déjà tué, pour nourrir ses proches, ainsi que son propre art. Mais jamais… jamais il n'avait ressenti ces pulsions sauvages, qui menaçaient d'avaler son humanité.

La main d'Hena lui frotta le dos entre les omoplates. Un oiseau immense, à la face plate comme celle d'une chouette, se tenait perché sur son épaule. L'animal dégageait une aura étrange.

— Ce n'est pas grave, c'est normal. Ton *ijam* se réveille et il a faim. Nous allons le nourrir. (Elle désigna son blason d'un petit coup de l'épaule.) Au fait, je te présente Elvire.

— Mon *ijam* ?

— La source de ta magie. Tu vois les sphères blanches ?

— Où ça ?

— Dans mon ventre, le tien, ceux des blasons. Un peu sous le nombril, enroulées dans les intestins.

Érèbe plissa les yeux, mais son regard buta contre les vêtements d'Hena et contre la fourrure des blasons. Comment était-il censé *voir* au-delà ? Était-ce une plaisanterie ?

Un cri de frustration attira leur attention. Un tour d'escalier plus bas, Cécilie se débattait avec une horde d'oiseaux qui s'accrochaient à ses cheveux et à ses vêtements. Elle se protégeait les yeux d'une main, tout en chassant les animaux de l'autre. Olivar et Mira tentaient vainement de l'aider, mais sans armes, ils n'avaient que leurs mains à la peau fragile, facilement lacérées par les serres. Concentré sur sa propre progression, Érèbe ne s'était pas aperçu qu'il les avait distancés à ce point. Sans réfléchir, il fendit la foule des blasons qui le suivaient comme une traîne et se précipita vers sa couronnée pour lui faire rempart de son corps. Les oiseaux se détournèrent aussitôt d'elle pour s'intéresser à lui, jusqu'à ce qu'un sifflement aigu retentisse au-dessus d'eux et que Roch fasse chuter un sac en bas de l'escalier. Les oiseaux ne lui laissèrent pas le temps de s'écraser. Déjà, leurs serres puissantes déchiraient la toile et emportaient leur butin. Les loups et autres blasons terrestres se contentèrent des restes sanguinolents.

— Et vous vivez comme ça ! s'exclama Olivar en jetant un regard dégoûté en direction de la masse de blasons qui se disputaient la viande.

Roch lui répondit d'un sourire qui n'exprimait pas la moindre gêne et reprit son ascension.

Érèbe ne quitta plus Cécilie d'une semelle, même si les animaux semblaient avoir perdu tout intérêt pour eux.

— Tu as des ancêtres qui viennent d'ici ? s'enquit Hena.

Elle examinait Cécilie, intriguée.

— Soualienne pure souche sur des générations, grommela la concernée.

— Ah.

Érèbe n'aimait pas ce « ah ». Il évoquait l'incrédulité, voire l'inquiétude.

— Pourquoi cette question ?

Hena haussa les épaules. Elle affecta un air détaché.

— Pour rien. D'habitude, les blasons ne s'intéressent qu'aux gens qui ont un *ijam.*

— Un quoi ? demandèrent Olivar et Mira à l'unisson.

Henacinata ne prit pas la peine de répondre.

— Tu dois simplement sentir bon, sourit-elle. À moins qu'une de tes ancêtres ne cache une conquête secrète.

Cécilie allait répliquer, mais une porte s'ouvrit au sommet de l'Aiguille. Une femme mûre, à la longue chevelure entièrement blanche, les accueillit d'une voix rocailleuse.

— Si l'on m'avait dit qu'un enfant de Faëlan foulerait à nouveau ces marches. Je suis heureuse de te revoir, *màsha.*

Mon garçon.

Honorine ó Saeltane écarta les bras. Elle les avait musclés et bourrelés de cicatrices, même si la peau commençait à se détendre sur les triceps. Érèbe tenta de l'imaginer plus jeune, les cheveux bruns plutôt que blancs. Le regard doux plutôt qu'acéré. Avec confiance, il se fondit dans son étreinte.

Derrière elle, Érèbe avisa une grande pièce sombre, au centre de laquelle trônait une table dont on ne voyait plus le bois tant elle débordait de victuailles. De la viande saignante, des fruits de toutes les tailles et de toutes les couleurs, de drôles de tubercules dans lesquels on pouvait imaginer des corps et des visages tordus.

Le pauvre bougre qui a dû transporter tout cela jusqu'ici, avec un troupeau de blasons collé aux jambes… Qui que ce soit, il allait malheureusement être forcé de recommencer en sens inverse.

— Puis-je vous demander un service, Honorine ? souffla Érèbe, un peu contrit.

Chapitre 41

Les fruits du pouvoir

— Il ne fallait pas, grommela Lucien, alors que le dernier plat rejoignait le nouvel emplacement de la réunion tactique : une maisonnette de plain-pied visiblement inhabitée.

La bâtisse ne comportait qu'une seule pièce au plafond très bas. La table y prenait presque toute la place, et chacun s'installa tant bien que mal sur l'étroite banquette de pierre qui ceignait les murs.

— Bien sûr que si, rétorqua Klaus, qui jetait des œillades énamourées à un plat de viande coupée en fines tranches bien saignantes.

Honorine leur servit à tous une assiette. Érèbe nota que celle qu'elle lui réservait était bien plus remplie que celles de ses compagnons et détenait les meilleurs morceaux. Hena, Roch et, de façon plus surprenante, Cécilie étaient eux aussi généreusement pourvus. Quant aux autres, eh bien… À Naturalia, une telle différence de traitement entre les convives aurait été le comble de l'impolitesse. Pourtant, Rhodente entama son assiette avec son élégance habituelle et les autres ne tardèrent pas à l'imiter.

Érèbe découpa soigneusement un morceau de viande, le plongea dans une sauce onctueuse à l'odeur acide et le fourra dans sa bouche. Le mélange de saveurs manqua de le faire défaillir. Il n'avait jamais été un gros mangeur, pourtant, il dévora la moitié de son assiette en quelques minutes, incapable de s'arrêter malgré les protestations de son estomac.

Quand il releva le nez de son festin, il s'aperçut que tout le monde l'observait. Klaus arborait même une expression écœurée. *Mince.* Érèbe fouilla la table des yeux à la recherche d'une serviette. Rhodente sortit un mouchoir propre de sa poche et se pencha par-dessus la table pour le lui tendre.

— Merci, souffla-t-il, s'empressant de tamponner sa bouche et son menton rendus luisants par les sucs.

Mais qu'est-ce qui lui avait pris de se donner en spectacle comme ça ?

Henacinata échangea un regard de connivence avec son frère.

— T'inquiète pas, le rassura Roch. Si mon *ijam* tirait la même tronche que le tien, j'aurais mangé encore plus salement.

— Est-ce par cet *ijam* que vous parvenez à canaliser l'énergie magique de vos Emblèmes ? interrogea Olivar, qui regardait Honorine, installée en bout de table, une curiosité avide au fond des yeux. Sans cet organe, vous n'avez pas de pouvoir, est-ce bien exact ?

Il avait repoussé son assiette pratiquement intacte.

— Pas tout à fait. L'*ijam* a la même fonction pour le corps qui pratique la magie que la graisse ou les muscles. L'organisme y puise en cas de besoin, pour maintenir son activité. Sans réserve d'énergie magique, un tisseur de temps ne pourrait le remonter que de quelques centièmes de secondes à la fois et un nécromant serait tout juste capable de faire renaître une feuille fanée. L'*ijam* est nécessaire pour les actions d'envergure.

— N'y a-t-il pas un autre moyen que la nourriture ? demanda Érèbe. Pour remplir un *ijam*, je veux dire.

— Si, bien sûr. Il en existe deux autres. Tu viens d'expérimenter *oyam*, la voie du ventre. C'est la plus accessible et la moins coûteuse. Pour les nécromants, comme toi, il existe aussi *mosham*, la voie du vol. Tu peux vider l'*ijam* d'un autre en lui prenant sa vie ou absorber directement l'énergie magique d'un aliment, sans l'avaler. C'est du gaspillage, mais c'est efficace si l'on veut transcender les limites de son estomac. En parlant d'estomac, le tien est aussi petit que celui d'un *Colibrus*, c'est désespérant. La première étape est de le faire grandir.

— Je n'aime pas ce mot, murmura Érèbe.

— Quoi ? Grandir ? ricana Klaus.

— Nécromant.

On dit qu'il tue les bêtes et jouit de leurs cadavres. À Naturalia, on le traitait de nécrophile. Il détestait l'idée que sa véritable nature n'en diffère que d'une syllabe.

— C'est pourtant ce que tu es. Du moins, c'est une partie nécessaire de toi. Tu peux donner la mort, mais cela fonctionne dans l'autre sens aussi. Si tu partages l'énergie de ton *ijam*, tu as le pouvoir de faire naître la vie. Mais pour ça, il faut le remplir.

Érèbe médita les paroles d'Honorine pendant quelques secondes.

— Et la dernière? Vous disiez qu'il y avait deux autres moyens de remplir son *ijam*.

Contre toute attente, ce fut Hena qui répondit.

— *Akam*, la voie du cœur. Quand on développe un lien fort avec une personne, on peut partager son énergie avec elle. Un parent et son enfant. Un frère et une sœur. Des amis très proches, un couple ou des amants.

— Mais pour ça, il faut que l'autre possède un *ijam*, c'est bien ça?

— Oui. Si ton binôme n'en avait pas, tu ferais *mosham* et risquerais de le tuer.

Érèbe songea à Anacendre, Joleene et Pia. À Cécilie. Aucune d'elles ne possédait un *ijam* avec lequel il pourrait communier. Cette idée le rendit triste.

— Pardonnez-moi, mais… s'éleva la voix de Rhodente, qui s'était faite discrète jusqu'à présent, comme à l'accoutumée. De quelle façon tue Faëlan, en règle générale?

La question jeta un froid sur la petite assemblée. Lucien reposa ses couverts et déglutit difficilement, Klaus s'agita sur son siège et Cécilie pinça les lèvres, guettant la réaction d'Érèbe. Celui-ci voyait trouble. Soudain, les morceaux de viande empilés dans son assiette lui donnèrent des haut-le-cœur. Mira et Olivar, quant à eux, arboraient un air concentré, indéchiffrable.

— C'est bien pour ça qu'on est là, non? insista Rhodente. Alors, cette bête tue-t-elle avec ses griffes et ses crocs ou avec sa magie?

— En général, elle use de sa magie, répondit Honorine.

— Non, elle aime verser le sang, murmura Érèbe.

Personne ne l'entendit, sauf Cécilie, assise à côté de lui. Elle referma doucement la main sur la cuisse de son couronné.

— À distance? s'enquit-elle.

— Aucun tisseur de temps ne l'a jamais vue opérer. Tout ce que nous savons, c'est que là où elle passe règne la destruction. Les végétaux se flétrissent, les animaux désertent la zone quand ils ne pourrissent pas sur place. Même le sol devient stérile. Peut-être aspire-t-elle la magie de proche en proche. Quand on touche une plante, on peut descendre jusqu'à ses racines, atteindre les myceliums des champignons symbiotes, remonter vers ses autres plantes partenaires, tuer les insectes qui vivent dans ses branches et ainsi de suite. La forêt est dense, la forêt est lien. Ou peut-être Faëlan ne draine-t-elle que ce qu'elle touche directement, mais cela m'étonnerait.

— Ce qui signifie que cette bête peut nous tuer à vue, marmonna Klaus.

À son tour, il repoussa son assiette, l'appétit coupé. Ses doigts remuaient convulsivement, comme pour presser une gâchette invisible.

Olivar expulsa un rire sec. Ses yeux brillaient, mais pas de peur. D'excitation.

— Ne soyez pas si défaitistes ! Si elle aspire bel et bien la magie par contact de vie en vie, nous pouvons isoler nos corps. Faire en sorte qu'ils ne touchent que la matière inerte.

— Dame ó Saeltane, intervint Lucien, les sourcils froncés. Cela fait des semaines que nous arpentons cette jungle. Et nous n'avons vu aucune trace de la destruction dont vous parlez. Comment l'expliquez-vous ?

La matriarche sourit.

— Vous avez mis le doigt sur le cœur du problème, prince. Explique-leur, Hena.

Celle-ci se racla la gorge. Quelque part au milieu de cette conversation, Elvire s'était frayé un chemin dans la pièce. Elle se tenait à présent sur les genoux de sa maîtresse, qui lui offrait de petits morceaux de viande restés sur son assiette et que taquinaient déjà les mouches.

— Faëlan a toujours eu un rôle régulateur dans notre écosystème. Mais aujourd'hui, elle se comporte comme un puits sans fond, qui aspire la vie autour d'elle, comme un parasite d'une puissance inégalée. Les zones qu'elle draine peuvent mettre des années à reconstituer leur biotope. Certains des nôtres ont fait le sacrifice ultime de quitter le clan pour suivre ses traces et tenter de mitiger les effets de ses repas énergétiques en remontant localement le temps. Seule Saeltane sait où ils se trouvent actuellement et nous n'avons plus aucune nouvelle d'eux depuis près de vingt ans. Nous savons qu'ils poursuivent leur œuvre, car Faëlan ne laisse plus de traces, ou presque. Le jour où elles réapparaîtront, cela signifiera que nos sacrifiés seront dépassés, ou tous morts.

— Une quête bien noble, persifla Olivar, que je verrais d'un œil plus favorable si elle ne nous empêchait pas de localiser la bête que nous traquons. Ne pouvez-vous pas les rappeler ?

— Qu'est-ce que vous n'avez pas compris dans « Nous n'avons plus eu aucune nouvelle d'eux depuis près de vingt ans » ? rétorqua Honorine, acide. Nous ne savons pas combien ils sont ni comment ils opèrent en dehors de l'acte même de restauration. Œuvrent-ils tous ensemble? Séparés? À quelle distance suivent-ils Faëlan? Trop proches et ils risqueraient leur vie. Trop loin et la dépense d'énergie magique serait trop importante pour remonter avant la destruction. Ils sont presque devenus un peuple à part entière, avec leurs coutumes, leur mission unique.

— Et Saeltane, ne peut-elle pas aider? tenta Érèbe. Les Emblèmes sont des êtres sentients, non? Olivar a raison : convaincre Saeltane de rappeler les tisseurs de temps missionnés auprès de Faëlan est notre meilleure solution. Depuis le temps qu'ils l'observent, ils doivent en savoir davantage sur elle que nous tous. Peut-être même ont-ils compris pourquoi elle agit ainsi!

Il chercha le soutien d'Hena du regard. Après tout, elle était contre l'exécution de Faëlan. Mais elle ne réagit pas, se contentant de caresser son oiseau, les yeux dans le vague.

— Elle ne pense pas exactement comme nous, Érèbe, même si elle est capable de communiquer à sa façon, lui expliqua Roch.

— Mon fils a raison. Je suis navrée, Érèbe, mais les Emblèmes raisonnent à un tout autre niveau. Si Saeltane décide de nous aider, alors nous accepterons son cadeau. Mais il serait déraisonnable de compter sur son assistance. De toute façon, ma fille vous a déjà fait part de notre stratégie. Qu'importe où Faëlan se trouve. Elle viendra à nous.

Érèbe jura entre ses dents.

— Ce n'est pas suffisant! Établir un plan sans aucune connaissance de notre… cible ne sert à rien! Nous ne savons même pas pourquoi Faëlan tue. Elle a massacré mon clan dans le sang, j'en porte encore les stigmates sur mon ventre. Et vous, Honorine, vous affirmez qu'elle vampirise la forêt? Il nous manque des éléments essentiels pour prédire son comportement. Sans cela, comment pourrions-nous établir un plan précis qui ne va pas tous nous faire tuer?

— Nous donner des informations sur Faëlan était ton seul et unique rôle, Érèbe. On peut dire que tu as misérablement échoué dans cette entreprise, le tança Olivar.

Cécilie se tendit aux côtés d'Érèbe, le teint rougi par la colère. Elle s'apprêtait à répliquer à la place d'Érèbe, mais celui-ci la devança. Il était temps qu'il mène ses propres batailles.

— Je n'ai jamais affirmé que j'en serais capable et vous le savez! Ce n'était que vos hypothèses à vous, basées sur du vent, comme toute cette expédition. Cela vous amuse de jouer aux dés? Alors acceptez aussi quand le résultat vous déplaît!

— Surveillez votre ton, mon garçon. N'oubliez pas à qui vous parlez.

— Non, *vous*, n'oubliez pas à qui vous parlez, dit doucement Cécilie.

Elle avait les yeux fixés sur la table ; sur les restes de nourriture d'Érèbe, plus précisément, qui s'étaient transformés en une boue noire constellée de champignons et autres moisissures. Le nécromant pâlit. Il ne s'était pas rendu compte de ce qu'il faisait, n'avait perçu aucun signe avant-coureur. Dégoûté, il repoussa l'assiette le plus loin possible de lui.

— Érèbe a drainé cette assiette à distance, observa Cécilie. Il ne touchait pas les aliments. Il n'y a donc aucune raison que Faëlan n'opère pas de la même manière.

Le silence régna pendant près d'une minute, avant que Lucien les incite à aller de l'avant.

— Est-ce que l'on peut voir sur quelqu'un les traces de l'intervention d'un Emblème ? Par exemple, si Saeltane me faisait remonter le temps, une trace de sa magie subsisterait-elle sur moi ?

— Je ne vois pas très bien en quoi cela nous servirait, répondit sèchement Honorine.

— En rien, j'imagine. Je me posais simplement la question. Peut-être peut-on voir ce qui ne fonctionne pas correctement avec un Emblème en analysant sa trace sur le monde, c'est tout.

— Nous n'en sommes pas capables. Mais vous, peut-être, avec votre science ?

Mira secoua la tête.

— Si nous avions des dizaines d'années de recherche devant nous, peut-être. (Elle se frotta les yeux du plat des paumes avant d'expirer un grand coup.) Faëlan est comme un cancer, un amas de cellules affamées et individualistes. Pour les traiter, nous empoisonnons l'organisme de manière contrôlée, avec l'espoir que ces cellules plus voraces que toutes les autres s'intoxiquent plus rapidement.

— Il est hors de question d'empoisonner la forêt, même sur une zone restreinte ! s'insurgea Hena. Cela n'aurait aucun sens. Après tout, nous cherchons à éviter une catastrophe écologique et des drames humains, pas à en créer.

— Je sais, je sais. Je réfléchissais à voix haute, c'est tout.

Soudain, chacun y alla de sa proposition, et les interventions se muèrent en une cacophonie telle qu'Érèbe sentit son estomac remonter dans sa gorge. Il avait trop mangé. Il faisait trop chaud. Il y avait trop de bruit. Le sang rugissait à ses oreilles et la nourriture avariée, qui rappelait un peu trop bien les enjeux de cette conversation, n'arrangeait rien.

La réunion se poursuivit jusque tard dans la nuit. Bientôt, la maisonnette fut remplie de blasons qui grimpaient sur la table pour dévorer les restes. Puis de blasons endormis, repus. Malgré les idées qui fusaient dans tous les sens, un plan avait émergé au cours de la soirée. Ils attireraient Faëlan à ó Egrid vorn en se servant d'Érèbe. Celui-ci resterait parmi les tisseurs de temps, qui veilleraient à l'instruire sur ses pouvoirs et à restaurer la force de son *ijam*. Les Naturaliens et les Scientificiens, quant à eux, se rendraient dans l'ancien village des nécromants pour y dresser le maximum de pièges. C'était ce point en particulier qui avait généré le plus de dissensions. Olivar exigeait que l'on se concentre sur la capture, Honorine ne voulait laisser à Faëlan aucune chance de riposter. Ce fut Lucien qui formula un compromis :

— Nous ne pouvons pas nous montrer difficiles sur les méthodes. Vous nous laisserez installer des pièges non létaux à dix kilomètres du village. Mais au-delà de cette ligne, nous déchaînerons toutes nos forces dans l'intention de tuer. Pièges, armes à feu, arcs, temps, pouvoir de vie et de mort. Absolument tout.

Érèbe et Cécilie passèrent la fin de la nuit blottis l'un contre l'autre, dans la chambre qu'on leur avait attribuée dans l'Aiguille. Ils gardaient les yeux ouverts, absorbés dans leurs pensées respectives.

N'y tenant plus, Érèbe finit par se lever et chercher à tâtons une bougie dans le noir. Bientôt, une flamme vacillante se refléta sur son visage, arme dérisoire, mais bienvenue face à l'intransigeance de la nuit.

Érèbe revint s'asseoir au bord du lit et, après quelques secondes, Cécilie repoussa les draps humides de sueur.

— Qu'y a-t-il, Érèbe?

— Et si Olivar ne me laissait pas partir? Rapporter la magie, ce n'est pas revenir avec un animal mort, encore moins empaillé. Ils veulent Faëlan vivante, et qu'ils y parviennent ou pas, nous sommes deux faces de la même pièce, elle et moi. J'ai de la magie. Je pourrais suffire. (Érèbe sentit la panique enfler en lui. Des sueurs froides lui coulèrent le long du dos.) On s'est focalisés sur Faëlan, mais elle n'a jamais été l'enjeu ultime. Le trophée, c'est la magie! Et si, après les révélations des tisseurs de temps, Olivar décidait de m'enfermer? Et s'il me ramenait à Naturalia dans une foutue caisse pour me mettre dans une cellule dorée et m'étudier à loisir? J'ai l'impression de sentir un piège se refermer sur moi. Ne me dis pas que je délire, Cilie, c'est parfaitement logique quand on sait que notre capitaine est prêt à tout pour parvenir à ses fins.

Cécilie se leva et fit quelques pas dans la pièce en triturant les mèches échappées de sa tresse.

— D'accord. Je pense que tu as raison pour Faëlan ; elle sera bien plus utile vivante, et Olivar cherchera en priorité à la capturer et non à la tuer, même au-delà de la ligne des dix kilomètres. Cela étant, il sait de quoi cet Emblème est capable. Et je ne le crois pas stupide au point de rapporter une menace incontrôlable à Naturalia. Il cherchera à la dompter, à la mettre sous son joug, directement ou à travers toi. Mais ce dont on est sûrs, c'est qu'Olivar ne reviendra pas les mains vides. Si ce n'est pas Faëlan, il partira peut-être à la recherche d'un autre Emblème. Ou se contentera de toi et d'une réserve de ces fruits qui semblent te donner des ailes. Quant à tuer ton Emblème… Personne ne sait quelles conséquences cela aurait pour toi, donc à moins que notre rencontre avec elle ne tourne mal et qu'il soit impossible de faire autrement, je pense qu'il fera tout pour qu'elle reste en vie, même si c'est pour l'abandonner ici. Et même s'il doit, pour cela, se retourner contre les Oélans.

— Donc quoi qu'il arrive, Faëlan reste en vie. Sauf si les Oélans arrivent à leurs fins.

— Et quoi qu'il arrive, tu restes en vie. Mais peut-être pas libre.

Le silence s'étira à nouveau entre eux, rompu par les battements frénétiques du cœur d'Érèbe. Il finit par saisir sa tête entre ses mains, les doigts agrippés à ses cheveux. Une plainte étranglée jaillit de sa bouche.

— On a encore du temps pour réfléchir, lui souffla Cécilie en s'accroupissant devant lui. Olivar ne prendra aucune action contre toi tant que tu ne maîtriseras pas un minimum tes pouvoirs. Et Faëlan ne viendra pas tant que tes batteries magiques ne seront pas rechargées.

— Mon *ijam*, sourit Érèbe.

— Ton *ijam*.

Ils restèrent un moment silencieux, puis Cécilie se coucha derechef sous les draps, les maintenant ouverts pour qu'il la rejoigne. Elle enfouit son visage entre les omoplates d'Érèbe et s'endormit aussitôt.

CHAPITRE 42

LE TEMPS ET LA MÉMOIRE

Trois semaines plus tard

— Ma fille dit que tu progresses vite, sourit Honorine ó Saeltane.

Érèbe hocha la tête, focalisé sur les énergies qu'il percevait dans chaque être vivant : animal, végétal, fongique ou microbien. Au fil des semaines, des jeux et des gavages, il avait accédé à la *vue*, dont lui avait parlé Hena. Désormais, il lui suffisait de ciller pour que la forêt se colore d'une myriade de courants lumineux. Ces derniers traversaient tous les êtres, formant une gigantesque toile. À force d'observation, Érèbe comprenait mieux la nature des *ijam*, que possédaient les Oélans et certaines de leurs créatures. Dans ces réceptacles à la membrane organique, les flux d'énergie magique ralentissaient suffisamment pour se concentrer en un endroit et se rendre disponibles pour un mage.

Grâce aux bons soins des tisseurs de temps, le sien brillait comme un soleil miniature et, selon Hena, il ne tarderait pas à attirer l'attention de Faëlan. Deux semaines plus tôt, Mira et Cécilie étaient reparties vers leur ancien campement pour mener le reste de l'équipage, ainsi que le matériel dont ils auraient besoin pour truffer la zone de pièges, à ó Egrid vorn. Lucien, Rhodente, Klaus et Olivar, quant à eux, s'étaient directement rendus à l'ancien village de Faëlan avec une poignée de locaux afin de baliser le terrain.

Érèbe aurait préféré que Cécilie reste auprès de lui. Pas parce qu'il craignait pour sa sécurité dans la jungle – grâce à l'entraînement de Klaus, elle avait pris en masse et en muscles et observait le monde à la manière d'une soldate –, mais parce qu'il aurait juré qu'un minuscule noyau d'énergie magique forcissait dans son ventre. Érèbe avait eu beau scruter les entrailles des autres Naturaliens avec sa vue, il n'avait rien perçu de tel et cela l'intriguait.

Érèbe reporta son attention sur un arbrisseau étranglé par une liane parasite. Arrivé à sa hauteur, il la frôla du bout des doigts. Ses grandes fleurs rouges se flétrirent aussitôt, ainsi que ses liens avec sa plante hôte. Visuellement, la mort du parasite s'arrêta là. Sa tige, lignifiée depuis de nombreuses années, continuerait à porter son cadavre, offert à la vie foisonnante des environs. Érèbe soupira, en sentant l'*ojam* – l'énergie magique – de la liane remonter son sang. Il ne la laissa pas arriver jusqu'à son *ijam*. Sa main glissa pour toucher l'arbrisseau et il força l'énergie à le quitter, pour couler en lui. À nouveau, la transformation était discrète. Mais assez tangible pour qu'une *vue* exercée la décèle. L'arbrisseau reprendrait ses droits. Pour l'instant, il se remettait. Et Érèbe savourait son pouvoir.

Honorine sourit.

— Tu aurais pu faire de grandes choses si ton Emblème n'avait pas perdu la raison, *màsha*.

La main d'Érèbe retomba, glacée. Une peur terrible lui rampa le long du ventre, comme à chaque fois qu'il se souvenait que presque tous, ici, voulaient la mort de Faëlan. Olivar tenterait de la capturer vivante, mais il échouerait, c'était certain.

— Que va-t-il m'arriver ? murmura Érèbe. Quand ce sera fait ?

Honorine resta silencieuse un instant, puis, d'un geste fluide, replaça une mèche de cheveux derrière l'oreille d'Érèbe.

— Dans la mesure où tes dons te viennent de ton Emblème, tu les perdras, c'est presque certain. Quant à savoir si tu devras sacrifier plus que cela…

De rampante, la peur se fit mordante.

— Ma vie. C'est ce mot que vous évitez de prononcer.

Honorine lui adressa un regard empli de compassion. Ses yeux luisaient d'une détresse infinie.

— De mémoire d'Oélan, personne n'a jamais vu de clan orphelin. Les Emblèmes ne meurent pas sans avoir eu de fille. Par conséquent, il y a toujours une remplaçante.

Érèbe la contempla, incrédule.

— Il doit bien y avoir eu des accidents ! Chutes mortelles, éboulements, incendies, blessures ! Des rixes pour le meilleur territoire, des combats entre mâles pour gagner les meilleures femelles. Vous avez l'air de dire qu'ils *savent*…

— Oh, ils savent ! Ne me demande pas comment ; c'est l'un des plus grands mystères de notre monde. S'il y a bien une chose que les Emblèmes sentent arriver, c'est leur fin. Et si elles ne peuvent rien faire contre elle, elles se reproduisent. (Contre toute attente, Honorine gloussa. Quand elle riait, Érèbe retrouvait un peu du charme d'Hena en elle.) Quant aux combats entre mâles, ce n'est pas un problème. Tous les Emblèmes sont femelles. Et il n'existe jamais plus d'un Emblème de chaque espèce au même moment.

Érèbe prit un instant pour accuser le coup.

— Vous voulez dire que les Emblèmes d'une même espèce sont tous des…

— Des clones, oui, créés par parthénogenèse. Ce n'est pas si rare dans la nature, même si d'un point de vue évolutif, cette stratégie demeure dangereuse.

Érèbe fut surpris d'entendre ces mots de sciences dans la bouche d'une Oélane. Néanmoins, elle avait raison : une espèce entièrement constituée de clones avait peu de chances de survivre au changement. Soit elle prospérait, soit elle disparaissait. Quant à baser la survie de toute une espèce sur un unique spécimen… Heureusement que les Emblèmes pouvaient compter sur leur magie, le dévouement d'un clan et celui d'une cour de blasons.

— Vous espérez que Faëlan donne une fille avant qu'on la tue, n'est-ce pas ? Et que cette fille soit plus équilibrée que sa mère. Et vous avez caché cette information à Olivar pour éviter qu'il la capture.

— Je l'espère, en effet. Mais le cas de Faëlan est particulier. Personne n'avait encore vu d'Emblème décimer ses humains. Ses réactions sont imprévisibles. Qui sait si elle sera capable d'enfanter. Dans tous les cas, nous verrons vite. Si elle vient accompagnée, nous essayerons de sauver la petite. Dans le cas contraire, nous ne prendrons pas le risque de laisser Faëlan repartir.

Honorine frappa brutalement dans ses mains.

— Mais assez parlé de cela. Si je t'ai demandé de me rejoindre ce matin, c'est parce que Saeltane et moi avons un cadeau pour toi. Nous aimerions te rendre tes sou…

Érèbe cilla, sa *vue* perturbée par un prodigieux échange d'*ojam*.

—… venirs.

Ses mains se crispèrent sur les accoudoirs d'un fauteuil. Il se trouvait à présent dans la salle la plus haute de l'Aiguille, celle où Honorine les avait accueillis le premier jour. Saeltane, qu'Érèbe voyait pour la première fois, se prélassait sur un amoncellement de coussins. Roch n'avait pas menti en la décrivant comme un gros chat. Saeltane possédait bien les traits et la silhouette d'un félin ; mais la comparaison s'arrêtait là. Une fourrure dense d'un bleu profond auréolait sa tête, recouvrait son dos et enveloppait sa queue. Ailleurs, elle exhibait un poil ras, plus chatoyant que la plus fine soie de Souale. De minuscules cornes pointaient de sa tête et ses pattes exposaient plusieurs jeux de griffes, qu'elle léchait consciencieusement tour à tour. En apparence, l'Emblème ne lui prêtait pas la moindre attention ; pourtant, Érèbe sentait tous ses sens tournés vers lui. Ses oreilles bougeaient dans sa direction, ses griffes brillantes et aiguisées semblaient le désigner. Elle ne le regardait pas frontalement, mais Érèbe ne quittait jamais son champ de vision.

— Saeltane, murmura-t-il, la gorge nouée par l'émotion.

Elle leva son regard mordoré vers lui. Il dégageait une force magnétique, à laquelle Érèbe ne parvenait pas à se soustraire. Il ressentit comme un rire moqueur, à la lisière de son esprit, puis son cerveau lui rejoua les minutes précédentes en accéléré. Les paroles d'Honorine se déversèrent dans son crâne en un flot prodigieux. Surpris, Érèbe se noya dans les mots. Ils n'étaient plus que syllabes accolées, que sons mélangés. Saeltane s'agaça. Lui fit rejouer encore, jusqu'à ce que la dernière phrase de la cheffe de clan résonne à l'infini en une boucle claire et lumineuse. *Nous aimerions te rendre tes souvenirs. Tes souvenirs… Nous aimerions te rendre tes souvenirs.*

Saeltane détourna les yeux, satisfaite.

— Est-ce possible ? Comment ?

Il se faisait l'effet d'un enfant, incapable d'aligner ses pensées en mots. Un brouillard opaque lui embrumait la tête. Ses yeux tressautaient dans leurs orbites, incapables de se fixer sur une scène. La panique s'insinua en lui, comme souvent lorsqu'il sentait son corps glisser hors de son contrôle. Une main douce se posa sur son genou.

— Tout va bien, *màsha*, Saeltane m'a promis qu'elle n'interférerait plus avec ton temps. Tu n'as pas l'habitude, c'est pourquoi ton corps se rebelle.

Les mots l'apaisèrent instantanément.

— Comment pourriez-vous me rendre mes souvenirs sans me renvoyer là-bas, sous les griffes de Faëlan ? J'ai vu ce qu'il en coûte de manipuler le temps, ne serait-ce que pour une poignée de minutes. Je doute que quiconque puisse me ramener des années en arrière et me faire revenir sans sacrifier le contenu de dizaines d'*ijam*.

Honorine sourit.

— Pour une telle prouesse, il en faudrait des milliers gorgés de plus d'*ojam* que cette forêt ne peut compter. Par contre, je peux renvoyer ton esprit en arrière. Cela nous coûtera, beaucoup. Il nous faudra sacrifier des blasons pour que Saeltane et moi prenions des forces, mais c'est possible.

Érèbe se racla la gorge, un rire nerveux secoua ses cordes vocales. Il le ravala, s'efforçant de rester aussi digne que possible devant les membres les plus importants du clan ó Saeltane.

— Pourquoi feriez-vous cela ?

Il le savait, mais voulait l'entendre de sa bouche.

— C'est simple. Plus tu en sauras sur toi-même et les tiens, plus tu seras armé face à Faëlan. Ton capitaine m'a fait part de la lenteur de ta thérapie. Tu es traumatisé, *màsha*, et ton cerveau te protège en érigeant des barrières plus invincibles encore que cette tour. Nous n'avons pas le temps de le cajoler, de lui faire comprendre qu'il est en sécurité. Faëlan arrive, je le sens, Saeltane le sent, les blasons le sentent. Ton corps forcit plus vite que ton âme. Il faut jouer le tout pour le tout.

— Vous avez parlé de cela à Mira ? Des conséquences que cela pourrait avoir de raviver mes souvenirs sans guérir mes traumatismes ?

Honorine pinça les lèvres.

— As-tu pensé aux conséquences que cela pourrait avoir de te retrouver face à Faëlan sans te souvenir d'elle ? De son langage corporel, de sa façon de s'exprimer ? De son caractère, de la manière dont les siens la saluent ? Il se peut que les pièges ne fonctionnent pas. Dans ce cas, tu seras notre seule chance. Ne te cache pas derrière tes peurs, *màsha*.

— Pour ce que j'en sais, répliqua Érèbe d'un ton glacial, les courbettes et les cajoleries n'ont pas aidé mon clan à survivre.

— Certes. Mais toute connaissance peut sauver des vies. Et puis, c'est pour cela que tu es venu, non ? Maintenant que je t'offre toutes les réponses sur un plateau, tu te rétractes parce que tu as peur ?

Honorine secoua la tête ; un rire méprisant s'échappa de sa gorge et elle le toisa d'un regard dur. Érèbe sentit une colère mêlée de détresse monter en lui. Le fauteuil sur lequel il était assis bascula quand il se leva. Saeltane cessa de se lécher.

— Vous. Ne. Savez. Rien ! gronda-t-il d'une voix brûlante, amère.

Il releva sa tunique, dévoilant ses cicatrices.

— Vos quatre enfants sont là, bien portants, débordants de vie. Votre tour tient debout. Votre clan prospère autant que possible. Vous avez probablement connu vos parents ; été élevée dans ce monde. Vous n'avez ni été traitée de monstre toute votre vie ni appris que vos parents ne sont pas les vôtres pour découvrir dans la foulée que votre clan a été décimé par votre propre Emblème ! Votre village n'a pas été renommé ó Egrid vorn. Votre Emblème n'a jamais attenté à vos jours. Et la responsabilité de le tuer n'est pas sur vos épaules. Vous pouvez parler, du haut de votre Aiguille ! Vous ne savez RIEN !

Ces derniers mots, il les avait hurlés.

Honorine ó Saeltane le regardait comme s'il l'avait giflée, les yeux exorbités.

— Sais-tu pourquoi j'ai toujours refusé qu'Henacinata et toi soyez destinés l'un à l'autre, même si de toute évidence vous vous entendiez bien ? dit-elle d'une voix douce, d'où perçaient des notes menaçantes.

— Je ne sais pas, peut-être parce que nous n'étions que des gamins !

— Surveille ton ton, *àsha*, grinça la matriarche. (Elle reprit, un sourire cruel aux lèvres :) Pour qu'un nécromant naisse, il doit tuer un être humain en absorbant toute son énergie pour remplir son *ijam*. Il commence par *akam*, puis finit par faire *mosham* avec la seule personne qui compte dans son univers. Sa mère. Faëlan n'a pas massacré tes deux parents, juste ton père. Ta mère, c'est toi qui t'en es chargé. Qui donnerait sa fille à un monstre pareil ? Maintenant, sors d'ici !

Érèbe tituba hors de l'Aiguille, s'effondrant à l'instant où il parvint à l'air libre. Les blasons devaient avoir senti le vent tourner, car ils s'égayèrent. Pour la première fois depuis qu'il foulait les terres de Saeltane, aucune truffe ne reniflait son sillage, pas la moindre plume ne lui caressait la joue. Il était seul. Aussi seul que l'on pouvait l'être au centre d'un village perdu au milieu d'une forêt.

Son cœur lui donnait l'impression de chuter dans un trou béant ouvert dans son ventre, tandis que la douleur et la rage grignotaient son âme. Érèbe avait tué sa mère en la vidant de toute substance vitale.

Et Anacendre le savait.

Elle ne délirait pas avec ses potions de stérilité et ses avertissements.

Elle savait.

Elle gardait son petit monstre enchaîné à elle pour qu'il ne dévore pas les autres. Et Joleene ? Et Pia ? Savaient-elles ?

Il poignarda la terre de ses doigts recourbés, s'accrochant à la végétation pour ne pas sombrer. Les paroles d'Honorine, jetées à sa figure comme une fiole d'acide, l'ébranlaient dans ses fondations.

Les rumeurs. Les insultes. Les regards. L'agression des deux hommes dans la ruelle. L'incompréhension des autres l'avait toujours atteint, certes ; mais quel que soit son tranchant, elle s'échouait toujours contre un rempart solide, qui lui murmurait qu'ils avaient tort ; qu'ils ne le verraient jamais comme il était vraiment et, de fait, faisaient preuve d'injustice.

Honorine ó Saeltane avait fait exploser cette protection en l'appelant *monstre* en connaissance de cause.

Un cri lui remonta du fond de la gorge. Il ne pouvait pas le garder en lui, sous peine d'étouffer. Alors il le relâcha. À des dizaines de kilomètres de là, *quelque chose* releva la tête dans sa direction. Avec ce cri, il libéra toute sa détresse et sa frustration. Quand les dernières notes se furent éteintes, il s'écroula. Des mains se refermèrent sur ses épaules, lui tapotèrent les joues. Il sentit de l'eau couler sur son visage, se mêlant à ses larmes.

Quand il rouvrit les yeux, ce fut pour découvrir un immense cercle de désolation dont il était le centre. La tour de Saeltane, autrefois belle et luxuriante, ne se drapait plus que de feuilles grises qui tombaient sur eux comme des cendres. Quant au reste… Des brins d'herbe rabougris, noirs et secs. Des arbres millénaires, morts en une fraction de seconde. Une pluie d'insectes aux carapaces brillantes, jonchant le sol tels de petits trésors.

Érèbe se redressa tant bien que mal. Il toisa Honorine, Hena, Roch et les autres tisseurs de temps qui le contemplaient avec de la peur dans les yeux.

— Préparez-vous. Faëlan arrive.

CHAPITRE 43

L'APPÂT

Ils couraient. Érèbe, Hena, Roch et les Oélans qui s'étaient portés volontaires pour l'attaque. Une dizaine de blasons entourait le groupe, progressant devant, derrière, sur les flancs et dans les airs. Ils servaient autant de guetteurs que de réserves d'*ojam* pour les combats à venir. Aucun d'entre eux ne survivrait aux prochaines heures ; aux premiers signes de Faëlan, ils seraient tous sacrifiés.

— Saeltane sera loin et nous n'avons aucun moyen de connaître leur allégeance. Les blasons pourraient aussi bien se rassembler sous la bannière de Faëlan et se retourner contre nous. Auquel cas, nous n'aurions aucune chance, lui avait expliqué Henacinata, le visage fermé.

Elle sauta par-dessus un enchevêtrement de racines noueuses et jeta un œil en arrière pour vérifier que tout le monde tenait le rythme.

— Je n'ai pas encore décidé, avoua Érèbe.

— Quoi ?

— Si je veux que Faëlan vive ou meure. Tout ce que je sais, c'est que je ne veux pas que les Naturaliens la capturent. Je ne pourrai jamais tourner la page si je sais qu'elle se cache dans ma ville, comme une foutue bombe à retardement.

Hena hocha rapidement la tête.

— Ton Emblème, ta décision.

Une heure plus tard, le premier Oélan trébucha d'épuisement. Hena ordonna une halte de quelques minutes pour reprendre des forces. Ils étaient suffisamment loin d'ó Saeltane vorn à présent pour ne plus mettre ses habitants en danger. Roch attrapa des fruits dans les sacoches d'un des blasons.

Érèbe en saisit un sans protester; mais quand il le porta à sa bouche, Hena l'arrêta d'un geste.

— Avec *mosham*. N'encombre pas ton estomac avant un combat si tu peux l'éviter.

Silencieux, Érèbe obéit, absorbant l'énergie magique d'un fruit après l'autre en les réduisant en une bouillie noirâtre. Quand Roch fit venir un jeune loup devant lui et le désigna d'un signe de tête, Érèbe refusa catégoriquement d'y toucher.

— Ils sont pour toi! s'insurgea Hena.

— Je ne leur volerai pas leur vie, c'est tout!

Roch relâcha l'animal en secouant la tête.

— Ils mourront de toute façon, persifla sa sœur.

— Je pensais que, selon toi, il fallait réhabiliter Faëlan. Que crois-tu? Si elle voulait nous massacrer jusqu'au dernier, elle n'aurait qu'à faire *mosham* avec nous tous. Une armée de blasons incertains quant à leur allégeance ne lui sert à rien.

Une lueur d'incertitude mêlée de panique brilla dans le regard d'Henacinata. Érèbe perçut le moment exact où la résolution de son amie se fractura. Ses mains trouvèrent les joues d'Hena, et il tenta de capturer ses yeux sombres dans les siens.

— Hé! Ça va aller, d'accord?

La jeune femme secoua la tête entre ses mains.

— C'est une mission suicide, souffla-t-elle. J'essaye de me persuader du contraire, mais... Érèbe, je ne veux pas mourir, même pour la terre qui m'a vue naître.

— Nous aurons les armes de La Scientifica, dit-il d'une voix douce. Elles la distrairont suffisamment pour qu'elle ne nous réduise pas tous à l'état de purée. Et puis, il y a moi. Tu ne crois pas qu'elle sera curieuse? Après toutes ces années de solitude. Le fils prodigue revient à la maison et Faëlan le réduit en poussière? Cela n'aurait aucun sens.

Ils repartirent à une allure réduite. Le village n'était plus qu'à une poignée de kilomètres et ils pouvaient rencontrer un piège à tout moment. Roch envoya les blasons en éclaireur et souffla dans une corne de brume pour signaler leur présence. Chaque fois qu'il reprenait son souffle, le cœur d'Érèbe lui remontait davantage dans la gorge. Lorsque progresser davantage devint trop risqué, ils s'arrêtèrent et Érèbe tira une fusée lumineuse vers la canopée.

Pourvu que Faëlan ne les trouve pas avant qu'ils aient franchi le périmètre. Sinon tout leur plan tomberait à l'eau. Les minutes s'égrenèrent, se transformant en une heure, puis deux d'un silence étouffant. Érèbe sursautait à chaque bruissement de fougère, à chaque mouvement d'un Oélan derrière lui. Hena et Roch tenaient chacun un arc dans une main, le visage concentré. Enfin, quand Érèbe fut certain que ses nerfs allaient lâcher, il entendit une voix familière l'appeler entre les arbres. Puis une autre, plus profonde. Celle de Klaus.

— Érèbe ?

— Érèbe !

— Ici ! hurla-t-il. Il faut qu'on franchisse les pièges, vite !

Bientôt, la main de Cécilie se glissa dans la sienne, humide et calleuse. Il l'attira à lui, la serrant dans ses bras de toutes ses forces.

— Que s'est-il passé ? Pourquoi vous n'avez pas annoncé votre arrivée ? s'inquiéta Klaus.

— Pas le temps d'envoyer quelqu'un, gronda Érèbe. Elle m'a senti. Elle arrive.

— Et ton écran d'avant-bras, à quoi il sert ? T'es vraiment un idiot !

Érèbe se décomposa. Dans l'urgence, il n'avait pas réfléchi.

Ils se mirent à courir, louvoyant entre les arbres. De temps à autre, Klaus leur indiquait un filin transparent sous lequel il fallait passer, des zones minées à éviter ou des fosses garnies de piques empoisonnées s'ouvrant sous des branchages. Hena posa une main légère sur l'épaule d'Érèbe pour lui communiquer son soutien. Quoi qu'il décide de faire, elle serait là.

Le nœud dans la poitrine d'Érèbe se relâcha. Cela n'avait rien à voir avec de la détente, plutôt avec le détachement du condamné qui sait son destin scellé.

C'est dans cet état d'acceptation qu'il franchit les limites de son ancien village.

Ó Faëlan vorn.

Ó Egrid vorn.

Le village endeuillé.

— Et maintenant ? murmura quelqu'un.

— On se déploie et on attend ! répondit Olivar, qui marchait dans leur direction, accompagné de Lucien.

Celui-ci avait retrouvé son araignée et tenait une arme scientificienne dans les bras. Il semblait plus en forme encore que la dernière fois qu'Érèbe l'avait vu. Tant mieux. Il aurait besoin de toutes ses forces.

Mira et Rhodente s'activaient un peu plus loin, transportant des bandages fraîchement stérilisés dans une tente blanche probablement destinée aux blessés.

— Eh bien, mes amis, nous y voilà, les galvanisa Olivar. C'est dans ce genre de moments que se forge l'Histoire.

Érèbe aurait préféré qu'il se taise. La voix puissante du capitaine lui paraissait déplacée dans l'atmosphère du lieu. Tout, dans ó Egrid vorn, portait les échos du drame qui s'y était joué. La froide présence des pierres, dépouillées de leur foyer. Les allées désertes, qui menaient à une place abandonnée. Érèbe s'accroupit et égrena un peu de terre du bout des doigts. La douleur s'abattit sur lui comme un couperet. Son ventre se déchira et il se mit à haleter.

— C'est ici que les miens sont tombés.

Il se déplaça à croupetons, comme l'enfant qu'il était alors.

— Mon père est mort là. Il regardait dans cette direction. (Son doigt pointa la terre à quelques mètres de là.) Là où ma… *mamdae* – ma seconde mère – est tombée avec son enfant. (Il se déplaça encore.) Pour moi, ça s'est passé ici.

Quelqu'un s'accroupit auprès de lui, les genoux dans la terre souillée par le souvenir du sang des siens.

— Bientôt tu pourras te venger, énonça calmement Olivar.

Ils restèrent immobiles de longues minutes, vulnérables dans leur position de recueillement. Puis Olivar passa une main sous le bras d'Érèbe et le força à se relever.

— Allez, mon garçon, le dénouement est proche. Laisse nos hommes faire le guet. Toi, tu vas reprendre des forces et te laver de tes souvenirs.

Il l'emmena dans une petite maison de pierre. Pas la sienne, une simple demeure anonyme. Érèbe s'assit, des blasons en travers des genoux, tandis que la milice de Klaus faisait le guet à l'extérieur et que les autres géraient l'attente comme ils pouvaient.

Érèbe détourna les yeux des fenêtres éventrées et se réfugia en lui-même, à l'écoute de l'instinct qui le liait à Faëlan.

Elle était là, toute proche, s'amusant des pièges ridicules que les hommes avaient tendus pour elle. Que croyaient-ils ? Qu'ils étaient les premiers à essayer ? Que les villages s'étaient vidés sans se battre ? Elle ne s'y laisserait pas prendre. Personne ne la verrait, personne ne donnerait l'alerte.

Le premier homme mourut à la nuit tombée. Personne ne put rien y faire. Un instant, il était là, celui d'après, il chancelait de fatigue et s'effondrait dans l'inconscience. Quelques minutes plus tard, il était mort, le corps décharné, les cheveux blancs et cassants, de profondes rides labourant son visage. Un flash de lumière déchira l'obscurité. Un appareil photo. Celui qui l'avait actionné fut le suivant à mourir.

Et ce fut la débandade.

Érèbe repoussa les gardes et sortit dans la nuit, les mots d'aventuriers l'ayant précédé battant entre ses tempes.

« À Exotica, les désirs superficiels s'évanouissent, comme lessivés par la pluie… »

Les Scientificiens jetèrent des grenades éclairantes. Leurs lunettes infrarouges ne servaient à rien. Faëlan incarnait la mort aujourd'hui. Elle ne dégageait pas la moindre chaleur que la technologie de La Scientifica puisse capturer.

« Faute d'une raison solide à laquelle vous arrimer, vous risquez de vous noyer, de perdre le sens de vos actions quotidiennes, de vous accrocher à l'autorité comme une corde usée à une ancre. »

Olivar s'époumonait, tentant d'insuffler de la discipline dans le vent de panique. Ceux qui tenaient leur position mouraient avec la régularité d'une horloge.

Tic.

Tac.

« … Jusqu'à ce qu'elle s'effiloche, puis cède. »

Les Naturaliens comme les Oélans avaient péché par vanité. Bientôt, ce fut chacun pour soi et Érèbe dut enjamber les cadavres.

Boyle.

Harry.

Paco, les bras en croix, sa poitrine se soulevant encore faiblement. Un éclat près de lui attira l'attention d'Érèbe. Sa montre, brillant à son poignet. Non. Ses montres. Une neuve, l'autre usée, qu'Érèbe aurait reconnue entre mille. La montre de son père, que les deux brigands naturaliens lui avaient volée.

Sans l'avoir vraiment décidé, il s'agenouilla pour la détacher du mourant et la fixer à son poignet.

Aujourd'hui, il revendiquait son héritage.

Il se redressa et reprit sa marche, les prunelles aussi noires que l'obscurité qui habitait son cœur.

— Érèbe ! hurla une voix de femme.

Il vit un trait d'énergie le frôler et se perdre entre les arbres. Érèbe sentit l'aura de Faëlan louvoyer pour l'éviter. Cécilie le rejoignit, soutenant une Hena blessée. Il n'y avait plus personne d'autre debout. Le regard d'Érèbe frôla le corps effondré de Rhodente. Lucien était couché près d'elle, les yeux agrandis par la terreur et le chagrin. Le nécromant se mit à trembler.

— Partez, murmura-t-il en croisant le regard de son premier amour. Fuyez toutes les deux. Faëlan nous a bien fait comprendre que c'était entre elle et moi.

— Alors tu vas mourir pour rien ! Pars avec nous, le supplia Cécilie. Érèbe, s'il te plaît…

Elle ne parvint pas à aller plus loin. Faëlan venait de quitter le couvert des arbres.

Chapitre 44

Le choix

La mémoire d'Érèbe lui avait fait défaut en dépeignant Faëlan comme un monstre. Elle dégageait la même grâce sauvage que Saeltane, à sa manière sombre et menaçante. Son garrot dépassait Érèbe de plus d'une tête, et son pelage noir aux reflets verts et bleus ondoyait sous la lumière de la lune. Ses cornes, larges et scarifiées, luisaient d'un blanc laiteux veiné de rouge. Quant à sa gueule, elle était comme dans ses souvenirs ; déchirée jusqu'au cou, frangée de dents pointues et éclatantes. Son regard profond brillait d'une détresse infinie.

L'Emblème et le nécromant se contemplèrent sans bouger, chacun prenant la mesure de l'autre. Jusqu'à ce qu'un mouvement accélère le destin. Avec un cri rauque, Cécilie repoussa Érèbe pour se glisser devant lui, arme au poing, prête à déchirer le poitrail de Faëlan. Érèbe heurta le sol. Sa nuque partit en arrière et il dut faire appel à tous les muscles de son cou pour ne pas quitter la scène des yeux. Une terreur intense lui dévorait les tripes. Non, pas elle, pas encore. *Pas encore!* Son cerveau lui envoyait des images de ce jour-là, par flashs. Il ne savait plus qui, de Cécilie ou de sa seconde mère, se tenait devant lui. Il ne savait plus qui, de l'homme ou du garçon, subissait la scène.

Soudain, le temps ralentit. Le doigt de Cécilie se figea sur la gâchette ; le bouillonnement de l'énergie, visible par transparence dans l'arme, devint stagnant.

Érèbe croisa le regard d'Hena, la remercia. Un instinct primaire naquit en lui et lui fit ressentir sa couronnée d'une manière si intime que l'émotion lui mordit le ventre. Il devait la sauver. Non. *Les* sauver. Elle et l'enfant qui grandissait dans son ventre. Cécilie n'avait jamais eu d'*ijam*. Mais leur fille, oui. Et elle boirait sa mère jusqu'à la dernière goutte.

Érèbe tira quelque chose, comme un fil dans la conscience de Cécilie, et la jeune femme s'effondra. Hena se précipita vers elle et le rassura d'un signe. Elle respirait, elle irait bien. Jusqu'à… Au prix d'un effort surhumain, Érèbe tourna de nouveau son attention vers Faëlan. Il cilla ; son regard, qui percevait à présent les flux d'énergie, plongea vers l'*ijam* de la bête. Et il sut.

La pitié le submergea, à la vue de cet *ijam* irrégulier et rabougri. Il n'avait rien d'un *ijam* d'Emblème. La faim labourait la raison de Faëlan, nourrie par le réceptacle difforme qu'abritait son ventre. Bien sûr que Faëlan ne pouvait rien donner à ce monde. Bien sûr que son corps lui ordonnait de prendre. Mais ce n'était jamais assez. Voilà pourquoi elle avait tué son clan. Pourquoi la désolation s'installait partout où elle passait. Il lui manquait quelque chose ; quelque chose qu'Érèbe pouvait peut-être lui offrir.

— Mais alors, ton clan disparaîtra, murmura-t-il.

Non. Pas si Cécilie ne parvenait pas à se débarrasser de l'enfant.

Il ferma les yeux, psalmodiant une prière à toutes les forces sombres et puissantes qui gouvernaient ce monde.

— Prends-le, souffla-t-il. Prends-le si tu penses que le mien sera suffisant.

Faëlan inclina la tête, son regard infiniment triste rivé dans le sien.

Tout d'abord, elle ne bougea pas, puis elle combla la distance qui les séparait en quelques enjambées. L'un des bois de son front lui transperça le ventre. Il entendit quelqu'un pleurer. Lui-même sentait des larmes se mêler aux éclaboussures de sang sur ses joues. La douleur l'enveloppa en une brume rouge tandis que Faëlan se détournait et l'emportait dans la jungle.

PARTIE IV

LA MALÉDICTION

Chapitre 45

Abandon

Lâches.

Le vaisseau d'expédition vrombit, puis s'éleva, en une puissante poussée verticale qui souleva le sable en gerbes coupantes. Elles s'abattirent sur Cécilie, s'insinuant dans son nez, ses yeux, sa bouche et chaque interstice de peau libre laissé par ses vêtements. Le vaisseau lui ordonnait une dernière fois de ployer, mais elle veilla à se tenir droite, le regard rivé sur la carlingue brillante.

Lâches.

Elle ne voyait rien à travers les hublots, mais les fixa néanmoins, consciente des regards qui devaient se trouver de l'autre côté. Ceux de Lucien, Mira, Klaus. Ceux qu'elle avait priés de l'écouter, soir après soir dans cette interminable traversée de la jungle, quand elle jurait qu'Érèbe était vivant et qu'il fallait le chercher encore. En approchant de la côte, elle s'était mise à supplier. Et pourtant, personne n'était resté.

Personne.

En tout et pour tout, Érèbe n'avait eu que deux malheureuses semaines, dont une passée à attendre les « sacrifiés » qui suivaient Faëlan depuis deux décennies. Parce qu'Olivar avait décrété que ce serait le plus sûr, parce qu'ils se montreraient forcément. Peut-être l'avaient-ils fait, quand les victimes du massacre étaient blessées ou inconscientes. Mais dans ce cas, ils étaient repartis sans laisser de trace. Et sans réparer la forêt.

Ses jointures se refermèrent sur la capsule métallique que lui avait laissée Mira. Le visage de Cécilie se froissa d'amertume et, alors qu'elle n'était plus tout à fait sûre que ses anciens amis pouvaient encore la distinguer, elle cracha dans le sable. Il valait mieux qu'ils retiennent cela plutôt que les larmes dans ses yeux. Plutôt que cet espoir insensé qu'ils fassent demi-tour pour la rejoindre.

Elle n'attendait rien du capitaine, mais même dans ces contrées reculées, les ordres d'un prince primaient ceux d'un primarque. Lucien *aurait pu* faire la différence. Et avoir perdu Rhodente n'était pas une excuse. Au contraire : il aurait dû se battre pour le seul ami qui lui restait.

Les gens ne mouraient pas parce qu'on l'avait décidé.

Non, ils mouraient quand on trouvait leur cadavre.

Leur. Putain. De. CADAVRE.

Le pied de Cécilie échoua dans une motte de sable amassée par le vent. Un cri de rage jaillit de sa gorge et elle l'imagina rattraper le vaisseau, qui disparaissait déjà à l'horizon, les rayons du soleil s'éteignant sur sa carlingue, emportant les vivants, les *touchés* et les noms des morts.

Car certaines des victimes de Faëlan avaient survécu. Parfois conscientes, parfois plongées dans un profond coma qui les gardait des horreurs qu'elles avaient vécues. La peau avait perdu sa souplesse, les yeux s'étaient enfoncés dans leurs orbites, assombris d'une panique et d'une souffrance morbides. Mira lui avait avoué que les continentaux parmi les *touchés* ne retourneraient pas à Naturalia.

Cécilie ne s'attarda pas sur leur sort.

Elle avait une mission à accomplir.

Une semaine plus tard

En apercevant Cécilie, Henacinata quitta son feu pour accourir vers elle. Contre toute attente, revoir le visage de la tisseuse de temps fit du bien à Cécilie.

Elle ne l'appréciait pas, mais les deux femmes partageaient le même but, la même mission : retrouver Érèbe, quoi qu'il en coûte. Elles avaient toutes les deux ouvert une parenthèse dans leur vie pour cela, sans savoir si elle se refermerait, si leurs efforts seraient récompensés, si elles trouveraient la vie, ou plutôt la mort, au bout du chemin.

Des larmes d'épuisement débordèrent des yeux de Cécilie et elle ouvrit les bras, cueillant Henacinata dans une étreinte brève, mais désespérée.

— Il n'y a que moi. Ils ne sont pas venus, lui souffla-t-elle d'une toute petite voix.

L'épaule d'Henacinata se contracta sous sa joue. La pression de ses mains sur le dos de Cécilie se fit plus ferme, presque coléreuse.

— Je sais, murmura-t-elle pourtant avec douceur. Je sais. Il n'y a que nous, et ça devra suffire.

— Rien de nouveau de ton côté ?

Henacinata se détacha d'elle et secoua la tête. Une ride d'inquiétude barrait son front, entre ses sourcils.

— Rien. J'ai profité de ton absence pour remonter en direction des clans les plus proches. Mais personne ne les a vus, sentis ou entendus. Pourtant, je suis sûre qu'il peut encore être en vie ! Tous les cadavres que j'ai trouvés appartenaient à des animaux. Et Faëlan ne l'aurait pas trimballé sur des dizaines et des dizaines de kilomètres si elle avait l'intention de voler son énergie ou de le laisser se vider de son sang. Elle peut le maintenir en vie, même avec les pires blessures, le temps qu'il guérisse.

— Je sais, Hena, je sais, murmura Cécilie.

La tisseuse de temps ne l'écoutait pas.

— J'ai… j'ai échangé une faveur de Saeltane contre une entrevue avec un oracle du clan des yeux. Mais il ne m'a rien montré sur Érèbe, ses prédictions ne concernaient que toi et… l'enfant.

— Et pourquoi cela ? se récria Cécilie. Enfin, ça ne regarde que moi, et avant que tu n'ajoutes quoi que ce soit, je n'ai aucune intention d'en discuter avec toi.

Pas étonnant, quand on songeait à la façon dont la tisseuse de temps lui avait annoncé la nouvelle, sur le ton de la conversation. Cécilie ne se rappelait plus les mots exacts, tant ils s'étaient dilués dans le choc qu'elle avait ressenti. Mais cela ressemblait à quelque chose comme :

— Au fait, tu es enceinte, tu le savais ? Toutes mes condoléances. Si ça peut te rassurer, mon clan prendra soin de l'enfant, jusqu'à ce qu'il puisse se débrouiller tout seul.

— Et moi, je serai où ? avait lâché Cécilie après un long silence.

— Morte, bien sûr.

Sauf que Cécilie n'avait aucune intention d'y passer.

Avec un soupir, elle déposa son sac et sortit la trousse à pharmacie de Mira.

À l'intérieur, une capsule métallique, et dedans, un comprimé abortif blanc, minuscule. Elle le posa sur sa main et les deux femmes se penchèrent dessus. Hena avec un regard perplexe, Cécilie en se demandant comment une chose aussi petite pouvait résoudre un problème aussi grand.

— Je dois prendre ça avant qu'on reparte, dit-elle doucement. Ça va nous retarder de quelques jours, mais plus j'attends, plus ce sera difficile. Et puis, on est plus ou moins en sécurité, ici. Je veux le faire maintenant.

Hena se redressa, le regard sévère.

— Je ferais aussi bien de préparer ta mise en terre de suite. Crois-tu être la seule femme à avoir tenté d'avorter de l'enfant d'un nécromant ? Crois-tu que ça s'est bien terminé pour elles ?

— Et pourquoi pas ? gronda Cécilie. Mira m'a assuré que cela marcherait. Et arrête de l'appeler « enfant ». À ce stade, ce n'est même pas encore un être humain.

— Tu crois que j'ai des problèmes avec le principe de l'avortement ? Ce n'est pas le cas. Je dis juste que cette petite pilule n'a pas été conçue pour interrompre une grossesse magique. Et qu'elle pourrait tout aussi bien te tuer. Sauf que je n'ai aucune intention de continuer à chercher Érèbe toute seule ! Ça me fait mal de le dire, mais j'ai besoin de toi pour ne pas perdre espoir. Tous les autres ont…

Elle baissa les yeux sur la pilule blanche, tranchant contre la peau bronzée de Cécilie. La main d'Hena fendit l'air en direction de l'abortif et Cécilie referma le poing de justesse. Les ongles de la tisseuse de temps ripèrent sur sa peau, y traçant de longues griffes sanglantes.

— Mais ça ne va pas !

— Donne-la-moi !

— Pas question !

Hena se rua sur elle, attrapant les doigts de Cécilie pour lui faire ouvrir le poing de force. Quand finalement, la Naturalienne céda, le comprimé tomba au sol, perdu dans la végétation. Elle se mit aussitôt à quatre pattes, et, dès qu'elle l'eut retrouvé, elle ne perdit pas de temps et l'avala tout rond.

Puis, lentement, elle obliqua la tête vers le haut pour toiser Hena.

— Tu es vraiment une garce de m'avoir obligée à faire ça de cette façon. Et je te préviens, si tu te sers de tes pouvoirs pour remonter le temps, je…

Hena leva les bras en signe de reddition.

— Je l'ai déjà fait. Ça n'a jamais rien donné.

La tisseuse de temps tendit une main à Cécilie, qui la prit, un peu tremblante.

— Viens. On va t'installer dans cette petite maison, là-bas. Érèbe y est né. Peut-être que ça te portera chance. Comment tu te sens ?

— Normale, grogna la jeune femme.

Terrifiée, en fait.

Il ne se passa rien pendant plusieurs heures, au cours desquelles les deux femmes tuèrent le temps en silence. Cécilie en installant sur le toit les chargeurs solaires que Klaus lui avait confiés, Hena en gravant des statuettes dans du bois tendre. Lorsque toutes ses batteries furent pleines et rangées, Cécilie défit son écran d'avant-bras et montra à Hena les commandes qui lui permettraient de contacter Mira ou Klaus.

— Au cas où quelque chose tourne mal, souffla-t-elle.

Elle avala un peu de bouillon de viande, préparé par Hena, puis s'étendit sur une natte dans un coin de la pièce, son sac à dos en guise d'oreiller. Elle s'endormit rapidement, terrassée par une terrible fatigue, qui l'attirait dans ses profondeurs glacées.

Elle ne se réveilla pas.

À suivre…

Remerciements

Chère lectrice, cher lecteur, si tu me ressembles ne serait-ce qu'un peu, alors tu dois être en train de me maudire et de contempler l'envie de jeter ce livre par la fenêtre. Alors je te le demande humblement : reste dans l'aventure et fais-moi confiance, tu ne le regretteras pas.

Sache que dans sa version précédente, ce premier tome comportait un chapitre de plus. Ce charmant *cliffhanger* était l'idée de mon éditrice. Elle est bien plus machiavélique que moi. (Et bon, j'admets, je me suis facilement laissé convaincre.)

Voilà, maintenant qu'on a arrangé les choses entre nous, je peux passer aux véritables remerciements.

Tout d'abord et en premier lieu, je tiens à remercier mes parents. Tu ne le sais probablement pas, mais c'est mon papa qui m'a initiée à la lecture et à l'imaginaire. C'est également lui qui, un soir, m'a offert le livre qui allait me donner envie d'écrire : le premier tome de la *Quête d'Ewilan*, de Pierre Bottero. Lui qui m'a lu tous les *Harry Potter* à voix haute, lui qui m'a emmenée rencontrer des auteurices en dédicace. Ma maman ne lit pas beaucoup, mais elle m'a toujours soutenue dans cette passion et mon amour des livres a autant été un trou budgétaire pour moi que pour elle. J'ai des parents incroyables, qui me soutiennent dans tout ce que j'entreprends et partagent chacune de mes joies avec des étoiles dans les yeux. Ça te surprend peut-être, parce qu'en général, les parents de mes histoires sont horribles ou absents, mais tu sais quoi ? C'est de la fiction !

Ensuite, je voudrais remercier Hugo, mon compagnon, pour tout. Absolument tout. D'être un soutien sans failles, d'aimer les livres autant que moi, de ne pas faire les gros yeux quand je prends un caddie au lieu d'un sac de courses quand je vais en salon. Merci infiniment de me soutenir dans mon rêve d'autrice, même si ça retarde un peu nos projets. Je t'aime.

Au tour d'une autre personne très spéciale. Adé, je ne sais même pas par où commencer. Merci d'être ma complice d'écriture, merci d'être de toutes les batailles, quel que soit l'univers où je t'emmène. Merci d'être ma lectrice de la première heure (et la première fan d'Érèbe), merci pour les *word wars*, pour les trompettes, pour l'écoute et les encouragements. Merci de me laisser lire tes incroyables romans en avant-première, j'ai tellement hâte de les avoir entre les mains à mon tour. Cette aventure aurait été beaucoup moins drôle sans toi.

Il y a une personne sans qui cette formidable aventure ne serait pas arrivée. Merci à mon incroyable (et impitoyable) éditrice Bleuenn. Je suis tellement heureuse que nos chemins se soient croisés. Merci d'avoir vu le potentiel de mon roman, merci de l'avoir porté et défendu auprès de Mnémos. Et enfin merci pour ton travail colossal sur ce texte. Tu étais exactement la personne qu'il lui fallait pour briller.

Dans la suite logique, je voudrais exprimer ma gratitude à toute l'équipe des éditions Mnémos, et plus particulièrement à Frédéric et à Nathalie. Être publiée dans cette maison, c'était un rêve d'adolescente. Je lis vos livres depuis si longtemps que rejoindre vos auteurs et autrices est encore un peu irréel pour moi. Cette expérience a dépassé mes rêves, alors merci d'avoir cru en moi et en mon histoire. Je voudrais également remercier Estelle pour tout son travail sur la communication du roman, et Marie, mon incroyable correctrice, pour sa précision, son travail de fourmi et la justesse de chacune de ses interventions !

En parlant de rêves qui se réalisent… Il faut qu'on parle de la couverture absolument parfaite de Cyrielle Foucher. Je te l'ai déjà dit, mais tu as parfaitement su capter l'essence de mon univers tout en le sublimant. Je ne me lasse pas de contempler la couverture que tu as faite pour *Emblèmes*. Dans mes moments de découragement, je la regardais et cela me donnait du cœur à l'ouvrage. Merci. Vraiment.

Mnémos m'a également offert la chance de collaborer avec un cartographe de l'imaginaire pour créer la carte d'*Emblèmes*. Merci à Stéphane Arson d'avoir transformé mes gribouillis pas clairs du tout en un petit chef-d'œuvre. Cette carte, c'est la classe absolue et je n'ai pas fini de montrer mon enthousiasme à son sujet.

Il y a encore quelques personnes que je voudrais remercier avant de refermer ce livre. Merci à Marianne, Xander, Eve, Sophie, Anabelle et Serge de suivre mes aventures livresques avec autant d'enthousiasme.

Merci à ma communauté sur Instagram. J'y ai rencontré d'incroyables personnes qui m'ont soutenue à travers une aventure éditoriale bien moins fructueuse que celle-ci et ont fait montre d'un enthousiasme sans limite quand le vent a fini par tourner. Sans vous, j'aurais peut-être abandonné, alors merci.

L'ultime merci est pour mon ancienne psy. Ce roman ne sort pas de nulle part et, pendant longtemps, j'ai vécu une part de l'anxiété dévorante d'Érèbe. Le handicap de Lucien ne m'est pas étranger non plus, pour tout avouer. Merci de m'avoir aidée à prendre les décisions qui me permettent aujourd'hui de vivre une vie heureuse et épanouie. Je n'écris pas quand je vais mal, alors, si ce roman est entre tes mains aujourd'hui, c'est aussi grâce à elle.

TABLE DES MATIÈRES

Achevé d'imprimer en octobre 2024
par Drukarnia Abedik
Imprimé en UE

Vanina Vanini
Le Coffre et le Revenant

ÉTONNANTS • CLASSIQUES

STENDHAL

Vanina Vanini
Le Coffre et le Revenant

Présentation, notes, chronologie et dossier par
MARION MARTIN-SUHAMY,
professeur de lettres

GF Flammarion

La nouvelle
dans la même collection

BARBEY D'AUREVILLY, *Les Diaboliques. Le Rideau cramoisi. Le Bonheur dans le crime*
BOVE, *Crime d'une nuit. Le Retour de l'enfant*
CHEDID, *L'Enfant des manèges et autres nouvelles*
CLAUDEL, *Les Confidents et autres nouvelles*
DAUDET, *Lettres de mon moulin*
FLAUBERT, *La Légende de saint Julien l'Hospitalier*
Un cœur simple
HUGO, *Claude Gueux*
HUYSMANS, MAUPASSANT, ZOLA, *Trois nouvelles naturalistes*
JAMES, *Le Tour d'écrou*
LAROUI, *L'Oued et le Consul et autres nouvelles*
MAUPASSANT, *Boule de suif*
Le Papa de Simon et autres nouvelles
La Parure et autres scènes de la vie parisienne
MÉRIMÉE, *Carmen*
Mateo Falcone. Tamango
PIRANDELLO, *Donna Mimma et autres nouvelles*
SAUMONT, *Aldo, mon ami et autres nouvelles*
La guerre est déclarée et autres nouvelles
VERNE, *Le Humbug. Frritt-Flacc*
ZOLA, *L'Attaque du moulin. Les Quatre Journées de Jean Gourdon*

Édition revue, 2006.
ISBN : 978-2-0812-0137-8
ISSN : 1269-8822

SOMMAIRE

PRÉSENTATION

Une enfance austère, une carrière fluctuante, de grandes passions déçues : Stendhal ne semble pas avoir été un homme heureux. Son amour des arts, de la liberté, des femmes et de l'Italie a pourtant fait de sa vie et de son œuvre une incessante « chasse au bonheur ».

Une enfance grenobloise

Aîné de trois enfants, Stendhal, de son vrai nom Henri Beyle, naît à Grenoble en 1783, dans une famille bourgeoise, catholique fervente et royaliste, où il reçoit une éducation très stricte.

À sept ans, il perd sa mère qu'il adorait.

Auprès de sa sœur Pauline, de sa grand-tante Élisabeth au généreux tempérament « espagnol », de son grand-père maternel, médecin renommé et fin lettré, il trouve tendresse et compréhension, développe son esprit critique et découvre les charmes de la littérature.

À travers son père, qu'il ne cessera de haïr, sa seconde sœur, Zénaïde-Caroline, sa tante Séraphie, vieille fille bigote à qui il est confié à la mort de sa mère et qui le persécute, et enfin le terrible abbé Raillane, son précepteur, il apprend en revanche à détester très tôt la religion, la monarchie, la mesquinerie bourgeoise.

Il entre en 1795 à l'École centrale de Grenoble où il fait de brillantes études, se lie d'une amitié durable avec quelques-uns de ses condisciples, puis gagne Paris pour présenter le concours de l'École polytechnique...

Au service de l'Empire

Arrivé le lendemain du coup d'État de Bonaparte, le 19 brumaire (10 novembre 1799), il oublie aussitôt le concours et entre, grâce à l'appui de son cousin Pierre Daru, futur ministre de Napoléon, comme secrétaire au ministère de la Guerre.

Fervent partisan du futur Napoléon Ier, il participe avec enthousiasme à la campagne militaire en Italie (1800-1801). C'est l'occasion pour lui de découvrir l'opéra italien qui l'enchante et Milan qui le subjugue. Henri Beyle a trouvé sa seconde patrie. Il apprend l'italien, commence à écrire son journal... et finit par s'ennuyer.

De retour à Paris, il démissionne de l'armée. Après une courte période d'oisiveté, contraint de reprendre du service, il exerce plusieurs fonctions administratives, notamment en Allemagne, où il découvre les atrocités de la guerre.

1810 marque l'apogée de sa carrière : nommé auditeur au Conseil d'État, il mène grande vie, mais pour peu de temps. Mauvais courtisan, il ne parvient pas à obtenir le rang convoité de préfet. La terrible campagne de Russie (1812), au cours de laquelle il assiste à l'incendie qui ravage Moscou, et la chute de l'Empire ruinent définitivement sa situation et ses projets.

Stendhal italien

Henri Beyle part en 1814 pour Milan, où il retrouve sa maîtresse Angela Pietragrua. Le retour de Napoléon de l'île d'Elbe et les Cent-Jours ne l'incitent pas à rentrer. La défaite de Waterloo le navre.

Ses amours ne lui apportent que des déceptions : douloureuse rupture avec Angela, passion maladroite et malheureuse pour Métilde Dembowski.

Cependant, il écrit beaucoup, sur l'Italie – sa peinture et ses villes –, sur Napoléon, sur l'amour, et commence à utiliser le pseudonyme de « Stendhal » (du nom d'une ville d'Allemagne, Stendal, traversée pendant une de ses campagnes).

Jusqu'en 1830, il séjourne tantôt à Milan, tantôt en France. Par deux fois, en 1821 et en 1828, soupçonné de participer au mouvement des carbonari (société politique secrète favorable aux idées républicaines qui se développa en Italie à partir de Naples dès le début du XIXe siècle), il est contraint de quitter Milan. C'est l'époque où il publie son premier roman (*Armance*, qui connaît un médiocre succès), *Vanina Vanini*, *Le Coffre et le Revenant* et *Le Rouge et le Noir* (1830).

Nommé consul en 1821 à Civita-Vecchia, non loin de Rome, il y achève sa carrière diplomatique et meuble une vie ennuyeuse en poursuivant son œuvre de romancier et en composant une œuvre autobiographique importante.

De retour à Paris en 1841, il meurt en pleine rue, le 22 mars 1842, d'une crise d'apoplexie.

Vanina Vanini. Le Coffre et le Revenant

Admirateur de Napoléon, tempérament passionné, esprit non conformiste, Stendhal écrivain n'a cessé de mettre en scène des héros dont l'énergie va à l'encontre de l'ordre social et de la morale. Soucieux de précision et de réalisme, il puise son inspiration dans les événements de la vie réelle, passée ou présente.

Vanina Vanini et *Le Coffre et le Revenant* – écrits alors que Stendhal venait d'être chassé successivement d'Italie et d'Espagne à cause de ses opinions politiques jugées subversives à une époque de répression – relatent deux épisodes où l'amour brave le pouvoir et en paie le prix. Avec *Vanina Vanini*, nous sommes à Rome dans les années 1820 : une belle princesse s'ennuie dans son palais, jusqu'au jour où elle découvre que son père abrite en secret une jeune personne gravement blessée et recherchée par la police… *Le Coffre et le Revenant* nous transporte à Grenade, à la même époque : don Blas, le redouté chef de la police, est parvenu à épouser Inès en éloignant son fiancé, don Fernando. Mais celui-ci revient quelque temps plus tard, prêt à tout pour revoir celle qu'il n'a pas cessé d'aimer…

CHRONOLOGIE

1783 1842

- Repères historiques et culturels
- Vie et œuvre de l'auteur

Repères historiques et culturels

1788	Premiers troubles révolutionnaires.
1789	Révolution française.
1793	La Terreur, période très violente de la Révolution.
1795-1799	Période du Directoire. Campagne de Bonaparte en Égypte.
1796	Campagne de Bonaparte en Italie. Il restera maître du nord de la péninsule jusqu'à sa chute en 1814.
1799	Coup d'État du 18 brumaire : Bonaparte instaure le Consulat (1799-1804). Naissance d'Honoré de Balzac.
1802	Naissance de Victor Hugo.
1803	Naissance de Mérimée.
1804-1815	Premier Empire. Napoléon part à la conquête militaire de l'Europe.
1807	Campagne de Napoléon en Espagne.
1808	Joseph Bonaparte, roi d'Espagne.

Vie et œuvre de l'auteur

1783	Naissance à Grenoble de Henri Beyle, fils de Chérubin Beyle et Henriette Gagnon.
1786	Naissance de sa sœur préférée, Pauline.
1788	Naissance de Zénaïde-Caroline, sa seconde sœur, pour qui il n'eut jamais d'affection. Premiers souvenirs des troubles révolutionnaires.
1790	Mort d'Henriette Gagnon, la mère de Henri Beyle.
1792	Le tyrannique abbé Raillane devient son précepteur.
1793	Chérubin Beyle est arrêté pour opinions contre-révolutionnaires.
1796-1799	Henri Beyle entre à l'École centrale de Grenoble.
1799	Départ de Grenoble pour Paris, où Henri doit passer le concours de Polytechnique. Il oublie vite l'examen, tombe malade, est recueilli par les Daru, des parents éloignés.
1800	Il participe à la campagne d'Italie. La découverte du pays l'enchante. Il y goûte les charmes de l'opéra et de l'amour (Angela Pietragrua). Il est nommé sous-lieutenant de cavalerie dans le 6e dragons.
1802-1805	Séjour à Paris. Il veut devenir écrivain.
1805-1806	Séjour à Marseille. *Octobre 1806* : Beyle est à Brunswick, en Allemagne, comme adjoint provisoire aux commissaires des Guerres.
1806-1809	Fonctionnaire impérial en Allemagne. Passion pour Mina de Griesheim.

Repères historiques et culturels

1808-1813	Violente opposition au pouvoir bonapartiste en Espagne.
1813	Retour de Ferdinand VII sur le trône d'Espagne.
1814	Napoléon est battu par les pays d'Europe qui se sont alliés contre lui. Il doit abdiquer et s'exiler à l'île d'Elbe.
1815	Napoléon essaie de reprendre le pouvoir : épisode des Cent-Jours. Il est battu à Waterloo et définitivement exilé à Sainte-Hélène. Le Congrès de Vienne ramène la France à ses frontières de 1792. La monarchie est rétablie : Louis XVIII monte sur le trône.
1820	En France, début du gouvernement réactionnaire des « Ultras ».
1820-1821	En Italie, mouvements révolutionnaires animés par les carbonari et sévèrement réprimés par les Autrichiens, alors maîtres d'une partie de la péninsule.
1820-1823	En Espagne, climat de guerre civile. Tentatives républicaines vigoureusement réprimées.

Vie et œuvre de l'auteur

1809	Campagne de Wagram. Il conserve d'atroces impressions de la guerre. Il est ensuite en service à Vienne. Passion pour la comtesse Pierre Daru.
1810-1811	Apogée de la carrière de Beyle, nommé auditeur au Conseil d'État. Il mène la grande vie. Voyage en Italie, où il retrouve Angela Pietragrua.
1812	Campagne de Russie.
1813	Service en Allemagne. Il est las et déçu.
1814	Beyle est à Grenoble. Il écrit sur la musique.
1814-1815	Retour à Milan. Rupture avec Angela.
1817	Premières publications sous le nom de Stendhal.
1818-1821	Passion malheureuse pour Métilde Dembowski. Stendhal abandonne le projet de *Vie de Napoléon*. *De l'Amour, essai sur les différentes formes d'amour*. Stendhal, soupçonné de carbonarisme, quitte Milan.
1822	À Paris, Stendhal fréquente les salons, collabore à des revues anglaises.

Repères historiques et culturels

1824	Mort de Louis XVIII. Son frère Charles X monte sur le trône.
1830	Charles X doit abdiquer après les journées révolutionnaires de juillet. Louis-Philippe est élu roi des Français : c'est le début de la monarchie de Juillet.
1831	Tentative de soulèvement des carbonari en Italie centrale.
1848	Révolution de Février. Louis-Philippe abdique. Fin de la monarchie de Juillet et début de la IIe République (qui disparaît en 1851 avec le coup d'État de Louis Napoléon Bonaparte).

Vie et œuvre de l'auteur

1822	À Paris, Stendhal fréquente les salons, collabore à des revues anglaises.
1823	*Racine et Shakespeare*, pamphlet pro-romantique. *Vie de Rossini*, son premier succès littéraire.
1824-1827	Passion pour la comtesse Curial. Stendhal écrit sur la peinture et la musique et publie son premier roman, *Armance*.
1828-1830	Difficultés financières. *Vanina Vanini* paraît en 1829, *Le Coffre et le Revenant* en mai 1830, *Le Rouge et le Noir* en novembre 1830.
1831-1836	Nommé consul de France à Civita-Vecchia, port des États pontificaux, Stendhal s'y ennuie. Nombreux séjours à Rome. *Lucien Leuwen* (roman), *Vie de Henry Brulard* (autobiographie).
1836-1839	Stendhal est en congé. Il écrit son roman *La Chartreuse de Parme* en un mois et demi, en 1838, et des chroniques italiennes.
1840-1841	Stendhal commence à écrire *Lamiel*, son dernier roman, qui restera inachevé. Première attaque d'apoplexie. Il quitte Civita-Vecchia à la fin de l'année 1841.
1842	Stendhal a une nouvelle attaque dans la rue Neuve-des-Capucines, à Paris. Il meurt dans la nuit.